Zu diesem Buch

Ein Schloß in England, seit Jahrhunderten im Besitz der Familie Paradine, wird von zahlreichen übersinnlichen Erscheinungen heimgesucht: Bilder fallen von der Wand, Stühle rutschen durchs Zimmer, Gegenstände fliegen durch die Luft, und nachts spaziert die unheimliche Gestalt einer Nonne durch die Gänge und Hallen. Weder die Familie Paradine noch ihre Gäste sind von diesen Phänomenen angetan. Schließlich wird ein junger Gelehrter, Spezialist für parapsychologische Phänomene, zu Hilfe gerufen, der den Gespenstern energisch zu Leibe rückt. Dabei wird er aber in Liebeshändel, Intrigen und andere menschliche Unzulänglichkeiten verstrickt, auch ein Gespenst hat es besonders auf ihn abgesehen. Wird es ihm trotzdem gelingen, mit dem Geisterunwesen aufzuräumen, oder werden die Gespenster obsiegen? – Ein flüssig geschriebener, außerordentlich spannender und unterhaltsamer Roman.

Paul William Gallico wurde in New York am 26. Juli 1897 als Sohn eines Einwanderers aus Triest geboren. Sein Vater war Pianist, die Mutter Geigerin. Der junge Paul bereiste mit seinen Eltern Europa und ging in New York zur Schule. Um über Sport authentisch schreiben zu können, übte er fast ein Dutzend Sportarten aus. Er boxte gegen Jack Dempsey und schwamm gegen Johnny Weissmüller. Als er 1936 beschloß, den Journalismus aufzugeben und freier Schriftsteller zu werden, war er der höchstbezahlte Sportberichterstatter Amerikas. Sein erstes Buch war eine Sammlung seiner Sportreportagen: «Farewell to Sport» (1938), und noch ein weiteres galt diesem Thema: «Golf is a Friendly Game» (1942). Die Reihe seiner Romane wurde 1939 mit «The Adventures of Hiram Holliday» eröffnet. Weitere erfolgreiche Werke: «Meine Freundin Jennie (rororo Nr. 499), «Ein Kleid von Dior» (rororo Nr. 640), «Der geschmuggelte Henry» (rororo Nr. 703), «Thomasina oder Die rote Lori» (rororo Nr. 750), «Ferien mit Patricia» (rororo Nr. 796), «Die Affen von Gibraltar» (rororo Nr. 883), «Die spanische Tournee» (rororo Nr. 963), «Waren Sie auch bei der Krönung?» (rororo Nr. 1097), «Die Hand von drüben» (rororo Nr. 1236), «Jahrmarkt der Unsterblichkeit» (rororo Nr. 1364), «Freund mit Rolls-Royce» (rororo Nr. 1387), «Schiffbruch» (rororo Nr. 1536), «Adam der Zauberer» (rororo Nr. 1643), «Julian und die Seifenblasen» (rororo Nr. 4173) und «Mrs. Harris fliegt nach Moskau» (rororo Nr. 4239). Viele seiner Bücher wurden verfilmt und in verschiedene Sprachen übersetzt. Paul Gallico, der auch als Bühnenautor hervortrat, verstarb am 15. Juli 1976 in Monte Carlo.

Paul Gallico

Immer diese Gespenster!

Fast ein Kriminalroman

rororo

Rowohlt

Die Originalausgabe erschien bei Doubleday & Company, New York,
unter dem Titel «Too Many Ghosts»
Aus dem Englischen übertragen von Rosemarie Bertschinger
Umschlagentwurf Jürgen und Cornelia Wulff

Meinem schwergeprüften
Agenten und lebenslangen Freund
Harold Ober

192.–196. Tausend September 1983

Veröffentlicht im Rowohlt Taschenbuch Verlag GmbH,
Reinbek bei Hamburg, Dezember 1966

Gesetzt aus der Linotype-Aldus-Buchschrift
und der Palatino (D. Stempel AG)
Gesamtherstellung Clausen & Bosse, Leck
Printed in Germany
580-ISBN 3 499 10897 6

1

Die Heimsuchung

Daß von dem grausigen Spuk im Schloß Paradine Hall in East Walsham, Norfolk, Sitz der Lords Paradine seit dem Jahre 1523, nichts in die Skandalpresse kam, war nicht nur ein Glück, sondern geradezu ein Wunder. Andernfalls hätte diese Gespensteraffäre sowohl den Paradine Country Club, der zum Schloß gehörte, als auch die Familie Paradine selbst ruiniert.

So aber bekam es nur ein Ehepaar mit der Angst zu tun und reiste ab, als der mutwillige und lärmende Poltergeist die Gäste des Country Clubs, die im Ostflügel des Schlosses untergebracht waren, zu belästigen begann. Sein Auftreten fiel mit dem Erscheinen der legendären Nonne von Paradine Hall zusammen, die zum erstenmal nach anderthalb Jahrhunderten wieder, wie Augenzeugen behaupteten, in Ordenskleid und Haube durch die nächtlichen Korridore von Paradine Hall geisterte.

Zum Glück stammte das Ehepaar, das die Flucht ergriff, aus einer ländlichen Gegend im Norden des Landes, und so erfuhren die Berichte von den unheimlichen Begebenheiten im Schloß keine Verbreitung in städtischen Kreisen.

Diejenigen Leute, welche im Schloß zurückblieben und den Mund hielten, waren entweder nüchterne Skeptiker und Zweifler oder aber Menschen, die aus egoistischen Gründen für sich behalten wollten, was als erster glaubwürdiger Fall übersinnlicher Erscheinungen in moderner Zeit betrachtet werden konnte.

Die Familie Paradine selbst jedoch schwieg aus naheliegenden Gründen über das, was sich im Westflügel zutrug, wo sie und ihre Freunde wohnten: über die Verwüstung des Zimmers von Isobel Paradine, über das geheimnisvolle Spiel der Harfe, das nachts im unbenützten und verschlossenen Musikzimmer ertönte, und über den Schrecken, der der jungen Amerikanerin, einer Freundin der Tochter des Hauses, eingejagt wurde.

Der private Westflügel war mit den Gästezimmern des Country Clubs im Ostflügel nur durch den großen prunkvollen Speisesaal verbunden, der den einzigen Treffpunkt bildete; denn es war üblich, daß die Familie und die Gäste dort jeden Abend gemeinsam speisten.

Die Familie Paradine hütete sich, das Geheimnis zu lüften; doch Geflüster und Gerüchte vereitelten ihr Bemühen, und als der Poltergeist aus dem Westflügel in den östlichen hinüberwechselte und auch den Mitgliedern des Country Clubs seine üblen Streiche zu spielen begann, war es aus mit der Heimlichkeit.

Doch erst später, während des entsetzlichen Dinners, an dem auch

Pfarrer Harry Witherspoon von der St. Dunstan-Kirche in East Walsham und Dr. Winters teilnahmen, wurde den Anwesenden bewußt, daß sich hinter den Erscheinungen eine unheimliche, ja vielleicht tödliche Gefahr verbarg.

Dies warf ein völlig anderes Licht auf die Angelegenheit und führte dazu, daß Mr. Alexander Hero, Parapsychologe, Erforscher des Übersinnlichen und Geisterbanner, auf den Plan gerufen wurde.

Vor dem 29. Juni, als das unheimliche Geschehen seinen Anfang nahm, fegte zwei Tage lang ein orkanartiger Nordoststurm über die Gegend; doch hatten sich die Winde, die an Fensterladen und Türen rüttelten, die heulend und wehklagend um Hausecken und Giebel pfiffen und ächzend in die Schornsteine fuhren, bereits gelegt, als mitten in der Nacht das große Mahagonibett, in dem Isobel Paradine schlief, heftig erbebte und die Decken zu Boden rutschten. Sie schrak in der Dunkelheit auf mit dem Gefühl, es befinde sich jemand im Zimmer, und glaubte, ihr Bruder oder ihre Schwägerin hätten sie geweckt, weil im Haus etwas passiert sei.

Sie griff instinktiv nach der Bettdecke, doch diese rutschte wiederum zu Boden. Dann wurde sie gewahr, daß sich im Zimmer nichts rührte und daß außer ihrem eigenen Atem nichts zu hören war; sie knipste, nun ganz wach, die Nachttischlampe an. Die Tür war zu und außer ihr niemand im Zimmer.

Sie setzte sich in dem riesigen Bett auf, in dem schon ihr Vater, dessen Vater und Großvater geschlafen hatten und in dem Thomas Lord Paradine gestorben war; denn dies war früher sein Zimmer gewesen. Ein Jahr nach seinem Tode hatte sie es bezogen, und niemand hatte ihr das Recht streitig gemacht, nicht einmal ihr Bruder John, der jetzige Lord.

Sie zog eine leichte Bettjacke an und wartete. Sie war eine beherrschte, intelligente und furchtlose Frau. Das Zimmer war leer, und doch wiederum nicht. Irgend etwas war da, etwas Unsichtbares, was sich rührte und bewegte. Sie blieb ruhig sitzen und versuchte sich zu erinnern, was sie von guten und bösen Geistern, Erscheinungen und Phantomen wußte, die durch die Jahrhunderte im Schloß von sich reden gemacht hatten. Diese Gedanken brachten sie jedoch keineswegs aus dem Gleichgewicht. Sie war auf alles gefaßt, was noch kommen mochte.

Wenn etwas in dem Zimmer Ähnlichkeit mit einem Gespenst hatte, so war sie es selbst in ihrem weißen Nachthemd, mit den hellen graugrünen Augen in dem hakennasigen, sonnengebräunten Gesicht und mit dem silbernen Haar, das ihr lose auf die Schultern fiel. Sie war eine würdevolle, beeindruckende Erscheinung, eine große, eckige Frau von zweiundvierzig Jahren – eckig, da die Liebe ihre Formen nie gerundet und gereift hatte. Ihr Haar war immer so blond gewesen, daß es fast weiß wirkte. Die typischen Merkmale der Paradines, die vorstehenden Augen und der zu kleine Mund, waren bei ihr weniger ausgeprägt, und ihre schmalen, beweglichen Lippen drückten bisweilen Schwermut aus. Sie war unverheiratet geblieben und hatte ihr Leben dem verstorbenen Vater gewidmet, dessen Porträt in der Uniform eines Gardeobersten aus dem Ersten Weltkrieg sie mit den vorstehenden Paradine-Augen von der gegenüberliegenden Wand anstarrte.

In diesem riesigen und hohen Zimmer, das mit seinen alten Möbeln und Kunstgegenständen an ein Museum erinnerte, hatte der alte Lord Paradine als einer der letzten, großen, stolzen Aristokraten gelebt.

In diesem Zimmer war Lord Paradine vor zwei Jahren im Alter von achtzig Jahren gestorben. Die enormen Erbschaftssteuern brachten die Familie an den Rand des Ruins. Nur Isobel, die Tochter, die ihr Leben mit ihm geteilt hatte, wußte, wie sehr der alte Mann den Paradine Country Club verabscheut hätte, den ihr Bruder gründen mußte, um das Schloß erhalten zu können; sie allein wußte, wie sehr er die Fremden gehaßt hatte, die nun gegen Bezahlung in seinem Haus wohnen durften.

Die Nachttischlampe warf nur ein schwaches Licht auf die Porträts früherer Paradines – Frauen, Männer und Kinder – in zeitgenössischer Kleidung. Es spiegelte sich in den polierten Mahagonischränken, Kommoden, Tischen und Spiegeln. Im Dämmerschein sah Isobel eine der beiden Sèvres-Vasen auf dem Kaminsims sich nach vorn neigen und, wie von einer unsichtbaren, böswilligen Hand gestoßen, auf den Steinplatten vor dem Kamin in tausend Stücke zerspringen. Im nächsten Augenblick folgte die zweite Vase, die noch schwungvoller nach vorn flog, doch auf dem dicken Teppich landete und daher keinen Schaden nahm.

Isobel blieb aufrecht im Bett sitzen, ohne sich zu rühren, die Hände über der Brust gekreuzt, während sie ihre Jacke enger um die Schultern zog. Sie gab auch keinen Laut von sich, als die unsichtbaren, teuflischen Hände eine elegante Queen-Anne-Kommode mit lautem Gepolter umwarfen, so daß das Holz splitterte.

Dann brach vor den Augen der beherrschten Frau ein uralter Spiegel in vergoldetem Rahmen entzwei, und das Glas fiel klirrend zu Boden.

Doch die nächste und letzte Erscheinung entrang ihren Lippen einen Schrei: Das Porträt des verstorbenen Lord Thomas Paradine löste sich jäh vom Haken und fiel schräg zu Boden, so daß eine Ecke des schweren Goldrahmens beschädigt wurde. Es blieb halb aufgerichtet stehen und blickte sie aus dieser schiefen Stellung an. Isobel zog hörbar den Atem ein und murmelte: «Vater», und dann leiser «o Vater!» In diesem Augenblick wurde die Tür aufgestoßen, und Mitglieder der Familie, die durch den Lärm geweckt worden waren, erschienen in hastig übergeworfenen Morgenröcken.

Isobel, die ungerührt und furchtlos in ihrem Bett thronte, schaute zu, wie sie hereinstürzten und sprachlos vor Schreck in das wilde Durcheinander starrten, das sich ihren Augen bot. Da war Isobels Bruder John, kurz und dick, den kleinen Mund von einem Schnurrbart verdeckt, und neben ihm Enid, seine rothaarige Frau, die sie nicht ausstehen konnte. Auch ihr Neffe und ihre Nichte, Mark und Beth, die erwachsenen Kinder der Paradines, hatten sich eingefunden sowie die aufgedunsene, schwammige Gestalt ihres zweiten Neffen, der Vetter Freddie genannt wurde und nach Mark der nächste Erbe des Titels war.

Bevor noch jemand ein Wort sagen konnte, ließen sich im Korridor weitere Schritte vernehmen, und die beiden Gäste der Paradines erschienen. Der eine war Sir Richard Lockerie, ein langjähriger Freund und Nachbar, der den Sommer über in Paradine Hall wohnte, während Lockerie Manor umgebaut wurde. Der andere Gast war die junge Amerikanerin Susan Marshall, eine Freundin von Beth, die ebenfalls den Sommer bei den Paradines verbrachte. Es war typisch für Isobels Selbstbeherrschung, daß sie selbst angesichts der Bedrohung durch unsichtbare Mächte bemerkte, wie Sir Richard und Susan sozusagen gleichzeitig hereinkamen, und daß es ihr erneut auffiel, wie ungewöhnlich schön das dunkelhaarige amerikanische Mädchen trotz des Schreckens war, der sich in ihrem Gesicht widerspiegelte. Es war kurz vor zwei Uhr.

Lord Paradine faßte sich zuerst. «Mein Gott, Isobel, was ist passiert? Ist dir etwas zugestoßen?» Und dann redeten alle durcheinander, und doch wirkten sie so starr wie sie selbst, vielleicht weil sie sie so scharf musterte, ohne sich zu rühren. Isobel konnte ihre Gedanken lesen und wußte, was sie bewegte – Erstaunen, Furcht, Besorgnis, Verwirrung –, doch ihre eigenen Gedanken blieben den andern verborgen.

Lord Paradine rief noch einmal: «Ist dir etwas zugestoßen, Isobel?»

Endlich antwortete sie. «Nein, nichts.»

Dann fand auch Sir Richard die Sprache wieder und sagte: «Um Himmels willen, Isobel, was hat sich denn hier zugetragen?»

Isobel musterte alle mit ihren hellen Augen und erwiderte: «Etwas, was nicht im Bereich des Menschlichen liegt. Eine Warnung. Bald wird die Nonne in Paradine Hall umgehen.»

Zwei Tage später kam die Nachricht, daß ein Poltergeist in einem Zimmer des westlichen Flügels erheblichen Schaden angerichtet hatte, Mr. Alfred Jellicot, einem ehemaligen Weißwarenhändler aus Manchester, zu Ohren. Da Mr. Jellicot der einzige Gast im Paradine Country Club war, der nicht als Gentleman galt, konnte er sich ungehindert mit der Dienerschaft unterhalten. Und Boots erzählte dem dicken kleinen Kaufmann, was sich zugetragen hatte, nicht ohne seinen Bericht gehörig auszuschmücken.

Mr. Jellicot frönte mehreren Leidenschaften. Eine davon galt dem Spiritismus und den übersinnlichen Erscheinungen, die andere dem Adel. Er besaß eine Anzahl dicker Hefte, in die er alles eintrug, was ihn in seinem ereignislosen Leben mit Angehörigen des Adels in Berührung brachte.

Die Nachricht, daß es im Westflügel des Schlosses spukte, war so interessant, daß Mr. Jellicot sie umgehend Mr. Horace Spendley-Carter, Mitglied des Unterhauses, mitteilte, dessen hohe Stellung großen Eindruck auf ihn machte. Spendley-Carter erzählte es seiner Frau Sylvia, einer unscheinbaren, schüchternen Person mit verwaschenen Augen und

Haaren, die ihn unverzüglich bat, sie und ihre zwölfjährige Tochter Noreen aus diesem unheimlichen Schloß wegzubringen. Doch Spendley-Carter lachte sie einfach aus – er hatte ein besonders lautes und explosives Lachen – und sagte, sie solle sich nicht lächerlich machen.

Als Gast in Paradine Hall weilen zu dürfen, war schon wunderbar genug für Mr. Jellicot – einer seiner Freunde in Manchester, dem Lord Paradine verpflichtet war, hatte ihm die Gunst verschafft –, doch in einem Gespensterschloß zu sein, war fast zuviel des Glücks. Mr. Jellicot gab Boots zehn Shilling Trinkgeld, damit er ihn über die weitere Entwicklung der Dinge auf dem laufenden halte, und wurde mit der Nachricht von der Harfe, die ganz von allein spiele, belohnt. Lord Paradine und einige andere Leute waren ins Musikzimmer im Erdgeschoß geeilt, hatten aber niemand vorgefunden.

Am anderen Morgen erkundigte sich Dr. Everard Paulson, ein Atomphysiker, der im Country Club wohnte, während er in den Sumpfgebieten der Gegend nach einem geeigneten Platz für eine neue Atomanlage suchte, beiläufig danach, ob neuerdings eine Nonne unter den Gästen weile. Er habe eine Gestalt in Ordenskleid und Haube über den Korridor huschen sehen, als er spät in der Nacht das Badezimmer aufsuchte. Mr. Jellicots Begeisterung war grenzenlos, konnte er sich doch denken, was dies zu bedeuten hatte, da im Gästebuch keine Ordensschwester eingetragen war. Er kannte sich in den Sagen von Norfolk aus, und ganz besonders in denjenigen, die mit Paradine Hall zu tun hatten. Die Nonne und die Harfe gehörten in der Sage zusammen und bedeuteten Unglück für die Paradines.

Drei Tage später machte sich der Poltergeist im Ostflügel des Schlosses bemerkbar.

Er hatte es ganz besonders auf Major Howard Wilson, einen reizbaren Offizier mit fliehendem Kinn, abgesehen, der hier mit seiner Frau in den Ferien weilte. Der Major, ein Skeptiker, der keinen Spaß verstand, war überzeugt, daß der kleine Mr. Jellicot ihm da einen Streich spiele.

Mrs. Geraldine Taylor, die dicke, derbe Witwe mit dem blaugetönten Haar, die alles liebte, was ungewöhnlich und unterhaltend war, fand die Geschichte höchst amüsant.

Mr. Dean Ellison, ein untersetzter, eisengrauer Ingenieur für Hydrodynamik mit vielen Titeln und Ehrendoktoren, nahm überhaupt keine Notiz davon. Ellison, der sich von einer in Singapore aufgelesenen Krankheit erholte, war ein schweigsamer Mann mit scharf beobachtenden grauen Augen. Er spielte Golf und hielt sich abseits von den anderen Gästen.

Die kleine Noreen dagegen, das häßliche Kind der Spendley-Carters, schien über den Poltergeist begeistert zu sein, obwohl er ihre Mutter in schreckliche Aufregung brachte, als er einmal eine Anzahl Pfannen und Töpfe aus der Küche auf den obersten Treppenabsatz zauberte und sie dann mit Schwung die ganze Treppe hinunterrasseln ließ.

Je inständiger Mrs. Spendley-Carter darum bat, nach Hause fahren zu dürfen, desto eigensinniger beharrte ihr Mann darauf, daß sie blieb. Wenn es stimmte, was Jellicot von Poltergeistern und der Schwierigkeit, ihre Existenz zu beweisen, behauptete, war dies eine Gelegenheit, sich populär zu machen, die er sich als Politiker nicht entgehen lassen durfte.

Im Ostflügel benahm sich der Poltergeist mehr ausgelassen und mutwillig als bösartig und zerstörungssüchtig, so als hätte er sich in Isobel Paradines Zimmer gehörig ausgetobt und begnüge sich nun damit, zu belästigen, zu reizen und zu beunruhigen. Er vertauschte zum Beispiel zwischen Mitternacht und Morgen die Schuhe vor den Zimmertüren, nachdem Boots sie geputzt hatte. Er versteckte Gegenstände wie Mrs. Geraldine Taylors Lesebrille, die drei Tage unauffindbar blieb und schließlich in einem Spalt hinter dem Sofa entdeckt wurde, oder Scheren, Bücher und Kleidungsstücke.

Wie alle Quälgeister hatte er es ganz besonders auf die schwächste und ängstlichste Person abgesehen; er konzentrierte seine Aufmerksamkeit auf Sylvia Spendley-Carter, die er in hysterische Angst versetzte. Merkwürdige Dinge schienen von der Decke zu fallen oder durch geschlossene Fenster hereinzufliegen: Gemüse aus der Küche, ein Ei – das zum Glück hartgekocht war –, Nüsse und ein kleiner Kieselstein. Nachts ging der Poltergeist um, klopfte an Wände und trommelte auf Wasserleitungsrohre. Mittlerweile hatten mehrere der Gäste, darunter auch Mrs. Taylor, nach Einbruch der Dunkelheit die Gestalt der Nonne erblickt.

Allmählich wurden selbst die hartgesottensten Skeptiker nervös. Der Kobold ging sehr geschickt zu Werke, indem er sich manchmal für ein, zwei Tage still verhielt, um die Leute glauben zu lassen, er sei verschwunden. Dann begann er wieder von vorn, und mit der Ruhe in Paradine Hall war es aus.

Der Angriff auf Susan Marshall, der in der Nacht zum 5. Juli in ihrem Zimmer stattfand, war jedoch wieder etwas anderes.

Nach dem stürmischen Wetter Ende Juni hatte mit zunehmendem Mond eine sommerliche Hitzewelle eingesetzt. Das amerikanische Mädchen, das sonst sehr fest schlief, wurde durch einen kalten Luftzug geweckt, der ihr über Gesicht, Hals und Schultern strich. Noch nicht ganz wach, fühlte sie sich merkwürdig beunruhigt, obwohl sie nichts Gespenstisches in ihrem Zimmer entdeckte. Die Kälte auf ihrer Haut war unangenehm, und sie überlegte, daß die Temperatur doch nicht so plötzlich gefallen sein konnte. Sie blickte auf die dichten Vorhänge vor dem weit offenen Fenster, die einen Spalt frei ließen, durch den ein Streifen Mondlicht hereinfiel. Die Vorhänge bewegten sich nicht; es konnte unmöglich der Wind sein, der diesen kalten Luftzug verursachte. Im nächsten Augenblick fühlte sie eine eisige Hand an der Kehle.

Die Finger, die ihren Hals umklammerten, waren kalt, feucht, knochenlos und erfüllten sie mit Ekel und Abscheu; doch sie verspürte keine Furcht und verhielt sich still.

Sie war ein gesundes, sportliches Mädchen von dreiundzwanzig Jahren, das sich nicht so leicht einschüchtern ließ. Voller Wut beschloß sie, den Angreifer zu packen, drehte sich rasch um und griff nach ihm, doch da war nur Luft. Die Vorhänge bewegten sich ein wenig, und sie bemerkte, daß ihre Tür offenstand. In dem Streifen Mondlicht, der vom Fenster einfiel, sah sie eine verhüllte Gestalt in einer Art Nonnenkleid und Haube verschwinden. Die Tür schloß sich lautlos hinter ihr.

Susan Marshall tastete nach dem Schalter der Nachttischlampe, doch das Zimmer blieb dunkel. Dies erschreckte sie beinahe mehr als der Angriff auf ihre Person. Noch stärker beunruhigt war sie, als sie die Tür öffnen wollte und sie verschlossen fand, und sie überlegte, ob sie um Hilfe rufen sollte. Doch dann beherrschte sie sich, und ihre guten Nerven gewannen wieder die Oberhand. Sie erinnerte sich, daß sich auf dem Kaminsims ein Leuchter und Streichhölzer befanden. Sie tastete sich hinüber und zündete die Kerze an. Es war niemand im Zimmer.

Sie trug die Kerze zum Spiegel und hielt sie in die Höhe. Dunkle große Augen blickten sie aus ihrem blassen Gesicht unter kastanienbraunem Haar an. Sie war nicht verletzt, und es fanden sich keine blutunterlaufenen Stellen an ihrem Hals, und dennoch ...

Sie hielt die Kerze höher, um ihr Gesicht genauer zu prüfen. Da leuchtete plötzlich die Nachttischlampe auf und erhellte das Zimmer. Sie sah fünf feuchte Flecken auf ihrer Haut, dort, wo sie die kalte Hand gespürt hatte. Sie fuhr mit den Fingern darüber und dachte, es sei vielleicht Angstschweiß.

Gleichzeitig entdeckte sie, daß ihr Körper schweißnaß war. Sie trocknete sich mit einem Handtuch ab und ging dann zur Tür. Diese war nun nicht mehr verschlossen, und sie blickte in den dunklen Korridor hinaus. Es war niemand zu sehen. Sie lauschte angestrengt, ob Schritte zu vernehmen wären, doch vergeblich. Dagegen glaubte sie in der Ferne Harfenklänge zu hören. Als sie genauer hinhörte, brach die Musik ab. Sie schloß die Tür, ging zu Bett und überlegte. War das alles wirklich passiert? Oder handelte es sich vielleicht nur um einen bösen Traum? Vielleicht war die Tür vorübergehend verklemmt und an der Lichtleitung etwas defekt gewesen.

Sie hatte immer noch heftiges Herzklopfen, doch war das nicht meistens so nach einem Albtraum? Um sich zu beruhigen, las sie ein oder zwei Kapitel in dem Buch auf ihrem Nachttisch. Dann löschte sie das Licht und schlief ein.

Am anderen Morgen erwachte sie mit der Erinnerung an ein unangenehmes Erlebnis. Im Zimmer war nichts Ungewöhnliches festzustellen, was auf die Anwesenheit eines Eindringlings hingedeutet hätte. Sie redete sich ein, daß sie alles nur geträumt habe, und beschloß niemandem etwas von dem Vorfall zu erzählen. Sie hätte es auch nicht getan und Sir Richard Lockerie kein Wort gesagt, wären nicht die Ereignisse eingetreten, die sich drei Tage später während des Abendessens in der großen Halle zutrugen.

2

Das Gespenst, das zum Dinner kam

Es war Lord Paradines Idee, daß die Gäste des Country Clubs das Dinner gemeinsam mit der Familie einnahmen. Lord Paradine war ein offener, unkomplizierter Mensch ohne besondere Charakterstärke, doch mit gutentwickeltem Gerechtigkeitssinn. Er war der Ansicht, daß die Leute für den hohen Preis, den sie in Paradine Hall bezahlen mußten, ein gewisses Anrecht auf die Gesellschaft der Familie hatten. Diese abendliche Geselligkeit gab ihm überdies Gelegenheit, über Fischen, Jagen, Schießen, Segeln, Reiten und andere sportliche und landwirtschaftliche Betätigung zu reden, die sein Leben ausmachten. Doch den äußeren Rahmen, in dem das Dinner stattfand, bestimmte seine unverheiratete Schwester Isobel, und zwar in der Art, wie es ihr verstorbener Vater gewünscht hätte.

Obwohl ein großer elektrischer Kristallkronleuchter von der Decke hing, wurde die Tafel nur von den vielen in Wandarmen und Kandelabern steckenden Kerzen erhellt, von denen es im Schloß einen ungeheuren Vorrat gab.

Die Rüstungen, Schwerter und Hellebarden an den Wänden waren stets blank geputzt; farbenprächtige, wenn auch verblaßte Banner der Paradines hingen von den geschwärzten Balken des zwei Stock hohen Raumes herab. Die Feuerstelle an einer Schmalseite der Halle war so groß, daß man ein ganzes Schaf oder gar einen Ochsen darüber braten konnte, und schimmerte von Kupferkesseln. Am anderen Ende im zweiten Stock befand sich die Galerie für die Musikanten mit einer Balustrade und schweren Samtvorhängen, die die Öffnung einrahmten.

Die hohen Wachskerzen warfen ein sanftes, festliches Licht über den zwanzig Fuß langen Refektoriumstisch; und die in den Wandarmen spiegelten sich im Kupfer, Stahl und im polierten Eichenholz. Doch Kerzen erhellen nur ihre unmittelbare Umgebung; hinter dem Kerzenlicht sind die Schatten um so tiefer, schwärzer und vom Flackern der Lichter bewegt. Halb in diesem Schatten verborgen standen Büfetts, hochlehnige Bänke, Truhen und geschnitzte Sessel an den Wänden, deren Eichentäfelung von berühmten Wandteppichen geschmückt war.

An diesem Abend kam das Gespräch wie täglich, seit der Spuk begonnen hatte, nicht von den Gespenstergeschichten los, obgleich Pfarrer Harry Witherspoon von der St. Dunstan-Kirche in East Walsham und Dr. Samuel Winters, der Bezirksarzt, zu Gast waren.

Lord und Lady Paradine saßen sich an den Schmalseiten der Tafel gegenüber. Sie hätten eine Sprechanlage gebraucht, um sich auf diese Entfernung unterhalten zu können. Doch Isobel spielte auf einem strategisch günstigeren Platz in der Mitte der Tafel die Rolle der Hausfrau, erteilte Huggins, dem Butler, und seinen Gehilfen Befehle und wachte über das Wohl der Gäste.

Die Mahlzeit war schon zur Hälfte vorüber, und die Anwesenden hatten sich wie gewöhnlich in drei Gruppen geteilt – die unverbesserlichen Skeptiker, die unbedingt Überzeugten und die Unvoreingenommenen, die sich nicht festlegen wollten –, als von Major Howard Wilson, der das Lager der Skeptiker anführte, eine neue Note ins Gespräch gebracht wurde.

«Stimmt das, Lord Paradine», krächzte er, «daß Sie die Absicht haben, einen Spiritisten herkommen und Séancen oder so etwas abhalten zu lassen?»

Lord Paradine lief rot an vor Ärger und antwortete, wobei er ganz vergaß, daß er sich eben noch sehr angenehm mit Mrs. Vivyan Wilson, der hübschen und anregenden blonden Frau des Majors zu seiner Linken, unterhalten hatte, mit einiger Schärfe: «Keineswegs. Ich möchte nur wissen, wer Ihnen solchen Unsinn eingeredet hat.»

Der Major lachte lautlos vor sich hin; er litt durchaus nicht an Schüchternheit. «Ihr Neffe, Sir», sagte er.

Der Wortwechsel fiel mitten in eine jener gelegentlichen Gesprächsstockungen, und nun starrte alles auf den unsympathischen jungen Mann, der Vetter Freddie genannt wurde. Er war der Sohn von Lord Paradines jüngerem verstorbenen Bruder Philip. Frederick Paradine verkörperte den ungewöhnlichen Typ des widerlichen und hinterhältigen dicken Mannes. Mit neunundzwanzig Jahren war er bereits unförmig, schwammig und abstoßend. Die Familienmerkmale der Paradines – vorstehende Augen, kleiner Mund und arrogante Nase – paßten nicht in sein feistes Gesicht. Sie verliehen ihm das Aussehen eines besonders bösartigen und rachsüchtigen Papageis.

Wenn Lord Paradine verärgert war, gab er sich keine Mühe, es zu verbergen. «Zum Teufel, Freddie», sagte er, «wirst du nie lernen, den Mund zu halten?»

«Aha», bellte der Major, «es ist also wahr?»

«Nein», unterbrach ihn Sir Richard Lockerie, «durchaus nicht», worauf sich alle Blicke ihm zuwandten. Der vornehm aussehende Mann war im Krieg Panzertruppenkommandeur gewesen. In Gefangenschaft geraten, gelang es ihm, zu fliehen und nach England zu entkommen. Später heiratete er eine Französin aus der Untergrundbewegung, die ihm dabei geholfen hatte. Sie starb kurz nach der Geburt ihres Sohnes. «Ich habe Lord Paradine nur den Vorschlag gemacht, falls diese Belästigungen andauern sollten, einen Mann herkommen zu lassen, den ich kurz nach dem Krieg in Cambridge kennenlernte und der Fachmann auf diesem Spezialgebiet ist.»

Horace Spendley-Carter, der Unterhausabgeordnete, mischte sich ein. Er hatte eine sehr laute Stimme und ein noch lauteres Lachen. Er war ein hünenhafter Mann mit einem Schnurrbart, einer Stupsnase und einem Paar feuchter Augen. Er trug einen braunroten Smoking. «Sie sollten sich bei unserem Freund Jellicot Rat holen. Er kennt sich in diesen Dingen aus.»

Mr. Jellicot strahlte und wollte schon das Wort ergreifen, als ihm Beth Paradine, das sanfte, schüchterne, braunhaarige Mädchen zuvorkam, das neben Sir Richard saß. «Oh, Onkel Richard, kennst du wirklich jemand, der etwas davon versteht?» Und Susan Marshall, die ihm gegenüber saß, sagte: «Erzählen Sie uns etwas von ihm, Richard.»

Sir Richard sagte: «Es war nur so eine Idee von mir. Nach dem Krieg ging ich noch auf ein Jahr nach Cambridge, um meine Studien zu beenden, wie viele Leute meines Alters. Da war ein Philosophiedozent, den wir alle sehr gern hatten, einer von den Lehrern, die einem das Studium zur Freude machen. Leider geschahen dann höchst unangenehme Dinge, die Dr. Bingham beinahe das Leben kosteten.»

Susan Marshall folgte seiner Erzählung mit gespannter Aufmerksamkeit und leuchtenden Augen. «Meinen Sie übernatürliche Dinge?» fragte sie.

Sir Richard zögerte, bevor er antwortete. «In gewissem Sinn, ja. Dieser junge Mann, Alexander Hero, klärte den Fall auf. Es war höchste Zeit. Doch Hero ist kein Spiritist. Soviel ich weiß, arbeitet er gelegentlich für die parapsychologische Gesellschaft.»

«Wie heißt dieser Mensch?» brüllte Major Wilson. «Hero, sagten Sie? Welch absurder Name!»

Vetter Freddie schnaubte: «Ist es sein richtiger Name oder ein Pseudonym?»

Sir Richard musterte Vetter Freddie kühl und sagte: «Ich zweifle nicht, daß du ihn in einem genealogischen Werk finden wirst, wenn es dich wirklich interessiert. Ursprünglich war es eine Hugenottenfamilie, und der Name lautete Heureux. Ihr Stammbaum soll bis ins elfte Jahrhundert zurückreichen.»

Susan Marshall fragte: «Was ist er denn, eine Art Gespensterdetektiv?» Und Lady Paradine sagte langsam: «Wie interessant», obgleich es ihr völlig gleichgültig war; sie beschäftigte vielmehr die Art, wie ihr Sohn Mark, der ihr rotes Haar und ihr hübsches Gesicht geerbt hatte, Susan Marshall mit den Augen verschlang.

«Lächerlich!» knurrte Major Wilson. «Wo gibt es denn Gespenster? Der Kerl muß ein Scharlatan sein. Man sollte ihn aufs Glatteis führen.»

«Sieht er gut aus, Sir Richard?» erkundigte sich Vivyan Wilson. Sie war blond und hübsch, wenn auch etwas zu mager und knochig, wie viele nicht mehr ganz junge Engländerinnen. Ihr Blick hatte etwas Ruheloses und Lebenshungriges.

Sir Richard bemerkte, wie sich Major Wilson steif auf seinem Stuhl zurücklehnte und hinter den Rücken der Speisenden seiner Frau einen Blick zuwarf.

Mr. Jellicot meinte wichtig: «Wenn sich einmal ein Poltergeist eingenistet hat, kann man nichts dagegen unternehmen. Ich habe sehr viel darüber gelesen und kenne mich ...»

«Man kann schon etwas dagegen tun, Sir», unterbrach ihn Pfarrer

Witherspoon tadelnd. «Sie vergessen, daß es eine Macht gibt, der sich alle sichtbaren und unsichtbaren Dinge beugen müssen.»

Mr. Jellicot, der eine hohe Meinung von der Geistlichkeit hatte, nahm die Zurechtweisung schweigend und mit rotem Kopf hin. Und wieder legte sich peinliches Schweigen über die Tafelrunde. Dieses wurde plötzlich von dem schrillen, hohen Gekicher Noreen Spendley-Carters unterbrochen, die neben Vetter Freddie und ihrer Mutter gegenüber saß.

Noreen war mit ihren zwölf Jahren ein unglaublich häßliches Kind mit unregelmäßigen Zügen, einem zu großen Mund, zu großen Ohren, Sommersprossen und fahler Haut. In dem Bestreben, sie zum Dinner etwas hübscher zu machen, hatte die Mutter ihr strähniges schwarzes Haar gekräuselt und sie in ein rosa Taftkleid mit einem steifen Unterrock gesteckt. Sogar die Wangen und Lippen hatte sie ihr leicht geschminkt, was dem Kind ein clownhaftes Aussehen verlieh.

Alles war höchst verwundert über ihren Heiterkeitsausbruch, für den kein Grund vorhanden zu sein schien. Niemand hatte etwas Lustiges oder Komisches gesagt.

Wiederum begann sie durchdringend zu kichern, obwohl die Mutter ihr einen strafenden Blick zuwarf und streng rief: «Benimm dich, Noreen!» Aller Augen wandten sich dem Kind zu und sahen, daß die Kleine wie gebannt über den Tisch auf die andere Seite des Raumes starrte. Dann deutete sie mit der mageren Hand über die Schulter ihrer Mutter und rief: «Da, guck mal!»

Ihr häßliches kleines Gesicht strahlte vor Freude und Aufregung, als einer der mächtigen geschnitzten Lehnsessel, der fest wie ein Thron an der Seitenwand des Speisesaales gestanden hatte, sich von selbst zu bewegen begann und mit scharrendem Geräusch über die gebohnerten Steinfliesen auf den Tisch zurutschte.

Ein Schauer des Entsetzens überlief die Anwesenden. Gläubige und Ungläubige, Zyniker, Realisten und Treuherzige sahen sich in diesem schrecklichen Augenblick in ihren Befürchtungen und Zweifeln einig. Ihre Nerven, von den vorhergehenden Ereignissen bereits sehr angegriffen, waren zum Zerreißen gespannt.

Die Ansichten und Überzeugungen der Zyniker wurden vor ihren eigenen Augen widerlegt; für die Abergläubischen paarte sich der Beweis mit Angst. Der Sessel hätte sich nicht ohne jedes sichtbare menschliche Eingreifen von der Stelle rühren dürfen, und doch schien er sich an jenem Abend des 8. Juli in dem vierhundert Jahre alten Paradine Hall zu Norfolk selbständig fortzubewegen.

Später würde man vielleicht vernünftige Erklärungen für das Phänomen finden oder es einfach als eine Sinnestäuschung abtun; doch im Augenblick waren alle vor Schreck gebannt über diesen Sessel, der da aus den dunklen Schatten geschlittert kam und sich an keinerlei physikalische Gesetze hielt.

Die Situation wurde durch Noreens entzücktes Gekicher und den plötzlichen Schrei ihrer Mutter: «Er kommt auf mich zu – Hilfe!» noch dramatischer. Spendley-Carter wies sie scharf zurecht: «Sylvia! Nimm dich zusammen, du bist ja hysterisch!»

Der Hauptgang war schon serviert. Weder der Butler, seine Frau noch sonstiges Personal befand sich in der großen Halle. Die Gäste am Tisch waren mit der Erscheinung allein und schauten mit bleichen Gesichtern zu, wie der Sessel sich langsam vorwärtsbewegte. Mit scharrendem Geräusch kam er über die Fliesen bis an den Rand des schweren Teppichs, den er in Falten vor sich herschob.

‹Ich habe keine Angst. Es ist eine Täuschung. Ich fürchte mich nicht›, sagte Susan Marshall zu sich selber, und doch schlug ihr Herz zum Zerspringen, denn sie dachte an die kalte Hand, die sie drei Nächte zuvor, während sie schlief, an der Kehle gepackt hatte, und an die geisterhafte Gestalt der Nonne, die aus der Schlafzimmertür huschte, obgleich diese sich nachher nicht öffnen ließ, an die Lampe, die nicht brennen wollte, und an den Schrecken jener Begegnung mit dem Unbekannten. All dies wurde ihr plötzlich wieder gegenwärtig.

Lady Paradine, deren fuchsrotes Haar im Kerzenlicht schimmerte, erhob sich halb von ihrem Platz am Ende des langen Tisches, zerknüllte ihre Serviette und rief zu ihrem Mann hinüber: «John, was hat das zu bedeuten? Was geht hier vor?»

Isobel Paradine hatte sich ebenfalls erhoben und stand aufrecht vor dem Tisch, wobei ihr das helle Haar und das lange weiße Abendkleid das Aussehen einer silbernen Königin verliehen. Sie starrte unverwandt und verwundert auf den näherrückenden Sessel.

Zu dem scharrenden Geräusch des Sessels auf dem Steinboden gesellte sich nun das Rascheln des Teppichs, der sich in Falten legte. Beth Paradine rief: «Onkel Richard, ich habe Angst!» Sir Richard Lockerie antwortete nicht, sondern umschloß ihre Hand fest mit der seinen. Es gab sehr wenig auf der Welt, was ihm Angst machte, doch er fühlte sich beunruhigt von diesem Ding, das sich ohne alles Zutun bewegte.

Vier Kerzen in einem der drei großen neunarmigen Silberleuchter auf dem Tisch erloschen ganz plötzlich und ohne jede Ursache, und der blaue Rauch stieg senkrecht in die Höhe, denn es herrschte kein Durchzug in der großen Halle. Doch niemand nahm Notiz davon. Alle waren hypnotisiert von dem stetigen Näherrücken des schwarzen Sessels und warteten förmlich darauf, daß sich sogleich ein Unsichtbarer zu ihnen an den Tisch gesellen würde.

«Hihihi», kicherte die kleine Noreen, «er kommt immer näher.»

Major Howard Wilson brüllte: «Das ist doch die Höhe! Jemand spielt uns da einen Streich!» Er erhob sich, ging und blickte hinter den Sessel, um dann mit ganz veränderter Stimme auszurufen: «Bei Gott, da ist tatsächlich niemand!» Er zog sich hastig zurück und setzte sich, indem er die Backen aufblies. Seine blonde Frau vergaß ihre eigene Furcht für einen Moment und betrachtete ihren Mann mit einem Ausdruck offensichtlicher Verachtung.

Lord Paradine erhob sich an seinem Tischende und schrie aufgebracht: «Was soll denn das heißen? Das dulde ich nicht in meinem Haus!» Er wollte sich auf den Sessel stürzen, doch Mrs. Geraldine Taylor, die sportliche, lebhafte, heiratslustige Witwe, legte eine Hand auf seinen Arm und sagte: «Vorsicht, Lord Paradine.» Dr. Everard Paulson, der kleine Atomphysiker mit dem Gesicht eines Kapuzineräffchens neben ihr, fügte hinzu: «Seien Sie bitte vorsichtig, Sir. Wir stehen da auf der Schwelle zu etwas Übernatürlichem. Man kann nicht wissen, was ...»

Doch Lord Paradine ließ sich nicht zurückhalten, sondern marschierte auf den selbständig gewordenen Sessel zu. Mit sechsundfünfzig Jahren begann sich sein sandfarbenes Haar allmählich zu lichten. Außerdem hatte er bereits Fett angesetzt, und seine vorstehenden hellbraunen Augen und der kleine Mund mit dem Schnurrbart verliehen seinem Gesicht etwas Schmollendes. Doch er war alles andere als ein Schwächling. Er war ein einfacher Mann mit Grundsätzen und Mut, nicht besonders intelligent, doch ging er Problemen gern auf den Grund. Er trat hinter den Sessel und faßte ihn an der Lehne.

«Bei Gott!» rief er erschüttert, doch keineswegs entmutigt. «Ich kann ihn nicht halten, das Ding ist lebendig geworden!»

«Setz dich drauf, Onkel! Setz dich doch drauf!» rief Vetter Freddie, der sich nicht enthalten konnte, eine seiner geschmacklosen Bemerkungen zu machen.

Mark sprang auf und rief: «Vater, warte! Ich helfe dir.» Doch seine Mutter legte ihre Hand auf seinen Arm und sagte beschwörend: «Nein, Mark, nein. Rühr ihn nicht an!»

Im gelben Licht des kerzenerhellten Saales leuchtete Lord Paradines Gesicht tiefrot vor Anstrengung. Alfred Jellicot, der kleine Weißwarenhändler aus Manchester, warnte: «Geben Sie acht, Sir! Lassen Sie die Hände von diesem Ding. Sehen Sie denn nicht, daß es verhext ist?»

«Verdammt noch mal!» keuchte Lord Paradine, ohne nachzugeben.

Vom entfernten Ende des Tisches, wo Lord Paradine gesessen hatte, beobachtete der Ingenieur Dean Ellison mit einem merkwürdigen Ausdruck auf dem viereckigen roten Gesicht, was vor sich ging. Man hätte schwören können, er schmunzle; doch vielleicht war es nur das Licht, das auf seinen Zügen spielte. Am entgegengesetzten Ende des Tisches hatte sich Pfarrer Harry Witherspoon erhoben. Auf seinem breiten Gesicht mischte sich Entsetzen mit Energie und Mut; er hob eine Hand und machte das Zeichen des Kreuzes in die Luft, während seine Lippen die Worte einer Geisterbeschwörungsformel murmelten, an die er sich mit Mühe erinnern konnte: «Allmächtiger Gott, steh uns bei, besiege diesen bösen Geist ...»

In diesem Augenblick begannen die Kerzen im Saal nacheinander zu verlöschen, eine, drei, bisweilen auch vier auf einmal. Die drei neunarmigen Paradine-Leuchter auf dem Tisch trugen siebenundzwanzig, die Wandarme an drei Seiten des dunkelgetäfelten Saales sechsunddreißig Kerzen. Zu beiden Seiten der Orchestergalerie leuchteten je sechs und tauchten die schweren Vorhänge über den Köpfen der Anwesenden in trübes Licht.

Die Kerzen wurden nicht etwa ausgelöscht oder ausgeblasen; die Flammen sanken in sich zusammen und gingen aus. Mit dem Verlöschen der Lichter tauchten drohende Schatten aus den dunklen Winkeln des Raumes auf. Mrs. Spendley-Carter wurde von Panik ergriffen und stieß einen durchdringenden Schrei aus, der selbst das hohe Gekicher ihrer Tochter übertönte. Dann folgte der zornige Ruf von Major Wilson: «Das Licht an! Was, zum Teufel, ist mit dem Licht los?» Und das laute Organ von Spendley-Carter sekundierte: «Was soll das? Wer da Lichterlöschen spielt, soll gefälligst aufhören!» Der dicke kleine Mr. Jellicot jammerte: «Oh, jetzt gehen alle aus.»

Denn die Kerzen fuhren fort, mit merkwürdiger Regelmäßigkeit auszugehen, als würden sie von unsichtbaren Fingern gelöscht. Nur ein paar wenige brannten noch im Kandelaber am anderen Ende des Tisches und beleuchteten die blassen, erschreckten Gesichter von Lady Paradine und ihrer Tochter Beth, die ungläubige Miene von Sir Richard Lockerie und die glänzenden Augen von Susan Marshall. Dann gingen auch diese aus.

Nun brannten nur noch zwei Kerzen in einem Wandarm links von der Orchestergalerie. Dr. Paulson, der seinen Platz in der Nähe von Lord Paradine hatte, sprang auf und deutete auf die Galerie. «Die Nonne! Die Nonne!» rief er. Aller Augen wandten sich vom verhexten Sessel und dem Mann, der sich damit abmühte, zur Galerie hinauf. Waren es nur die Vorhänge, oder stand dort wirklich die drohende Gestalt der Nonne in einem weiten Umhang mit Kapuze?

Major Wilson brüllte: «Wo, zum Teufel? Ich sehe nichts»; doch die dicke grauhaarige Witwe, Mrs. Taylor, sprang auf und rief: «Dort! Dort! Ich sehe sie.» Dann sahen sie sie alle. Unbeweglich, unheimlich schien sie die Tafelrunde aus den Schatten, die sie halb in Dunkelheit hüllten, zu überblicken.

Aus der Finsternis drang die sarkastische Stimme von Isobel Paradine: «Glaubt ihr jetzt endlich daran?» Und damit erloschen auch die letzten zwei Kerzen, und es wurde stockfinster im Saal.

Nun wurde alles von Panik erfaßt. Lord Paradine stieß eine Verwünschung aus, und dann ließ sich ein Krachen vernehmen, als sei er, der Sessel oder alle beide zu Boden gestürzt. Die Frauen kreischten, als mehr Stühle umfielen, Silber und Messer klirrten und Glas und Geschirr zerbrach.

Über dem Tumult erhoben sich zwei Stimmen, die von Isobel Paradine, die befahl: «Huggins! Huggins, kommen Sie sofort herein und schalten Sie das Licht an!» Und die von Sir Richard Lockerie, die streng und energisch den Höllenlärm übertönte: «Beruhigen Sie sich! Nehmen Sie sich zusammen! Sie haben nichts zu fürchten! Bitte, keine Aufregung!» Dann war ein leichter Luftzug zu verspüren, und es näherten sich eilige Schritte. Jemand rief: «Licht! Licht! Schalten Sie das Licht an!»

Ein Lichtstrahl drang aus dem Anrichteraum herein, als der Butler die Tür aufriß. Er stutzte zuerst über die Finsternis und das Durcheinander, tastete sich dann aber, so rasch er konnte, zum Schalter hinüber. Der große elektrische Kronleuchter erhellte schlagartig den ganzen Raum und blendete die Anwesenden so, daß sie nur ganz allmählich wieder sehen konnten.

Lord Paradine lag auf dem Rücken unter dem Sessel am Boden. Er war nicht verletzt, nur außer Atem und sehr zornig. Der dicke Mr. Jellicot war, die schwarze Krawatte hinter dem Ohr, auf den Tisch geklettert vor Angst. Sylvia Spendley-Carter war ohnmächtig zu Boden gesunken, und ihr schwerfälliger, grober Mann stand da und starrte sie an, ohne Anstalten zu machen, ihr zu helfen, bis der Arzt aufsprang und an ihre Seite eilte. Von der Musikgalerie vernahm man ein Rascheln und eine Stimme, und alle Augen blickten hinauf. Isobel stand oben und hielt mit theatralischer Gebärde die Vorhänge auseinander wie eine Schauspielerin. Ihr Haar, Gesicht und Kleid leuchteten im hellen Licht. Sie rief: «Es ist niemand da, die Galerie ist leer!»

Sir Richard Lockerie fügte beruhigend hinzu: «Sehen Sie, Sie brauchen keine Angst zu haben. Es war alles ein unglücklicher Zufall.» Er überblickte das Durcheinander im Saal mit derselben Beherrschtheit und Kaltblütigkeit, mit der er während des Krieges aus dem Turm seines Panzers gespäht hatte. «Sie brauchen keine Angst zu haben», wiederholte er, und seine Hand suchte die von Beth, die zitternd auf den Tisch starrte, als wäre sie hypnotisiert. Er legte, ohne nachzudenken, den Arm um ihre Schultern und sagte: «Reiß dich zusammen, Mädchen! Es ist alles wieder in bester Ordnung.»

Doch es war noch lange nicht alles in Ordnung, denn in diesem Augenblick sah er, wohin das erschreckte Mädchen blickte, und er sah auch das unverhüllte Entsetzen, mit dem Susan Marshall auf ihren Teller starrte. «Oh, wie abscheulich», flüsterte sie, «wie widerlich und gemein!» Noreen hatte ihre Augen ebenfalls auf den Teller geheftet und war so fasziniert von dem Anblick, daß sie sogar zu kichern vergaß. Auf Susan Marshalls Teller lag ein totes Kaninchen, das noch die Drahtschlinge der Falle um den Hals trug.

3

Mister Hero bekommt Besuch

Es bestand kein Zweifel, daß der vornehme Herr, der Mr. Alexander Hero, Parapsychologe und Erforscher des Übersinnlichen, zu sprechen wünschte, in großer Eile und Aufregung war. Mrs. Harris, Heros Putzfrau, führte den Gast ins Wohnzimmer des stilvollen weiß getünchten Hauses an der Eaton Mews North 88 A, in der Nähe von Londons vornehmem Eaton Square, und schlurfte zum Laboratorium hinüber. Sie war beeindruckt von dem ernsten, militärischen Wesen des Besuchers und freute sich über die Gelegenheit, ihre Nase in verbotenes Gebiet zu stecken.

Der hochgewachsene junge Mann im Laboratorium trug einen langen weißen Leinenmantel und stand inmitten eines Gewirrs verschiedener Vorrichtungen, die er größtenteils selber erfunden hatte. Er beobachtete die schwankende Nadel eines Meßinstrumentes, indem er die Unterlippe ungläubig vorschob, und versuchte gleichzeitig eine Flasche im Auge zu behalten, deren Inhalt kochte. Er besaß ein gewinnendes Äußeres und einen wilden Schopf hellbrauner Haare, die ihm wie der Kamm eines Hahnes in die Stirn fielen. Sein Mund war sehr beweglich und das Kinn ungewöhnlich eigensinnig. Er drehte sich nicht um, als er Mrs. Harris in ihren ausgetretenen Schuhen heranschlurfen hörte, sondern rief bloß: «Hallo. Unbefugtes Betreten verboten! Wollen Sie so freundlich sein und die Tür schließen.«

Mrs. Harris ließ sich nicht einschüchtern. «Nur nicht so kratzbürstig», sagte sie. «Es ist ein vornehmer Herr da, der Sie zu sprechen wünscht. Er sagt, es sei dringend.»

Alexander Hero rief: «Was soll das? Entweder kommen Sie herein, oder Sie bleiben draußen. Es zieht.»

«Sie haben gesagt, ich dürfte da nie hinein.»

Hero entgegnete: «Nun, heute mache ich eine Ausnahme.» Er entfernte den Bunsenbrenner unter der Flasche und drehte sich, vergnügt lächelnd, um. Seine Augen waren intelligent und humorvoll. Er besaß die große Nase der hugenottischen Heureux – englisch Hero –, die die Männer der Familie davon abhielt, hübsch zu sein, sie jedoch nicht daran hinderte, anziehend zu wirken. «So», sagte er, «jetzt erzählen Sie mir alles schön der Reihe nach, meine Liebe.»

Mrs. Harris blickte ihn freundlich und unverschämt zugleich an. «Gott, was für ein Gestank!» sagte sie. «Er heißt Sir Richard Lockerie und kommt aus einem Ort, der wie Paradies-Halle klingt. Er ist ganz nervös und will Sie unbedingt sprechen.»

Der junge Mann sagte halb zu sich selber: «Merkwürdig, Sir Richard Lockerie? Der wohnt doch nicht in Paradine Hall! Haben Sie das auch richtig gehört?» Er betätigte einen Schalter, löschte den Bunsenbrenner und wischte sich die Hände an einem chemikalienbefleckten Handtuch ab. Dann steckte er seine alte Bruyèrepfeife zwischen die Zähne und folgte Mrs. Harris ins Wohnzimmer, wo sein Besucher unruhig auf und ab ging. Er erkannte ihn sofort. Durchdringende blaue Augen, gestutzter Schnurrbart, graumelierte Schläfen, militärische Haltung – er hatte sich nicht verändert.

Hero sagte: «Oh, Sir Richard! Es ist lange her, seit ich zum letztenmal das Vergnügen hatte.»

Ein Ausdruck großer Erleichterung breitete sich über Richard Lockeries Züge aus. «Beim Zeus, Hero», sagte er, «Sie wissen nicht, wie froh ich bin, Sie zu Hause zu treffen. Ich hätte zuerst anrufen sollen, doch ich komme direkt von Paradine Hall.»

«Oh, das habe ich falsch verstanden», sagte Mrs. Harris, die es sich mitten in der Türöffnung bequem gemacht hatte. «Ich dachte, Sie hätten ‹Paradies› gesagt.»

Mr. Hero ging auf sie zu und drehte sie sanft um. «Gehen Sie jetzt, meine Liebe», sagte er. «Ich werde Ihnen später alles erzählen.»

Die apfelwangige Putzfrau mit den unverschämten Augen lachte verschmitzt und sagte: «Daß Sie es ja nicht vergessen! Immer behalten Sie die interessantesten Sachen für sich.» Und damit schlurfte sie davon.

Hero wandte sich zu seinem Besucher und sagte: «Entschuldigen Sie bitte, aber sie führt hier das Zepter. Ich schaffe es nicht ohne sie. Wollen Sie nicht Platz nehmen? Wir haben uns zuletzt in Cambridge getroffen, nicht wahr? Es hat damals großen Eindruck auf uns gemacht, daß Sie und Ihre Kameraden nach sechs Kriegsjahren an die Universität zurückkamen.»

Sir Richard sagte: «Ich erinnere mich, daß ich von einer ungewöhnlichen Leistung beeindruckt war, die Sie vollbrachten, während ich in Cambridge war. Sie retteten Dr. Bingham das Leben. Das ist der Grund, weshalb ich Sie heute aufsuche.» Sir Richard wurde wieder nervös. Er erhob sich, zündete eine Zigarette an, trat an ein Bücherregal und dann ans Fenster, bevor er sich wieder dem jungen Mann zuwandte. «Ich komme mir vor wie ein alberner Narr.»

Hero sagte: «Das dürfen Sie nicht. Die meisten gesunden und vernünftigen Leute werden an sich selber irre, wenn sie glauben, etwas Übernatürliches gesehen zu haben.»

«In Paradine Hall spukt es», stieß Sir Richard hervor. «Das Schloß ist ganz offensichtlich verhext. Unheimlich! Ein junges Mädchen ist auf gemeine Art angegriffen worden. Wenn sie nicht so tapfer wäre, hätte es sie das Leben gekostet. Ich hörte erst gestern abend davon. Etwas geht da vor. In Paradine Hall ist die Hölle los. Ich hätte sie alle für verrückt gehalten – Isobel, Susan, Beth –, wenn ich nicht mit eigenen Augen gesehen hätte, daß ihre phantastischen Geschichten wahr sind. Ich bin ein Dummkopf, Hero, und ich halte mich nicht für einen Feigling, doch ich bin zutiefst beunruhigt.»

«Was haben Sie gesehen?» fragte Hero.

«Gestern abend während des Dinners in Paradine Hall bewegte sich ein Sessel von selbst; Dutzende von Kerzen erloschen ohne jede Ursache, eine um die andere; ein totes Kaninchen lag plötzlich auf einem Teller; und auf der Orchestergalerie erschien die Gestalt einer Nonne. Wir sahen sie alle ganz deutlich, doch nachher war niemand oben.»

«Ach, ja, gewiß, die Nonne», sagte Hero. Er ging zum Bücherregal, entnahm ihm einen Band mit dem Titel ‹Gespenster- und Geistergeschichten aus dem alten Norfolk› und schlug das Kapitel auf mit der Überschrift ‹Die Geisternonne von Paradine Hall›. Er zeigte Sir Richard die Stelle und sagte: «Es handelt sich da um eine sehr bekannte Sage.»

Sir Richard blickte einen Moment in das Buch und sagte unsicher: «Aber das ist doch alles Unsinn, nicht wahr?»

«Zum größten Teil schon», bestätigte Hero.

Der Ausdruck auf Sir Richards Gesicht veränderte sich wieder, und er sagte: «Ich habe sie aber selber gesehen...»

«Tatsächlich?» sagte Hero.

«Ja, mit eigenen Augen. Kurz bevor die letzten Kerzen erloschen und die Panik ausbrach. Ich will versuchen, Ihnen alles genau zu erzählen. Der Paradine Country Club ist Ihnen doch nicht unbekannt, nehme ich an?»

«Ich habe davon gehört. Ein weiterer berühmter Familiensitz, der dem Untergang geweiht ist.»

«Ja. Als der alte Lord Paradine starb, blieb seinem Sohn wegen der hohen Erbschaftssteuern nichts anderes übrig, als sein Schloß in eine Art vornehmen Sportclub zu verwandeln, um Geld hereinzubringen. Sie können sich vorstellen, was für Folgen es haben wird, wenn dieser übernatürliche Unfug nicht aufhört. Einige Gäste sind bereits abgereist. Wenn die Sache bekannt wird...»

«Ja», sagte Hero, «ich verstehe.»

«Das Schloß hat zwei Flügel, den östlichen, der für die Gäste reserviert ist, und den westlichen, wo die Familie wohnt. Es begann im Westflügel im Zimmer von Isobel Paradine, Lord Paradines Schwester. Sie ist unverheiratet und führt das Zepter im Haus. In ihrem Zimmer wurde nachts ein furchtbares Durcheinander angerichtet. Möbel kippten um, Bilder fielen von den Wänden, die Bettdecke rutschte zu Boden.»

«War Miss Paradine anwesend?»

«Ja. Als wir, vom Lärm aufgeschreckt, in ihr Zimmer eilten, saß sie aufrecht in ihrem riesigen Bett, vor Schreck wie gelähmt. Das Porträt ihres Vaters, des verstorbenen Lord Paradine, den sie sehr verehrt hatte, war von der Wand gefallen. Sie schien ganz benommen.»

«Wann hat sich das zugetragen?» fragte Hero. «Können Sie sich an das genaue Datum erinnern?»

«Vor ungefähr zehn Tagen», antwortete Sir Richard, langte in die Rocktasche und zog ein paar Notizen hervor, die er überflog. Hero holte sich ebenfalls einen Notizblock. «Es war am 29. Juni in den ersten Morgenstunden.»

Hero schrieb dies auf. Das Datum bedeutete etwas, doch im Augenblick konnte er sich nicht erinnern, was.

«Waren Sie anwesend?» fragte er.

«Ja», antwortete Sir Richard. «Ich wohne im Schloß. Lord Paradine hat mich freundlicherweise eingeladen, während mein Haus instand gesetzt wird. Ich bin sein Nachbar – Lockerie Manor ist das anstoßende Gut.»

Hero nickte und sagte: «Gut, wenn solche Dinge vorkommen, ist es wichtig, ein paar überlegene Leute dabei zu haben.»

Sir Richards Stimme tönte ganz verzweifelt, als er sagte: «Ich fürchte, es ist mit meiner Überlegenheit nicht mehr weit her. Dieser gemeine Angriff auf Susan Marshall ...»

«Wer ist Susan Marshall?»

«Verzeihung, ich dachte, ich hätte es Ihnen gesagt. Sie ist eine junge Amerikanerin, die bei den Paradines zu Besuch weilt. Ich glaube, es ist besser, wenn ich Ihnen die Sache genau erkläre. Im westlichen Flügel wohnen Lord und Lady Paradine, seine Schwester Isobel und die erwachsenen Kinder Mark und Beth. Mark begann sein Studium in Cambridge, kurz nachdem Sie das Ihre beendet hatten. Susan Marshall ist Beths Freundin und verbringt den Sommer bei ihr. Sie lernten sich in London kennen – ein Mädchen von ungewöhnlicher Schönheit und erstaunlichem Mut. Oh, ich vergaß beinahe, Vetter Freddie zu erwähnen, den Neffen von Lord Paradine.» Sir Richards Gesichtsausdruck verriet Mr. Hero, daß er diesen Vetter Freddie nicht besonders sympathisch fand. «Und dann noch ich selbst natürlich», schloß Sir Richard.

Mr. Hero machte sich auf dem Block einige Notizen, während Sir Richard sprach – Namen und Ortsangaben. Er besaß die Fähigkeit, eine Reihe von Tatsachen aufzuschreiben und gleichzeitig an eine andere zu denken. Seine Fälle begannen oft weit weg vom Ort der Handlung und waren gewöhnlich ebenso eng mit den Leuten verknüpft, die sie berichteten, wie mit der tatsächlichen Erscheinung. Daher war nichts unwesentlich, und es durfte nichts übersehen oder gar vergessen werden. Während er schrieb, ergaben sich für ihn eine ganze Reihe von Fragen: Welches Interesse hatte Sir Richard Lockerie an dieser Affäre? Warum war Susan Marshalls Name schon zweimal erwähnt worden, und in welchem Zusammenhang sprach er von ‹ungewöhnlicher Schönheit› und ‹erstaunlichem Mut›? Weshalb verspürte Sir Richard eine Abneigung gegen diese Person, die ‹Vetter Freddie› genannt wurde? Wenn bereits Gäste vor Angst abgereist waren und das Bestehen des Country Clubs in Frage gestellt wurde, warum suchte ihn dann Sir Richard auf und nicht Lord Paradine? Es war doch Paradines Angelegenheit. Oder vielleicht doch nicht? Hero hatte die Leidenschaftlichkeit bemerkt, mit der Sir Richard vom Mut des Mädchens sprach.

Hero hörte auf zu schreiben, spielte mit dem Bleistift und fragte: «Was ist Miss Marshall passiert?»

«Irgend etwas ist nachts in ihr Zimmer eingedrungen, etwas Widerliches und Scheußliches, und hat sie an der Kehle gepackt – so etwas wie eine eisige Hand. Sie vermeinte, die Nonne zu sehen, doch als es ihr gelang, das Licht einzuschalten, war niemand da. Ich versichere, daß sie nicht hysterisch ist und sich solche Dinge nicht einbildet. Sie hätte den ganzen Vorfall überhaupt nicht erwähnt, wenn nicht die Geschichte beim gestrigen Dinner dazugekommen wäre. Als ich davon hörte, war mir klar, daß es nicht so weitergehen könne, und bat Lord Paradine, mir zu erlauben, Ihre Hilfe in Anspruch zu nehmen. Ich hatte ihm bereits vorher, während des Dinners, einiges von Ihnen erzählt.»

«Ich verstehe», sagte Hero und notierte sich: ‹Witwer, etwa zweiundvierzig Jahre alt, hat einen Sohn von etwa neun Jahren. Romantisches Interesse an junger Amerikanerin. Soviel für den Anfang. Möchte wissen, wo der Sohn ist?› Laut sagte er: «Beschränken sich die Erscheinungen auf den Flügel des Schlosses, wo die Familie wohnt?»

«Nein, sie treten auch im Ostflügel auf, wo die Gäste untergebracht sind. Gegenstände fliegen durch die Luft und fallen von Kaminsimsen und Möbeln; Schritte, Klopfen und andere Geräusche sind zu vernehmen, ohne daß man den Urheber feststellen kann.»

«Oh!» sagte Hero aufrichtig erstaunt. «Das auch noch – Steine und solche Dinge?»

«Manchmal auch eine Kartoffel oder Nüsse oder ein Schuh. Das klingt wohl absolut unsinnig für Sie?»

«Durchaus nicht», erwiderte Hero ernsthaft. «Ganz im Gegenteil.»

Sir Richard sagte: «Eine Harfe spielte – ich versuche, Ihnen in kurzen Zügen einen Eindruck zu vermitteln – oder wurde gespielt, ohne daß jemand anwesend war. Sie steht im Musikzimmer und gehörte Lord Paradines Mutter. Als wir nachschauten, war niemand im Zimmer oder auch nur in der Nähe.»

Mr. Hero blickte von seinem Notizblock auf. «Was war das?» sagte er scharf. «Wissen Sie das ganz genau?»

Sir Richard, verblüfft über Heros heftige Reaktion, blinzelte und sagte nach kurzer Überlegung: «Ich weiß nicht, wie man nach allem, was wir durchgemacht haben, noch irgend etwas ganz genau wissen kann. Ich kann Ihnen nur wiederholen, was wir gehört und gesehen haben. Es trug sich in derselben Nacht zu, als Susan angegriffen wurde, nur wußten wir damals noch nichts davon.»

Mr. Hero machte ein ernstes Gesicht. Er sagte: «Tatsächlich? Ist Ihnen bekannt, daß in der Legende eine Beziehung zwischen der Harfe und der Nonne besteht?»

Sir Richard nickte. «Ich habe davon gehört.»

«Von wem?»

Wiederum klang die Frage ungewöhnlich scharf, und Sir Richard blickte ihn erstaunt an. «Nun, von irgendwem. Solche Dinge hört und weiß man einfach.»

«Können Sie sich nicht erinnern?»

Sir Richard dachte angestrengt nach. «Ich glaube, Isobel erwähnte es und ein Mann namens Jellicot – ein Gast des Clubs.»

Mr. Hero schrieb es auf. «Danke. Und nun zum gestrigen Dinner. Was geschah da ...?»

«Sie möchten sicher alles der Reihe nach hören?»

«Ja, bitte.»

Sir Richard zündete eine Zigarette an, um seine Gedanken zu sammeln, und sagte: «Ich werde mich bemühen, nichts auszulassen, doch Sie wissen ja, wie das ist.»

Mr. Hero lächelte ermunternd und sagte: «Sie sind ein vorzüglicher

Zeuge. Ich wünschte, es gäbe bei meiner Arbeit mehr von Ihrer Art. Versuchen Sie es, sich zu erinnern.»

Zunächst langsam, dann – als die Erinnerung an jede Einzelheit ihn überwältigte – immer schneller berichtete Sir Richard, was sich am gestrigen Abend zugetragen hatte. Mr. Hero unterbrach ihn nicht und machte auch keine Notizen, denn das hätte ihn ablenken können. Der ehemalige Offizier war ein lebhafter Erzähler, und zum Schluß zeigte er Hero, wie Isobel auf der Orchestergalerie gestanden, mit dramatisch ausgestreckten Armen die Vorhänge zurückgeschoben und gerufen habe: ‹Es ist niemand da. Die Galerie ist leer.›

«Sie hatte recht», schloß Sir Richard. «Wir konnten auch nichts entdecken. Doch anderswo war etwas viel Schlimmeres.»

«Was war das?» fragte Hero.

«Als das Licht eingeschaltet wurde, starrte Susan Marshall entsetzt auf ein totes Kaninchen, das, die Drahtschlinge noch um den Hals, plötzlich auf ihrem Teller lag.»

«Aha», sagte Mr. Hero. «Das gefällt mir gar nicht.»

«Dann bin ich also nicht verrückt», sagte Sir Richard. «Sie meinen nicht, daß wir alle übergeschnappt sind?»

«Ganz gewiß nicht.»

«Und Sie glauben, daß Sie uns helfen könnten?»

«Vielleicht», sagte Hero. «Wer waren die anderen Gäste, die bei Tisch saßen?»

«Ich habe eine Liste mitgebracht», sagte Sir Richard.

Hero überflog die sorgfältig geschriebene Aufstellung, die Sir Richard ihm reichte, und las:

Mitglieder des Country Clubs:

Major und Mrs. Howard Wilson vom Middlesex Regiment,

Mr. Horace Spendley-Carter, Unterhausabgeordneter,

Mrs. Spendley-Carter und Tochter Noreen Spendley-Carter (zwölf Jahre alt),

Mr. Alfred Jellicot, Weißwarenhändler aus Manchester, im Ruhestand,

Mr. Dean Ellison, Ingenieur,

Mrs. Geraldine Taylor, Witwe,

Dr. Everard Paulson, Physiker.

Gäste von außerhalb:

Pfarrer Harry Witherspoon, East Walsham,

Dr. Samuel Winters, Arzt in East Walsham.

Nur zwei Namen sagten Hero etwas. Er erinnerte sich an den Unterhausabgeordneten Spendley-Carter als einen geschwätzigen Politiker und an Dr. Paulson als bekannten Atomforscher. Er sagte zu Sir Richard: «In welcher Eigenschaft möchten Sie mich im Schloß sehen? Als Mitglied der parapsychologischen Gesellschaft oder als Privatmann?»

«Selbstverständlich als Privatmann, Hero. Es ist uns sehr daran gelegen, daß von der Affäre möglichst wenig an die Öffentlichkeit dringt.»

Hero deutete auf Lockeries Liste. «Besteht Gefahr, daß sich jemand von diesen Leuten mit der Presse in Verbindung setzt?» erkundigte er sich.

Sir Richard überlegte. «Dem Kerl Spendley-Carter würde ich es wohl zutrauen, falls er sich einen politischen Nutzen davon verspricht. Was die übrigen betrifft, ist meiner Meinung nach nichts zu befürchten, es sei denn von Mr. Jellicot.»

Hero hob fragend die eine Braue. «Oh?» sagte er. «Wer ist denn Mr. Jellicot, und wie kommt er in den Club?»

Sir Richard sagte schnell: «Ganz netter Bursche. Dick, geschäftig und sehr bemüht, allen gefällig zu sein. Er kommt von Manchester und war früher Weißwarenhändler. Er soll einen Freund von Lord Paradine, der ihm aus irgendeinem Grunde verpflichtet war, gebeten haben, ein gutes Wort für ihn einzulegen. Er scheint auch ein Fachmann auf dem Gebiet des Übernatürlichen zu sein oder hat zumindest viel darüber gelesen. Auf jeden Fall spricht er gern von diesem Thema und scheint alles sehr zu genießen, obgleich er es gestern abend wie wir alle mit der Angst zu tun bekam.»

Mr. Hero sagte: «Hm! Wirklich?» zog an der Unterlippe und unterstrich Mr. Jellicots Namen auf der Liste, indem er hinzufügte: «Solche Leute sind anscheinend immer dabei.»

Sir Richard bemühte sich, den schlechten Eindruck zu verwischen, den er von dem Mann vermittelt hatte, indem er sagte: «Ich halte den kleinen Kerl für durchaus harmlos ...» als Hero ihn unterbrach.

«Mag sein, doch die Erscheinungen sind es bestimmt nicht.» Dann fragte er: «Habe ich recht mit der Vermutung, daß Lord Paradine nicht gerade begeistert ist von dem Plan, mich ins Schloß zu holen?»

Lockerie wich der Frage aus, indem er sagte: «Sie werden Lord Paradine als einen offenen Mann kennenlernen, der mit seiner Meinung nicht zurückhält. Er hat im allgemeinen nicht viel Geduld mit Dingen, die er nicht versteht; doch die Geschehnisse der letzten Tage haben ihm schwer zugesetzt, besonders, daß er im Kampf mit dem selbsttätig vorrückenden Sessel unterlegen ist. Und er ist geschäftstüchtig genug, um einzusehen, daß es seinen Ruin bedeutet, wenn die Geschichte ruchbar wird. Dagegen fand ich bei seiner Schwester Isobel volle Unterstützung. Schließlich hat in ihrem Zimmer, wie Sie sich erinnern, alles seinen Anfang genommen. Wenn ein Haus von Ratten oder einer anderen Ungezieferplage heimgesucht wird, zögert man ja auch nicht, den Rattenfänger kommen zu lassen.» Sir Richard errötete vor Verlegenheit und stotterte: «Ich bitte um Verzeihung. Ich hatte nicht die Absicht ...»

Hero lächelte liebenswürdig und sagte: «Keine Ursache. Ich bin ganz Ihrer Meinung. Nun denn, mein Honorar beträgt zweihundertfünfzig Guineen, zuzüglich etwaiger Spesen, und es sind gewisse Bedingungen an meine Zusage geknüpft. Haben Sie die Vollmacht, sie anzunehmen?»

«Ja. Lord Paradine hat die Sache mir überlassen.»

Hero klopfte die Asche aus seiner Pfeife, stopfte sie und zündete sie an. Er sagte: «Sie sind sich bewußt, daß ich keine polizeiliche Autorität besitze? Es ist zwar kein Verbrechen begangen worden, doch selbst wenn es geschehen wäre, könnte ich als parapsychologischer Forscher keine polizeilichen Maßnahmen treffen. Niemand ist gezwungen, mir irgendwelche Auskünfte zu geben, meine Fragen zu beantworten oder auch nur die Wahrheit zu sagen. In Fällen wie diesem sind die Leute oft nicht in der Lage, die Wahrheit zu sagen, selbst wenn sie es gerne möchten. Sie behaupten, Dinge gesehen zu haben, die sie nicht gesehen haben, und haben Dinge übersehen, die sie hätten bemerken müssen. Deshalb muß ich die Untersuchung auf meine Art und Weise durchführen. Ich nehme an, daß ich auf eine gewisse Mithilfe der Familienmitglieder zählen darf, da Lord Paradine Sie ermächtigt hat, mir ein so hohes Honorar zu genehmigen?»

«Oh, selbstverständlich», versicherte Sir Richard eine Spur zu eifrig. «Wir stehen alle zu Ihrer Verfügung und werden uns Mühe geben, Ihnen in jeder Beziehung behilflich zu sein.»

Hero sagte: «Vielen Dank!» und dachte im stillen, daß er vermutlich wenig Unterstützung finden dürfte. «Es wäre mir lieber gewesen, wenn ich zunächst meinen Namen und Beruf hätte geheimhalten können; doch dafür ist es zu spät, da Sie bereits von mir gesprochen haben. Ich verlange, daß ich mich zu jeder Tages- und Nachtzeit in Paradine Hall frei bewegen kann; meine Anweisungen sind ohne Fragen zu befolgen, und wenn die Untersuchung einmal begonnen hat, wird sie unter allen Umständen zu Ende geführt – wie unerfreulich sie auch ausgehen mag ...»

«Unerfreulich?» wiederholte Lockerie. «Das verstehe ich nicht, Hero. Gibt es denn etwas Unerfreulicheres, als wenn die Sicherheit unschuldiger junger Mädchen auf solch abscheuliche und niederträchtige Art bedroht wird?»

Hero notierte im Geist, daß es sich inzwischen nicht nur um ein, sondern bereits um zwei Mädchen handelte. Wer war das andere? «Gewiß», sagte Hero. Und nach kurzer Überlegung: «Die Untersuchungsmethoden der Erforschung übernatürlicher Erscheinungen haben sich in den letzten fünfundzwanzig Jahren gewandelt. Es ist, als wären wir aus dem dunklen Mittelalter in die Neuzeit eingetreten. Es gibt endlose Verästelungen. Manchmal werden bei diesen Untersuchungen die Gefühle der Beteiligten verletzt. Meine Bedingungen, zu denen ich Ihre Zustimmung haben muß, sind folgende: Wenn Sie mich verpflichten, können Sie mich unter keinen Umständen entlassen, bevor der Fall geklärt ist, es sei denn, ich trete selber zurück. Andererseits brauchen Sie mir kein Honorar zu zahlen, wenn es mir nicht gelingen sollte, den Erscheinungen im Schloß ein Ende zu machen.»

Sir Richard sagte: «Ihre Bedingungen sind ungewöhnlich, doch ich verstehe Ihren Standpunkt. Ich akzeptiere sie auf eigene Verantwortung und werde Lord Paradine von ihrer Notwendigkeit zu überzeugen suchen.»

Hero nickte. «Abgemacht. Heute habe ich noch etwas vor; morgen ist Sonntag – ich werde morgen abend vor dem Dinner mit dem Auto im Schloß ankommen. Inzwischen möchte ich Sie bitten, weiterhin genau zu beobachten, was vor sich geht. Oh, noch etwas – bevor Sie zurückkehren, sollten Sie unbedingt noch einen Eisenwarenhändler aufsuchen und einige starke, altmodische Riegel kaufen. Schrauben Sie einen davon innen an Miss Marshalls Zimmertür und auch an die Türen anderer Personen, die in Gefahr sein könnten. Vielleicht wäre es am besten, gleich in allen Zimmern Riegel anzubringen.»

«Riegel!» rief Sir Richard aus. «Welchen Schutz bietet ein Riegel vor einem Gespenst oder einem Poltergeist oder was immer es ist, das im Schloß umgeht?»

«Es würde die Bedrohung immerhin nur auf übersinnliche Wesen beschränken», sagte Hero, «und damit die Möglichkeit weiterer unangenehmer Überraschungen mindestens auf die Hälfte reduzieren.»

Als Hero die Tür öffnete, um Sir Richard hinauszugeleiten, fiel Mrs. Harris beinahe ins Zimmer hinein, was sie aber keineswegs in Verlegenheit brachte. «Ach, geht Ihr Besuch schon?» sagte sie unverfroren. «Ich wollte eben fragen kommen, ob Sie eine Tasse Tee wünschen. Wenn nicht, mache ich mich wieder an die Arbeit.»

Als Hero von der Haustür zurückkam, wischte sie immer noch Staub von den längst sauberen Möbeln. «Das war aber eine lange Unterredung», sagte sie.

«Ja», erwiderte Hero geistesabwesend und fügte dann hinzu: «Seien Sie so lieb und packen Sie mir einen Koffer für eine Woche auf dem Lande. Sie machen das so wunderbar.» Und dann fragte er lächelnd: «Was halten Sie von der Geschichte?»

Mrs. Harris sagte: «Ich konnte hinter der Tür nicht alles genau verstehen, aber er schien für einen so vornehmen Herrn ungewöhnliche Angst zu haben, nicht wahr?» Dann fixierte sie ihn mit ihren runden Knopfaugen und sagte streng: «Und daß Sie sich nicht in Schwierigkeiten bringen, haben Sie verstanden? Mit all diesen Lichtern, die von selbst auslöschen, und Nonnen und Kaninchen und was weiß ich – wir möchten nicht, daß Sie zu Schaden kommen.»

Hero sagte ernst: «Ich verspreche, daß ich aufpassen werde. Nun gehen Sie meinen Koffer packen – und vergessen Sie nicht – eine schwarze Schleife und genügend Smokinghemden!»

Mrs. Harris hatte das letzte Wort. «Nicht genug, daß Sie sich mit Gespenstern herumschlagen wollen, da müssen Sie sich ihretwegen auch noch in Gala stürzen!»

Mr. Hero ging zum Bücherregal und holte sich den Adelskalender von Burke herunter.

4
Meg

In Burkes Adelskalender waren den Baronen Paradine von Paradine Hall ganze vier Spalten eingeräumt. Ihr Geschlecht und Name gingen bis auf das Jahr 1462 zurück. Hero fertigte eine Liste der noch lebenden Familienmitglieder an und notierte sich, daß Thomas Lord Paradine im Jahre 1956 mit achtzig Jahren und seine Frau neun Jahre früher gestorben waren. Sie hatten drei Kinder: John, der jetzige Lord Paradine, geboren 1902; Philip, geboren 1904, in jungen Jahren verstorben; Isobel, geboren 1916, unverheiratet.

Er hob erstaunt die Augenbrauen, als er las, daß John im Jahre 1928 eine gewisse Enid Caly ohne Rang und Namen geehelicht hatte. Sie besaßen zwei Kinder – einen Sohn namens Mark, geboren 1932, und eine Tochter namens Elizabeth, die vier Jahre jünger war. Die Paradines von Paradine Hall hatten in jüngster Zeit offenbar mit Vorliebe unter ihrem Stand geheiratet, denn der zweite Sohn, Philip, hatte ein Fräulein Viola Snape zum Altar geführt, deren Herkunft unbekannt war. Philip und seine Frau lebten beide nicht mehr, dagegen war noch ein Sohn namens Frederick da, wohl der junge Mann, der Vetter Freddie genannt wurde.

Hero klappte den dicken Band zu, langte nach dem Telefon, wählte eine Nummer und sagte, als die Stimme am anderen Ende des Drahtes sich mit «Barbizon, Hoffotograf», meldete: «Guten Tag, ist Meg da?» Dann berichtigte er sich rasch: «Oh, entschuldigen Sie. Könnte ich mit meiner Stiefschwester, Lady Margaret Callandar, sprechen? Hier ist Alexander Hero.»

Als sie am Apparat war, sagte er: «Guten Tag, Meg! Hier spricht Sandro. Störe ich?»

Seine Stiefschwester antwortete: «Ich bin eben an einer Porträtaufnahme, doch wenn ich den Mann einen Augenblick allein lasse, hat er vielleicht einen weniger verkrampften Gesichtsausdruck. Wie geht es dir, mein Lieber?»

«Ausgezeichnet. Hör mal, mir ist eben ein Fall übertragen worden, und ich werde vermutlich deine Hilfe benötigen.»

Meg schien erfreut darüber. «Wunderbar», sagte sie. «Soll ich gleich alles stehen- und liegenlassen?»

«Im Augenblick noch nicht. Doch ich würde vorher gern mit dir darüber reden. Könnten wir heute abend zusammen essen gehn?»

«Ja, mit Vergnügen.»

«In der ‹Antilope› um acht Uhr?»

«Abgemacht.»

«Auf Wiedersehen!» sagte Hero und legte den Hörer auf. Er schien es gar nicht merkwürdig oder ungewöhnlich zu finden, daß ein so hübsches und beliebtes Mädchen wie die Tochter des Earl of Heth sich immer frei machen konnte, wenn er das Bedürfnis hatte, mit ihr zu sprechen.

Im zweiten Stock der ‹Antilope› herrschte bereits eine gemütliche Atmosphäre, hervorgerufen von Rauch, Bierdunst und Menschen, als Mr. Hero und seine Stiefschwester sich an die schmackhafte Fleischpastete machten. Lady Margaret Callandar – der Familienname der Grafen von Heth – war ein großes Mädchen mit trockenem Humor und fröhlichem Wesen, das nicht nur als Fotografin, sondern auf allen anderen Gebieten überaus tüchtig war. Ihr Vater, der verwitwete Earl of Heth, hatte 1934, als Margaret fünf Jahre alt war, die ebenfalls verwitwete Mutter des damals achtjährigen Alexander Hero geheiratet. Sie selbst hatte sich mit neunundzwanzig bereits einen Namen als Fotografin gemacht, verschiedene Preise auf Ausstellungen erhalten und war Teilhaberin des Ateliers Barbizon, des bekannten Hoffotografen.

Auf fotografischem Gebiet gab es auch außerhalb ihrer Ateliertätigkeit nur wenig, worüber sie nicht Bescheid wußte. Ein Jahr lang war sie für den ‹Express› als Fotoreporterin tätig gewesen, hatte in den ‹Eimar Teknikon› Fabriken und Laboratorien in Deutschland gearbeitet und besaß neben ihrem Beruf Kenntnis von einer Menge von Dingen, die ihre königliche Kundschaft wohl schockiert und zweifellos deren Ärgernis erregt hätte, wenn sie davon unterrichtet gewesen wäre. Wegen ihrer guten Einfälle, ihrer Intelligenz und ihres Einfühlungsvermögens bat Hero sie immer wieder einmal um ihre Mithilfe.

Im Augenblick jedoch galt sein Interesse einer anderen Fähigkeit seiner vielseitigen Stiefschwester; aber er wartete, bis sie ihren ersten Hunger mit Pastete und Bier gestillt hatte. Sie trank ihr helles Bier aus, stellte das Glas hin und sagte: «Nun, mein Lieber; wie wäre es, wenn du meine Neugier befriedigen würdest? Wer sucht wen heim und wo?»

«Paradine Hall», erwiderte ihr Stiefbruder, «was aber ‹wer› und ‹wen› betrifft...» Er beendete den Satz nicht, sondern schauderte nur ein wenig, während Meg ihn mit ernsten, neugierigen Augen betrachtete.

«Oh», sagte sie. «Ist es so schlimm?»

«Es ist eine ziemlich trübe Angelegenheit», sagte Hero. «Trinken wir noch ein Bier, und ich erzähle dir, was ich weiß.»

Er begann mit Sir Richards Besuch und allem, was er von ihm erfahren hatte. Als er seinen Bericht beendet hatte, schwieg Meg eine Weile nachdenklich, bevor sie sagte: «Ja, es scheint tatsächlich ein übler Fall zu sein.» Dann blickte sie ihrem Stiefbruder voll ins Gesicht und fragte: «Was beunruhigt dich daran am meisten?»

Hero sagte: «Die Harfe.»

«Ach!» rief Meg erstaunt.

«Harfen spielen nicht in leeren, verschlossenen Zimmern.»

«Noch bewegen sich Möbel von selbst, noch verlöschen Kerzen ohne Ursache...» meinte Meg nachdenklich.

«Hör mal, es gibt gewisse Dinge, über die du vielleicht besser Bescheid weißt als ich. Wer war Enid Clay – die jetzige Lady Paradine?»

Meg hob den Kopf und blickte zur Decke hinauf, und Hero bemerkte flüchtig, wie schön sie war. Ihre Haut hatte einen warmen Goldton, und ihr kastanienbraunes Haar legte sich im Nacken zu einer weichen, schweren Rolle. Ihre haselnußbraunen Augen waren schön geformt, ihr Mund üppig und ausdrucksvoll mit einem leicht belustigten Zug in den Winkeln.

«Clay, Clay?» wiederholte sie. «War nicht kürzlich etwas mit einem Clay? Ja, ich erinnere mich. Ihr Vater, Harvey Clay, der Bierflaschen herstellt, hat kürzlich eine kleine Blondine mit einer Nase wie ein Ferkel geheiratet und will ihr sein ganzes Geld hinterlassen, wenn er stirbt. Die Paradines sind natürlich außer sich vor Wut. Sie hatten fest auf diese Erbschaft gerechnet, damit Paradine Hall nicht länger als Country Club zu dienen braucht, obgleich ich vermute, daß Lord Paradine es eigentlich ganz gern sieht.» Sie schenkte sich noch ein Glas Bier ein und sagte: «Ohne Zweifel eine Flasche von Clay.»

Hero blickte sie belustigt und liebevoll über den Tisch hinweg an. «Du könntest mir das alles nicht noch ein wenig präzisieren?»

«Enids Anspruch auf Ruhm gründete sich auf die Tatsache, daß sie die erste englische Debütantin war, deren Vater bei dieser Einführung in die Gesellschaft einen eigenen Presseagenten bezahlte. Vor dreißig Jahren wurde sie die ‹feurige Debütantin› genannt. Den damaligen Bildern nach war sie mit ihrem roten Haar eine auffallende Schönheit. Als sie John Paradine erwischte, schenkte ihr Vater ihr fünftausend Pfund zur Hochzeit und setzte ihr weitere zehntausend Pfund aus. Natürlich rechneten die Paradines fest mit dieser Erbschaft, und nun, da Papa Clay mit einer jungen Frau herumstolziert, ist die Hoffnung dahin. Ich war einmal mit Vater zu einer Jagdgesellschaft im Schloß, als der alte Lord Paradine noch lebte; doch das ist lange her, und ich kann mich an niemand mehr erinnern als an Isobel.»

«Ach ja, Isobel», wiederholte Hero.

«Eine erstaunliche Frau, die das Zeug zu einer Königin gehabt hätte, einer Schneekönigin. Irgendwann muß da einmal Wikingerblut in die Familie geraten sein. Ihr Haar war silberblond, und ich erinnere mich, daß sie wunderbare Augen hatte und eine starke Persönlichkeit war.»

«Unverheiratet, dem unentbehrlichen ‹Burke› gemäß», sagte Hero.

Meg sagte: «Eine unglückliche Jugendliebe, soviel ich weiß. Sie war ihrem Vater sehr zugetan und führte ihm den Haushalt. Als er starb und der junge Lord Paradine seinen Platz einnahm, blieb sie auf ihrem Platz. Die kleine Enid wäre der Sache ohnehin nicht gewachsen. Ich habe die Einzelheiten vergessen, kann sie aber ausfindig machen, wenn du willst.»

Hero fragte: «Was für ein Mensch ist dieser Paradine?»

Meg zielte mit dem Messer wie mit einem Jagdgewehr in eine Ecke der Gaststube, schnalzte zweimal mit der Zunge, als wolle sie abdrücken, und sagte: «Ein großer Sportsmann, und sonst wenig im Kopf. Soll sehr nett und umgänglich sein. Man sagt, daß Isobel seine Frau unter dem Daumen hat. Im Schloß befiehlt sie.»

«Aha», sagte Hero, denn das konnte für seine Untersuchungen eine gewisse Bedeutung haben. «Hast du von einer jungen Amerikanerin namens Susan Marshall gehört?»

«Ihr Vater war fünf Jahre lang Erster Botschaftsrat bei der Amerikanischen Botschaft in London. Ich glaube, er ist dann in die Schweiz versetzt worden.»

Hero sagte: «Ich liebe dich, mein Konversationslexikon.»

«Ich weiß», erwiderte Meg ironisch, «wenn ich eine Frau wäre, würdest du mich heiraten.» Dann fragte sie plötzlich: «Was hat denn Sir Richard mit dieser Angelegenheit zu tun? Ich weiß, daß er der Nachbar der Paradines ist, aber ...»

Hero erklärte es ihr, und Meg sagte: «Ach, natürlich. Sein Junge muß im Schulalter sein. Ich wußte, daß da noch etwas war. Er soll Isobels große Liebe gewesen sein, aber dann ging er in den Krieg und heiratete ein Mädchen aus der französischen Untergrundbewegung. Sie hatten ein Kind, und dann starb die Französin. Wenn Sir Richard seine Beziehungen zu Isobel wieder aufnehmen möchte, dann wäre dies doch eine gute Gelegenheit.»

Hero sagte: «Ich habe den Eindruck, daß Isobel nicht mehr ans Heiraten denkt und daß Sir Richards Interessen anderswo liegen.»

Meg sagte: «Hm, Gerüchte und Klatsch!»

«Bei der Amerikanerin, Susan Marshall», erklärte Hero. «Es war alles ganz lustig und unterhaltend, bis eines Nachts etwas Widerliches in ihr Zimmer drang und sie am Hals packte. Da bekam es Sir Richard mit der Angst zu tun. Es scheint, daß er Lord Paradine geradezu zwang, mich mit dem Fall zu beauftragen, wobei ihn Isobel unterstützte, da die ganze Sache in ihrem Zimmer begann. Isobel konnte es offenbar nicht ertragen, daß das Porträt ihres Vaters von der Wand heruntergeworfen wurde.»

Meg fragte: «Ist das alles wahr?»

Hero antwortete: «Die Hälfte vielleicht ... oder auch nur ein Viertel, wenn ich Glück habe.»

«Wann fährst du hin?»

«Morgen.»

Meg blickte ihren Stiefbruder mit einem unergründlichen Gesichtsausdruck an. «Du freust dich darauf, nicht wahr?» fragte sie.

«Ja, ganz gewaltig», sagte er. «Die Harfe, weißt du – zum erstenmal sieht es aus, als ob ein Lichtschein ins Dunkle fiele. Wenn ich sie mit eigenen Ohren hören, mit eigenen Augen sehen könnte – nur ein einziges Mal ...»

Sein mageres Gesicht leuchtete vor Begeisterung, und seine Stiefschwester betrachtete ihn mit wehmütigem Lächeln. «Nur ein einziges Mal etwas Echtes, nicht wahr? Und wenn doch wieder nichts dahintersteckt?»

Alles Licht schwand aus Heros Gesicht, und sein Mund wurde schmal und hart, was ihn seine Stiefschwester fast ein wenig fremd machte.

«Dann werden die Betreffenden wünschen, sie wären nie geboren», sagte er.

Es folgte ein kurzes Schweigen, dann fuhr Hero fort: «Schau her, wenn eine Nonne, die seit vierhundert Jahren tot ist, durch das Schloß geistern soll, und die Leute schwören, sie hätten sie gesehen ...»

«Du wirst mich vielleicht benötigen», sagte Meg.

«Ja.»

Meg spielte mit einem Stück Brot und knetete es zwischen ihren langen Fingern. Sie sagte: «Ruf mich, wenn du mich brauchst, Sandro! Ich werde sofort kommen, das weißt du. Warte nicht zu lange damit.» Sie legte ihre schlanke Hand auf seinen Arm und sagte: «Mir ist die ganze Sache unheimlich. Bitte, paß gut auf dich auf!»

Hero nickte etwas zerstreut, denn er dachte über das nach, was sie ihm erzählt hatte, und bemerkte daher nicht, wie besorgt ihre Stimme klang und wie zärtlich ihre Augen auf ihm ruhten.

Alexander Hero, Privatgelehrter des Übersinnlichen, Mitglied der parapsychologischen Gesellschaft, unerbittlicher Feind aller Schwindler und Betrüger in der okkulten Welt, der in seinem elfenbein und schwarzen Bentley von Suffolk nach Norfolk fuhr, gab sich einen Augenblick dem Genuß der landschaftlichen Schönheiten hin. Er würde nun schon vor dem Mittagessen, statt am späten Nachmittag, in Paradine Hall sein, wie er mit Sir Richard abgemacht hatte. Er war, einem Instinkt folgend, schon am Morgen weggefahren, ohne lange zu überlegen. Er glaubte fest, daß solchen Ahnungen eine vernünftige Ursache zugrunde lag, die sich psychologisch erklären ließ. Ein abergläubischer Mensch oder einer, der mit dem komplizierten Mechanismus der menschlichen Seele weniger vertraut war, hätte die Ungeduld, mit der Hero nach Paradine Hall strebte, als eine Art hellseherische Antwort auf einen Hilferuf betrachtet. Doch Hero wäre – hätte er sich die Zeit genommen, genauer zu überlegen – zu dem Schluß gelangt, daß es keiner hellseherischen Fähigkeiten bedurfte. Der Hilferuf war allein durch Sir Richard Lockeries Besuch schon eindeutig manifestiert worden.

Hero war seit seiner Studentenzeit in Cambridge nie mehr in Norfolk gewesen und feierte ein beglücktes Wiedersehen mit dem seidig blassen Blau des Himmels, der die ebene, an Holland erinnernde Landschaft überspannte. Nirgends in ganz England sah man so viel Himmel wie in Norfolk, denn nichts unterbrach die Sicht als gelegentlich eine Windmühle oder der gedrungene normannische Turm einer alten Dorfkirche.

Hero lächelte glücklich wie ein Schuljunge, als er das dreieckige Segel einer Jacht erblickte, die scheinbar auf einem gepflügten Acker schwamm – ein Anblick, wie er sich nirgends auf der Welt sonst bot, denn die Kanaldeiche hier in Norfolk waren so hoch, daß man oft kein Wasser sah und meinte, die Schiffe glitten über das Festland hin. Während der schwere Bentley über die ebene Straße zwischen Norfolk und Yarmouth auf East Walsham zurollte, überkam Hero das Gefühl, schwimmendes

Land unter sich zu haben, das sich eigentlich mit den Gezeiten der Nordsee heben und senken sollte wie eine im Schlaf atmende Brust. Ein fruchtbarer und freundlicher Landstrich – er war eben an einem großen Gut vorbeigekommen, in dessen Feldern es von goldenen Fasanen nur so wimmelte. Er dachte an Megs Beschreibung von Lord Paradine und an die Jagd im kommenden Herbst. Die Straße führte immer weiter ostwärts; Möwen kreisten in der Luft, und die Sümpfe am Meer waren, wie Hero wußte, voller Wasservögel, die dort Nahrung und Nistplätze fanden.

Hero kontrollierte Meilenzahl und Zeit am Instrumentenbrett seines Wagens. Fünfzehn Meilen, noch eine halbe Stunde, und er war am Ziel. Er fuhr nie schnell, denn er wollte die Fahrt genießen und so viel wie möglich sehen. Heros Geschmack, was Autos anbetraf, war typisch für ihn: teuer – das Beste vom Besten – und praktisch. Für niedrige Sportwagen hatte er nichts übrig. Sein Bentley besaß eine Spezialkarosserie, die nach seinen Angaben gebaut worden war und den Komfort eines Hauses mit zehn Räumen aufwies. Das Innere der Limousine konnte nach Wunsch in einen Kombiwagen mit viel Gepäckraum oder in ein zweibettiges Schlafzimmer verwandelt werden. Außerdem gab es darin Abteile, in denen sich Bar, Bibliothek, Küche, Toilette und Büro verbargen.

Der Tag war sonnig, warm und strahlend. Fünf Meilen vor dem Ziel konnte Hero bereits über den Wipfeln der Bäume im Park die markanten Tudor-Türme im Osten, Westen und in der Mitte des Schlosses Paradine Hall erkennen und zwei Meilen östlich davon die Kirche und das Dorf East Walsham. Er blickte auf die Uhr – es war Viertel vor zwölf.

Mr. Hero fragte sich, was für einen Empfang ein Detektiv zu erwarten hatte, der, vom Hausherrn ohnehin nicht gern gesehen, unangemeldet zum Lunch erschien, wenn er erst zum Dinner erwartet wurde.

Doch auf das, was er bei seiner Ankunft vorfand, und auf die Begrüßung, die ihm geboten wurde, wenn man das überhaupt so nennen kann, war er keineswegs gefaßt.

Hero fuhr die breite Allee entlang, die entzückende Ausblicke auf den Park, den vom Burggraben umgebenen Garten und das stattliche Tudor-Schloß gewährte. Er wandte sich nach links auf einen Kiesweg und parkte den Wagen neben mehreren anderen gegenüber dem Ostflügel des Schlosses, das aus zwei imposanten Flügeln und Türmen bestand und von einem Mittelturm beherrscht wurde, der beinahe die Dicke und Höhe eines Glockenturmes erreichte und über eine Unzahl von Dachfenstern und schlanken roten Ziegelschornsteinen ragte. Hero bemerkte, ohne sich im Augenblick etwas dabei zu denken, daß vor dem Gebäude Bauarbeiten im Gange sein mußten, die offenbar etwas mit der Kanalisation zu tun hatten, denn ein tiefer Graben war ausgehoben, und verschiedene Laternen, die nachts wohl als Warnung dienten, hingen am Schutzgatter. Ein großes Fenster, das zu einem Wintergarten zu gehören schien, war mit Brettern verschlagen.

Wie jedesmal, wenn er sich einem Hause näherte, in dem es spukte, fühlte Hero sein Herz schneller schlagen. Obwohl er von Berufs wegen Gespenster vertrieb und beigezogen wurde, wenn übersinnliche Erscheinungen den Wert einer Liegenschaft, die Gesundheit oder gar das Leben der Bewohner bedrohten, war er im Grunde seines Herzens ein Pionier und ein Wahrheitssucher. Trotz der vielen Enttäuschungen bestand immer die Chance, daß die Schranken das nächste Mal durchbrochen und eine echte Verbindung mit der anderen Seite des bisher undurchdringlichen Schleiers hergestellt werden konnte.

Hero blickte auf seine Kalenderuhr; es war kurz vor zwölf an einem Sonntagmorgen, dem 10. Juli. Er begab sich zum Tor unterhalb des Hauptturms und zog am Glockenstrang. Da nach längerer Wartezeit niemand kam, läutete er nochmals.

Diesmal wurde das schwere, geschnitzte Eichentor von einem ehrwürdigen Butler geöffnet. Hero sagte: «Wollen Sie so freundlich sein und Lord Paradine meine Ankunft melden. Mein Name ist Hero – Alexander Hero. Ich werde erwartet.»

Der Butler zögerte. «Ich fürchte, ich darf Seine Lordschaft jetzt nicht stören», sagte er. «Sie sind eben daran, die – hm – Zeremonie zu beginnen.»

Hero blickte ihn erstaunt an. «Wie?» sagte er. «Was soll das heißen? Welche Zeremonie?»

Der Butler antwortete steif: «Das kann ich nicht sagen, Sir.» Er öffnete die Tür zu einem kleinen Vorzimmer. «Wenn Sie vielleicht hier warten wollen, bis sie vorüber ist?»

Hero beschloß, nicht nachzugeben. «Nein», sagte er kurz, «das will ich nicht.» Er entnahm seiner Mappe eine Visitenkarte und übergab sie dem Butler. «Wollen Sie so freundlich sein und sie unverzüglich Lord Paradine übergeben oder, falls er nicht erreichbar ist, Sir Richard Lockerie.»

Der Butler kehrte in wenigen Augenblicken zurück und sagte: «Wollen Sie bitte eintreten, Sir.»

Während er durch die hohe Doppeltür in den eichengetäfelten und mit Bannern geschmückten Saal geführt wurde, hatte Hero einen Moment lang das unheimliche Gefühl, in ein Film- oder Fernsehstudio geraten zu sein, kurz bevor eine Szene aufgenommen wird. Jener Augenblick, da die Schauspieler, zu Statuen erstarrt, in kleinen Gruppen oder an mit Kreide bezeichneten Plätzen stehen und darauf warten, daß der Befehl des Regisseurs und das Summen der Kamera sie zum Leben erweckt.

Im Zentrum der riesigen Halle, an dem zwanzig Fuß langen eichenen Refektoriumstisch, stand ein grauhaariger Geistlicher im weiß und schwarzen Meßgewand der anglikanischen Kirche, mit rosigem Gesicht, schön gescheiteltem, welligem Haar und einer Stahlbrille.

In einer Hand hielt er ein offenes Buch, in der anderen einen Weihwasserwedel. Auf dem Tisch stand ein irdenes Gefäß mit Weihwasser.

Im ganzen hatten sich ungefähr dreißig Leute in verschiedenen Gruppen im Saal versammelt. Auffallend war, daß die Frauen sich wie für den Kirchgang herausgeputzt hatten und Hüte trugen, während die Männer in Alltagskleidern steckten und befangen die Hände über dem Bauch zusammenlegten.

Das Personal von Paradine Hall schien sich vollzählig eingefunden zu haben. Darunter auch Stallknechte, Gärtner und Chauffeure in sonntäglich engen weißen Kragen oder, falls sie Dienst hatten, in Uniform. Als Hero die Halle betrat, rührten sich die erstarrten Gestalten und blickten wie auf Kommando zu ihm hinüber. Der Geistliche schloß verärgert sein Buch, legte den Weihwasserwedel beiseite und fixierte den Eindringling über den Rand seiner Brille hinweg.

‹O Gott!› dachte Mr. Hero. ‹Da findet eine Geisterbeschwörung statt. Ich hätte früher kommen sollen.› Er wußte aus Erfahrung, daß nichts auf der Welt Gespenster, ob echte oder eingebildete, mehr aufbringt, als eine kirchliche Austreibung. Nun, es war offensichtlich zu spät, einzugreifen, doch er war froh, noch rechtzeitig dazugekommen zu sein. Er zweifelte nicht, daß sich daraus Unannehmlichkeiten ergeben würden.

5

Die Geisterbeschwörung

Während er dem Butler in den großen Saal folgte, hielt Hero nach Sir Richard Lockerie Ausschau und entdeckte ihn neben einem Mann mittleren Alters und mittlerer Statur mit schütterem sandfarbenen Haar und vorstehenden Augen. Dies mußte Lord Paradine sein.

Hero, der sich nebenbei auch mit Physiognomik beschäftigte, versuchte, sich ein Urteil über ihn zu bilden, als er sich ihm näherte. Der etwas zu kleine Mund, halb verdeckt von einem unscheinbaren Schnurrbart, hatte etwas von der Reizbarkeit eines Autokraten an sich, doch die Augen waren die eines im Grunde arglosen Mannes. Im Augenblick machte er einen befangenen und gehemmten Eindruck, wohl weil er wie die meisten Männer eine Abneigung gegen jede Art von religiöser Zeremonie empfand.

Sir Richard kam auf Hero zu und begrüßte ihn herzlich: «Hero – ich freue mich, Sie zu sehen. Das ist eine Überraschung, nicht wahr? Wir hatten Sie nicht vor heute abend erwartet. Lord Paradine, darf ich Ihnen Mr. Alexander Hero vorstellen?»

Paradines Begrüßung fiel merklich kühler aus. Er reichte ihm nachlässig die Hand und sagte: «Guten Tag, Mr. Hero! Freut mich, daß Sie kommen konnten.» Der Geistliche in seinem Meßgewand gesellte sich zu ihnen und setzte damit Lord Paradine noch mehr in Verlegenheit. Auch Sir Richard schien es peinlich zu sein. Er sagte: «Pastor Witherspoon, darf ich Ihnen Mr. Alexander Hero vorstellen; er hat sich freundlicherweise bereit erklärt, uns – hm – uns behilflich zu sein.»

Der Pfarrer reichte ihm die schlaffe Hand und sagte: «Freut mich, Sie kennenzulernen, Mr. Hero. Sie sind, wie ich höre, gebeten worden, diesen unheilvollen Erscheinungen auf den Grund zu gehen. Ihre Anwesenheit wird jedoch kaum mehr nötig sein. Ich habe Lord und Lady Paradine gebeten, mir zu gestatten, einen Gottesdienst zur Bannung der bösen Geister abzuhalten. Ich werde gleich damit beginnen und hoffe, das Schloß für alle Zeiten von solchen Heimsuchungen zu befreien.»

Ein ungewöhnlich großer, dicker und grobschlächtiger junger Mann von ungefähr neunundzwanzig Jahren mit langem glattem Haar, einem Polypenmund und frechem Blick sagte zu Hero, ohne vorgestellt worden zu sein: «Der Herr Pfarrer kommt zuerst an die Reihe. Sie müssen hinten antreten, mein Freund.»

Lord Paradine und Sir Richard nahmen keine Notiz von dem jungen Mann, und Hero hielt es daher auch nicht für nötig, sondern sagte in unverbindlichem Tonfall zu Pastor Witherspoon: «Ja, ich verstehe.»

«Sie haben doch nichts dagegen?» fragte der Geistliche aggressiver als angebracht erschien.

Hero fühlte sich in die Enge getrieben, denn er wußte, daß er sich nichts vergeben durfte. Er glaubte auch, eine gewisse Feindseligkeit wahrzunehmen. Er hatte keine Zeit, sich umzusehen, doch in seinem engeren Blickfeld bemerkte er ein auffallend schönes dunkelhaariges Mädchen und einen jungen Mann mit rotem Haar, daneben eine sehr schlanke und elegante Frau mit heller Haut, klaren, eindringlichen Augen und einem feuchten roten Mund. Sie stand bei einem Mann, dem man schon von weitem den Offizier ansah, und einer gedrungenen, sportlich gekleideten Frau mit breiten Hüften und blaugetöntem Haar.

«Ich hätte es vorgezogen, mich zuerst ein wenig umzusehen, doch habe ich nichts dagegen, wenn Sie jetzt beginnen wollen.»

Pfarrer Witherspoon sagte in leicht gönnerhaftem Ton: «Das ist sehr freundlich von Ihnen, junger Mann. Ich werde die anglikanische Fassung einer alten Beschwörungsformel aus dem siebzehnten Jahrhundert benützen. Kennen Sie sie?»

Hero antwortete: «Ich kenne einige Dutzend Geisterbeschwörungsformeln, doch spielt es keine große Rolle, welche Sie benützen, solange das Herz rein und der Zweck lauter ist. Sonst allerdings kann es sich als gefährlich erweisen.»

Der Pfarrer warf Hero einen prüfenden Blick zu, konnte aber nichts Beleidigendes in seinem Gesichtsausdruck entdecken.

Lord Paradine sagte: «Jaja, selbstverständlich. Könnten Sie noch einen Augenblick warten, Pastor Witherspoon? Enid, das ist Mr. Alexander Hero.»

Hero verbeugte sich vor der gelangweilt dreinblickenden Frau mit dem roten Haar, die früher eine ungewöhnliche Schönheit gewesen sein mußte. Lady Paradines kraftlose Hand ruhte einen Augenblick in der seinen.

«Meine Schwester Isobel.»

‹Ha!› dachte Hero. ‹Die Frau, die angeblich Lady Paradine unter dem Daumen halten soll. Das kann ich mir gut vorstellen.› Ihre Begrüßung klang aufrichtig und herzlich. Die Hand, die sie ihm entgegenstreckte, war fest, ihr Lächeln offen und freundlich. Sie sagte: «Seien Sie willkommen!» Mit ihrem hellen, silberblonden Haar, dem langen Gesicht und den grünlichen Augen war sie die auffallendste Gestalt im Saal. Sie war elegant gekleidet; doch Hero hatte das Gefühl, daß der Hut, den sie trug, aus einem anderen Jahrzehnt stammte, und so als hätte sie seit langer Zeit keine Hüte mehr getragen.

«Meine Tochter Beth und mein Sohn Mark», sagte Lord Paradine, «und das ist Susan Marshall, die bei uns zu Gast ist.»

Hero empfand vom ersten Augenblick eine warme Zuneigung zu den dreien. Die beiden Mädchen waren gleich alt, der Sohn, Mark Paradine, einige Jahre älter. Er hatte einiges von der Schönheit seiner Mutter geerbt, doch Hero fand seine Vitalität und seine ganze Persönlichkeit sehr viel anziehender.

Hero erkannte sogleich, daß Elizabeth Paradine der Typus des allzu behüteten englischen Mädchens strenger Eltern war; ihr blasses Gesicht, ihre Schüchternheit und Nervosität, die sich durch die kürzlichen Ereignisse im Schloß noch verstärkt haben mochten, waren ein deutliches Zeichen dafür. Doch selbst in der kurzen Zeitspanne, da sie sich gegenüberstanden, vermeinte er noch etwas anderes an ihr zu entdecken, das er aber einstweilen nicht ergründen konnte. Unter ihrem lieblichen, blonden Äußeren verbarg sich eine tiefe innere Not.

Der Gegensatz zwischen ihr und ihrer amerikanischen Freundin Susan Marshall war so ausgeprägt, daß Hero heimlich lächeln mußte und dachte: ‹Extrovertiert und introvertiert ergeben die besten Freundschaften.›

Susan Marshall war eine amerikanische Schönheit, doch nicht von der gewöhnlichen Art. Denn obschon sie alle körperlichen Vorzüge aufwies, welche diese Nation von ihren Frauen fordert – eine gut proportionierte, sportliche Gestalt, klare, schöne Züge, helle braune Augen und kräftige weiße Zähne, dunkles, glänzendes Haar und einen roten Zigeunermund –, besaß sie auch ungewöhnliches Selbstbewußtsein und Selbstdisziplin, gepaart mit echter Lebensfreude, Intelligenz und Freimütigkeit. Susan Marshall war eine Persönlichkeit und eine sehr anziehende dazu, fand Hero. Die Bewunderung mußte in seinem Gesicht zu lesen sein, denn sie lächelte ihn freundlich an und drückte ihm kräftig die Hand. Sie sagte: «Ich bin froh, daß Sie gekommen sind – sehr froh.» Ihre Stimme war so angenehm wie sie selbst und ohne jeden Akzent. Er schloß daraus, daß sie im Ausland erzogen worden war.

«Richard», sagte Paradine, «willst du die weiteren Vorstellungen übernehmen!»

Hero hatte von Sir Richard bereits eine ziemlich genaue Beschreibung der Gäste des Country Clubs erhalten. Außerdem hatte er die Namen auf der Liste auswendig gelernt. Nun, da er diesen Menschen persönlich gegenüberstand, mußte er feststellen, daß Lockeries Urteil und Beobachtungsvermögen gar nicht schlecht waren. Mr. Jellicot war tatsächlich ein kleiner, dicker Mr. Pickwick, der fast platzte vor Wichtigtuerei und unterdrückter Aufregung. Das affenähnliche Gesicht von Dr. Paulson, in dem er während der Begrüßung eine gewisse Feindseligkeit wahrzunehmen glaubte, war ihm von Fotografien her bekannt. Der eisengraue Ingenieur Ellison zeigte keine Spur von Interesse, als sie einander vorgestellt wurden. Horace Spendley-Carter war überschwenglich und übertrieben freundlich, seine Frau unscheinbar und bedrückt. Auf die geradezu rührende Häßlichkeit des Kindes Noreen, das ihnen gehörte, war Hero nicht vorbereitet. Er erinnerte sich, daß Lockerie gesagt hatte, Major Wilson, der Offizier, habe eine blonde Frau, doch überraschte ihn der Hunger in den Augen dieser blassen, schlanken Frau, die seine Hand einige Sekunden länger in der ihren hielt als die anderen. Der Major mit dem zurückweichenden Kinn und den kalten Augen war eindeutig feindselig. Er reichte Hero nicht einmal die Hand, sondern nickte bloß und brummte etwas vor sich hin. Die untersetzte, derbe Witwe mit dem blaugetönten Haar, Mrs. Geraldine Taylor, war genau wie beschrieben. Und schließlich der ungeschlachte und unhöfliche junge Mann, natürlich Vetter Freddie, Lord Paradines Neffe, der Hero seine dicke, schlaffe Hand reichte und sagte: «Willkommen in Madame Tussauds Wachsfigurenkabinett! Folterkammer im Keller, einen halben Shilling extra.»

Als die Begrüßung beendet war und sich die Anwesenden miteinander unterhielten, gab Sir Richard die Ursache seiner Verlegenheit kund, indem er leise murmelte: «Es tut mir leid, Hero – ich wurde richtiggehend überrumpelt. Als der Pfarrer vernahm, daß wir Sie herbestellt hatten, beharrte er auf einer sofortigen ...»

Hero fragte: «Wer hat ihm gesagt, daß ich mit dem Fall beauftragt worden bin?»

Sir Richard senkte seine Stimme noch mehr und entgegnete: «Vetter Freddie. Man kann sich darauf verlassen, daß er alles verpfuscht. Sie halten wohl nichts von dieser Zeremonie?»

Hero sagte: «Mir persönlich ist das gleichgültig. Wo schwarze Magie im Spiele ist, kann ein wenig weiße nichts schaden. Doch es ist schon vorgekommen, daß es die Krise beschleunigte, was oft mit unangenehmen Folgen verbunden ist. Nun ...» Der unvollendete Satz und sein Blick zum Pfarrer hinüber, der Anstalten traf, mit der Zeremonie zu beginnen, besagten, daß sie das in Bälde erfahren würden.

Pfarrer Harry Witherspoon, das alte, ledergebundene Buch geöffnet in einer Hand, den in Weihwasser getauchten Wedel in der anderen, begab sich in die Mitte des Saales, kniete nieder und begann: «O allmächtiger Vater, ewiger Gott und Vater unseres Herrn Jesus Christus, der du den gefallenen und flüchtigen Tyrannen dem ewigen Höllenfeuer übergabst; der du deinen einzigen Sohn in die Welt sandtest, damit er den Geist des Bösen besiege ...»

Mr. Hero empfand plötzlich Sympathie für diesen harmlosen und aufrichtigen Mann. Während er vor kurzem noch ein aufdringlicher und geradezu aggressiver Wichtigtuer gewesen war, der seinen Willen durchsetzen wollte, strahlte er nun eine schlichte Würde aus. Sein Glaube verlieh ihm menschliche Größe.

Hero, der neben Sir Richard stand, paßte auf, wer von den Anwesenden, wie Lockerie und er selbst, stehen blieb und wer nicht. Lord Paradine stand mit vor Ärger gerötetem Gesicht da, während Lady Paradine und ihre Schwägerin Isobel auf den Knien lagen. Die letztere erinnerte Hero irgendwie an ein mittelalterliches Burgfräulein. Die edle Haltung ihres silberblonden Hauptes und der weiche Zug um den Mund rührten ihn. Sie gab sich ganz dem Augenblick hin. Hero dachte, daß Isobel wohl kaum je mit ihren Gefühlen zurückhalten würde.

Mrs. Wilson kniete neben Beth, doch ihre Augen wanderten unruhig umher. Es erstaunte ihn nicht, daß Susan Marshall aufrecht und stolz, aber nicht abweisend, dastand. Was immer ihre Überzeugungen sein mochten, sie schien seelisch zwar bereit, mitzumachen, wollte aber zugleich ihre Unabhängigkeit bewahren. Sie hatte sich selbst völlig in der Gewalt und würde schwer zu beeinflussen sein, dachte Hero. Mark Paradines rotes Haar leuchtete dicht neben ihrer dunklen kastanienbraunen Mähne. Sein Blick ruhte hingerissen, nicht etwa auf dem betenden Geistlichen, sondern auf Susan. ‹Achtung! Der Sprößling und Erbe der Paradines war mit Haut und Haaren in die junge Amerikanerin verliebt. Ebenso, wenn auch mit etwas mehr Zurückhaltung, der stattliche Nachbar Sir Lockerie!›

Das zwölfjährige Kind kniete neben seiner Mutter, Mrs. Spendley-Carter; doch Hero bemerkte, wie sie ihm verstohlen zublinzelte, und mußte sich beherrschen, um nicht zurückzublinzeln. Er war überzeugt, daß sie in schrilles Kichern ausgebrochen wäre, wenn er es getan hätte. Alle Männer standen stramm – mit Ausnahme von Mr. Jellicot.

Der Pfarrer erhob sich von den Knien, machte das Zeichen des Kreuzes und sprach mit erhobener Stimme: «Ich befehle dir, unreiner Geist, wer immer du sein magst, mit allen deinen Gehilfen, die von diesem Haus Besitz ergriffen haben, bei den Mysterien der Inkarnation, Passion, Auferstehung und Himmelfahrt unseres Herrn Jesus Christus, beim Heiligen Geist und beim Erscheinen Gottes, des Herrn, am Jüngsten Tag, mir durch ein Zeichen kundzutun, welches dein Name und der Tag und die Stunde deines Wegganges sind.»

Paradine machte ein grimmiges Gesicht, und Hero konnte ihn in Gedanken fortfahren hören: ‹Und wenn ich euch dabei erwische, daß ihr in meinem Hause Unfug treibt ...› Hero drehte den Kopf und fühlte den Blick von Major Wilsons Frau auf sich ruhen; sie starrte ihn unverwandt und freimütig an. Ihre Augen trafen sich, und die Botschaft, die sie ihm sandte, war unmißverständlich. Er schaute rasch weg und zu Susan Marshall hinüber. Worin lag das Geheimnis, das sie umgab? In der anscheinend unbezwingbaren Festung ihrer Persönlichkeit? Er sagte zu sich selbst: ‹Vorsicht, Hero, hier gilt es, aufzupassen.›

Lady Paradines Augen waren gesenkt, doch die Isobels schweiften in der großen Halle umher, verweilten auf dem kalten, polierten Metall der alten Rüstungen, den warmen Farben der Wandteppiche, den Bannern längst verstorbener Paradines und dem geheimnisvollen Dunkel der Musikantengalerie. Dann hefteten sie sich auf den Geisterbeschwörer. Hero zweifelte nicht, daß Isobel die eigentliche Herrin des Schlosses Paradine Hall war.

Pfarrer Harry Witherspoon donnerte: «Ich beschwöre dich, du alte Schlange, du verworfener Drache, im Namen des unbefleckten Lammes, das die Giftschlange und den Basilisk zertrat, verlasse dieses Haus, erbebe und fliehe, wenn wir den Namen des Herrn anrufen, vor dem die Hölle erzittert.» Er sprengte Weihwasser in alle vier Windrichtungen.

Irgendwo im oberen Stock ertönte ein schreckliches Krachen, gefolgt von durchdringenden Schreien, einer immer lauter als der andere – eilige Schritte waren zu vernehmen. Alle Anwesenden erstarrten vor Schreck, außer Mr. Hero, der etwas Ähnliches erwartet hatte und murmelte: «Genau im richtigen Moment, was mag es wohl sein?»

Seine Frage wurde vom Zimmermädchen beantwortet, das in Schürze und Haube schreckensbleich durch die Tür der großen Halle gestürzt kam. Der Anblick der Versammlung schien sie ein wenig zu beruhigen, und der nächste Schrei erstarb auf ihren Lippen. Sie rannte, ohne Lady Paradine zu beachten, auf Isobel zu und rief: «Miss Isobel! Miss Isobel! Oh, mein Gott, es hat mich so erschreckt – im Zimmer der jungen Dame – Miss Susan!»

Isobel erhob sich, ruhig, gefaßt und kühl. Sie sagte: «Nimm dich zusammen, Lucy. Was ist passiert? Sicherlich nichts, was einer erwachsenen Frau solche Angst einjagen kann.»

Das Mädchen gab sich alle Mühe, doch seine Augen waren immer noch vor Entsetzen geweitet, und es stotterte: «Ich ging ins Zimmer der jungen Dame und . . .» Die Erinnerung an das, was sie gesehen hatte, überwältigte sie, und sie sank auf die Knie und preßte die Hände vors Gesicht.

Hero sagte mit harter Stimme zu Sir Richard Lockerie: «Kommen Sie!» Mark Paradine gab er mit einer Kopfbewegung zu verstehen, daß er sich anschließen solle, und Susan Marshall rief er zu: «Miss Marshall, wollen Sie uns bitte in Ihr Zimmer führen – schnell, sofort!»

Susan starrte ihn verständnislos an. «Mein Zimmer?» sagte sie. «Weshalb? Ich verstehe nicht.»

Hero herrschte sie an: «Das ist auch gar nicht nötig; tun Sie, was ich sage. Aber rasch, wenn ich bitten darf.»

Nun erkannte sie die unterdrückte Erregung in seiner Stimme und zögerte nicht länger, sondern eilte mit ihm, Sir Richard und Mark in den oberen Stock. Ihnen auf den Fersen folgte Mr. Witherspoon mit dem Weihwedel in der Hand. Susan nahm, gelenkig wie sie war, gleich drei Treppenstufen auf einmal, und ihr dunkles Haar flog nur so. Oben angekommen, rannte sie den Korridor entlang nach links, bis sie eine verschlossene Tür erreichte, jene, die das Zimmermädchen in seiner Angst zugeknallt hatte. Sie hielt davor inne, nicht etwa aus Feigheit oder Nervosität, sondern weil sie nicht wußte, was Hero von ihr erwartete. Für den Augenblick hatte er sie ganz in seiner Gewalt, ohne daß sie sich dessen bewußt gewesen wäre.

«Treten Sie alle zurück!» befahl Hero. Er drückte die Klinke herunter, stieß die Tür auf und trat ein. Hinter ihm ertönte eine halb hysterische, halb schockierte Stimme: «Satanas! Satanas!» Sie entrang sich der Kehle des Pfarrers, der mit grauem Gesicht und offenem Mund in den Raum blickte und sich krampfhaft bekreuzigte.

Im Zimmer herrschte ein unbeschreibliches Durcheinander. Auf den ersten Blick sah es aus, als hätte ein Wirbelsturm darin gehaust. Dekken und Bettwäsche waren aus dem Himmelbett gerissen worden, Kissen aus den Hüllen gezerrt und auf der bloßen Matratze aufgetürmt. Der Boden war übersät mit weiblichen Kleidungsstücken; unordentlich übereinandergeworfene Tennis-, Abend- und Straßenkleider, Nachthemden, Morgenröcke, Unterwäsche und ein Gewirr von Nylonstrümpfen. Mäntel, Schuhe und Hüte lagen auf einem anderen Haufen, und offene Koffer und Taschen standen herum.

Schubladen und Schränke waren aufgerissen, Puder verstreut, Lippenstift verschmiert, Flaschen ausgegossen, Bürsten und Toilettengegenstände zu Boden gefegt. Die Spiegel waren zur Wand gedreht worden, ebenso die Bilder, die schief hingen und den Rücken zeigten. Lampen, Gläser, Vasen, Wasserkrüge standen auf dem Kopf; alle elektrischen Birnen waren ausgeschraubt und lagen am Boden.

Susan Marshall stand neben dem erschreckten und unglücklichen Geistlichen in der Türöffnung. Zornestränen funkelten in ihren Augen, und ihre Wangen waren gerötet. Sie schämte sich, daß ihre intimsten Kleidungsstücke und Habseligkeiten von fremden Händen berührt worden und allen Blicken preisgegeben waren.

«Oh», rief sie, «ein Vandale hat hier gehaust! Das ist kein Spaß mehr, das ist ganz abscheulich!»

Mark Paradine war bleich vor Wut, und seine Hände öffneten und schlossen sich krampfhaft. Doch Lord Paradine rief: «Was, zum Teufel, soll das heißen? Das Zimmer ist durchsucht worden. Isobel, wir müssen der Sache auf den Grund gehen!»

Isobel legte den Arm um Susan und sagte: «Das war ein schlechter Spaß, meine Liebe.»

«Oh», jammerte Susan, «all meine Sachen!» Sie ging zum Toilettentisch, wo ihr Schmuck – ein paar Armbänder, Ringe, Broschen und eine Perlenkette – in einem Häufchen verschüttetem Puder lagen, und Hero befahl streng: «Warten Sie, Miss Marshall, wenn ich bitten darf. Es soll nichts angerührt werden.» Er stand in der Mitte des Zimmers und blickte sich empört um.

Pfarrer Harry Witherspoon hatte seine Fassung einigermaßen wiedergefunden. Er drängte sich durch die Leute an der Tür und sagte: «Gestatten Sie, gestatten Sie. Ich muß hinein. Das ist unerhört, unerhört. Die Geisterbeschwörung muß unverzüglich fortgesetzt werden.»

«Nein», sagte Mr. Hero energisch, «für jetzt ist's genug. Später vielleicht, doch jetzt nicht. Sie hat nichts genützt.»

Eine krächzende, spöttische Stimme ließ sich von der Tür her vernehmen: «Sie wollen doch nicht etwa behaupten, daß Sie an diesen Humbug glauben!» Die Attacke kam von dem hämischen alten Offizier, Major Wilson.

Hero entgegnete: «Nein, ich nicht, doch sollte es auch für Sie offenkundig sein, daß irgendwas dran glaubt und äußerst heftig darauf reagiert hat.»

Lord Paradine schnaubte irritiert durch die Nase: «Irgendwas – Sie wollen sagen ‹irgendwer›, nicht wahr? Jemand hat in Susans Zimmer etwas gesucht.»

Hero schenkte ihm nur halbe Aufmerksamkeit, denn er war zu sehr mit dem beschäftigt, was sich in dem Zimmer zugetragen hatte und was es ihm verriet. «Falls es sich um ein körperliches Wesen handelt, so ist dies wohl eher ein Fall für die Polizei als für einen Gespensterforscher», sagte er.

Mr. Jellicot drängte sich so weit vor, daß er einen Blick ins Zimmer werfen konnte, und murmelte: «Du meine Güte, muß der Poltergeist aber böse gewesen sein! Es hat ihn sicher jemand geärgert.» Und dann fügte er errötend hinzu: «Ich bitte um Verzeihung, Mr. Witherspoon, ich hatte nicht die Absicht...»

Paradine schrie aufgebracht: «Quatsch, Sir! Der Fall ist doch klar. Jemand hat sich an Miss Marshalls Sachen zu schaffen gemacht, um etwas zu suchen oder zu stehlen.»

Hero wußte nun, was ihm so ungewöhnlich, ja geradezu methodisch an diesem Chaos vorkam, und er faßte einen Entschluß. Er flüsterte Sir Richard etwas zu, der es Lord Paradine weitersagte. Seine Worte hatten offenbar eine beruhigende Wirkung, und Paradine wandte sich zu den Leuten an der Tür und sagte: «Es tut uns allen sehr leid, daß dies passiert ist, doch handelt es sich um eine private Angelegenheit. Wenn es Ihnen nichts ausmacht, würden wir es vorziehen, wenn...» Er ließ den Satz unvollendet und fügte dann hinzu: «Wir werden später darüber sprechen, Mr. Witherspoon. Wollen Sie uns jetzt bitte entschuldigen.»

Vetter Freddie dolmetschte: «Er will sagen, Sie sollen machen, daß Sie fortkommen», erklärte er lachend, «und uns unseren privaten Greueln allein überlassen.»

Es blieb den Gästen nichts anderes übrig, als gute Miene zum bösen Spiel zu machen und sich, wenn auch ungern, zurückzuziehen. Im Zimmer blieben nur die Mitglieder der Familie Paradine samt Vetter Freddie sowie Susan Marshall, Sir Richard und Mr. Hero.

6

Wer haßt Susan Marshall?

Hero wandte sich an die bestürzten und aufgebrachten Menschen in dem verwüsteten Zimmer und sagte: «Verzeihen Sie, wenn ich so energisch vorgehe, aber ich möchte ohne fremde Zeugen mit Ihnen über den Zustand dieses Zimmers sprechen.»

«Es sind alle weg», bemerkte Lord Paradine gereizt. «Schießen Sie los.»

Hero sagte: «Ich möchte Sie bitten, dieses Zimmer nochmals genau zu betrachten – die Unordnung und die Lage der verschiedenen Gegenstände darin –, doch mit anderen Augen.»

Paradine sagte: «Was soll das heißen, ‹mit anderen Augen›? Mir scheint es eindeutig ...»

Der unausstehliche Vetter Freddie, der während der Störung der Geisterbeschwörung sehr kleinlaut geworden war, fand sein Selbstvertrauen wieder und sagte: «Sie wollen doch nicht behaupten, ein Gespenst habe diese Bescherung angerichtet, mein Freund?» Damit sprach er aus, was allen auf der Zunge lag.

Hero antwortete: «Das weiß ich noch nicht; aber ich bin hergerufen worden, weil einige oder auch alle von Ihnen die Vermutung hegen, es spuke in Paradine Hall. Es ist jedoch etwas anderes an diesem Zimmer, worauf ich Ihre Aufmerksamkeit lenken möchte.»

Lord Paradine, dem die Sache mehr zusetzte, als er wahrhaben wollte, rief aufgebracht: «Der Fall ist doch ganz klar – hier ist ein Dieb eingebrochen und hat alles ausgeräumt, und wenn ich ihn erwische ...»

«Drehe ich ihm den Kragen um», schloß Mark Paradine an seiner Stelle, und es war ihm bitter Ernst damit.

Beth sagte: «Ich schäme mich so – in unserem Haus, Susan.»

Doch Susan wartete gespannt, wie Hero die Sache erklären würde, und Sir Richard sagte: «Wenn Sie eine Theorie haben, Hero ...»

«Es ist keine Theorie», erwiderte Hero, «sondern eine offensichtliche Tatsache. Lord Paradine hat soeben das Wort ‹ausgeräumt› gebraucht. Das stimmt, doch in einem anderen Sinn. Es hat keine Durchsuchung stattgefunden. Miss Marshall selbst sollte aus diesem Zimmer vertrieben werden, darum wurde alles ausgeräumt.»

In das betretene Schweigen, das auf diese Feststellung folgte, fiel Susans erstaunter Ausruf: «Aber natürlich! Jetzt verstehe ich! Darum ist das Bett abgezogen und alles aus dem Schrank und den Schubladen herausgezerrt worden.»

Heros Augen wanderten im Zimmer herum. «Ja», sagte er, «so ist es leider. Beachten Sie, daß die Koffer geöffnet, die Spiegel gegen die Wand gedreht, Gegenstände auf den Kopf gestellt, der Papierkorb umgekippt und sogar die elektrischen Birnen ausgeschraubt worden sind. Dies alles kann nur als Warnung gedeutet werden oder als deutlicher Wink, daß Miss Marshalls Anwesenheit in Paradine Hall nicht länger erwünscht ist.»

Die Wirkung seiner Worte und der Schock, ihre intimsten Kleidungsstücke den Blicken aller Anwesenden preisgegeben zu sehen, waren zuviel für Susan. Sie verbarg das Gesicht in den Händen und begann zu schluchzen. Sogleich umringten sie alle und versuchten, sie zu trösten. Beth nahm sie in die Arme, und Sir Richard und Mark standen hilflos daneben, wie das Männer in Gegenwart weinender Frauen zu tun pflegen.

Hero betrachtete die Gruppe mit seinen wachen, intelligenten Augen, und sein Blick blieb auf Lady Enid Paradine haften. Ihr Gesichtsausdruck verwunderte ihn. ‹Es läßt sie völlig kalt›, dachte er bei sich. ‹Doch Isobel nicht – Isobel tut es leid, sehr leid sogar.› In diesem Augenblick sagte sie: «Wir bedauern alle von Herzen, was sich da zugetragen hat. Wir fühlen mit dir, Susan, so als wären wir deine eigene Familie und dies dein eigenes Heim.»

Susan wischte sich mit dem Taschentuch die Tränen aus den Augen und versuchte zu lächeln. Sie fand ihre gewohnte Selbstbeherrschung wieder und sagte: «Verzeihung, daß ich mich so gehenließ. Es war zu viel auf einmal – dies hier und das andere.» Und dann fügte sie hinzu: «Aber es ist wirklich so, wie Mr. Hero sagt.»

Sir Richard wandte sich an Hero. «Glauben Sie? Sind Sie überzeugt davon?»

Hero antwortete: «So leid es mir tut – es besteht kein Zweifel. Hat jemand von Ihnen eine Ahnung, wer in diesem Hause Miss Marshall übelwill und sie auf diese Weise zur Abreise zwingen möchte?»

«Was?» brüllte Lord Paradine. «Soll das heißen...? Das ist ja lächerlich!»

«Das ist unerhört!» entgegnete der junge Paradine scharf.

«Den Gedanken können Sie sich aus dem Kopf schlagen, Hero», sagte Sir Richard, nun auch ärgerlich.

«Vielleicht unter den Gästen des Country Clubs?» fuhr Hero unbeirrt fort.

Lady Paradine ließ sich plötzlich vernehmen: «Es sind einige ganz unmögliche Leute darunter.»

«Sie ermöglichen es uns, Paradine Hall zu erhalten.» Die leise, beinahe tonlose Bemerkung stammte von Isobel.

«Aber ich kenne ja niemand persönlich», sagte Miss Marshall.

«Ich dachte, Ihre Spezialität wären Gespenster», sagte Vetter Freddie.

«Darauf wollte ich eben zu sprechen kommen», erklärte Hero ruhig. «Hat jemand von den Anwesenden eine Ahnung, weshalb ein übersinnliches Wesen – welcher Art es auch sein mag – seine Bosheit auf Miss Marshall konzentrieren sollte?»

«Sie scheinen zu vergessen», bemerkte Isobel Paradine, indem sie ihr königliches Haupt zu Hero hinüber neigte, «daß auch in meinem Zimmer merkwürdige Dinge vorgekommen sind.»

«Ich habe es nicht vergessen», entgegnete Hero.

Zu seinem Erstaunen stieß die sonst so schüchterne Beth mit großer Heftigkeit hervor: «Die Harfe ist erklungen! Wir haben sie alle gehört. Und die Nonne geht um. In der alten Sage heißt es doch: ‹Wenn die Harfe von selbst ertönt, droht den Paradines Gefahr!›» Sie brach in Tränen aus und rief: «Oh, Susan, ich habe solche Angst, es könnte dir etwas zustoßen!»

Hero warf ihr einen prüfenden Blick zu. Sein inneres Ohr vermeinte eine gewisse Unaufrichtigkeit aus ihrer Stimme herauszuhören, und er dachte bei sich: ‹Wie sonderbar. Was hat das nun wieder zu bedeuten?›

Lady Paradine widersprach scharf: «Das ist doch lächerlich, Beth, Susan Marshall ist keine Paradine.»

Mark Paradine machte eine Bewegung, als wolle er widersprechen, beherrschte sich dann aber und schwieg.

«Vielleicht gilt der alte Fluch für alle Leute, die unter diesem Dach wohnen», meinte Vetter Freddie. «Susans Zimmer gehörte früher meinem Vater, und er ist tot.»

Mark wurde ganz bleich vor Wut. «Eines Tages schlag ich dir deinen Hohlkopf ein», drohte er.

Hero fragte: «Stimmt das mit der Harfe und der Nonne?»

Isobel antwortete mit kaum vernehmbarer Stimme: «Leider ja. Wir haben sie alle gehört. Es ist ein böses Omen.» Und lauter fuhr sie fort: «Susan, du wirst unverzüglich dein Zimmer wechseln. Das Stuart-Zimmer ist bereit; von dort hat man eine wunderbare Aussicht auf den Fluß.»

Die junge Amerikanerin warf mit einer stolzen Bewegung den schönen Kopf zurück. «Vielen Dank», sagte sie, «das wird nicht nötig sein. Ich bleibe hier. Ich fürchte mich nicht.»

«Bravo!» sagte Hero voll Bewunderung. «Am besten ist, Sie lassen das Zimmermädchen alles in Ordnung bringen und bleiben hier, Miss Marshall.»

«Nach allem, was passiert ist!» rief Mark. «Sind Sie von Sinnen, Sir?»

«Ich glaube nicht, daß noch weitere Unannehmlichkeiten zu erwarten sind», sagte Hero. «Beschwichtigungsversuche wären sicher fehl am Platz. Man darf sich weder bösen Geistern noch Menschen gegenüber nachgiebig zeigen, sonst plagen sie einen immer mehr.» Dann erklärte er abschließend: «Ich glaube, ich kann mit einiger Sicherheit voraussagen, daß in diesem Zimmer keine weiteren Erscheinungen solcher Art vorkommen werden.»

«Woraus schließen Sie das?» fragte Sir Richard, was ihm von Mark einen dankbaren Blick eintrug. «Zweimal ist es schon passiert – warum nicht ein drittes Mal?»

Hero sagte schlicht: «Weil ich da bin.»

Lord Paradine warf ihm einen spöttischen Blick zu: «Sie sind Ihrer selbst sehr sicher, junger Mann», sagte er.

«In meinem Fach muß man das sein», entgegnete Hero. «Ich habe jedenfalls feststellen können, daß Gespenster in meiner Anwesenheit auffallend zurückhaltend sind.»

Eine Stunde später war das Zimmer ordentlich aufgeräumt, das Bett frisch bezogen und alles wieder an seinem Platz. Susan war nur noch dabei, Unterwäsche, Strümpfe, Schuhe und Kleider einzuräumen, als Mark Paradine an die offene Tür klopfte, rief: «Hallo, darf ich eintreten?» und es gleichzeitig tat.

«Oh, Mark, geh wieder hinaus», bat Susan. «Ich mag nicht, daß jeder meine Sachen sieht. Jetzt wissen alle im Haus, was ich für Unterwäsche trage.»

«Das ist doch nicht schlimm – schon gar, wenn sie aus Paris kommt?»

«Mark, du bist abscheulich. Sei so lieb und geh weg, bis ich fertig bin.»

Er trat auf sie zu und legte ihr die Hand auf den Arm. Sie wollte eben einen stahlblauen Mantel weghängen, der ihre lebhaften Farben noch mehr zur Geltung brachte. Er sagte: «Häng ihn nicht in den Schrank, Susan, sonst mußt du ihn nur wieder herausnehmen.»

«Weshalb, Mark? Was, um Himmel willen, meinst du damit?»

«Ich will nicht, daß du in diesem Zimmer bleibst. Ich habe Huggins und seiner Frau Bescheid gesagt, sie werden deine Sachen gleich holen.»

Susan hängte den blauen Cheviotmantel, ohne sich beirren zu lassen, in den Schrank und sagte: «Nein, Mark, ich ziehe hier nicht aus, ich bleibe.»

Der rothaarige junge Mann sagte: «Hör mal, Susan, du hast hier schon zwei unangenehme Erlebnisse gehabt, und das genügt. Das dritte Mal ...»

«Es wird kein drittes Mal geben», sagte Susan sanft. «Mr. Hero hat es ausdrücklich erklärt.»

Marks Gesicht lief rot an, und er schob das Kinn vor. «Und ich will, daß du ein anderes Zimmer beziehst, und zwar nicht den Stuart-Raum am Ende des Flurs, wo niemand dich hört, wenn du um Hilfe rufst, sondern das Nordwind-Zimmer direkt neben meinem, wo ich dich beschützen kann.»

Susan antwortete nicht, sondern legte mit großer Umständlichkeit und Sorgfalt seidene Unterwäsche zusammen, wegen der sie sich eben noch so geschämt hatte, und verstaute Stück um Stück in den Schubladen. Nach einer Weile unterbrach Mark ihr eisiges Schweigen und sagte: «Nun?»

Susan hielt inne und entgegnete: «Was heißt, nun?»

«Du hast doch gehört, was ich sagte?» fragte Mark zurück.

Susan senkte den dunklen Kopf und zupfte an der Stickerei eines Unterrocks, damit er ihre Augen nicht sehen konnte. «Mark», sagte sie, «als kleines Mädchen wohnte ich in einem großen, alten, finsteren Haus in Virginia. Dort gab es einen Dachboden, wo es klopfte und krachte, und viele düstere Zimmer. Mein schwarzes Kindermädchen machte mir mit Gespenstergeschichten Angst, und mein Vater war sehr böse, als er davon hörte. Er erzog mich dazu, nichts zu fürchten, was zwei, vier oder auch gar keine Beine besitzt, und so habe ich es seither immer gehalten. Ist das klar?»

«Aber Susan, du ...»

Sie hob die Augen und blickte ihm voll ins Gesicht, ihr Kinn schob sich so eigensinnig vor wie seines, und das Blut stieg ihr in die Wangen. «Nichts und niemand kann mich aus diesem Zimmer vertreiben, Mark. Wenn du willst, daß ich es verlasse, reise ich ab und komme nie wieder. Willst du, daß ich gehe?»

Der junge Mann seufzte ärgerlich. «Um Himmels willen, nimm doch Vernunft an, Susan! Wie könnte ich wünschen, daß du fortgehst, du weißt doch, wie ich dich liebe? Ich würde den Verstand verlieren, wenn dir etwas zustieße.»

«Dann hör auf, mich wie ein kleines Kind zu behandeln», sagte Susan. «Ihr Engländer tyrannisiert eure Frauen, und sie beugen sich demütig euren Wünschen. Aber ich lasse mich nicht herumkommandieren.»

Mark wurde noch röter, fast so rot wie sein Haar. «Sieh mal an!» rief er empört. «Aber wenn Hero mit der Peitsche knallt, springst du wie ein Zirkuspferd.» Er ahmte Heros Stimme nach und sagte: «Sie brauchen nichts zu verstehen. Tun Sie, was ich sage, aber rasch. Und wie du ihm gehorcht hast!»

Susan blickte ihn schelmisch an, und um ihre Mundwinkel zuckte es verräterisch. «Er ist sehr attraktiv, findest du nicht?» sagte sie.

«Oh, gewiß. Und Sir Richard wohl auch?»

Susans Augen weiteten sich erstaunt, und sie sagte: «Sir Richard? Wie kommst du denn auf den?»

Marks Stimme überschlug sich fast. «Oh, Susan, tu doch nicht so verflucht unschuldig! Hast du denn nicht gemerkt, daß Sir Richard in dich verliebt ist? Und jetzt wird wohl auch noch dieser Hero dir ...»

Da sagte Susan etwas, was jeden Mann, doch den jungen Paradine mit seinem heftigen Temperament ganz besonders, zur Raserei bringen mußte. «Nicht so laut, Mark», mahnte sie ihn.

Nun ließ er seiner Wut erst recht freien Lauf und brüllte: «Warum sollte ich in meinem Hause nicht laut reden dürfen? Du zwingst einen ja dazu. Der Himmel weiß, warum ich dich so liebe. Ich frage dich zum letztenmal – wirst du aus diesem Zimmer ausziehen?»

Susan antwortete: «Nein.» Doch ihre Stimme klang nicht mehr ganz so selbstsicher.

Mark Paradine drehte sich auf dem Absatz um, stürmte aus dem Zimmer und schlug die Tür hinter sich zu.

Susan stand in der Mitte des Zimmers, drückte den Unterrock an sich und blickte zur Tür, in der der Schlüssel noch zitterte. «Er liebt mich wirklich», flüsterte sie zu sich selber. «Ob ich ihn wohl wiederlieben könnte?» Sie lauschte dem Pochen ihres Herzens, wußte aber nicht recht, ob es vor Aufregung so laut schlug oder weil der junge Mann sie beeindruckt hatte. Dann fuhr sie fort, ihre Sachen wegzuräumen.

Als Susan die Bibliothek betrat, blätterte Hero in einem Buch, das er vom Regal heruntergenommen hatte. Er blickte auf, klappte es zu, stellte es an seinen Ort zurück und sagte: «Schön, daß Sie haben kommen können.»

‹Es ist schwer zu entscheiden, ob er einem sympathisch ist oder nicht›, dachte Susan. Die sensiblen Züge und vollen Lippen, das energische Kinn, die etwas zu kräftige Nase und breite Stirn, der widerspenstige Haarschopf waren unbestreitbar anziehend. Gesicht und Bewegungen wirkten angenehm ruhig und locker, und sie zweifelte nicht, daß er zu starken Gefühlen fähig war – Leidenschaft, Zorn, doch auch Zärtlichkeit und Wärme. Aber da war irgend etwas, was sie nicht verstand und nicht mochte, etwas Undefinierbares, über das sie sich nicht im klaren war. Hochmut oder Spott konnte es nicht sein, darauf hätte sie sofort mit Abneigung reagiert. Seine Augen, die sie so aufmerksam betrachteten, waren graugrün, ernst und freundlich – ließen aber doch ein unbehagliches Gefühl in ihr aufkommen. Und in diesen Augen – das erkannte Susan mit weiblicher Intuition – lag das Geheimnis seiner Fähigkeit, Menschen anzuziehen und abzustoßen: ‹Man könnte sich sehr rasch von ihm angezogen fühlen, ihn liebgewinnen und es später bereuen›, dachte sie bei sich. ‹Aber vielleicht will er das gerade. Vorsicht, Susan, er ist beruflich hier.›

Laut sagte sie: «Huggins hat mir ausgerichtet, Sie wünschten, daß ich Ihnen das Haus zeige. Das hätte wohl jemand von der Familie besser gekonnt.»

«Daran zweifle ich nicht», erwiderte Hero. «Ich suchte nur nach einer Ausrede, um mit Ihnen unter vier Augen sprechen zu können; es fiel mir nichts Besseres ein.»

Susan erkundigte sich ohne Umschweife: «Wünschen Sie Auskunft über –» sie zögerte – «über jene Nacht?»

Hero blickte sie ernsthaft an und schien einen Entschluß zu fassen. «Nein», erwiderte er, «jetzt nicht. Ein andermal. Jetzt möchte ich einiges über Sie erfahren. Wer sind Sie?»

Susans Erleichterung war offensichtlich. Ihr voller Mund verzog sich zu einem Lächeln, und sie antwortete: «Susan Marshall, Alter dreiundzwanzig, unverheiratet, geboren am 25. Mai 1935 in Roanoke, Virginia.»

Mr. Hero fuhr im gleichen Tonfall fort: «Vater?»

«William Marshall, Erster Botschaftsrat der Amerikanischen Botschaft in Bern.»

«Berufsdiplomat?»

«Ja.»

«Mutter?»

«Helen Marshall, geborene Claybourne. Mutter ist so schön, daß es Ihnen den Atem verschlagen würde.»

Hero sagte: «Das ist nicht unwesentlich. Sie sind in verschiedenen Ländern Europas erzogen worden, nicht wahr?»

«Ja, doch hauptsächlich in Paris.»

Hero sagte: «Es gibt nichts, was sich damit vergleichen ließe», äußerte sich aber nicht näher dazu, sondern fuhr fort: «Kennen Sie in diesem Haus jemand, der Sie hassen könnte?»

«Jemand? In meinem Zimmer sagten Sie ‹etwas›.»

Hero lächelte. «Das war in Ihrem Zimmer.»

«Dann vermuten Sie also, daß es sich um einen Menschen handelt?»

Hero beantwortete ihre Frage nicht. Er betrachtete sie schweigend und begann seine Pfeife zu stopfen.

Schließlich sagte Susan: «Es fällt mir niemand ein. Ich glaube, ich habe in meinem ganzen Leben noch niemand gehaßt.»

Hero nickte. «Das ist sehr klug von Ihnen», sagte er, «denn Haß erzeugt gewöhnlich wieder Haß. Darf ich Sie nun etwas anderes fragen. Kennen Sie jemand in diesem Haus, der Sie lieben könnte?»

Susan fuhr zusammen und rief: «Das ist eine aufdringliche und ungehörige Frage!»

Der junge Mann reagierte nicht darauf. Weder sein Gesichtsausdruck noch der ernste Blick seiner Augen veränderten sich, und Susan dachte: ‹Vielleicht ist es seine absolute und unbedingte Selbstbeherrschung, die mir an ihm nicht gefällt.› Sie fühlte sich plötzlich als Frau herausgefordert und überlegte weiter: ‹Ich könnte ihn aus der Fassung bringen, wenn ich wollte.› Und dann fand sie so schnell, wie sie ihn kritisiert und verurteilt hatte, auch eine Entschuldigung für sein Benehmen und sagte: «Verzeihung. Es ist wohl nicht Ihre Absicht, indiskret zu sein. Es gehört ganz einfach zu Ihrem Beruf.» Sie blickte ihm gerade in die Augen und sagte: «Mehrere.»

Hero erwiderte ihren Blick mit einem fast unmerklichen Lächeln und sagte: «Das kann ich gut verstehen. Nun, ich will Sie nicht länger über das Thema ausholen, aber es ist immerhin ein Anfang. Hätten Sie Lust, mit mir das Haus zu besichtigen?»

«Ja, gern», erwiderte Susan ohne Zögern, «wenn ich nicht störe.»

«Wollen Sie vorangehen?» sagte Mr. Hero.

«Wo möchten Sie beginnen?» erkundigte sich Susan.

«Im Musikzimmer, wenn es Ihnen recht ist.»

Susan sagte: «Ach ja, natürlich – die Harfe. Das hatte ich ganz vergessen.»

«Haben Sie sie spielen gehört?»

«J-ja, ich glaube. Aber ganz sicher bin ich nicht. Ich erwachte einmal in der Nacht und hörte Musik, doch ich dachte, es wäre ein Radio.»

«Hm. Haben Sie sich die Melodie gemerkt?»

«Nein. Aber wenn ich sie noch einmal hörte, würde ich sie möglicherweise wiedererkennen.»

Hero nickte. «Und dann?»

«Nun, am anderen Morgen erzählte mir Beth, daß in der Nacht die Harfe ertönt sei. Isobel sagte, sie sei davon erwacht und aufgestanden, um nachzuschauen. Lord Paradine war auch dabei, doch als sie ins Musikzimmer kamen, war niemand da.»

Das Musikzimmer lag auf der nördlichen Seite des westlichen Korridors gegen den Fluß hin. Es enthielt einen Flügel, einen metallenen Notenständer und einige Gestelle mit Noten. Der Boden war mit einem besonders dicken Teppich ausgelegt, der die Hallwirkung der wie in allen Gesellschaftsräumen im Erdgeschoß sehr hohen Decke abschwächen sollte. Hero vermutete, daß die Akustik ziemlich gut sein mußte.

In einer Ecke des Zimmers lehnte ein Cello in einer braunen Leinwandhülle. An den Wänden hingen Kupferstiche der Klassiker – Beethoven, Mozart, Bach, Liszt und Brahms. Der Raum war offensichtlich von jemand eingerichtet worden, der Musik liebte.

Am Fenster stand eine goldene Harfe. Es war ein großes Konzertinstrument, wie es von Solisten und auch in Symphonieorchestern verwendet wird, und glänzte vor Sauberkeit.

Hero fragte Susan: «Gehörte sie nicht Lord Paradines Mutter?»

«Ich glaube, ja.»

«Lady Anne Paradine starb vor elf Jahren. Spielt jetzt noch jemand darauf?»

Susan sagte: «Ich weiß nicht. Das Zimmer wird, soviel ich gemerkt habe, nicht mehr benutzt. Wenigstens nicht, seit ich hier bin.»

«Wie lange ist das?»

«Vier Wochen», sagte Susan. «Ich bin für den ganzen Sommer eingeladen.»

Hero überlegte. «Und diese Vorfälle begannen vor etwa zehn Tagen?»

«So ungefähr.»

Hero trat näher an die Harfe heran, betrachtete sie eingehend und zupfte dabei an seiner Unterlippe. Einen Augenblick lang versuchte er, sich völlig auf das einzustimmen, was hier vielleicht übernatürlich oder paranomal war. Er hatte immer irgendein Zeichen erwartet, das die Nerven in Spannung versetzen würde, falls der Durchbruch wirklich einmal käme und sich tatsächlich etwas ereignete, was man nur damit erklären könnte, daß ein anderes Leben ungesehen und jenseits des Schleiers herübertaste. Bei Tieren hatte er beobachtet, wie sie auf unsichtbare Reize reagierten – warum sollte es bei Menschen nicht ebenso sein?

Hero ging mit unerbittlicher Strenge gegen alle vorgetäuschten Erscheinungen vor und besonders gegen die gemeinen menschlichen Subjekte, die sie hervorbrachten; doch er war überzeugt, daß irgendwo in alldem, was im Laufe der Jahrhunderte erlebt, geglaubt, gedacht und überliefert worden war, ein wahrer Kern stecken müsse, ein sichtbarer, hörbarer oder wissenschaftlich schlüssiger Beweis, der die unzerstörbare Hoffnung und Sehnsucht des Menschen auf Unvergänglichkeit bestätigte. Er kannte sich in der Psychometrie aus und wußte einiges von den Leuten, die behaupteten, von Gegenständen etwas über die Menschen ablesen zu können, denen sie gehörten oder mit denen sie in Berührung gekommen waren. Doch die Harfe sagte nicht das geringste aus. Er konnte allein feststellen, daß es tatsächlich eine Harfe war, und mußte sich auf das Zeugnis anderer verlassen, daß sie ohne jedes menschliche Zutun ertönt war. Das aber war nicht wesentlich. Bei dieser Harfe handelte es sich um ein gewöhnliches Musikinstrument.

Hero ließ die Finger zu einem chromatischen Lauf über die Saiten gleiten und sah Susan Marshall rasch an: «Sind Sie musikalisch?»

«Nein», antwortete sie. «Ganz und gar nicht.»

«Die Harfe ist gestimmt», sagte er.

«Ja, sie ist erst kürzlich gestimmt worden.»

«Von wem?»

«Vom Klavierstimmer. Er war vor einigen Wochen da. Lord Paradine möchte in diesem Zimmer alles genauso erhalten, wie es zu Lebzeiten seiner Mutter war.»

Mr. Hero seufzte. «Ja, ich verstehe.» Er wandte sich von dem Instrument ab. «Ich glaube, das ist alles.»

«Wollen Sie das Instrument nicht genauer untersuchen?» fragte Susan neugierig.

Hero lächelte. «Eingebaute Radioapparate oder Spieldosen sind bestimmt nicht vorhanden. Wenn überhaupt, wurde die Harfe auf diese Weise nicht zum Klingen gebracht.»

«Sie hat aber gespielt», beteuerte Susan. «Wenigstens behaupten es die anderen, und ich bin jetzt auch überzeugt, daß ich sie gehört habe.»

Hero erwiderte nichts darauf, sondern nickte bloß, als wäre er in Gedanken schon längst woanders. Susan fragte sich ärgerlich, ob er ihr etwa keinen Glauben schenke.

«Gibt es einen Kühlschrank im Haus?» fragte er unvermittelt.

«Ja, im Anrichteraum neben der Küche.»

«Sehen wir ihn uns mal an.»

Sie führte ihn zurück in die große Halle und von dort durch den Korridor, der den Schaft des T-förmigen Gebäudes bildete, in dem Küchen, Vorratskammern und Anrichteräume untergebracht waren. Unterwegs kamen sie durch eines der kleineren Zimmer im Erdgeschoß, das den Gästen des Country Clubs als Schreib- und Lesezimmer diente. In einer Ecke stand ein grünbezogener Tisch, auf dem ein Spiel Karten mit auffallend bunten Rückseiten lag. Sie hatten den Raum schon beinahe durchquert, als Hero sie erblickte und innehielt. «Halt», sagte er und ging näher, um sie zu betrachten. Susan sah, daß sie länger und schmaler waren als gewöhnliche Karten. Hero blätterte sie durch, und sie hatte den Eindruck, daß es sich um ein ausländisches Spiel handele, denn Farben und Bilder waren ungewöhnlich. Auch schienen es mehr als die üblichen zweiundfünfzig Blatt zu sein, darunter solche, die sowohl fremdartige Bilder als auch Zahlen auf einem Blatt zeigten; Susann konnte sie jedoch nicht genau erkennen.

Hero wußte natürlich sofort, um was für ein Spiel es sich da handelte. «Höchst interessant und aufschlußreich», sagte er und hielt sie Susan unter die Nase. «Kennen Sie das Spiel?»

Die Amerikanerin schüttelte so heftig den Kopf, daß ihr dunkles, schweres Haar nur so flog. «Nein, solche Karten habe ich noch nie gesehen.»

Hero nickte flüchtig und steckte sie ohne ein weiteres Wort in die Tasche. Susan dachte: ‹Wenn er meint, ich frage ihn jetzt, um was für ein Spiel es sich handelt, so irrt er sich gewaltig.›

Im Anrichteraum schaute sich Hero den riesigen, zweitürigen Kühlschrank mit Tiefkühlfach an und pfiff durch die Zähne. «Das ist aber ein mächtiges Ding», sagte er. Damit schien seine Neugier befriedigt, und er begann andere Gegenstände im Anrichteraum zu untersuchen: die zum Trocknen aufgehängten Küchentücher, die Schränke, in denen Gläser und Geschirr aufbewahrt wurden, die Seife und die Seifennäpfe, die Topfkratzer und Abwaschbürsten, die Handfeger und das Paar Gummihandschuhe – offenbar Eigentum eines Küchenmädchens, das seine Hände schonen wollte –, die elektrischen Apparate, wie Mixer und Fruchtpressen, und alles, was fest und beweglich war.

Dann begann er, was noch erstaunlicher war, auch die Schubladen herauszuziehen, wo Küchengeräte aller Art aufbewahrt wurden – Messer, Gabeln, Löffel, Schälmesser, Schaber, Schöpfer und dergleichen mehr –, all die Dinge, die jederzeit zum Kochen und Anrichten benötigt werden. Huggins kam herein, leicht ungehalten und schockiert über die Invasion.

«Suchen Sie etwas, Sir?» fragte er.

«Ja», erwiderte Hero und fuhr mit seiner Inspektion fort. In einige Schubladen warf er nur einen prüfenden Blick, aus anderen nahm er irgendein Gerät und betrachtete es einen Augenblick, bevor er es zurücklegte. Susan und der Butler schauten ihm sprachlos zu, beeindruckt von seinem Konzentrationsvermögen. Er besaß die Fähigkeit, seine Umgebung zu vergessen und sich ganz in seine Gedanken zu vertiefen.

In einer Schublade entdeckte er eine Anzahl von Fleischspießchen, spitzen Metallnadeln in verschiedener Länge mit einem Ring am Ende, wie man sie verwendet, um Speck an Geflügel zu heften oder Rollbraten zusammenzuhalten.

Hero betrachtete sie prüfend, wählte eines aus und untersuchte es näher. Er zog einen Briefumschlag aus der Tasche, schob den Fleischspieß hinein und verwahrte ihn in der Tasche.

Dann wandte er sich an den Butler: «Von den Kerzen, die vorgestern abend im Speisesaal verwendet wurden – von denen, die verlöschten –, sind wohl keine mehr vorhanden?»

«Nein, Sir», erwiderte der Butler.

Susan wunderte sich, woher Hero das wissen konnte, und dachte, daß er nun bestimmt fragen würde: ‹Weshalb nicht?› Statt dessen sagte er nur: «Schadet nichts. Wir können uns ja neue machen, wenn wir welche brauchen.» Seine nächste Frage jedoch erstaunte sie noch mehr. «Würden Sie mir bitte zeigen, wo sich der elektrische Sicherungskasten befindet?» sagte er zum Butler.

Der Mann führte sie in einen kleinen, kahlen Raum, wo sich hoch oben an der Wand außer Reichweite der Hauptschalter befand sowie ein großes Brett mit vielen Sicherungen und schmutzigen kleinen Karten darunter, auf denen stand, zu welchem Teil des Schlosses sie gehörten. Auch ein Plan der gesamten elektrischen Installation im Schloß, in den Stallungen, Garagen usw. hing da.

Hero zog einen alten Küchenstuhl heran, stieg hinauf und betrachtete die Tafel eine Weile mit der gespannten Aufmerksamkeit, die Susan so faszinierend an ihm fand. Wenn sie hätte beschreiben müssen, wie er in diesem Augenblick aussah, hätte sie gesagt, daß dies das Gesicht eines Mannes sei, der genau wußte, was er tat. Dann langte er hinauf und begann die Sicherungen vorsichtig zu prüfen. Einige lockerte er für einen Augenblick, andere berührte er nur, und Susan kam zu dem Schluß, daß dieser Berührung ganz besondere Bedeutung zukam. Nach der Art, wie er seine Finger gebrauchte, schienen sie von ungewöhnlicher Sensibilität zu sein.

Sie konnte ihre Neugier nicht länger bezwingen und fragte: «Was in aller Welt suchen Sie denn da?»

«Den Stoff, aus dem die Gespenster gemacht sind», entgegnete er kurz angebunden und fügte dann hinzu: «Später werde ich Sie vielleicht bitten, geduldig und tapfer zu sein und sich einem unangenehmen kleinen Experiment zu unterziehen. Dann werden wir sehen, ob wir dem Unfug nicht einen Riegel vorschieben können.» Er wischte sich die Hände ab und sprang vom Stuhl herunter. «So, das hätten wir.»

Susan sagte unwillig: «Macht es Ihnen Spaß, in Rätseln zu reden?»

Hero lachte und nahm sie am Arm. «Kommen Sie, gehen wir in den Garten», sagte er und führte sie hinaus.

7

Mister Hero wird geködert

Beim Dinner am Abend in der großen Halle festigte und erweiterte Hero seine ersten Eindrücke von den Gästen in Paradine Hall, indem er sie genau beobachtete und ihren Gesprächen lauschte.

Drei von ihnen machten ihm einen nüchternen Eindruck: Major Wilson, der sich heftig und aggressiv gegen alles Vernunftwidrige wehrte; Dean Ellison, der untersetzte Ingenieur, der sich für die ganze Sache nicht zu interessieren schien; und Mrs. Geraldine Taylor, die dicke, ältere Witwe, die irgendwo zwischen diesen beiden einzuordnen war; sie wirkte gescheit, tüchtig, objektiv und nahm lebhaften Anteil an allem, was vorging.

Horace Spendley-Carter, der Unterhausabgeordnete einer offensichtlich irregeleiteten Wählerschaft, kam in Heros Urteil nicht gut weg. Die feuchten Augen und Lippen und die dröhnende Stimme waren zwar irritierend, doch lange nicht so schlimm wie die Charakterlosigkeit, die sich in seinen Worten offenbarte. Hero betrachtete ihn als einen leeren Schwätzer, der seine Wähler für sich einzunehmen verstand, zugleich aber seine Familie unter Druck hielt. Auch war er bestimmt ein Opportunist. Wenn sich aus der Gespensteraffäre politisches Kapital schlagen oder ein persönlicher Gewinn ziehen ließ, war er dabei; sonst würde er sich ins Lager des Majors schlagen. Inzwischen ließ er sich seine Ferien in Schloß Paradine Hall durch nichts verderben, nicht einmal durch die Angst und Verzweiflung seiner Frau.

Hero blickte Mrs. Spendley-Carter über den Tisch hinweg prüfend an: eine schwache, egozentrische, neurotische Person, die gegen ihren tyrannischen Mann nicht aufkam.

Von Mrs. Howard Wilson bildete er sich ein ganz anderes Urteil. Sie saß zwei Plätze von ihm entfernt auf derselben Seite des Tisches, doch ihr starkes französisches Parfum drang bis zu ihm herüber, und manchmal sah er für einen Augenblick ihr schimmerndes Haar und das sensible Profil. Sie war eine gierige, gefährliche Frau, die ihrem Mann, dem Major, bestimmt einiges zu schaffen machte. Dieser Mann mit dem Haifischmund und dem hinterhältigen, unangenehmen Lachen war ihm zuwider.

Er betrachtete Dr. Paulson: klein, mager, selbstsicher und humorlos, mit der grenzenlosen Selbstsicherheit und Arroganz des modernen Wissenschaftlers. Sein ausgemergeltes Affengesicht unter dem dünnen blonden Haar verriet allzu deutlich, wie überlegen er sich dank seinem enormen Wissen anderen Leuten gegenüber fühlte. Hero dachte bei sich: ‹Diese Burschen haben sich eine neue Religion ausgedacht – all das, was sich in einem Zyklotron zertrümmern läßt. Als Hohepriester des Atoms haben sie die Unendlichkeit mit dem unendlich Kleinen vertauscht.›

Und schließlich der begeisterungsfähige, runde, kleine Amateurforscher des Übersinnlichen, der einzige Vertreter der Geschäftswelt am Tisch, Mr. Alfred Jellicot. Über ihn hatte sich Hero noch keine Meinung gebildet. Er konnte ebensogut der freundliche, harmlose Mensch sein, für den er sich ausgab, als auch der Urheber allen Übels im Schloß Paradine Hall.

Falls Jellicot sich seiner gesellschaftlich untergeordneten Stellung überhaupt bewußt war, bemühte er sich, das dadurch auszugleichen, daß er geschwätzig wie eine Elster und liebenswürdig wie ein junger Hund war; er unterhielt seine Tischnachbarn mit Berichten über Gespenster, Poltergeister und anderen Spuk. «Es ist schon vorgekommen, daß Poltergeister ein Haus monate-, ja jahrelang heimgesucht haben, bevor es gelang, sie zu vertreiben», sagte er. «Kennen Sie die Bücher ‹Poltergeist über England›, ‹Pfarrei Borley› von Harry Price und Elliott O'Donnells ‹Gefährliche Geister›? Ich habe sie alle gelesen; doch hier komme ich zum erstenmal mit einem echten Poltergeist in Berührung. Mr. Spendley-Carter hat versprochen, mir einige Gegenstände zu überlassen, die in seinem Zimmer durch Apport heruntergefallen sind. Ich werde sie bei einer Zusammenkunft unserer Gesellschaft in Manchester ausstellen. Wir werden uns wohl bald auf das Erscheinen des Feuergeistes gefaßt machen müssen.»

«Was soll denn das heißen?» unterbrach ihn Lord Paradine. «Wovon sprechen Sie, Sir?»

Mr. Jellicot war entzückt, derart die Aufmerksamkeit auf sich gelenkt zu haben. Er antwortete: «Nun, in fast allen berühmten Poltergeisterfällen verlegt sich das mutwillige, übersinnliche Wesen schließlich aufs Feuerlegen. Es brechen Brände aus, für die es keine andere Erklärung geben kann. Ich erinnere da nur an den bekannten Fall Amherst in Amerika, den Fall Mill auf Eden und die Brandstiftungen im schottischen Poltergeist-Schloß, wo innerhalb weniger Tage siebzehn Brände ausbrachen.»

Hero stöhnte innerlich. ‹Oh, du fetter kleiner Dummkopf›, dachte er, ‹du forderst es ja geradezu heraus!› Er wußte nur zu gut, daß Brandstiftung ein bevorzugter Trick der Poltergeister war und sehr häufig auf harmlosere Erscheinungen folgte. Und er hielt es wirklich für überflüssig, den Geist noch eigens darauf aufmerksam zu machen, was man von ihm erwarte, besonders wenn es sich um einen Amateur oder Anfänger handeln sollte. ‹Oder ist der kleine Kerl vielleicht selber der Poltergeist?› fragte sich Hero mit neuerwachtem Mißtrauen. ‹Womöglich handelt es sich um eine überlegte Inszenierung seines nächsten Streichs.›

Spendley-Carter ertrug es nicht, wenn ein anderer im Mittelpunkt des Interesses stand. Er verdrängte Jellicot, indem er mit seiner dröhnenden Stimme erklärte: «Tolle Kerle, diese Zauberer. Sah einmal in Kairo einen Mann ein Blatt Papier mit arabischen Schriftzeichen auf den Boden legen und ein lebendiges Huhn darauf stellen. Verbrannte Weihrauch und murmelte unverständliche Worte. Tier fiel tot um. Erklären Sie mir das mal!»

In die folgende Stille hinein sagte Hero: «Der Vogel war vergiftet.» Alle Anwesenden starrten ihn an.

Spendley-Carter sagte: «Was sagen Sie da?»

«Ich sagte», wiederholte Hero gelassen, «daß der Vogel vergiftet war. – Entweder vor oder während der Beschwörung stopfte ihm jemand eine Giftpille – wahrscheinlich eine Blausäureverbindung – in den Schnabel. Ich kann Ihnen den Trick vormachen, wenn Sie wollen.»

«Aha», meckerte Major Wilson befriedigt, «sie glauben also nicht an all diesen Hokuspokus?»

«Das habe ich nicht gesagt», widersprach Hero. «Ich weiß nur zufällig, daß man die Hühner für diesen ältesten der Basartricks zu vergiften pflegt. Doch habe ich im Busch Dinge erlebt, für die ich keine Erklärung finden kann.»

Major Wilson knurrte: «Negerzauber, Hysterie, Schwindel und Einbildung.»

Hero meinte freundlich: «Sie sind Ihrer selbst sehr sicher, Sir.»

Und Professor Paulson fügte hinzu: «Ich verlasse mich lieber auf meine eigenen Augen und Ohren. Nach dem, was ich hier erlebt habe, würde ich schwören, daß es in diesem Hause spukt.»

Hero entdeckte plötzlich, daß sich die warme, feuchte Hand des kleinen Mädchens Noreen in die seine stahl. Er ließ es geschehen, und einen Augenblick später tastete auch die andere Hand nach ihm, und eine weiche Wange legte sich an seine Faust.

«Quatsch», sagte der Major. «Phantastereien!»

Spendley-Carter sagte: «Meinen Sie? Und wie erklären Sie den Poltergeist, der meiner Frau solche Angst einjagt – und Lord Paradines Kampf mit dem Sessel?»

«Quatsch!» bellte der Major lauter. «Alles pure Einbildung!»

Sein eigensinniges Beharren auf seiner Meinung ärgerte und irritierte Lord Paradine, der ein beunruhigendes und aufregendes Erlebnis hinter sich hatte. Da der Major aber ein Gast war, wandte er sich an seinen Angestellten. «Was halten Sie davon, Hero? Richard Lockerie behauptet, daß Sie von diesen Dingen mehr verstehen als andere Leute, obgleich ich sagen muß, daß Ihre Einstellung und Methode mir bis jetzt nicht imponiert hat. Ich weiß, daß ihr Jungen einen Haufen neumodischer Theorien habt und wohl auch Versammlungen im Dunkeln abhaltet und solches Zeug. Doch ich bin ein normaler Mann, wir sind eine normale Familie, und dies ist ein normales Haus. Wir sind hier auf Schloß Paradine Hall immer ohne solchen Mumpitz und Zauber ausgekommen. Nun, was haben Sie dazu zu sagen?»

Aller Augen waren auf Hero gerichtet, gespannt, wie er diese Zurechtweisung aufnehmen würde. Doch im Augenblick schien er hauptsächlich damit beschäftigt, seine linke Hand aus der des Kindes zu befreien. Er sagte: «Kann ich sie zurückhaben, Kleine? Sie ist eingeschlafen.»

Sir Richard war vor Verlegenheit ganz rot geworden. Vetter Freddies talgiges Gesicht verzog sich zu einem breiten Grinsen. Susan Marshall fühlte, daß es ihr leid täte, wenn Hero sich über den aristokratisch groben und ungerechten Angriff auch nur im geringsten verletzt zeigte. Doch seine kühle, undurchdringliche Gelassenheit hatte etwas Erschrekkendes. Er betrachtete nachdenklich seine Hand, als hätte er sie längere Zeit nicht gesehen, legte dann impulsiv den Arm um die Schultern des Kindes und streichelte es, während die Mutter mißbilligend «Noreen» sagte und Spendley-Carter rief: «Sie haben Erfolg bei meiner Tochter, mein Freund!»

Als Hero schließlich den Mund aufmachte, zeigte er keine Spur von Erbitterung. «Ich fürchte, ich muß Ihnen da widersprechen, Lord Paradine», sagte er. «Schloß Paradine strotzt geradezu von Aberglauben.»

Paradine sagte: «Was soll das heißen?»

«Nun», sagte Hero, «würden Sie etwa dreizehn Personen an einen Tisch setzen?» Er sah die Augen der Speisenden eilig über die Tafel wandern. «Keine Sorge, wir sind achtzehn, doch wie ich sehe, zählen Sie alle schnell nach. Auch habe ich beobachtet, daß Sie, Sir, während des Essens Salz verschütteten und dann ein wenig davon über Ihre linke Schulter warfen.»

Paradines Gesicht lief rot an, und Vetter Freddie lachte schallend. «Eins zu null für Hero, Onkel. Du klopfst bei jeder Gelegenheit unter den Tisch! Stimmt's oder nicht?»

Hero wandte sich an den Major. «Als Sie vor dem Essen die Zigaretten von Sir Richard und Dr. Paulson anzündeten, sah ich, wie Sie das Feuerzeug zuschnappen ließen und wieder anknipsten, bevor Sie Ihre eigene Zigarette anzündeten. Welche unsichtbaren Geister wollten Sie sich damit geneigt machen?»

Mrs. Wilson lachte belustigt auf, und der Major warf ihr einen strafenden Blick zu.

Hero fuhr fort: «Über der Küchentür ist ein Hufeisen angebracht, über dem Stalltor auch, und jede Tür im Schloß trägt ein Hexenkreuz. Ach, und dann noch das hier», schloß Hero und zog ein Spiel Karten aus der Tasche, das er mit der Fertigkeit eines Taschenspielers auffächerte und in die Höhe hielt, so daß alle es sehen konnten. Susan Marshall erkannte die Karten, die er am Nachmittag an sich genommen hatte.

«Das Tarock», sagte Hero, «Pforte zu den Geheimnissen der Zukunft. Sein Ursprung geht bis in die Antike zurück. Ich möchte gern wissen, was ein Spiel Karten, wie mitteleuropäische Zigeuner es zum Wahrsagen benutzen, in einem ehrbaren, normalen englischen Landschloß zu tun hat, dessen Bewohner nicht abergläubisch sind. Es würde mich auch interessieren, wem sie gehören, falls der Betreffende sie gern zurückhaben möchte.»

Lord Paradine bekam einen noch röteren Kopf. Er haßte es, Problemen gegenüberzustehen, die er nicht verstand. Er sagte: «Was bezwekken Sie damit, Sir? Ich dachte, Ihre Aufgabe wäre es, mit dieser Gespensterplage aufzuräumen. Nun scheint es mir, Sie glauben selber an Gespenster.»

Hero warf einen Blick auf den Kartenfächer in seiner Hand, schob ihn zusammen und ließ die Karten mit einer blitzschnellen Bewegung in der Tasche verschwinden. «In gewissem Sinne schon», erwiderte er. «Ich bin gezwungen, an Gespenster zu glauben oder mindestens an das, was man mir von ihnen erzählt hat, da ich noch nie das Glück hatte, einem zu begegnen.»

Das unterdrückte Gelächter, mit dem diese Bemerkung quittiert wurde, ärgerte und verwirrte Lord Paradine noch mehr, besonders als Vetter Freddie boshaft sagte: «Der zahlt's dir aber heim, Onkel!»

Mrs. Wilson versuchte, die peinliche Situation zu retten und sagte: «Dann glauben Sie also nicht, daß eine unmittelbare Gefahr besteht?» Sie neigte sich vor, während sie sprach, und fixierte Hero mit ihren hungrigen Augen. Er fragte sich, ob die anderen wohl merkten, wie sehr sie sich für ihn interessiere.

«Das habe ich nicht gesagt», erwiderte er. «An der Grenze besteht immer Gefahr.»

«An welcher Grenze?» wollte Major Wilson wissen.

«Wo böswillige Geister den Menschen ins Zeug pfuschen – oder umgekehrt.»

Die Stille, die darauf folgte, wurde von Vetter Freddies Lachen unterbrochen. «Mit dem ‹umgekehrt› meinen Sie vermutlich uns?»

Major Wilson lachte lautlos und meinte verächtlich: «Böswillige Geister! Und das will ein intelligenter und gelehrter Mann sein!»

Vetter Freddies Augen funkelten vor Schadenfreude über diese unverzeihliche Taktlosigkeit.

Hero antwortete liebenswürdig: «Wir vergessen nur zu leicht, daß die Gespenster oder Geister – falls es sie wirklich gibt – früher einmal Menschen waren und daher im wesentlichen die gleichen Charakterzüge aufweisen müssen. Ich glaube zum Beispiel nicht, daß Sie sich nach dem Tode stark verändern würden.»

Susan Marshall unterdrückte den Impuls, laut herauszulachen und empfand plötzlich eine warme Zuneigung zu Hero. Der Major schwieg, da er nicht sicher war, ob Heros ‹Sie› allgemein oder persönlich gemeint war. Lord Paradine dagegen sagte ärgerlich: «Was soll dieses theoretische Geschwätz? Könnten Sie uns nicht endlich klaren Wein einschenken und sagen, ob Ihrer Ansicht nach im Schloß Paradine Hall ein Gespenst sein Unwesen treibt oder nicht?»

Hero betrachtete seinen Gastgeber kühl und wiederholte: «*Ein* Gespenst? Ich würde sagen, Gespenster – eine ganze Anzahl davon –, viel zu viele für meinen Geschmack.»

8

Vorsicht, Hero!

Am andern Morgen las Mr. Hero in seinem Zimmer die Sage von der Gespensternonne von Schloß Paradine Hall nochmals nach, und zwar in dem Band ‹Norfolk, seine Gespenster und Legenden› von Bruton, der ohne Zweifel auch Jellicot und andern Leuten als Informationsquelle diente. Die Geschichte verlief ganz so, wie es für diese Gegend und das sechzehnte Jahrhundert typisch war, stellte Hero fest. Der damalige Schloßherr von Paradine Hall hatte angeblich ein Bauernmädchen verführt, das mit einem Burschen aus seinem Dorf verlobt war. Das verzweifelte Mädchen wollte der Welt, in der sich so grausame Dinge zutrugen, entsagen und trat in das dem Schloß benachbarte Kloster St. Relinda ein. Doch der ruchlose Lord Paradine konnte sie nicht vergessen, entführte sie aus dem Kloster und hielt sie im Schloß gefangen. Um ihren früheren Liebhaber zu benachrichtigen, wo sie sich aufhielt, spielte die unglückliche Frau am Fenster des Zimmers, in dem sie eingesperrt war, auf der Harfe ihre gemeinsame Lieblingsmelodie ‹My Bonnie Dear›. Die Rettung kam jedoch zu spät; sie und ihr ungeborenes Kind wurden ermordet, und ihre sterbliche Hülle verschwand spurlos. Seit jener Zeit galt es als böses Vorzeichen, wenn nächtlicherweile Harfenklänge im Schloß ertönten und die geisterhafte Gestalt der Nonne durch die finsteren Korridore huschte.

Nachdem er den üblichen Katalog von Unglücksfällen studiert hatte, die dem Erscheinen der Nonne durch viele Generationen gefolgt waren – hier ein Paradine, der sein Leben zur See verlor, dort ein anderer, der im Krieg umkam, ein dritter, der vom Henker ins Jenseits befördert wurde –, schloß Hero das Buch und dachte über die Verfasser von Gespenstersagen nach und darüber, was sie ihren Lesern für Unsinn zumuteten. Ganz abgesehen von den offensichtlichen Lücken in dem Bericht und der Tatsache, daß die Todesursachen der Paradines für die damaligen Zeiten keineswegs ungewöhnlich waren, würden genauere Untersuchungen über die Sage die Geschehnisse im Schloß in ein ganz anderes Licht rücken. Als erstes wollte er sich einmal die Ruinen dieses Nonnenklosters ansehen, die im Westen des Grundstücks lagen, wo der Fluß Stoke sich seeartig erweiterte. Er hoffte, daß Susan Marshall ihn begleiten würde, denn er wünschte die Schilderung von dem nächtlichen Überfall auf sie noch einmal von ihr selbst zu hören.

Sein Zimmer, das ihm auf Sir Richards Anregung im westlichen Flügel zugewiesen worden war, lag im ersten Stock am äußersten Ende des langen Korridors, der sowohl in den Haupttrakt des Gebäudes als auch in den östlichen Flügel führte. Es war gewissermaßen ein strategischer Punkt, und Hero war froh darüber, denn es gab ihm die Möglichkeit, im Falle von nächtlichen Störungen die wichtigsten Räume beider Flügel schnell zu erreichen. Neben dem Hauptaufgang gab es noch zwei Nebentreppen in jedem Flügel. Diejenige, die seinem Zimmer am nächsten lag, führte in die Bibliothek, den Salon und das Musikzimmer hinunter. Seine Fenster gewährten einen weiten Blick auf die Gärten vor dem Schloß, die lange Allee und die häßlichen, weißen italienischen Pergolas in der Ferne. Als er hinausschaute, gewahrte er Susan und Beth in Liegestühlen auf dem Rasen. Der blonde und dunkle Kopf steckten nahe beisammen und waren über Zeitschriften gebeugt. Es schien ihm eine gute Gelegenheit, Susan um ihre Begleitung zu bitten. Er nahm Stock und Pfeife und begab sich hinaus.

Unterwegs stieß er ganz unerwartet auf die Frau des Majors, die vor Überraschung einen kleinen Schrei ausstieß und rief: «Oh, Mr. Hero!» Doch er hatte das Gefühl, sie habe auf ihn gewartet, um genau im richtigen Moment aus der Tür zu treten. Sie trug ein einfaches graues Tweedkostüm und erweckte dennoch den Eindruck, von Kopf bis Fuß von Chanel angezogen worden zu sein.

«Ich bin Mrs. Wilson», sagte sie. «Sie erinnern sich meiner sicher nicht, aber...»

Hero sagte: «O doch, ich erinnere mich sehr gut.»

Sie warf ihm einen koketten Blick zu, begleitet von einem vielsagenden «Wirklich?» Doch dann fuhr sie sachlicher fort: «Es ist ja schließlich Ihr Beruf, sich an Leute und Dinge zu erinnern, nicht wahr?»

Hero bemerkte, wie anziehend sie trotz ihrer Magerkeit wirkte und dachte, daß Major Wilson wohl kaum der Mann war, sie glücklich zu machen. Sie war eine gepflegte Frau, geschmackvoll angezogen und elegant frisiert.

Sie fragte: «War es Ihnen gestern abend beim Dinner ernst, als Sie sagten, es bestehe immer noch Gefahr? Ich bin keine ängstliche Frau, aber mein Mann und ich sind zur Erholung hier, und ich muß gestehen, daß mich gewisse Vorkommnisse in diesem Haus sehr beunruhigen. Howard – das ist mein Mann, Major Wilson – lacht zwar bloß darüber, aber er schläft ja auch wie ein Bär. Da kann passieren, was will, er wacht nicht auf.»

Hero fühlte bei diesen Worten die altbekannte Erregung in sich aufsteigen. Sollte das Spiel schon so bald losgehen? Er dachte bei sich: ‹Ist es das, was du mir mitteilen willst, meine Schöne?› Laut aber erwiderte er: «Sie brauchen sich keine Sorgen zu machen – schließlich bin ich ja hier, um die Gefahr, wenn sie überhaupt besteht, abzuwenden. Beruhigt Sie das?»

Mrs. Wilson nickte und sagte: «Wenn ich Angst habe oder etwas zu sehen oder zu hören glaube – darf ich...?» Sie vollendete den Satz nicht, sondern blickte ihn mit ihren hungrigen hellen Augen und einem katzenhaften Lächeln in den Mundwinkeln an.

Wiederum fühlte sich Hero seltsam erregt: Ja, die Zeichen waren unmißverständlich. Er erwiderte ihren Blick und entgegnete: «Ja, selbstverständlich. Zögern Sie bitte nicht.»

Mrs. Wilson antwortete: «Vielen Dank. Nun bin ich ganz beruhigt.» Dann traten sie ohne weitere Worte durch den Haupteingang hinaus. Hero überlegte, wann sie ihm wohl ein Stelldichein anbieten würde.

Als sie sich Susan Marshall und Beth näherten, sagte Hero zu Susan: «Ich habe Sie eben gesucht. Gehen Sie ein Stück mit mir spazieren. Ich möchte einige archäologische Untersuchungen anstellen und hätte Sie gern dabei.»

Susan seufzte: «O wie schade! Beth und ich haben eben die neue Herbstmode so schön verrissen.» Doch sie erhob sich und begleitete ihn, ohne zu zögern. Mrs. Wilson lächelte ihnen heiter zu, als sie durch den

Park in Richtung auf das Nonnenkloster davongingen. Hero stellte plötzlich fest, daß Susans Gegenwart ihr Lächeln und das Versprechen, das es enthielt, viel weniger verlockend machten, als es eben noch gewesen war, und er ärgerte sich über sich selbst. Er kannte seine Schwäche für Frauen nur zu gut und wußte, daß er derlei Komplikationen aus dem Wege gehen mußte, besonders da Susan Marshall im Sturmzentrum der unheimlichen Erscheinungen im Schloß zu stehen schien. Und doch steuerte er fast ebenso in eine Verstrickung hinein wie Mrs. Wilson. Mrs. Wilson erregte seine Sinne, doch Susan Marshall wirkte unnahbar. War es das, was ihn so fesselte?

«Sie ist eine anziehende Frau, nicht wahr?» sagte Susan ganz unvermittelt.

Hero, der Mrs. Wilson schon vergessen hatte und seinen Gedanken nachging, sagte zerstreut: «Wer? O ja, gewiß.» Er empfand eine gewisse Verstimmung, denn diese Bemerkung hätte ebensogut von seiner Stiefschwester Meg stammen können. Woher wußte Susan davon? Woher wußten alle Frauen sofort, wenn ein Mann und eine Frau sich zueinander hingezogen fühlten? Dann verwandelte sich sein Ärger in Vergnügen darüber, daß sie sich für sein Privatleben interessierte. War dieses scheinbar so unabhängige und selbständige Mädchen vielleicht doch verletzlicher, als er angenommen hatte?

Die Ruinen des Klosters bestanden aus den Mauerresten eines Kreuzganges mit zwei sehr schönen normannischen Bogen, den Fundamenten der ehemaligen Küche, einem verfallenen quadratischen Turm, der vermutlich einer späteren Bauperiode angehörte, sowie den Überresten einer kleinen Kapelle. Die Schloßgärtner hatten auf der alten geweihten Stätte kein Unkraut wuchern lassen, und die grauen Mauern erhoben sich aus einem gepflegten, samtenen Rasenteppich. Als die beiden innerhalb des Gemäuers standen, schaute Hero mit prüfendem Blick in die Runde und zupfte an der Unterlippe. «Ein Konglomerat verschiedener Stile», sagte er. «Zum ursprünglichen Kloster ist mindestens dreimal hinzugebaut worden. Wurde offenbar durch Feuer zerstört.»

«Und das alles können Sie auf den ersten Blick feststellen?» rief Susan Marshall. «Wie gelehrt Sie sind!»

Hero sagte: «Ich will Ihnen nichts vormachen – ich habe es in einem Buch nachgelesen, bevor ich herkam.»

«Oh», sagte Susan, «und ich dachte schon, Sie seien auch auf diesem Gebiet Fachmann.»

«Das bin ich in der Tat», antwortete Hero bescheiden. «Warten Sie nur, bis ich mein fachmännisches Urteil über diese Stätte abgebe.» Er wanderte eine Weile in den Ruinen herum und meinte dann: «Nicht gerade gespenstisch, finden Sie nicht auch? Man sollte sich bedrückt und beunruhigt fühlen, von namenlosem Grauen erfüllt. Übrigens, hatten Sie in der vergangenen Nacht Ruhe in Ihrem Sektor?»

«Ja. Der Riegel ist sehr beruhigend.»

Hero warf ihr einen neugierigen Blick zu. «Ach, finden Sie? Weshalb?»

Susan erwiderte ernsthaft: «Vor Gespenstern fürchte ich mich nicht.»

«Aha», sagte Hero. Und dann: «Ein wenig Angst würde vielleicht nichts schaden.»

Susan schaute ihn erstaunt an und wollte noch etwas sagen, besann sich dann aber anders. Nach einer Weile fragte sie: «Gestern beim Dinner, als alle Sie mit Fragen bestürmten, erwiderten Sie, daß Ihrer Ansicht nach nicht ein Gespenst, sondern zu viele Gespenster im Schloß umgingen. Habe ich richtig gehört?»

«Ja.»

«Das verstehe ich nicht ganz. Was meinten Sie damit?»

«Daß es tatsächlich zu viele verschiedene Gespenster sind, denen man gesondert nachspüren muß. Das ist eine Aufgabe, die ich jetzt zu lösen versuche.» Mehr war über das Thema nicht aus ihm herauszubringen. Er ging zu einem Türbogen und tastete ihn ab, dann beklopfte er das Mauerwerk daneben. «Ob der Kerl, der die Sage über die Nonne aufgeschrieben hat, wohl wußte, daß es von 1558 bis ins 19. Jahrhundert in England keine Klöster gab?» sagte er dann.

«Wieso?» fragte Susan. «Was hat das mit der Sache zu tun?»

Hero nahm ein Taschenmesser, kratzte etwas Mörtel aus einer Fuge des Gesteins, dort, wo es von dunklerer Farbe war, und ließ das Pulver in einen Briefumschlag rieseln, den er aus der Tasche zog. «Das kommt darauf an», meinte er ausweichend. «Heutzutage bringen sie mit Kohlenstoffanalysen ganz erstaunliche Dinge an den Tag – können sozusagen auf die Minute genau bestimmen, wann die Feuerwehr gerufen wurde.» Er steckte den Briefumschlag ein.

Susan sagte: «Ich hasse es, wenn Sie so geheimnisvoll tun.»

Hero lachte vergnügt. «Das ist ein starkes Wort für einen solch unbedeutenden Ärger, gehört aber wohl einfach zum Vokabular einer jungen Amerikanerin von dreiundzwanzig Jahren.» Er schaute sich um und fuhr fort: «Ein heiterer blauer Himmel, grünes Gras, verfallenes graues Gemäuer – nichts, was einem das Gruseln beibringen könnte.»

Susan sagte: «So, wie Sie über die Dinge reden, hat man tatsächlich den Eindruck, daß alles ganz normal, alltäglich und beruhigend aussieht.»

Hero antwortete ernst: «Das war auch der Zweck der Übung.»

Susan erwiderte mißtrauisch: «Aha! Ich habe doch gleich gewußt, daß Sie nicht über Ausgrabungen mit mir sprechen wollten.»

«Ja und nein», sagte Hero. Und dann: «Also, was war das für eine unheimliche Geschichte in Ihrem Zimmer damals nachts?»

«Es war nicht zum Lachen, das können Sie mir glauben.»

«Wohl kaum. Was den Gespenstern aller Gattungen vollständig abzugehen scheint, ist Sinn für Humor.»

Susan schien beunruhigt. «Könnte es wirklich ein Gespenst gewesen sein?»

Hero stopfte seine schwarze Pfeife und sagte dann: «Erzählen Sie.»

Susan seufzte tief, während sie sich an die Schrecken jener Nacht erinnerte. «O Gott! Muß ich wirklich?»

Hero sagte sanft: «Ja, bitte. Darum wollte ich ja unter vier Augen mit Ihnen reden.»

Sie berichtete ihm ruhig, klar und vernünftig, was sie in jener Nacht erlebt hatte.

Sie hatten sich auf ein Mäuerchen gesetzt, und als sie ihre Schilderung beendete, entdeckte Susan, daß der zwar nicht hübsche, aber ungewöhnlich anziehende junge Mann sie mit unverhüllter Bewunderung anschaute. «Beim Zeus», sagte er, «Sie sind ein erstaunliches Mädchen.»

«Wer, ich?» erwiderte Susan. «Ich habe ja gar nichts getan.»

Hero machte ein grimmiges Gesicht und biß heftig auf seine Pfeife. «Jedermann sonst hätte die Nerven verloren», sagte er. «Ich selber bestimmt auch. Mir imponiert persönlicher Mut.»

Susan fühlte, wie sie errötete, und stellte fest, daß sie ihn gern so reden hörte. Hero sagte: «Darf ich Sie einiges fragen?»

Sie nickte.

«Die Hand an Ihrer Kehle – war sie wirklich kalt?»

«Ja, eisig – feuchtkalt würde ich sagen, obschon . . .»

«Das ist vermutlich der beste Ausdruck dafür», bemerkte Hero. «Können Sie sich vielleicht erinnern, wieviel Zeit verging von dem Augenblick, da Sie die Hand am Hals spürten, bis Sie sie zu packen versuchten?»

Susan runzelte die Brauen und sagte: «Nein, wie könnte man die Dauer eines Gedankens oder Entschlusses angeben? Ich lag auf dem Rükken und konnte mich nirgends aufstützen. Ich dachte, wenn ich mich zur Seite drehen und gleichzeitig danach greifen könnte, würde ich die Hand erwischen.»

«Ich glaube, ich hätte dabei eine Herzattacke erlitten», murmelte Hero. «Welcher Dummkopf hat euch Frauen nur das schwache Geschlecht genannt? Gut! Sie sahen also die Gestalt einer Nonne durch die Tür verschwinden, und der Wind schien sie hinter ihr zuzublasen: War es tatsächlich die Gestalt einer Nonne, oder erwarteten Sie, diese zu sehen, weil andere ihr vorher begegnet waren?»

Susan überlegte einen Augenblick und zuckte leicht die Achseln. «Wie soll ich das jetzt noch beurteilen können? Damals schien es mir wirklich, als wäre es eine Nonne.»

«Was dachten Sie sich, als Sie die feuchten Flecken an Ihrem Hals entdeckten?»

«Daß es Schweiß sein könnte. Ich war am ganzen Körper naß. Wie Sie sehen, bin ich doch nicht so tapfer.»

Hero sagte: «Solchen Mut und Verstand liebe ich. Und dieser Paulson nennt sich Wissenschaftler. Sie entdeckten, daß Ihre Tür unverschlossen war, schauten in den Flur hinaus und begaben sich, als niemand zu sehen war, wieder zu Bett. Was dachten Sie dabei?»

«Ich versuchte, mich Schritt um Schritt zu erinnern, wie sich alles zugetragen hatte. Dann las ich noch eine Weile, bis ich einschlief. Könnte es vielleicht doch ein Traum gewesen sein?»

Hero sagte: «Ich glaube nicht.» Er trat vor sie hin, nahm ihre beiden Hände in die seinen und sagte: «Susan, Sie sind ein ungewöhnlich beherztes Mädchen!» Sekundenlang, während sie sich in die Augen blickten, schwebte etwas zwischen ihnen, das zu einem leidenschaftlichen Gefühl hätte werden können, wäre in ihr nicht der Verdacht aufgetaucht, daß sich etwas Bestimmtes hinter seiner Gemütsbewegung verbarg. Seine folgenden Worte schienen es zu bestätigen; wenigstens brachen sie den Zauber.

«Wenn es unbedingt sein müßte», fragte er, «könnten Sie es über sich bringen, die ganze Geschichte nochmals durchzumachen? Würden Sie einer Wiederholung, allerdings ohne die Gefahr, zustimmen?»

«Ist das wirklich nötig?» fragte sie.

«Wenn ich es sage, ja», antwortete er, und wiederum spürte sie seine nüchterne Zielbewußtheit und kalte Unbeugsamkeit. Er war einer Sache auf der Spur, die ihm wichtiger erschien als ihre Person.

«Nun, wenn es sein muß ...» entgegnete Susan gleichmütig.

«Bravo!» rief er, doch es klang abwesend, so als wäre er in Gedanken schon längst woanders. Schweigend gingen sie zum Schloß zurück, wo Mark Paradine auf der Terrasse wartete.

Der rothaarige junge Mann beobachtete Susan und Hero aufmerksam, während sie näher kamen, denn seit ihrem Streit hatten das junge Mädchen und er nicht viele Worte gewechselt. Er hätte gern gewußt, woher sie kamen, was Hero zu ihr gesagt hatte und warum sie beide so schweigsam waren. Er war sich bewußt, wie banal es klingen mußte, und doch kam ihm nichts Besseres in den Sinn als zu fragen: «Hast du Lust auf eine Partie Tennis, Susan?» Daher war er nicht wenig erstaunt, sie sofort eifrig zustimmen zu hören.

«Oh, wie nett! Sehr gern, Mark.» Susan war selber erstaunt. War es die Reaktion auf jenen Augenblick, da sich zwischen ihr und dem Mann an ihrer Seite etwas anzubahnen schien, was dann in nichts zerrann? Oder tat ihr der Streit mit Mark inzwischen leid, so daß sie sich nun über sein Friedensangebot erleichtert fühlte? Was immer der Grund sein mochte, sie sehnte sich geradezu danach, mit Mark zusammen zu sein, mit ihm Tennis zu spielen, zu rennen, zu kämpfen und zu lachen. «Ich gehe mich umziehen!» rief sie und sprang in langen Sätzen davon.

Die beiden Männer folgten ihr mit den Blicken. Hero sagte trocken zu Mark: «Ich wette ein Pfund, daß sie Sie schlagen wird. Sie ist in der richtigen Stimmung dafür», und wandte seine Schritte dem Schloß zu.

Als Hero sich dem massiven Tor von Paradine Hall näherte, entdeckte er eine leichte Veränderung in der Gegend, wo Erdarbeiten vorgenommen wurden. Die Bretter waren von dem zerbrochenen Fenster des Wintergartens entfernt worden, und die neue Scheibe war angekommen. Hero hatte mittlerweile erfahren, daß das Fenster von einer Hacke zertrümmert worden war, die sich vom Stiel löste, als ein Arbeiter sie beim Graben in die Höhe schwang. Die große neue Scheibe stand im Wintergarten bereit, bis die Glaser sie einsetzen würden; der obere

Rand berührte den Fensterrahmen, und die Scheibe stand leicht schräg im Raum, so daß sie nicht ins Rutschen geraten konnte.

Einen Augenblick lang blieb Hero auf den Brettern stehen, die den Graben behelfsmäßig überbrückten, zupfte an der Unterlippe und überlegte, woran ihn dies erinnerte, doch ohne Erfolg. Ein Arbeiter richtete sich aus seiner gebeugten Stellung auf, stützte sich auf die Schaufel und sagte: «Ein prächtiger Tag, Sir.»

«In der Tat, ein prächtiger Tag», erwiderte Hero und atmete tief die würzige Salzluft ein, die vom Nordostwind herangetragen wurde. «Wie ich sehe, ist die neue Fensterscheibe angekommen.»

Der Arbeiter nickte. «Bill hat verdammtes Pech gehabt, daß die Hakke ins Fenster flog, aber Miss Isobel hat ihm kein böses Wort gesagt. Eine feine Dame, Miss Isobel.»

«Ja», pflichtete Hero bei. «Nun wird der Schaden bald repariert sein.» Er ging gedankenversunken ins Haus, und als er das Schreibzimmer des Country Clubs im Ostflügel durchquerte, stieß er auf Mrs. Geraldine Taylor, die mit einem Spiel rotrückiger Karten eine Patience legte. Er konnte der Versuchung nicht widerstehen, zuzuschauen, ob sie aufgehen würde.

9

Die heiratslustige Witwe

«Wenn Sie Lust haben, kommen Sie näher, junger Mann; bleiben Sie nicht mitten im Zimmer stehen», befahl Mrs. Taylor. «Mich stört's nicht, wenn Sie zuschauen. Ich glaube, ich werde gewinnen. Ich hoffe es sehr, denn ich habe einen Wunsch.»

Hero trat näher und schaute ihr zu, wie sie mit kurzen, geschickten Fingern die Karten sortierte und langsam, aber sicher die Familien auf die vier Asse aufbaute.

Dabei hatte er Gelegenheit, sie genauer zu betrachten. Sie war eine untersetzte Frau mit den breiten Hüften der langjährigen Reiterin. Ihr graues Haar war kurz geschnitten, schön gewellt und vorn leicht blau getönt. Hero war überzeugt, daß sie beim Reiten eine weiße Halsbinde und einen Dreispitz trug und daß ihr beides gut zu Gesicht stand. Jetzt hatte sie ein dunkelgrünes, senfgelbgesprenkeltes Kostüm aus Donegal-Tweed an, eine weiße sportliche Bluse und dazu eine grüne Krawatte, in der eine brillantenbesetzte Nadel steckte, die ein Pferdekopf und eine Gerte zierte. Am Jackenaufschlag war eine Brillantuhr befestigt, und an ihren fleischigen Händen blitzten ein mindestens zehnkarätiger Brillant und ein ziemlich großer, schön geschliffener Smaragd. Mr. Hero notierte im Geist: ‹Witwe, reich, Mitte Fünfzig; Haupinteressen Karten, Pferde und . . .› Bevor er sich über ihr drittes Hobby schlüssig werden konnte, unterbrach sie seine Gedanken und sagte: «Jetzt oder nie.» Noch drei Karten blieben übrig. «Ich muß die Pikdrei haben, doch wenn sie unter dem Herzkönig liegt, geht das Spiel nicht auf.»

Hero fragte: «Welche ist es wohl?»

Sie blickte ihn belustigt an. Ihr Gesicht war – wie alles an ihr – breit und kräftig. Sie besaß eine etwas platte Nase und hellbraune Augen mit einem Stich ins Grünliche, doch wirkte sie mit ihrer Energie und Aufgeschlossenheit sehr sympathisch.

«Die Pikdrei natürlich», sagte sie und hob die Karte ab. Es war tatsächlich die Pikdrei. «Ha! Sehen Sie, es geht auf!» rief sie. Die nächste Karte war die gewünschte Treffneun, der gefährliche Herzkönig blieb als letzter übrig, und die Patience war zu Ende.

Mrs. Taylor nahm sich nicht die Mühe, die restlichen Karten auf die Asse zu legen, sondern begnügte sich, sie mit zufriedenem Lächeln zu betrachten. «Es geht fast immer auf», sagte sie, «dabei sah es zu Anfang keineswegs danach aus.»

Hero fragte: «Darf man Ihren Wunsch erfahren, oder bricht das den Zauber?»

«Durchaus nicht», erwiderte Mrs. Taylor fröhlich. «Einen Ehemann wünsche ich mir. Haben Sie noch nicht gehört, daß ich hier bin, um mir einen Mann zu kapern? Was ist denn aus der guten altmodischen Kunst des Klatschens geworden?»

Ihre liebenswürdige Offenheit überraschte Hero. Er hatte nicht erwartet, daß sie so bereitwillig zugeben würde, was jedermann hinter ihrem Rücken flüsterte. Sein Erstaunen spiegelte sich in seinem Gesicht wider. Die untersetzte Frau mißverstand es und sagte: «Ich bitte Sie, junger Mann – wie war doch gleich Ihr Name? Mr. Hero, nicht wahr? Glauben Sie, eine Frau hört auf, eine Frau zu sein, nur weil sie fünfzig Jahre alt und dick ist?»

Hero entdeckte mit einiger Beunruhigung, daß ihre Augen prüfend auf ihm verweilten.

«Sie haben allen Grund, beunruhigt zu sein, junger Mann», sagte Mrs. Taylor. «Ich will Ihnen verraten, daß es nur schlimmer wird, wenn man einmal die Fünfzig überschritten hat. Wenn ich ein netter junger Mann wäre, hätte ich Angst, in einer Welt voll älterer Frauen zu leben. Es ist geradezu gefährlich für Sie, überhaupt da zu sein.»

Hero grinste und flüsterte: «Hilfe!» Und sie warf den Kopf zurück und lachte schallend. Dann sagte sie: «Von mir haben Sie nichts zu befürchten. Die Konkurrenz ist zu groß.»

Mr. Hero setzte sich auf die Kante eines Stuhles ihr gegenüber. «Haben Sie – hm – schon jemand gefunden, der Ihnen besonders zusagt?»

«Ach, die Auswahl ist nicht sehr groß», erwiderte die Witwe, sammelte die Karten und begann, sie mechanisch, ohne daß es ihr bewußt wurde, zu mischen. «Dr. Paulson ist mir zu eingebildet. Ich mag Männer nicht, die sich in ihren Ansichten so festgefahren haben und dann noch bei jeder Gelegenheit mit ihrem Zyklotron auftrumpfen können.

Außerdem sieht er aus wie ein Affe. Mein verstorbener Mann war eine imposante Erscheinung, wenn auch geistig etwas zurückgeblieben. Und Sie, mein Freund, sehen viel zu gut aus, um frei herumzulaufen.»

Mr. Hero murmelte entschuldigend: «Das tut mir leid», und Mrs. Taylor kicherte.

Er fand ihre Offenheit und ihren Humor herzerfrischend.

Mrs. Taylor fuhr fort: «Was den Ingenieur anbelangt, wie heißt er doch gleich? Mr. Ellison – dem fehlt es an Sex-Appeal. Ein netter, alter Kerl, doch zu sehr auf Golf versessen. Mich interessieren Pferde, und so würden wir uns den ganzen Tag nicht sehen, außer zum Abendessen. Was mag er übrigens zu verheimlichen haben?»

«Wie?» fragte Hero überrascht. «Ich wußte gar nicht, daß er etwas verheimlicht.»

«Verheimlichen ist vielleicht zuviel gesagt. Ich wollte nur sagen, daß er nicht immer Ingenieur gewesen ist und Dämme und Brücken gebaut hat. Ich bin überzeugt, daß er früher etwas anderes getan hat.»

«Woher wissen Sie das?» fragte Hero.

Mrs. Taylor blickte ihn an. «Mein Gefühl sagt es mir», entgegnete sie. «Haben Sie nicht auch oft solche Gefühle?»

«Vermutlich», gab Hero zu, «nur beruhen sie meistens auf einer Tatsache, die mir unbewußt schon bekannt ist. Was halten Sie von Mr. Jellicot?»

«Oh, den habe ich mir genau angeschaut», sagte Mrs. Taylor lebhaft. «Er ist sehr nett, wenn auch ein wenig gewöhnlich. Das bin ich zwar ebenfalls, aber auf eine andere Art. Ich finde, die Leute sollten in ihrer Gewöhnlichkeit zusammenpassen.»

«Kein schlechter Gedanke», sagte Mr. Hero nachdenklich.

«Immerhin ist er ein lebenslustiger Witwer», fuhr sie fort, «und besitzt eine gewisse Unschuld, die mir gefällt. Es wäre leicht, ihn zu kapern.»

Mr. Hero lehnte sich mit gefalteten Händen vor. «Finden Sie ihn wirklich so unschuldig?» fragte er.

Mrs. Taylor war empört. «Na, hören Sie mal!» rief sie. «Sie wollen doch nicht behaupten, daß Sie dem kleinen Mann hinterlistige Machenschaften zutrauen!»

Hero überlegte, ob er fortfahren sollte, und beschloß, es zu versuchen. Er spielte hier zwar ein einsames Spiel und durfte eigentlich niemand vertrauen, doch manchmal erwies sich eine Art halber Partnerschaft als ganz nützlich. «Er ist für meinen Geschmack etwas zu stark an Poltergeistern interessiert und kennt sich zu gut in ihren Gewohnheiten aus», gestand er. «Ich bin gespannt, ob bald ein Feuergeist hier im Schloß auftauchen wird. Das wäre nämlich der nächste Schritt.»

«Sie denken an die Amherst-Affäre, nehme ich an.»

Hero zog eine Augenbraue hoch. «Was, Sie auch?» fragte er.

Mrs. Taylor zuckte mit den Achseln. «Man liest allerhand im Leben.»

Mr. Hero antwortete nicht darauf, sondern zog seine Pfeife hervor und fragte: «Darf ich?» Als sie zustimmend nickte, begann er sie umständlich zu stopfen. Sie hatte ihm viel zu denken und zu überlegen gegeben, und die Beschäftigung mit seiner Pfeife war ihm dabei eine bewährte Hilfe.

Doch sie hielt noch eine weitere Überraschung für ihn bereit. «Wenn Sie dieses abscheuliche Ding da fertig gestopft haben, das Ihrer Gesundheit bestimmt nicht zuträglich ist, wäre ich Ihnen dankbar, wenn Sie mir die Tarockkarten zurückgeben wollten, falls Sie das Spiel bei sich haben. Sonst ein andermal.»

Hero gab sich keine Mühe, sein Erstaunen zu verbergen. «Großer Gott, die gehören Ihnen?» rief er. Er zog das fremdartige Spiel Karten aus der Tasche und sagte: «In Ihnen hätte ich zuletzt die Besitzerin vermutet.»

Mrs. Taylor nickte. «Ja, ich weiß. Ich habe lange geschwankt, ob ich den Mund halten und die Karten opfern oder mich Ihrem Verdacht aussetzen sollte. Aber ich beschloß, die Karten zurückzuverlangen.»

Hero fächerte sie mit einer eleganten Bewegung auf, schob sie wieder zusammen und reichte sie Mrs. Taylor. «Da sind sie», sagte er und fragte neugierig: «Wozu benutzen Sie sie?»

«Zum Wahrsagen! Um in der Vergangenheit zu lesen und in die Zukunft zu blicken», entgegnete Mrs. Taylor gelassen. «Soll ich Ihnen nicht mal die Karten legen?»

Trotz ihrer ruhigen Stimme und dem gleichmütigen Blick lag etwas Herausforderndes in dem, was sie sagte, und Hero antwortete im gleichen Ton: «Ja, sehr gern, aber jetzt nicht. Mag sein, daß ich Sie eines Tages darum bitten werde. Doch erst möchte ich Sie einiges fragen, wenn ich darf.»

Mrs. Taylor seufzte. «Ich hab's gewußt», sagte sie düster.

Hero sagte: «O nein, nicht deswegen», und deutete mit der Pfeife auf die Tarockkarten. «Damit hat es noch Zeit, das heißt, ich kann meine Neugier zügeln. Im Augenblick beschäftigt mich das Dinner am Freitagabend mehr. Ich habe die Sitzordnung im Kopf. Sie saßen am Ende der Tafel rechts von Lord Paradine. Sie sind eine intelligente und aufmerksame Frau. Ich hätte gern, daß Sie mir erzählen, was Sie sahen und was geschah.»

Mrs. Taylor fühlte sich geschmeichelt und widersprach nicht.

«Der Sessel bewegte sich», sagte sie.

«Haben Sie das mit eigenen Augen gesehen?»

«Zuerst hörte ich es und überlegte, wer wohl aufgestanden sein und die Tafel verlassen haben könnte – das kratzende Geräusch nämlich –, und als ich hinschaute, bewegte er sich über den Steinboden. Niemand berührte ihn oder befand sich auch nur in seiner Nähe. Das kann ich beschwören.»

«Und dann?»

«Ich hörte und sah, wie Lord Paradine sich erhob und auf den Sessel zuging. Ich weiß nicht mehr genau, was er sagte, aber er stieß Verwünschungen aus und versuchte, ihn festzuhalten. Doch es gelang ihm nicht.»

«Gelang es ihm wirklich nicht, oder schien es nur so?»

Mrs. Taylor blickte ihn durchdringend an. «Oh, ich verstehe, was Sie meinen, Sie glauben, Lord Paradine hätte uns etwas vorgemacht. Daß er so tat, als ob er sich schrecklich mit dem Sessel abquälte und ihn nicht zu halten vermochte.»

Hero sagte: «Ich glaube gar nichts. Ich möchte nur wissen, was Sie gesehen haben.»

Mrs. Taylor begann jetzt an ihren eigenen Erinnerungen zu zweifeln und fuhr fort: «Ja, er sagte, er könne ihn nicht halten, und außerdem sah ich ja den Sessel über die Fliesen rutschen, als kein Mensch in der Nähe war. Und schließlich kippte er um und begrub Lord Paradine unter sich.»

«War das, bevor oder nachdem die Kerzen erloschen?»

«Während – oder, nein – nachher. Ach, man wird ganz verwirrt, wenn man versucht, sich genau zu erinnern.»

«Ja», sagte Hero. «Aber ich habe nicht den Eindruck, daß Sie sich leicht aus der Fassung bringen lassen. Wie erloschen die Kerzen – eine nach der andern oder alle gleichzeitig?»

«Eine nach der anderen, glaube ich. Ja – aber ich kann mich erinnern, daß manchmal zwei oder drei gleichzeitig ausgingen.»

«Flackerten, sprühten oder zuckten sie – die Flammen, meine ich? Herrschte irgendwelcher Durchzug im Saal?»

«Nein, sie gingen ganz einfach aus. Eine Kerze stand genau vor mir. Ich sah deutlich, wie die Flamme in sich zusammensank.»

Hero nickte befriedigt und sagte: «Ja, so muß es gewesen sein.»

Mrs. Taylor warf ihm einen scharfen Blick zu. «Aha», sagte sie. «Es scheint, daß Sie einiges darüber wissen, junger Mann.»

Hero machte ein unschuldiges Gesicht. «Ich?» fragte er. «Keineswegs. Ich meine nur, wenn ich ein Gespenst wäre, würde ich die Kerzen genauso auslöschen, um den stärksten Effekt zu erzielen. Ich bilde mir ein, ich würde ein besseres Gespenst abgeben als mancher andere, finden Sie nicht auch?»

Mrs. Taylor betrachtete ihn aufmerksam. «Und wenn Sie kein Gespenst wären, junger Mann?»

Er lachte spitzbübisch. «Dann würde ich bestimmt eine Methode finden, die Kerzen so zu präparieren, daß sie im richtigen Moment ausgingen. Übrigens, wann war das, als Sie die Nonne erblickten?»

Mrs. Taylor dachte angestrengt nach. «Das ist schwer zu sagen», erklärte sie schließlich. «Es herrschte ein solches Durcheinander – Lord Paradine lag unter dem Sessel am Boden, diese unmögliche Mrs. Spendley-Carter hatten einen hysterischen Anfall, und Sir Richard rief immerzu, wir sollten Ruhe bewahren, obwohl ich doch gar nicht aufgeregt war.» Sie blickte Mr. Hero durchdringend an. «Wirklich *gesehen* habe ich die Nonne nicht. Es war so etwas wie eine Silhouette einer Nonne, etwas,

was in der Dunkelheit wie eine Nonnenhaube aussah. Wie sollte man das auch mit Sicherheit feststellen, wenn nur noch zwei Kerzen neben der Musikgalerie brannten?»

Hero beugte sich eifrig vor. «Haben Sie zufällig einmal zur Musikgalerie hinaufgeschaut, bevor alle Kerzen verlöschten, ich meine, kurz nachdem die Erscheinungen ihren Anfang nahmen?»

«Ja», sagte Mrs. Taylor. «Als die Kerzen auf dem Tisch zu verlöschen begannen, blickte ich hinauf, um nachzusehen, ob die in den sechsarmigen Leuchtern zu beiden Seiten der Galerie auch ausgingen.»

«Und fiel Ihnen auf der Galerie etwas Ungewöhnliches auf?»

«Nein.»

Hero seufzte. Das Problem schien ihm jetzt hundertmal schwieriger zu lösen. Dann fragte er Mrs. Taylor: «Glauben Sie an Gespenster?»

Nach kurzer Überlegung antwortete sie: «Wahrscheinlich doch. Man traut sich ja kaum noch, zu zweifeln.»

Hero nickte. «Vor hundert Jahren wäre ich ein leidenschaftlicher Gegner alles Übersinnlichen gewesen. Das Ordinäre daran und die Leute, die damit zu tun haben, hätten mich abgestoßen. Doch heutzutage ...» Er zuckte die Schultern. «Vielleicht sind wir im Begriff, eine Schwelle zu überschreiten.»

Mrs. Taylors intelligente Augen leuchteten. «So ist es», sagte sie. «Wenn Bilder ungesehen durch die Luft dringen können, bis sie in einem Apparat sichtbar werden, warum nicht auch die Seelen der Menschen?»

«Oder ihre Gedanken», fuhr Hero fort. «Denken verbraucht Energie und verbrennt Kalorien.»

Die dicke Frau warf ihm wieder einen raschen Blick zu. «Während jenes Dinners war tatsächlich etwas da», beharrte sie. «Eine unsichtbare Kraft – ein Gespenst oder ein entkörperlichtes Böses –, wie Sie es nun nennen wollen.»

Mr. Hero seufzte hörbar: «Mehrzahl: Gespenster. Nicht nur eins, sondern mehrere. Man kann es drehen, wie man will: eins ist immer zuviel dabei. Was bei jenem Dinner geschah, beruht auf zwei verschiedenen Vorgängen. Ich wünschte, ich könnte es verstehen.» Er erhob sich, nahm die Tarockkarten vom Tisch, breitete sie aus und schaute sie nachdenklich an. Dann sagte er: «Vielen Dank, Mrs. Taylor, für Ihre freundliche Hilfe. Gelegentlich möchte ich mir von Ihnen damit die Karten legen lassen.» Er schob sie wieder zusammen und verließ das Zimmer mit dem Entschluß, so schnell wie möglich seine Stiefschwester kommen zu lassen.

10
Isobel

Er machte sich auf die Suche nach Lady Paradine und wurde unterwegs von Horace Spendley-Carter aufgehalten. Da Hero eine instinktive Abneigung gegen den großen, geschwätzigen Mann mit der überlauten Stimme und den feuchten Augen empfand, bemühte er sich um so mehr, freundlich und unparteiisch zu sein, obgleich er sich bewußt war, daß für seine Vorurteile gewöhnlich ein Grund bestand und sie daher eher gefördert als unterdrückt zu werden verdienten.

«Aha!» rief Spendley-Carter. «Sind Sie dem Gespenst schon auf der Fährte? Ich wollte mich schon längst mal mit Ihnen unterhalten. Wie ich höre, haben Sie in Cambridge studiert?»

«Ja», erwiderte Hero knapp.

«Bin selber auch längere Zeit dort gewesen», sagte Spendley-Carter leutselig, verriet aber nicht, wann und wo und zu welchem Zweck. «Der ‹Volunteer› und die ‹Little Rose› sind wohl immer noch die beliebtesten Kneipen? Obgleich mir die ‹Mitra› lieber war.»

Hero fragte sich, ob Spendley-Carters Bekanntschaft mit Cambridge wohl über die genannten Wirtshäuser hinausging, und hätte sich auf jede Wette eingelassen, daß der Bursche nie den Fuß in einen Hörsaal gesetzt hatte. Er sagte: «Ja. Und wie geht es Mrs. Spendley-Carter?»

Spendley-Carter rief: «Oh, Sylvia wird sich schon beruhigen. Sie wundern sich vermutlich, warum ich nicht mit ihr heimreise. Aber ich habe schließlich nur einmal im Jahr Ferien und kann sie mir nicht durch ein hysterisches Frauenzimmer verderben lassen. Sylvia weiß, daß ich da keinen Spaß verstehe. Sie wird sich fügen. Außerdem ist es eine großartige Gelegenheit. Es passiert einem nicht oft im Leben, daß man zur Stelle ist, wenn sich etwas Derartiges zuträgt. Die Zeitungen werden Artikel und Interviews von mir wollen, wenn sie davon erfahren. Ich wollte Sie fragen, ob Sie mir vielleicht behilflich sein würden, da Sie auf diesem Gebiet so auf der Höhe sind? Ich dachte mir: ‹Er ist ein anständiger Kerl und tut es sicher gerne.› Mein Töchterchen mag Sie gut leiden, und wer meinem Töchterchen gefällt, muß ein rechter Mensch sein. Ich werde dafür sorgen, daß die Zeitungen sowohl Ihren als auch meinen Namen erwähnen.»

Hero betrachtete den Unterhausabgeordneten kühl. «Wie sollen die Zeitungen von der Sache erfahren?» fragte er.

Spendley-Carter warf den Kopf zurück und brüllte vor Lachen, als hätte er eben den besten Witz der Welt gehört. «Hahaha! Wie sie es erfahren? Ich werde es ihnen natürlich mitteilen. Die Presse ist froh und dankbar, wenn ich ihr eine solch erstklassige Geschichte zukommen lasse. Habe ihr schon manchen Tip gegeben.»

Hero fragte: «Sie wissen doch, daß Lord Paradine ausdrücklich gebeten hat, strengstes Stillschweigen zu bewahren – wenigstens, bis ich den Fall untersucht und einen Bericht abgefaßt habe?»

«Was soll das heißen? Woher nimmt der alte Paradine sich das Recht heraus, mir vorzuschreiben...»

«Ist Ihnen bewußt», unterbrach ihn Hero, «daß der Paradine Country Club ruiniert ist und seine Mitglieder verliert, wenn diese Geschichte in die Öffentlichkeit dringt? Dann würde nichts anderes übrigbleiben, als das Schloß schaulustigen Touristen zu öffnen. Paradine Hall wäre verloren.»

Spendley-Carter schaute Hero mißbilligend an. Die unechte Leutseligkeit und Kameradschaft waren verschwunden. «Das ist ein Risiko, das man eben eingeht, wenn man ein solches Haus führt. In einem Hotelbetrieb hat man dafür zu sorgen, daß solche Dinge nicht vorkommen – keine Steine und Gemüse durch die Zimmer fliegen, keine Geister durch die Korridore schleichen und mit ihren unheimlichen Geräuschen brave Frauen ängstigen. Jellicot ist überzeugt, daß die Artikel, wenn ich mit meinem Namen für ihre Richtigkeit bürge, in der ganzen Welt verbreitet werden.»

«Ich würde Mr. Jellicots Worten nicht allzuviel Gewicht beimessen», sagte Hero, «und den Erscheinungen übrigens auch nicht, bevor sie genau untersucht worden sind.»

«Was soll denn das heißen?» trompetete Spendley-Carter aufgebracht. «Wollen Sie mir befehlen, was ich zu tun und zu unterlassen habe, junger Mann? Und wer wird diese Untersuchungen anstellen, wenn ich fragen darf?»

«Ich», erklärte Mr. Hero kalt. «Und bis dahin würde ich die Zeitungen aus dem Spiele lassen, wenn ich Sie wäre.»

«Warum das, Sir?»

«Das Ergebnis könnte unerfreulich für Sie sein.»

«Unerfreulich, für mich? Das ist ja eine Unverschämtheit...»

Hero blickte den mächtigen Mann durchdringend an, und sein Gesichtsausdruck war beinahe freundlich. «Ich denke dabei an Ihr persönliches Wohl, Sir. Sie fragten vorhin, ob ich Ihnen behilflich sein wolle. Sehr gern, denn in der übersinnlichen Welt sind die Dinge meistens genau das Gegenteil von dem, was sie scheinen. Es sind Fälle bekannt, wo Gespenster sehr heftig auf jede Art von Bekanntmachungen reagiert haben. In der Zwischenzeit wäre ich froh, wenn Sie mich sofort rufen lassen wollten, sobald Sie irgendwelche übernatürlichen Erscheinungen erleben. Es hat mich gefreut, mich mit Ihnen zu unterhalten.»

Damit ließ es den verdutzten und gar nicht mehr so selbstsicheren Spendley-Carter stehen. Als er den Korridor entlangging, glaubte er ihn noch «Verdammte Frechheit!» murmeln zu hören, war aber ziemlich überzeugt, den Mann mit seinen Warnungen für eine Weile davon abgehalten zu haben, sich mit der Presse in Verbindung zu setzen. Um so wichtiger schien es Hero nun, daß Meg so schnell wie möglich nach Paradine Hall kam.

Lady Paradine erledigte in ihrem Schreibzimmer im Erdgeschoß des westlichen Flügels ihre Korrespondenz, als der Butler ihr Mr. Hero meldete. Sie blickte nicht auf, als er eintrat, sondern beendete erst den angefangenen Satz, bevor sie sich ihm zuwandte, die Lesebrille abnahm und sagte: «Ah, mein Lieber, es ist eine Last, ohne Sekretärin zu sein, wenn man daran gewöhnt war.»

Hero betrachtete das welke, schöne Gesicht und das immer noch prächtige fuchsrote Haar und fragte sich, was wohl hinter dieser gelangweilten, müden Fassade verborgen sein mochte – etwas Bestimmtes – irgend etwas – oder gar nichts? Aber war es überhaupt möglich, fünfzig Jahre alt zu werden, ohne daß das Leben seine Spuren in ein Gesicht zeichnete? Doch eine Schönheit war sie, weiß Gott! Nach einigen Augenblicken vergaß man ihr Alter und sah sie so, wie sie früher ausgesehen haben mochte. Er sagte: «Ich bitte um Entschuldigung – hoffentlich habe ich Sie nicht gestört?» und er blickte sie mit der offenen Bewunderung an, die er in Anwesenheit einer schönen Frau nie zu verbergen vermochte.

Lady Paradine bemerkte es und blühte geradezu auf. Ihre Förmlichkeit und kühle Zurückhaltung machten einer herzlichen Liebenswürdigkeit Platz, und sie sagte: «Sie wollen vermutlich eine Menge Fragen an mich richten, doch werde ich Ihnen da kaum helfen können. Ich habe keine Ahnung, warum alle Kerzen ausgingen und der Sessel sich bewegte. Die Geschichte mit Susan beunruhigt mich zutiefst – ich bin erstaunt, daß sie nicht abgereist ist. Wenn mir so etwas passiert wäre, hätte ich es keinen Augenblick länger in diesem Hause ausgehalten. Oder was täten Sie, wenn Sie ein totes Kaninchen auf Ihrem Teller fänden?»

Hero dachte über diese etwas atemlose und unzusammenhängende Rede nach und antwortete dann ernst: «Es kommt ganz darauf an, was für ein Mensch man ist und wieviel einem am Bleiben liegt. Möglicherweise hat Miss Marshall ihre guten Gründe, hier auszuharren – gerade weil ihre Anwesenheit nicht überall gern gesehen wird. Sie ist ein ungewöhnlich tapferes Mädchen und läßt sich nicht so leicht beirren, wenn sie sich etwas in den Kopf gesetzt hat.»

Lady Paradines Stimme klang etwas kühler, als sie sagte: «Ja, gewiß. Es ist sehr peinlich, daß einem Gast so etwas zustoßen mußte.» Sie blickte auf den angefangenen Brief auf dem Schreibtisch und dann wieder zu Hero hinüber und fuhr fort: «Mark ist noch so jung – kaum erwachsen –, und Susan ist sehr schön und so anders als unsere Mädchen. Amerikanerinnen sind so unabhängig und selbständig. Geradezu beängstigend, finden Sie nicht? Tüchtigkeit ist mir ein Greuel.» Dann fügte sie nachdenklich hinzu: «Wahrscheinlich, weil ich selber so wenig tüchtig bin.»

Hero dachte: ‹Aha, daher bläst also der Wind!› Laut aber sagte er: «Ja, das kann sicher beunruhigend sein. Doch ich wollte Sie nicht mit Fragen belästigen, sondern Ihnen ein Anliegen vortragen. Falls es Ihnen nicht zuviel Mühe macht, wäre ich sehr dankbar, wenn Sie meine Schwester Meg einladen wollten.»

Lady Paradine sagte frostig: «Ihre Schwester, Mr. Hero? Ich verstehe nicht ganz. Vielleicht, daß mein Mann ...»

Mit einem unterdrückten Seufzer entschloß sich Hero, an ihren Snobismus zu appellieren. «Lady Margaret Callandar», sagte er, «die Tochter des Grafen von Heth. Sie ist, genaugenommen, meine Stiefschwester und unterstützt mich gelegentlich bei meiner Arbeit.»

«Ach so!» sagte Lady Paradine in einem Tonfall, der verriet, daß sie beeindruckt war. «Lady Margaret! Sie ist ja eine Berühmtheit. Und ihre Mutter ist die Gräfin Heth – das habe ich gar nicht gewußt ... Ich werde sie selbstverständlich sofort einladen.» Sie nahm ein Blatt Schreibpapier, zögerte dann aber mit einem unmutigen Gesichtsausdruck, der sie alt und verfallen erscheinen ließ. «Ach, ich muß zuerst Isobel fragen, sie ist die einzige, die im Schloß Bescheid weiß und sagen kann, welche Zimmer bereit sind. Sie ist unerhört tüchtig, und ich weiß nicht, was wir ohne sie machen würden. Alle gehen zu Isobel, wenn sie etwas brauchen. Nun, sie hat ja auch keinen anderen Lebensinhalt; sie ist ohne eigene Familie und tut seit undenklichen Zeiten nichts anderes – oder klingt das boshaft?»

In diesem Augenblick trat Isobel ins Zimmer, ohne vorher anzuklopfen. Ihr silberweißes Haar war straff zurückgekämmt und mit einem schwarzen Band im Nacken zusammengehalten, doch einige Strähnen hingen ihr unordentlich ins Gesicht, und auf der Wange hatte sie einen Schmutzfleck. Auch ihre Hände waren schmutzig. Sie trug ein Paar alte Reithosen, eine blaue Leinenbluse mit offenem Kragen und Schuhe mit flachen Absätzen. Von einem Karabinerhaken hing ein mächtiges Schlüsselbund. «Oh!» sagte Isobel. «Ich wußte nicht, daß du Besuch hast. Ich bin so schmutzig. Ich habe in der Werkstatt gearbeitet.»

Hero konnte seine Neugier nicht länger bezwingen. «In der Werkstatt?» sagte er.

Isobel lächelte liebenswürdig, und Hero stellte fest, daß sie trotz der schmutzigen Arbeitskleider viel vornehmer aussah als Lady Paradine in ihrem zartgrünen Morgenkleid. «Liebhaberei einer alten Jungfer», sagte sie. «Manche halten sich Wellensittiche, und ich bevorzuge das Schreinerhandwerk. Ganz nützlich übrigens, denn in einem solchen Hause gibt es immer etwas zu reparieren.»

«Ich habe Mr. Hero, um seine Sympathie zu gewinnen, eben erzählt, wie tüchtig du bist und wie hilflos ich dagegen bin», sagte Lady Paradine. «Niederträchtig von mir, nicht wahr?»

Isobel sagte: «Ach, sind wir das nicht alle, meine liebe Enid? Warte nur, bis ich Mr. Hero unter vier Augen spreche. Es tut mir leid, daß ich so hereingeplatzt bin, aber das Fenster im Wintergarten macht mir zu schaffen. Die Arbeiter haben die neue Scheibe zwar gebracht, behaupten aber, sie nicht vor nächster Woche einsetzen zu können – das Einfügen bereite Schwierigkeiten. Sie haben das Glas vor die Öffnung gelehnt, aber es wäre vielleicht richtiger, wenn wir den Wintergarten vorsichtshalber bis auf weiteres abschlössen. Was meinst du dazu?»

Lady Paradine antwortete gleichgültig: «Ja, wahrscheinlich», und setzte dann in plötzlich aufwallendem Zorn hinzu: «Wozu dieses Theater, Isobel? Willst du Mr. Hero Sand in die Augen streuen? Ich habe mich längst damit abgefunden, daß du im Schloß das Zepter schwingst und daß kein Mensch nach meiner Meinung fragt.»

Isobel sagte ruhig: «Findest du nicht, Enid ...?»

«Daß wir unseren Familienstreit nicht vor Fremden austragen sollten», fuhr Lady Paradine mit einer Bitterkeit fort, die Hero überraschte und ihn an das treffsichere Urteil erinnerte, das seine Stiefschwester über die Familie Paradine abgegeben hatte. «Natürlich sollte ich es nicht tun, aber ich habe es satt, ständig Theater zu spielen. Mach, was du willst!»

Isobel erwiderte mit sanfter Stimme: «Gut, Enid, es ist ja nicht so wichtig.»

Lady Paradine beruhigte sich ein wenig und fuhr beherrschter fort: «Ich werde Mr. Heros Stiefschwester, Lady Margaret Callandar, einladen, doch ich habe ihm gesagt, daß du besser Bescheid weißt als ich, welche Zimmer in Ordnung sind.»

Isobel, die durch Lady Paradines Wutausbruch nicht im geringsten aufgeregt schien, sagte beinahe herzlich: «Oh, Meg Callandar – ich wußte nicht, daß sie Ihre Schwester ist. Sie besuchte uns einmal mit ihrem Vater, als mein Vater noch lebte. Ich würde mich sehr freuen, sie wiederzusehen. Damals war sie ein mageres, langbeiniges Schuldmädchen, doch jetzt ist sie eine Schönheit.»

Hero war erstaunt über dieses Urteil. Für ihn war Meg ganz einfach Meg und in zärtlicheren Augenblicken ‹die Hexe›.

Isobel fuhr fort: «Ich finde es ganz reizend, daß sie kommt. Die Stuart-Suite kann sofort bereitgemacht werden.»

Lady Paradine bedeutete mit einer Handbewegung: ‹Habe ich es nicht gesagt?›, und kehrte zu ihrer Korrespondenz zurück. Hero verließ mit Isobel das Zimmer.

«Möchten Sie die Zimmer Ihrer Schwester sehen?» begann Isobel.

Hero sagte: «Nein, danke. Aber Ihres würde ich gern besichtigen, wenn es Ihnen nichts ausmacht, und vielleicht auch das Musikzimmer, wo die Harfe spielt.»

Sie betraten zusammen das freundliche, sonnige Zimmer, wo die goldene Konzertharfe auf ihrem angestammten Platz am Fenster stand, das den Stoke-Fluß überblickte.

Hero sagte: «Ich bin bereits einmal mit Miss Marshall hier gewesen, doch möchte ich Sie gern einiges fragen.»

Das Zimmer schien unverändert, seit er es mit Susan besichtigt hatte. Isobel nahm seine Erklärung schweigend auf, stützte sich mit dem Ellbogen auf die polierte Ebenholzfläche des Flügels und schaute Hero zu, während er die Harfe untersuchte. Er schaukelte das Instrument auf dem Fuß, setzte sich auf den Stuhl davor und zog es nach Art eines Harfenisten zu sich heran, prüfte die Wirbel, Saiten, Pedale, beklopfte den Rahmen und betrachtete es schließlich grüblerisch, indem er an der Unterlippe zupfte und den Kopf schüttelte. Er konnte beim besten Willen nichts Ungewöhnliches an der Harfe entdecken.

Isobel sagte: «Wir haben offenbar ganz verschiedene Ansichten, Mr. Hero; Sie glauben, daß die Harfe von Menschenhand gespielt wurde, und ich, daß da andere Kräfte am Werk waren.»

«Sie irren sich, Miss Paradine», sagte Hero. «Wenn ich eine Untersuchung durchführe, habe ich keinerlei vorgefaßte Meinungen, sondern stütze mich ausschließlich auf das Beweismaterial. Ich diesem Fall steht eindeutig fest, daß es sich um eine erstklassige Harfe handelt, die richtig gestimmt und sehr gut instand gehalten ist. Ich finde nichts, was darauf hindeutet, daß daran herumgepfuscht worden ist. Infolgedessen hätte sie nicht erklingen dürfen, es sei denn, daß es jemand gelungen wäre, in dieses Zimmer einzudringen und an den Saiten zu zupfen.»

Isobel seufzte, nickte und sagte ernst: «Und doch hat sie gespielt.»

«Wollen Sie mir davon erzählen?» bat Hero.

Isobel sagte: «Ich glaube, mein Bruder wüßte da besser Bescheid, denn er war in jener Nacht als erster zur Stelle.»

«Lord Paradine ist bereits so freundlich gewesen, mir seine Darstellung der Ereignisse zu geben. Nun würde ich gern die Ihre hören.»

Isobels Lächeln enthielt etwas von der sanftmütigen Geduld der Hochgeborenen und Beschützten, wenn sie mit Zynismus und Argwohn in Berührung kommen. Sie sagte: «Es war in der Nacht – ich hörte die Harfe spielen –, ich konnte mir nicht vorstellen ...»

«Wo befanden Sie sich, als Sie sie hörten?» fragte Hero.

«In meinem Zimmer.»

«Waren Sie wach, oder schliefen Sie? Das heißt, wurden Sie von der Musik geweckt?»

«Ich war bereits wach – ich schlafe seit jener Nacht nicht sehr gut ...»

«Ja», meinte Hero verständnisvoll. «Das kann man verstehen. War Ihre Tür offen oder verschlossen?»

Isobel runzelte leicht die Stirn, und Hero war nicht sicher, ob die Anstrengung der Erinnerung oder der beginnende Ärger über seine zudringlichen Fragen die Ursache war. Isobel sagte: «Verschlossen – nein, offen – nein; es tut mir leid, aber ich weiß es nicht mehr.»

«Doch Sie hörten die Musik deutlich?»

«Ja.»

«Erkannten Sie die Melodie?»

«Ja. Es war Greves ‹My Bonnie Dear›.»

«Aha! Sie kennen sie wohl sehr gut?»

«Meine Mutter spielte sie oft.»

«War Ihr erster Gedanke, es könnte vielleicht – Ihre Frau Mutter sein, die zurückgekehrt war?»

«Nein. Ich lag starr vor Entsetzen da und dachte an die Nonne, die

Harfe und das Unheil, das den Paradines droht, wenn beides zusammentrifft.»

Hero war überrascht: Die prosaische, tüchtige Herrin von Paradine Hall hatte sich mit einemmal in eine unheilverkündende Norne verwandelt. Nicht nur ihr Gesicht, der ganze Ausdruck ihrer schlanken Gestalt war verändert.

«Unglück verfolgt jene, denen die Nonne erscheint», fuhr Isobel fort. «Unglück droht diesem Haus.»

Hero dachte für sich: ‹Offenbar einschließlich der Gäste.› War dies ihre aufrichtige Überzeugung, oder tat sie nur so? Laut sagte er: «Sie glauben daran, nicht wahr?»

Isobels Blick war offen und ohne Falsch. «Ja», sagte sie mit schlichter Würde, «ich bin eine Paradine.»

Hero nahm den Faden ihres Berichtes wieder auf. «Sie lagen also da und lauschten. Was geschah dann?»

«Ich hörte meinen Bruder rufen: ‹Enid! Enid! Diese verfluchte Tür ist verschlossen – bring mir deinen Schlüssel.›»

«Ist das Zimmer für gewöhnlich zugeschlossen?»

«Manchmal, besonders wenn Kinder im Hause sind. Wir sehen es nicht gern, wenn sie es betreten. Doch bin ich fest überzeugt, daß es in jener Nacht nicht zugeschlossen war. Der Stimmer war eben dagewesen. Als ich John nach dem Schlüssel rufen hörte, erhob ich mich, ging zur Tür und lauschte. Die Harfe spielte immer noch. Dann begab ich mich in den Anrichteraum hinunter und holte meinen Schlüssel für den Fall, daß Enid den ihren nicht finden sollte. Sie hat von allen Schlüsseln ein Doppel.»

«Wie kam es, daß der Schlüssel im Anrichteraum war?» fragte Hero.

«Ich hatte am Abend zuvor mein ganzes Bund dort liegenlassen.»

Hero nickte. «Aber Lady Paradine war vor Ihnen da?»

«Ja. Als ich hinkam, war die Tür bereits offen. Enid und mein Bruder befanden sich im Zimmer, und alle Lampen brannten. John stand neben der Harfe und starrte sie an. Er war ganz aufgeregt. Als ich eintrat, sagte er: ‹Isobel, hast du sie auch gehört? Es war niemand da – ich schwöre es! Als ich das Zimmer betrat, war es leer, aber die Harfensaiten vibrierten noch. Ich habe es mit eigenen Augen gesehen! Das ist doch unmöglich?› So ähnlich drückte er sich aus.»

Hero fragte: «Und was sagte Lady Paradine dazu?»

Isobel antwortete: «Enid sagte: ‹Habt ihr euch das nicht nur eingebildet? Könnte es nicht der Wind gewesen sein?›»

Als sie ihren Bericht beendet hatte, schwieg Hero in Gedanken verloren. Dann sagte er: «Ich danke Ihnen.»

Isobel blickte ihn eindringlich an und sagte: «Mein Bruder hat Sie beauftragt, die Sache zu untersuchen, und ich habe seinen Entschluß gutgeheißen; aber ich möchte Ihnen doch sagen, daß Sie keinen Erfolg haben werden und Ihre Arbeit umsonst sein wird. In Schloß Paradine Hall spukt es seit der Zeit des dritten Lord Paradine. Die Nonne hat sich seither in jedem Jahrhundert gezeigt.»

«Ich würde meinen rechten Arm hergeben, um die Harfe spielen zu hören oder die Nonne zu sehen.»

Isobel erwiderte düster: «Das möchte ich Ihnen nicht wünschen.»

Hero nickte flüchtig und sagte: «Dürfte ich jetzt Ihr Zimmer sehen? Soviel ich gehört habe, nahmen die Erscheinungen dort ihren Anfang.»

«Selbstverständlich», sagte Isobel. «Kommen Sie, ich führe Sie hin.» Sie war wieder ganz sie selbst, und es haftete ihr nichts Nornenähnliches mehr an.

Sie gingen hinaus, und Isobel schloß die Tür nicht ab. Hero fragte sich, wie lange sie wohl unverschlossen bleiben würde.

Als er über die Schwelle in Isobels Zimmer trat, hatte Hero das Gefühl, daß Fremde selten oder nie in dieses Heiligtum hineindurften, und fragte sie, warum sie es ihm gestattete, besonders da sie nicht an einen Erfolg seiner Mission glaubte. Dann dachte er: ‹Vielleicht einfach, weil ich darum gebeten habe und weil sie mir behilflich sein will – was ich von den andern im Haus nicht unbedingt sagen kann.› Dafür übte er große Zurückhaltung und begnügte sich mit einem raschen Blick über das Zimmer. Er bemerkte, daß das Porträt des verstorbenen Thomas Lord Paradine in der Uniform eines Gardeobersten aus dem Ersten Weltkrieg immer noch auf den Eichendielen unterhalb der Stelle stand, wo es früher hing, und war erstaunt, daß es nicht längst wieder seinen Platz an der Wand einnahm. Er hatte den Eindruck, daß dies unzweifelhaft das Zimmer einer starken Persönlichkeit, nicht jedoch das einer Frau war.

Als hätte sie seine Gedanken erraten, sagte Isobel: «Dieses Zimmer gehörte früher meinem Vater. Wünschen Sie, mehr darüber zu erfahren?»

«Mich interessiert vor allem die Nacht, als sich die übernatürlichen Erscheinungen abspielten.»

Isobel sagte entrüstet: «Ich wurde überfallen.»

«Von wem?»

«Ich weiß es nicht. Vielleicht von der Nonne. Ich konnte nichts sehen.»

«Das war in der Nacht des ...?»

«Des neunundzwanzigsten Juni.»

Hero wußte, daß er sich dieses Datum gemerkt hatte, und erinnerte sich plötzlich, weshalb. «Wollen Sie mir schildern, was alles geschah?»

Isobel begann: «Es kam mir vor, als wären alle Furien losgelassen. Ich erwachte, weil mein Bett erbebte und irgend jemand oder irgend etwas die Decke herunterriß. Als ich das Licht anknipste, lag sie in einem Haufen am Boden. Dann bewegte sich ein Stuhl von selbst, und zwei Sèvres-Vasen flogen nacheinander vom Kaminsims; eine davon ging in Stücke. Ein wertvoller antiker Spiegel zerbrach, und die Kommode dort kippte um. Schließlich fiel das Bild meines Vaters vor meinen eigenen Augen von der Wand herunter.»

«Fürchteten Sie sich?» fragte Hero.

«Ja, ich war starr vor Entsetzen», antwortete Isobel leise. «Ich wußte, daß es die Nonne war. Sie blieb zwar unsichtbar, aber ich spürte deutlich ihre Gegenwart. Sie war es, die das Bildnis meines Vaters zu Boden warf. Es sollte ein Omen sein!» Wieder war es die Norne, die aus ihr sprach. Isobel hatte sich in eine Seherin aus alter Zeit verwandelt. «Weder Sie noch sonst jemand kann etwas dagegen tun!» rief sie beschwörend. «In diesem Haus wird in Kürze jemand sterben!»

«Wer wird das Ihrer Ansicht nach sein?» erkundigte sich Mr. Hero in so sachlichem Ton, daß Isobel ihre dramatische Haltung ganz vergaß.

Sie sagte: «Ich – ich weiß nicht. Niemand kann das voraussagen.»

Hero nickte flüchtig. «Hoffen wir, daß sich das Verhängnis diesmal abwenden läßt.» Dann unterzog er das Zimmer einer Untersuchung, beklopfte die Wände, betrachtete die Balken an der Decke eingehend und merkte sich die Stellung und Größe des Bettes. Er schaute zum Fenster hinaus, das auf den Park und Fluß hinausging, und prägte sich die Struktur des Geländes, die Form des Zimmers und die Möblierung ein. Isobel beobachtete ihn schweigend bei diesem Tun. Hero sagte: «Vielen Dank, daß Sie mir so viel Zeit geopfert haben», und ging hinaus. An der Tür drehte er sich um und fügte hinzu: «Fast hätte ich vergessen zu fragen, ob es eine Gezeitentabelle im Hause gibt?»

«Ja», antwortete Isobel, «sie hängt neben dem Telefon im Vorraum. Wir haben sie für die Gäste angeschafft, die segeln wollen.»

Hero wiederholte: «Vielen Dank», und ging hinaus. Er überlegte, wieviel von dem, was er gehört hatte, Einbildung oder bewußte Lüge sein mochte und ob überhaupt ein Körnchen Wahrheit darin steckte. Ob Meg ihm wohl helfen konnte, den Fall zu klären, bevor in diesem Hause wieder die Hölle losbrach und jemand zu Schaden kam?

11

Noreen Spendley-Carter

Als Hero am Nachmittag nach East Walsham fahren wollte, stieß er in der Diele auf Mr. Jellicot und Dr. Paulson, die in großer Aufregung waren. Der vertrocknete kleine Wissenschaftler war ganz bleich, und seine Finger öffneten und schlossen sich krampfhaft, während der rundliche ehemalige Weißwarenhändler vor Aufregung zitterte. Der Schweiß stand ihm auf der Stirn, und seine Lippen zitterten, als er Hero zurief: «Sir! Sir! Wir sind soeben Zeugen eines echten übersinnlichen Phänomens geworden!»

«Eines höchst erstaunlichen», sagte Dr. Paulson.

«Der Poltergeist – ich habe ein Beweisstück –, es war ein echter Apport! Es kam durch das Fenster hereingeflogen.» Er griff in die Tasche und holte einen glatten, eiförmigen Kieselstein hervor, von denen es in der Gegend eine ganze Menge gab. «Ich habe mit eigenen Augen einen Poltergeist in Aktion gesehen! Oh, ich bin überglücklich! Spendley-Carter wird für unsere Zeitschrift ‹Der Spiritist› einen Bericht darüber schreiben.» Mr. Jellicots Augen leuchteten, als er schloß: «Stellen Sie sich vor – ein Poltergeist erscheint einem Unterhausabgeordneten, und ich kann es bezeugen!»

Hero schaute Dr. Paulson an, der nickte und sagte: «Ja, es stimmt. Ich habe es selbst gesehen.»

«Was hat sich zugetragen?»

Mr. Jellicot berichtete eifrig: «Dr. Paulson und ich kamen aus meinem Zimmer, wo ich ihm eine Nummer unserer kleinen Zeitschrift gezeigt hatte. Wir gingen eben an der Tür des Ehepaares Spendley-Carter vorbei, als wir ein lautes Krachen und einen Schrei vernahmen. Wir stürzten hinein, ein unbeschreiblicher Anblick bot sich uns: Ein Tisch auf einer Seite des Zimmers war mitsamt den Büchern, Aschenbechern und ähnlichen Dingen umgekippt, obgleich sich niemand in seiner Nähe aufhielt; ein Wasserkrug war umgefallen und ausgelaufen; Schuhe und Kleidungsstücke flogen im Zimmer umher; durch die Fenster kamen Steine herein ...» Mr. Jellicot hob sein Beweisstück wieder in die Höhe. «Mrs. Spendley-Carter stand am Kamin und schrie vor Angst, und Spendley-Carter bemühte sich, sie zu beruhigen.»

«Warum haben Sie mich nicht geholt?» fragte Hero und sah, wie Jellicot und Paulson einen verstohlenen Blick tauschten. «Gut», sagte er, «Sie wollten das Ereignis für sich behalten. Aber ich muß Sie darauf hinweisen, daß ich zu dem Zweck hier bin, das Schloß von derlei Erscheinungen zu befreien. Was haben Sie also gesehen? Bitte, der Reihe nach.»

Dr. Paulson begann: «Wenn Sie das Zeugnis eines Mannes akzeptieren wollen, der von Berufs wegen an genaues Beobachten gewöhnt ist ...» Hero nickte. «Als wir das Zimmer betraten, schien es sich tatsächlich in einem chaotischen Zustand zu befinden. Mrs. Spendley-Carter war außer sich vor Angst, und allerlei Gegenstände lagen in wilder Unordnung am Boden. Ein Damenschuh flog eben durch die Luft, als wir eintraten ...»

Hero unterbrach ihn: «Wem gehörte der Schuh – Mrs. Spendley-Carter, dem Kind, oder war es ein fremder Schuh?»

Paulson machte ein verdutztes Gesicht.

«Ich dachte, Sie wären ein geschulter Beobachter», sagte Hero. «Fahren Sie fort – wo befanden sich die anwesenden Personen in diesem Augenblick?»

«Mrs. Spendley-Carter stand am Kamin, hielt die Hände vors Gesicht und stöhnte, und Spendley-Carter stand neben ihr.»

«Und das Kind?»

«Ich weiß, was Sie denken», sagte Mr. Jellicot, «aber es ist ausgeschlossen, daß die Kleine daran beteiligt war. Sie saß in einer Nische auf der anderen Seite des Zimmers und wandte uns den Rücken.»

Hero dachte: ‹Aber es ist gar nicht ausgeschlossen, daß du, mein übereifriger Freund, daran beteiligt bist.› Laut sagte er: «Was tat die Kleine?»

«Sie malte mit Wasserfarben.»

«Bei diesem Theater?»

Paulson sagte: «Ich habe sie die ganze Zeit genau beobachtet wie die übrigen Anwesenden auch. Das Beweisstück für den Apport – das heißt, der Stein in Mr. Jellicots Besitz – kam durch das Fenster neben der Nische hereingeflogen.»

Hero fragte: «War das Fenster offen oder geschlossen?»

Dr. Paulson sagte: «Das Fenster war geschlossen. Ich ging eigens hin, um mich zu vergewissern, nachdem der Gegenstand über meine Schulter gesaust und am Boden gelandet war.»

«Wann war das?» fragte Hero.

«Ungefähr vor einer halben Stunde.»

Hero war enttäuscht und verärgert. Er nahm den Stein in die Hand und wog ihn. Es schien sich um einen gewöhnlichen Norfolk-Kiesel zu handeln, doch die Spur würde bereits erkaltet sein, und der Stein war es auch; er würde dem kleinen Instrument, das er in der Tasche trug, nichts mehr verraten. Wenn er doch nur da gewesen wäre, als er landete, oder doch wenigstens gleich danach! Hero wog ihn nochmals in der Hand und sagte zu Dr. Paulson: «Glauben Sie, daß ein lebloses Ding wie dieses hier aus eigener Kraft durch die Luft fliegen kann?»

«Ich habe es selbst gesehen», antwortete der Wissenschaftler hartnäckig.

«Nicht aus eigener Kraft», beeilte sich Mr. Jellicot zu erklären, «der unsichtbare Poltergeist hat ihn geworfen.»

«Durch eine geschlossene Fensterscheibe, ohne sie zu zerschlagen?»

«Das mutwillige Wesen kann alles, was ihm beliebt», belehrte Mr. Jellicot. «Warum hieße er sonst Poltergeist.»

Dr. Paulson begann die Geduld zu verlieren. «Als Parapsychologe sollten Sie das vorhandene Beweismaterial und die Augenzeugenberichte zu verwerten wissen. Ich erzähle Ihnen, was ich mit eigenen Augen gesehen habe. Zweifeln Sie vielleicht an meinen Worten?»

Hero betrachtete den Kieselstein nachdenklich, ließ ihn dann auf den Tisch fallen, wo er hart aufschlug, und sagte verdrießlich: «An Ihren Worten nicht, aber an Ihrem gesunden Menschenverstand.» Damit ging er eilig hinaus, setzte sich in seinen Wagen und fuhr nach East Walsham.

Doch als er den elfenbein-schwarzen Bentley durch das mächtige schmiedeeiserne Tor des Schloßhofes steuerte, bereute er bereits, daß er sich nicht beherrscht hatte. Er erinnerte sich an das Werk des amerikanischen Parapsychologen Hereward Carrington, der in seinem Buch eine ganze Liste von Erfordernissen aufstellte, die er bei einem ernsthaften Erforscher des Übersinnlichen für unbedingt notwendig hielt. Ein Abschnitt aus dem Buch hatte ihn besonders begeistert, und er hatte sich bemüht, stets danach zu handeln. Er sah die Seite förmlich vor sich: ‹Ein spezialisiertes Studium ist für seine Arbeit unerläßlich; der ideale Forscher muß die Literatur über diesen Gegenstand gründlich kennen; er muß über gute Kenntnisse der Psychologie des Normalen und Abnormen verfügen; auch sollte er in Physik, Chemie, Biologie, Fotografie geschult sein und in einem Labor gearbeitet haben; er muß ein aufmerksamer Beobachter sein sowie ein guter Kenner der menschlichen Natur und ihrer Beweggründe; er muß ein gewandter Taschenspieler und Zauberkünstler sein; sehr wichtig ist auch eine rasche Auffassungsgabe und Entschlußkraft; er muß stets wachsam, geduldig, findig, unvoreingenommen, tolerant, teilnehmend sein und Humor besitzen. Dagegen muß er frei sein von Aberglauben und religiösem sowie wissenschaftlichem Fanatismus. Kurz, der ideale Forscher ist schwer zu finden, und seine Fähigkeiten sind meist angeboren und nicht angelernt...›

Er dachte über seine Mängel in dieser Liste nach und war gar nicht zufrieden. Psychologie, Wissenschaft, Taschenspielertricks und ähnliche Dinge beherrschte er zwar – mit Ausnahme der Fotografie –, doch Unvoreingenommenheit, Toleranz, Takt und Mitgefühl waren nicht seine Stärke. Wenn Paulson auch ein einfältiger Kerl war, er hätte es ihm nicht vorzuwerfen brauchen. Eine der ersten Regeln für die Erforschung des Übersinnlichen hieß: sich keine Feinde zu schaffen. Die anziehende und entgegenkommende Mrs. Wilson und die kühle und zurückhaltende Susan tauchten vor ihm auf – ‹und auch keine intimen Freunde›, ermahnte er sich.

Hero erreichte das Dorf, hielt seinen Wagen vor der Post an und betrat eine Telefonzelle. Im Augenblick war es ihm nicht so sehr darum zu tun, Megs Kenntnisse und ihre Fähigkeiten auf fotografischem Gebiet in Anspruch zu nehmen, sondern einfach darum, mit ihr zu reden – ihr sein Herz auszuschütten.

Er rief sie in Barbizons Studio an, und als sie an den Apparat kam, sagte er: «Guten Tag, Meg – hier ist Sandro.»

«Wie geht es dir?» war ihre erste Frage.

«Recht und schlecht. Hör mal, Meg, du wirst in Kürze von unserer rothaarigen Freundin hier eine Einladung erhalten – beglaubigt und gebilligt von der silberhaarigen. Sobald du sie kriegst, kommst du wie der Blitz hierher.»

Einen Augenblick blieb es am anderen Ende der Leitung still. Schließlich sagte Meg: «Ach, so weit ist es also schon. Irgendwelche Wünsche, was die Ausrüstung betrifft?»

«Wir werden alles brauchen. Dein Fotomodell hat eine Vorliebe für dunkle Korridore.»

«Und wie steht es mit dem Poltergeist?» fragte Meg.

«Ja! Auf jeden Fall! Den ‹kleinen Spion› mußt du unbedingt mitbringen.» Dann fügte er plötzlich hinzu: «Oh, verflucht.»

«Was ist denn los, Sandro?»

«Nichts – mir ist bloß etwas eingefallen.»

Nach kurzem Zögern sagte Meg: «Du bist aufgeregt, mein Liebling. Hast du Schwierigkeiten?»

Hero sagte: «Es wimmelt buchstäblich von Gespenstern in diesem Schloß, und das gefällt mir nicht. Dazu kommt die übliche Prophezeiung von Unheil und Tod, und ich fürchte, daß jemand die Gelegenheit ergreifen und die Vorhersagen in die Tat umsetzen könnte.»

«Ich fragte, ob du persönlich Schwierigkeiten hast?» sagte Meg mit Nachdruck. «Bist du von schönen Frauen umringt?»

Hero erwiderte: «Überschwemmt geradezu! Besonders ein altes Mädchen von einigen fünfzig hat es auf mich abgesehen.» Kaum hatte er es ausgesprochen, als er sich auch schon über sich selbst ärgerte; er benötigte keine Television, um Megs Gesichtsausdruck zu sehen, und keine hellseherischen Fähigkeiten, um zu wissen, daß sie seine Absicht durchschaute, als er Mrs. Taylors Alter erwähnte. Ihre nächste Bemerkung bestätigte es.

«Bleib ihr nur hübsch treu, mein Lieber. Wann darf ich meine Einladung erwarten?»

«Wahrscheinlich morgen im Lauf des Tages. Sobald du sie hast, nichts wie los.»

«Darauf kannst du dich verlassen», sagte Meg mit mehr Nachdruck, als Hero lieb war. Er konnte es nicht verhindern, daß seine Gedanken zu Mrs. Wilson und Susan schweiften, und hatte das unangenehme Gefühl, Meg blicke durch den Telefondraht geradewegs in sein Inneres.

«Auf morgen also», sagte er und hängte auf. Doch etwas anderes beunruhigte ihn noch mehr, die Entdeckung nämlich, die er während des Gesprächs mit Meg gemacht hatte: Bei den Erscheinungen in Isobels Zimmer und in dem der Spendley-Carters handelte es sich zwar um eindeutige Manifestationen eines Poltergeistes, doch mußten es zwei verschiedene sein. In der gesamten Fachliteratur über Poltergeister war er noch nie auf einen Fall gestoßen, daß unter demselben Dach zwei Poltergeister vorkamen, und er zweifelte sehr, daß sie miteinander auskommen würden.

Er trat in den Sonnenschein hinaus und blickte sich in dem Dorf um, das so hübsch an den Walsham Broads – einer seeartigen Flußerweiterung – lag, wo elegante Motorboote, Hausboote und Jachten vertäut waren. Er ging zur St. Dunstan-Kirche mit ihrem viereckigen, normannischen Turm, der aus Quadersteinen gebaut und mit halbierten Flintsteinen verkleidet war, den gleichen Flintkieseln übrigens, von denen sich einer durch das geschlossene Fenster im Schloß materialisiert hatte.

Pfarrer Harry Witherspoon war nicht zu Haus. Hero hatte sich unter anderem entschuldigen wollen, daß er am Morgen zuvor so kurz angebunden gewesen war. Dafür traf er den Küster, einen ehrwürdigen Mann von fünfundsiebzig Jahren namens Butterworth. Der Alte war erfrischend unkompliziert; er glaubte an Gott, Pfarrer Witherspoon, die St. Dunstan-Kirche und betrachtete East Walsham als Mittelpunkt des

Universums. Außerdem war er ein hervorragender Heimatforscher und Historiker und hatte sechs sorgfältig geführte Notizbücher mit Material über das Schloß Paradine Hall, die Familie Paradine und andere große Familien der Gegend gefüllt. Es fanden sich darin hochinteressante Angaben über die legendäre Nonne, die sich auf Quellen in den örtlichen Archiven stützten.

Er freute sich kindlich, Mr. Hero nach Herzenslust in seinen Heften lesen zu sehen. Später suchte Hero die öffentliche Bücherei und das Rathaus auf, wo er weitere wertvolle Hinweise fand, und fuhr schließlich nach Great Yarmouth hinüber, wo er dem Deichbeamten des Bezirks einen Besuch abstattete. Es war später Nachmittag, als er sich voller Unruhe auf den Rückweg machte.

Fast ohne es selbst zu bemerken, hielt er den Bentley auf der breiten Auffahrt zum Schloß an und betrachtete das stattliche Tudor-Gebäude, die schöne Ebenmäßigkeit der Türme und Türmchen, der Dachfenster und die ebenso schöne Regellosigkeit der hohen Schornsteine, die über das dunkle Ziegeldach ragten.

Dieses Schloß zeugte von dem Schönheitssinn seiner Erbauer. Seit Jahrhunderten hatten gute und schlechte Menschen darin gewohnt und es mit Liebe, Haß und Lügen erfüllt. Die Mauern bestanden unverändert fort, während die Menschen und die Lügen von Generation zu Generation wechselten. Hero dachte darüber nach, wie anmaßend ein Mensch sein mußte, um für sich und seine Familie ein solches Bauwerk zu beanspruchen, und wie bemitleidenswert unsicher wiederum, wenn er sich veranlaßt fühlte, hinter so viel Mauerwerk Schutz zu suchen.

Er überlegte auch, wie widersinnig es sei, daß dieses Schloß, das jahrhundertelang die Geheimnisse der Paradines verborgen gehalten hatte, nun zwangsläufig in ein Hotel – oder wie immer man es nennen wollte – verwandelt und der Öffentlichkeit preisgegeben worden war. Was mochten die einzelnen Familienmitglieder wohl davon halten, und wie nahmen sie es auf? Hatte diese Veränderung vielleicht sogar irgend etwas mit den Gespenstern zu tun, die das Schloß seit kurzem heimsuchten? Während er sich solchen Gedanken hingab, entdeckte er plötzlich, daß er beobachtet wurde. Hinter einer zweihundertjährigen Ulme verbarg sich jemand.

«Komm hervor, komm hervor, wo immer du auch bist», sang Hero. Die zwölfjährige Noreen Spendley-Carter trat zögernd hinter dem Baum hervor. Sie trug eine gelbbraune Kordhose und einen gleichfarbigen Pullover. Das dunkle Haar fiel ihr strähnig auf die Schultern, und ihr gelbliches, sommersprossiges Gesicht, das jetzt ungeschminkt war, wirkte wie aus Lehm. Sie kam langsam näher und betrachtete bewundernd den Bentley; dann streckte sie ihre schmutzige Hand aus, berührte die glänzende Oberfläche des Wagens mit erstaunlicher Zärtlichkeit und streichelte die kleine silberne Kühlerfigur, die Sambo, Heros Hauskatze, darstellte.

«Darf ich mich mal einen Augenblick hineinsetzen?» bettelte sie.

«Aber natürlich, komm nur», antwortete Hero und öffnete die Tür auf der andern Seite. Sie rekelte sich genießerisch und schnurrte wie ein junges Kätzchen.

«Oh, wunderbar», sagte sie, «wie im Traum.»

«Pst», flüsterte Hero, «dann mußt du versuchen, nicht aufzuwachen.»

Sie setzte sich auf und blickte ihn neugierig an. «Ach, kennen Sie das auch?» sagte sie. «Manchmal mitten im schönsten Traum weiß ich ganz genau, daß ich träume, und gebe mir die größte Mühe, nicht aufzuwachen.»

«Was träumst du denn?» fragte Hero.

«Alles mögliche», antwortete sie zurückhaltend. Dann fuhr sie halb für sich fort: «Manchmal bin ich Krankenschwester in einem Spital und trage eine gestärkte Uniform und Haube und habe ein Fieberthermometer in der Hand.»

«Das ist ein hübscher Traum», sagte Hero.

Das Mädchen blickte ihm voll ins Gesicht. Ihre dunklen Augen schielten ein wenig und harmonierten nicht mit der Haarfarbe, aber Hero entdeckte etwas Rührendes und Flehendes in ihrer Tiefe. Sie sagte: «Doch jedesmal wache ich auf.» Dann fragte sie: «Was tun Sie eigentlich hier?»

Hero antwortete offen: «Ich versuche, etwas über Gespenster herauszufinden.»

Noreen fragte: «Was ist da groß herauszufinden? Entweder es *sind* Gespenster, oder es sind keine, nicht wahr?»

Hero lächelte und sagte: «Das kommt ganz darauf an, mit was für Augen man sie betrachtet. Glaubst du an Gespenster?»

«Natürlich! Meine Gespenster *sind* Gespenster. Ich mag sie gut leiden. Es wird einem so schön gruselig dabei.»

«Fürchtest du dich nicht vor ihnen?»

«Natürlich nicht. Wovor sollte ich mich denn fürchten? Sie sind ja nicht körperlich.»

Hero sog nachdenklich an seiner Pfeife. «Auch die nicht, die Vasen vom Kaminsims schleudern, Pfannen und Töpfe umkippen und Steine werfen?» erkundigte er sich.

«Pah!» meinte Noreen verächtlich. «Sie treffen ja niemand.»

«Nein, aber sie erschrecken alte Leute», sagte Hero. «Deine Mutter zum Beispiel hat große Angst vor ihnen.»

Noreens Gesichtausdruck wurde undurchdringlich. «Ach, Mutter fürchtet sich vor allem, sogar vor Daddy. Sie haßt ihn. Es sind nicht meine richtigen Eltern, wissen Sie. Sie haben mich adoptiert.»

Das hatte Hero nicht gewußt, und doch kam es ihm jetzt vor, als hätte er es im Unterbewußtsein längst vermutet. Er betrachtete das Kind aufmerksam und fragte: «Wann hast du das herausgefunden?»

«Erst vor kurzem», antwortete Noreen selbstgefällig. «Sie haben sich gezankt, und ich habe an der Tür gehorcht. Daddy hat Mummy angeschrien – es macht mich immer wütend, daß sie sich das gefallen läßt –, er sagte, sie wäre sogar zu faul und zu egoistisch, um ein Kind zu kriegen. Und Mummy sagte, sie hätte sich immer ein Kind gewünscht, aber nicht von ihm, weil er ein eitler, verlogener, oberflächlicher Schwätzer sei. Darum habe sie eins adoptiert. Und Vater sagte: ‹Nun, ich hoffe, du bist zufrieden mit dem, was du dir da aufgehalst hast. Als Parlamentsmitglied muß ich mich ja vor den Leuten schämen, eine solche Tochter zu haben.› Das bin ich», schloß Noreen ohne Erbitterung.

Hero hatte ihrem Bericht so gelassen wie möglich zugehört und sagte nun bloß: «Tut es dir leid, zu wissen, daß sie nicht deine richtigen Eltern sind?»

Noreen überlegte einen Augenblick, bevor sie antwortete: «Nein, ich bin froh darüber, daß ich nichts von ihnen habe – nicht das kleinste bißchen. Ich bin einfach nur ich, ich – ich!»

Mr. Hero fühlte sich von der tapferen und hoffnungslosen Erklärung des kleinen Mädchens tief gerührt. «Ja, du bist du, Noreen. Vergiß das nie.»

Sie blickte ihn sehnsüchtig an. «Ich wollte, Sie wären mein Daddy», sagte sie, und Liebe und Zärtlichkeit verschönten ihr unregelmäßiges Gesicht. «Darf ich Sie umarmen?» fügte sie schüchtern hinzu. Hero nickte, und sie legte beide Arme um ihn und lehnte den Kopf an seine Schulter.

So verweilten sie schweigend, und Hero dachte voll Mitleid: ‹Dieses Kind hat so viel Liebe zu verschenken; was soll daraus werden? Wer wird sie haben wollen?› Da bemerkte er, daß Noreen etwas sagte, und fragte laut: «Was, mein Kleines?»

«Kommen Sie mal mit Ihrem Kopf ein bißchen näher; ich möchte Ihnen etwas ins Ohr sagen.» Er neigte sich zu ihr und hörte sie flüstern: «Ich möchte Krankenschwester werden, wenn ich groß bin.»

Hero fühlte sich betroffen. Es war, als hätte sie seine Gedanken erraten. «Das wirst du auch werden», erklärte er. Da traten ihr die Tränen in die Augen, und es brach verzweifelt aus ihr hervor:

«Sie wollen es mir nicht erlauben. Sie haben es selbst gesagt. Daddy sagt, ich muß eine Dame werden. Er will nichts davon hören und Mummy auch nicht. Ich hasse sie, ich hasse sie, ich hasse sie!» Mit einer raschen Bewegung drehte sie sich um, öffnete die Tür, sprang hinaus und rannte durch den Park davon. Hero blieb im Wagen sitzen, rauchte nachdenklich und blickte ihr nach, bis sie zwischen den Bäumen verschwunden war.

12

Die Reprise

Als Hero seinen Wagen vor dem Schloß parkte, war der Nachmittagstee im Freien beinahe vorüber, und außer Vetter Freddie, Beth und Mark befand sich niemand mehr auf dem Rasen. Gleichzeitig näherten sich vom Bootshaus her Sir Richard und Susan, beide in Shorts und Pullover.

Freddies kleine Augen funkelten boshaft-vergnügt in dem fetten Gesicht, als er die Ankömmlinge erblickte. «Hallo, wie geht's dem Herrn Obergespensterforscher? Eine Tasse Tee zur Stärkung des Mutes gefällig?»

«Danke, gern», sagte Hero.

Susan und Sir Richard lachten schallend über einen Scherz, als sie sich zu den anderen gesellten. Vetter Freddie sagte: «Ach, das ist ja unsere kleine amerikanische Freundin. Wie geht's dem unbeliebten Kerl Onkel Sam?»

«Ausgezeichnet», erwiderte Susan gleichmütig. «Haben Sie zufällig eine Ahnung, wie hoch John Bulls Aktien augenblicklich stehen?»

Freddie lachte, doch es klang nicht freundlich. «Ihr reichen Amerikaner habt leicht spotten. Ihr schwimmt ja nur so im Geld.»

«Ja», sagte Susan, «wir wissen nicht, wohin damit. Bei uns zu Haus essen wir von Platintellern und benutzen brillantenbesetzte Löffel. Und in den Badezimmern sind alle Wasserhähne aus achtzehnkarätigem Gold.»

Hero warf ein: «Was habt ihr zwei gemacht?»

«Um die Wette gerudert», erwiderte Sir Richard. «Susan hat mich wieder geschlagen.»

Beth sagte: «Susan gewinnt immer.» Sie lächelte dabei, doch Hero vermeinte eine gewisse Kühle in ihrer Stimme zu spüren, und in ihren Augen stand ein seltsamer Ausdruck. War sie wirklich stolz auf ihre Freundin, oder verbarg sich da ein anderes Gefühl? Freddies scharfes Ohr schien den Mißton auch vernommen zu haben.

«Aha», sagte er, «du bist wohl eifersüchtig auf deine Freundin und Onkel Richard, was? Laß dem alten Herrn doch seinen Flirt mit der Jugend.»

Eine Teetasse fiel klirrend auf den Rasen, als Beth totenblaß, mit Tränen in den Augen und zusammengepreßten Lippen aufsprang. «Du Rohling, du gemeiner Kerl!» rief sie und rannte schluchzend ins Schloß hinein, die Hände vors Gesicht gepreßt.

Mark Paradine sagte eisig: «Du bist ein Schweinehund, Freddie. Du weißt doch, wie die Kleine unter den Angriffen auf Susan gelitten hat. Warum kannst du sie nicht in Ruhe lassen?»

Sir Richard ging drohend auf ihn zu, das Gesicht vor Zorn gerötet. «Ich könnte dir den Dickschädel einschlagen.»

«Nur zu», antwortete Freddie fröhlich. «Zeig dem Mädchen, was für ein Kerl du bist!»

Die Situation war so komisch, daß Susan lachen mußte. «Freddie, du bist unbezahlbar», sagte sie und dann: «Für mich keinen Tee bitte. Ich gehe mich umziehen.»

«Ich begleite Sie», erklärte Hero. Als sie außer Hörweite waren, sagte er: «Ein Herzchen!»

«Ja», pflichtete sie ihm bei, «er ist gräßlich. Er benimmt sich so unmöglich, daß man ihn fast gern haben muß. Er tut mir leid.»

«Weshalb?» fragte Hero.

Susan runzelte nachdenklich die Stirn. «Ich glaube, weil ich ihn verstehe. In meiner Heimat könnte so etwas nicht passieren. Doch hier, mit eurem Erbrecht, sitzt er in der Falle. Der alte Lord Paradine hat in seinem Testament sorgsam darauf geachtet, ihn zu einer Null zu machen, indem er ihm gerade soviel Geld vererbte, daß er nicht zu arbeiten braucht. Und das nur, weil er der Sohn eines zweitgeborenen Sohnes ist. Das muß ja den Charakter verderben; Ihnen oder mir würde es unter solchen Umständen genauso ergehen. Ich habe nichts gegen Vetter Freddie.»

«Kriegen Sie oft solche Bemerkungen zu hören?» erkundigte sich Hero. «Ich meine diese ironischen Anzüglichkeiten über Onkel Sam?»

«Ach, doch», antwortete Susan gelassen. «Man gewöhnt sich daran. Wir sind zur Zeit kein sehr beliebtes Volk.»

«Wer ist denn außer Freddie noch so taktlos?»

«Möchten Sie das im Ernst wissen?»

«Ja. Gewissermaßen auf der Suche nach einem Motiv.»

«Das wird es wohl kaum sein», meinte Susan. «Die Anzüglichkeiten reichen von direkten Fragen wie derjenigen von Major Wilson, weshalb wir im koreanischen Krieg unsere Siege nicht ausgenutzt hätten, bis zu den halb hinterhältigen und mitleidigen Bemerkungen Lady Paradines, wie: ‹Finden Sie es nicht schrecklich schwierig, meine Liebe, sich in unseren so ganz anderen Lebensgewohnheiten zurechtzufinden?› Was sie damit sagen will, ist natürlich, daß ich aus einem barbarischen Land komme. Oder Beth . . .»

Hero hob die Augenbrauen. «Beth?» fragte er.

«Es ist ihr ja nicht ernst damit – niemand außer Vetter Freddie meint es ernst –, es ist heutzutage einfach üblich, sich über uns lustig zu machen, so wie wir uns früher über England amüsierten.»

«Was hat denn Beth gegen Amerika?» beharrte Hero.

«Ach, eigentlich nichts», erwiderte Susan. «Ich hätte sie gar nicht erwähnen sollen. Sie haben es ja eben selbst gehört. Es war bloß eine Variation zum Thema ‹Ihr Amerikaner müßt immer unbedingt gewinnen›, etwas, was uns dauernd vorgeworfen wird.»

«Und Isobel?»

«Nein; Isobel nicht», sagte Susan entschieden. «Übrigens, ist es nicht merkwürdig, daß Isobel keinen Adelstitel besitzt, während Lady Paradine . . .» Sie hielt inne, blickte Hero ins Gesicht und sagte mit rührender Offenheit: «Ich meine es nicht boshaft, wirklich nicht. Doch wenn ich an das Wort ‹Lady› denke, kommt mir immer Isobel in den Sinn.»

Sie waren vor Susans Zimmertür angelangt und blieben stehen. «Ich glaube, es wird Zeit für unser kleines Experiment», sagte Hero.

«Meinen Sie das, was nicht besonders angenehm sein wird? Ich mag unangenehme Dinge nicht.»

Hero sagte: «Das tut niemand. Aber es ist auch nicht angenehm, im Dunkeln von etwas Unbekanntem angegriffen zu werden, finden Sie nicht? Besonders wenn man mit der Möglichkeit rechnen muß, daß der Angriff sich wiederholen könnte, falls man nicht einschreitet. Und das kann ich nur tun, wenn ich Gewißheit habe.»

Susan sagte: «Ich verstehe. Was verlangen Sie von mir?»

Hero überlegte sorgfältig und entgegnete dann: «Sie werden heute abend zu Bett gehen, ohne den Riegel zuzuschieben. Irgendwann in der Nacht wird sich genau dasselbe abspielen wie das letzte Mal, nur mit dem Unterschied, daß *ich* es diesmal sein werde.»

Susan richtete ihren kühlen, offenen Blick voll auf Hero und sagte kurz: «Ich mag nachts keine Männer in meinem Zimmer.» Doch das Seltsame dabei war, daß der Gedanke, Hero in ihrem Zimmer zu wissen, sie ganz ungewöhnlich verwirrte und erregte, und sie fühlte, daß jetzt alles davon abhing, wie Hero ihre eindeutige Erklärung aufnahm.

Er nickte jedoch nur und sagte: «Ziehen Sie sich nicht aus – legen Sie sich angekleidet aufs Bett.»

Susan fragte: «Und wenn Ihr Experiment Erfolg hat, wird Ihnen das bei Ihren Untersuchungen weiterhelfen?»

Hero lächelte. «Ja, ganz gewaltig», sagte er. «Dann brauchen wir uns wegen dieser Erscheinung keine Gedanken mehr zu machen.»

«Ich verstehe nicht, wieso.»

«Jede übersinnliche Erscheinung, die ich nachmachen kann, braucht uns nicht mehr zu kümmern», sagte Hero heiter. «Dann interessiert uns nur noch die Frage, wer und warum.»

Susan bemühte sich vergeblich, diese Antwort zu begreifen. «Was soll denn das beweisen», fragte sie schließlich, «wenn Sie ein Gespenst nachmachen können? – Falls es sich überhaupt um ein Gespenst handelt.»

«Richtig», sagte Hero, «wenn es sich überhaupt um ein Gespenst handelt. Die Sache ist nämlich die: Ein echtes Gespenst müßte Dinge vollbringen können, die ich nicht kann. Was hätte es sonst für einen Sinn, ein Gespenst zu sein? Seit ich meinen Beruf ausübe, habe ich ein Gespenst zu finden gehofft, das mehr kann als ich. Bis jetzt waren aber alle merkwürdig beschränkt.»

«Ach», sagte Susan, «Sie hoffen also, meines werde die große Ausnahme bilden, und ich soll das Versuchskaninchen sein.»

Hero blickte sie kühl und schweigend an und fragte dann nur: «Wollen Sie die Rolle spielen?»

Susan rang mit sich selbst. ‹Er ist herzlos – er braucht mich für seine Zwecke. Warum sage ich nicht nein? Oh, warum mußte er so anziehend sein? Warum sage ich ihm nicht, er solle sich ein anderes Opfer für seine Experimente aussuchen?› Laut aber erwiderte sie: «Gut, ich bin einverstanden, wenn Sie es für unbedingt nötig halten.»

Er streckte die Hände aus, nahm sie sanft bei den Schultern und sagte: «Sie sind ein tapferes Mädchen. Versuchen Sie zu schlafen, und fürchten Sie sich nicht; es wird nicht schlimm werden.» Damit drehte er sich um und ging davon.

«Bist du dir bewußt, daß Mark bis über die Ohren in Susan Marshall verliebt ist?» Lady Paradine sprach über das Niemandsland des Bade- und Ankleidezimmers hinweg zu ihrem Mann. Wie viele Ehepaare, die getrennt schlafen, zogen sie sich immer noch gemeinsam aus, und das war eigentlich die einzige Gelegenheit für private Gespräche persönlicher Natur, die ihnen noch blieb.

«Was sagst du? Tatsächlich? Nun, wenn es wirklich wahr ist, kann man ihm keinen Vorwurf machen.»

«Natürlich ist es wahr», sagte Lady Paradine. Das lange rote Haar, das ihr bis zum Gürtel reichte, schimmerte prächtig unter den rhythmischen Bürstenstrichen. Sie trug ein lila Negligé, und ihre Figur war immer noch gut, doch Lord Paradine hatte längst aufgehört, es zu bemerken. Irgendwann in ihrem Eheleben hatte er sein Interesse vom Schlafzimmer auf Pferde und Sport verlagert. «Was hältst du davon, als künftige Lady Paradine eine Amerikanerin hier zu sehen?»

Lord Paradine balancierte auf einem Bein, während er das zweite in die Pyjamahose schob. «Wie, was meintest du, Enid? Ach so, nun, was macht es denn aus, ob sie Amerikanerin ist oder nicht? Susan ist ein verdammt nettes Mädchen. Denk nur daran, wie sie diesen Gespenstern die Stirn geboten hat.»

Lady Paradine fand ein graues Haar und riß es aus. «Sie hat keinen Shilling», sagte sie ruhig.

Lord Paradine band die Schnur seiner Pyjamahose über dem rundlichen Bauch zu. «Ach so», sagte er, «eine Amerikanerin kann also nur nett sein, wenn sie reich ist.»

«So ungefähr», erwiderte Enid. «Ohne Geld sind diese Leute ganz unmöglich, das mußt du doch zugeben. Wie die Dinge heute liegen, hat Mark der Familie gegenüber geradezu die Pflicht, eine Geldheirat einzugehen – und es besser zu machen als du seinerzeit.»

Paradine, der eben in seine Pyjamajacke schlüpfen wollte, hielt inne und warf seiner Frau einen scharfen Blick zu. «Was soll das heißen?» sagte er. «Ich habe dich aus Liebe geheiratet, das weißt du ganz genau.»

Seine Frau blickte in den Spiegel und betrachtete die faltige Haut am Hals und die Runzeln um die Augen. «So, so?» murmelte sie. «Seltsam, was daraus geworden ist.»

Paradine erschrak. «Wie, was? Was soll daraus geworden sein? Sie ist immer noch da, ich meine, in mir. Ich habe dich doch immer geliebt und tue es jetzt noch, oder etwa nicht?»

Lord Paradine gab es auf und lächelte ihrem Mann gelassen zu. «Natürlich, mein Lieber», sagte sie. «Reg dich nur nicht auf.»

Ein Ausdruck großer Erleichterung breitete sich über Lord Paradines Züge aus, als er sich der drohenden Gefahr einer ehelichen Auseinandersetzung so leicht entrinnen sah. Er sagte: «Hat der Junge schon etwas verlauten lassen?»

«Nein, natürlich nicht. Und außerdem bleibt immer noch die Frage, welchen von beiden sie nehmen wird.»

«Wie?» Paradine drückte gerade Zahnpasta auf die Bürste und hielt dabei inne. «Ich verstehe nicht, was du damit meinst.»

«Mark oder Richard – sie sind beide verliebt in sie.»

«Was? Lockerie?» Nun war Paradine ernsthaft schockiert. «Richard könnte ja ihr Vater sein!»

«Falls er mit sechzehn Jahren geheiratet hätte», meinte Lady Paradine. «Wie alt kann er denn sein? Etwa zweiundvierzig, schätze ich. Bloß weil er im Krieg ein paar graue Haare bekommen und mit dir in einer Division gedient hat, braucht er noch lange nicht so alt zu sein wie du. Du bist vierzehn Jahre älter, John.»

«Aber das ist doch lächerlich, Enid», sagte Paradine und griff nach dem Mundwasser. «Er hat einen Sohn von – wie alt ist Julian jetzt? Bald neun, glaube ich. Kein junges Mädchen würde . . .»

«Red doch keinen Unsinn, John. Heutzutage ist es üblich, daß junge Mädchen ältere Männer heiraten. Und manche haben auch Kinder sehr gern – Beth zum Beispiel.»

«Beth? Was hat denn Beth damit zu tun?»

«Hast du es nicht bemerkt? Wenn der kleine Julian hier ist, verbringt sie fast die ganze Zeit mit ihm. Sie scheinen sich sehr gut zu verstehen. Morgen kommt er übrigens her.»

Lord Paradine sagte: «Da er keine Mutter mehr hat, ist es gut, wenn Beth sich seiner annimmt.» Und damit schob er die Zahnbürste in den Mund.

Nachdem sie ihr Haar eine Weile schweigend gebürstet hatte, sagte Lady Paradine: «John, ist Isobel einmal in Richard verliebt gewesen?»

Paradine gurgelte und spuckte das Wasser aus. «Wie soll ich das wissen? Immer fragst du dasselbe. Was soll das überhaupt?»

«Als Familienoberhaupt müßtest du das eigentlich wissen.»

«Damals war ich es noch nicht», erwiderte Paradine leicht gereizt. «Und im übrigen bin ich selten zu Haus gewesen. Ich erinnere mich, daß sie als Kinder gut miteinander auskamen, doch mehr steckte kaum dahinter. Warum hätte Richard wohl sonst jene Französin geheiratet, die er im Krieg kennenlernte und die dann bald nach Julians Geburt starb?»

Lady Paradine zählte sechs weitere Bürstenstriche und fragte dann: «Warum hat Isobel nie geheiratet?»

Lord Paradine seufzte und versuchte, sich mit der Toilette zu beeilen.

Dies drohte ja zu einem richtigen Verhör auszuarten, und er haßte es, ausgefragt zu werden. «Die Sorge um Vater und das Schloß hielten sie davon ab. Schade um sie. Isobel ist eine tüchtige Frau und hätte heiraten sollen.»

Lady Paradine fuhr fort, ihr Haar zu bürsten, ohne etwas zu erwidern. Lord Paradine fand ihr Schweigen noch unbequemer als ihre Fragen, denn es zwang ihn, nachzudenken.

«Für Richard wäre es vielleicht ganz gut, wenn Susan ihn heiraten würde», sagte er. «Es würde ihn jung erhalten. Und sie würde keine schlechte Partie machen.»

Lady Paradine sagte: «Der Gedanke, Lady Paradine zu werden, muß für Susan sehr verlockend sein, ob sie Mark nun liebt oder nicht. Ganz besonders, weil sie Amerikanerin ist.»

Lord Paradine starrte seine Frau verwirrt an. «Aber du hast doch eben gesagt...»

Lady Paradine entgegnete mitleidig: «Das ist doch klar, John; wenn man die Wahl zwischen zwei Adelstiteln hat, entscheidet man sich für den besseren.» Sie tauchte die Fingerspitzen in einen Topf mit Schönheitscreme und begann ihr Gesicht zu massieren. «Ich bin dagegen, daß mein Sohn Susan Marshall heiratet», sagte sie.

Lord Paradine stellte den Zahnputzbecher einen Augenblick hin, diesmal vor Überraschung über den harten, metallenen und geradezu drohenden Klang in der Stimme seiner Frau. Er blickte sie mit weit aufgerissenen Augen an; doch sie sagte nichts mehr und fuhr fort, in den Spiegel zu schauen und ihre Wangen mit Hautcreme zu bearbeiten. Paradine wandte seine Aufmerksamkeit wieder seinen Zähnen zu.

Susan war Heros Rat gefolgt und hatte sich unausgezogen aufs Bett gelegt. Und um den Erfolg des Experimentes zu sichern, hatte sie alles im Zimmer ungefähr so geordnet, wie es in jener schrecklichen Nacht gewesen war.

Gedanken verschiedener Art bedrängten und beunruhigten sie: Wer oder was haßte sie? Wer oder was wünschte, sie von Paradine Hall zu vertreiben, und weshalb? Was zog sie so zu Alexander Hero hin? War er ihr sympathisch oder nicht? War Beth wirklich ihre Freundin? Und wie stand es mit Isobel und Lady Paradine? Liebte sie Mark? Liebte sie ihn genug, um ihre bisherigen Gewohnheiten und einen Teil ihrer Persönlichkeit aufzugeben und an seiner Seite ein anderes, neues Leben anzufangen? Hatte sie den Wunsch, Lady Paradine zu werden?

Und wie stand es mit Sir Richard – Beths Pseudo-Onkel –, dem Witwer mit dem neunjährigen Jungen? Richard wirkte immer noch jung und vital und bemühte sich um sie. Es machte ihr Spaß, in seiner Gesellschaft auszureiten und zu segeln, gleichzeitig aber glaubte sie in seinem Benehmen ihr gegenüber eine gewisse Unaufrichtigkeit wahrzunehmen, die sie beunruhigte. Sie mochte ihn gut leiden, dachte aber nicht mit derselben Wärme an ihn wie an Mark. Und nun war da auch noch Alexander Hero, den sie von den dreien weitaus am anziehendsten fand. Was bedeutete er ihr, dieser zu selbstsichere, zu intelligente und zu attraktive junge Mann?

Das war ihr letzter Gedanke, bevor sie einschlief. Jetzt aber war sie wieder hellwach. Sie spürte den kalten Luftzug und die Anwesenheit von etwas Fremdem im Zimmer. Wenn es nun nicht Hero wäre? durchzuckte es sie. Angenommen ...? Die eisigen Finger umschlossen ihre Kehle – feuchte, klebrige, todeskalte Finger, die geradewegs aus dem Grab zu kommen schienen.

Obschon sie gewußt hatte, was geschehen würde, versagten ihre Nerven, so entsetzlich war es. Sie wollte aufschreien, doch die Berührung der eisigen Hand lähmte sie derart, daß nur ein schwaches Röcheln über ihre Lippen drang.

Dann ließ die Hand sie los, und jemand flüsterte: «Jetzt ist alles vorbei. Es tut mir leid, daß ich Sie so habe quälen müssen.» Hero streichelte beruhigend ihr Haar, und sie streckte vor Erleichterung ganz unbewußt die Arme nach ihm aus und hielt ihn in der Dunkelheit umschlungen. Er erwiderte ihre Umarmung, und dann kam, was sie erwartet hatte. Sein Mund fand den ihren, und sie verloren sich in einem Augenblick höchster Seligkeit ineinander.

Bevor sie sich aber ganz vergaßen, lösten sie sich voneinander. Er streichelte zärtlich ihr Gesicht und flüsterte ihren Namen, und sie hatte nur den einzigen Wunsch, ihn nie mehr zu verlieren. Und dennoch fühlte sie, daß nicht alles war, wie es hätte sein sollen, daß sie nicht voll und ganz ja sagen konnte.

Hero fand seine Selbstbeherrschung zuerst wieder. «Vielleicht sollten wir jetzt das Licht anzünden», flüsterte er, und Susan antwortete: «Ja, ich glaube auch.» Sie hörte ihn herumtasten und auf den Schalter der Nachttischlampe drücken, aber es wurde nicht hell.

Hero fühlte, wie seine Kopfhaut zu prickeln begann und seine Nerven sich spannten. Er hatte das Experiment peinlich genau wiederholt, mit einer Ausnahme: Am elektrischen Licht hatte er nichts geändert. Er legte den Mund an Susans Ohr und flüsterte: «Ich habe es mir anders überlegt. Zünden Sie die Kerze an, wie Sie es in jener Nacht taten, aber ganz leise.» Susan tastete sich zum Kamin hinüber und zündete ein Streichholz und dann die Kerze an.

Sie schauten sich ins Gesicht, wissend, daß sie soeben einen Augenblick der Liebe oder doch eines sehr ähnlichen Gefühls erlebt hatten. Dies machte sie keineswegs befangen und hinderte sie nicht, das Vorgefallene kritisch zu überdenken. Susan dachte: ‹Seltsam, eben glaubte ich noch, ihn zu lieben und zu brauchen. Aber das dauerte nur einen Augenblick. Jetzt bin ich nicht mehr so überzeugt.›

Hero dachte: ‹Oh, ich Esel! Warum habe ich mich so gehenlassen? Wie konnte ich nur so dumm sein? Wie soll ich jetzt beurteilen können, ob sie mir die Wahrheit sagt oder nicht?›

Er schob den Riegel vor, während Susan ihm mit weit geöffneten

Augen zuschaute. Sie sagte: «Genauso war es. Sind Sie mit Ihrem Experiment zufrieden?»

«Ja», sagte Hero. Er war blaß, und seine Augen glänzten im Kerzenlicht.

«Und?» fragte Susan.

Doch er legte einen Finger an die Lippen, und sie bemerkte, daß er wie gebannt auf den Türgriff schaute, der langsam und stetig niedergedrückt wurde. Susans Herz klopfte ungestüm, und sie wagte kaum zu atmen. Hero hob eine Hand und bedeutete ihr, sich absolut ruhig zu verhalten und keine Angst zu haben. Derselbe Vorgang wiederholte sich ein zweites Mal. Jemand oder etwas versuchte die Tür von außen zu öffnen.

13

Die gute Fee tritt auf

Hero und Susan warteten gespannt, was weiter geschehen würde, und rührten sich nicht. Der Türgriff wurde nochmals niedergedrückt; dann vernahmen sie ein schwaches Knarren im Korridor, und es wurde wieder still. Draußen war die Nacht von ländlichen Geräuschen erfüllt, im Innern des Schlosses aber herrschte Ruhe.

Hero schien nicht mehr zu lauschen, sondern seine Aufmerksamkeit etwas anderem zuzuwenden und zu warten. Die Lampe auf dem Nachttisch leuchtete plötzlich hell auf, und Susan stieß ein überraschtes «Oh!» aus. Hero dagegen seufzte erleichtert und sagte: «Gefahr vorüber.»

So furchtlos und beherrscht Susan auch war, fühlte sie sich von dem jüngsten Erlebnis doch etwas mitgenommen und sagte kleinlaut: «Sind Sie wirklich davon überzeugt? Oh, Alexander, ich bin so froh, daß Sie bei mir waren. Was kann es wohl gewesen sein?»

Hero betrachtete sie nachdenklich. «Nicht was», sagte er, «sondern wer? Ein ‹Was› hätte ohne weiteres hereinkommen können. Ein ‹Wer› dagegen fand an dem inneren Riegel ein unüberwindliches Hindernis.»

«Warum sind Sie ihm nicht gefolgt? Warum haben Sie die Tür nicht geöffnet? Sie hätten ihn bestimmt erwischt.»

Hero fragte lächelnd: «Wer hätte wen erwischt?»

Susan holte tief Atem. «Sie haben es also meinetwegen bleibenlassen? Sie hätten das Geheimnis lüften können, wenn Sie die Tür geöffnet hätten ...»

«Dazu hatte ich kein Recht», sagte Hero.

Susan legte ihm impulsiv die Hand auf den Arm und flüsterte: «Das war sehr nett von Ihnen.»

Ihre Nähe verwirrte Hero, wenn auch nicht mehr auf dieselbe Art. Er sagte: «Nein. Eigentlich nicht. Es war nur eine praktische Überlegung.»

Plötzlich kam ihr der Gedanke, Hero habe der Person, welche die Tür zu öffnen versuchte, nicht begegnen wollen, weil er ihr – Susan – nicht traute. Die Vorstellung machte sie wütend. Hatte er etwa gedacht, es könnte Sir Richard sein? Dann verrauchte ihr Zorn und ließ ein Gefühl tiefer Niedergeschlagenheit zurück.

Hero sagte: «Ich kann ja nachsehen, aber ich werde kaum etwas finden. Sie können beruhigt sein, heute nacht passiert nichts mehr. Zur Sicherheit würde ich aber doch den Riegel wieder vorschieben, wenn ich gegangen bin. Es tut mir leid, daß ich Ihnen diese Aufregung nicht ersparen konnte, Susan.» Und schon war er verschwunden.

Er ging nicht gleich weg, um sich auf die Suche zu machen, denn das hätte wenig genützt, sondern blieb vor ihrer Tür stehen. Er hörte, wie der Riegel vorgeschoben wurde. Ein merkwürdiger Geruch drang ihm in die Nase, und er hob den Kopf und schnupperte aufmerksam. Der Geruch war zwar schwach, aber deutlich, und auf Grund seiner Arbeit im Laboratorium wußte er sofort, worauf er zurückzuführen war. Sein Haar im Nacken sträubte sich, und ein Gefühl von Übelkeit stieg in ihm auf.

Wie ein Spürhund folgte er der Fährte und entdeckte, daß der Geruch einem feuchten Fleck vor der Tür entströmte. Er roch daran, berührte ihn mit der Fingerspitze und betrachtete dann die weiße Stelle auf seiner Haut, wo die Säure sie verbrannt hatte. Er erhob sich bleich und schwitzend, obwohl er innerlich fror.

Am Morgen des Tages, da Meg im Schloß ankommen sollte, war Hero nervös. Er empfand das Bedürfnis, Paradine Hall für eine Weile den Rücken zu kehren, holte Stock, Mütze und Pfeife und ging spazieren. Einer der Setter aus den Stallungen nahm die Gelegenheit wahr, in seiner Gesellschaft einen kleinen Bummel zu machen, und sprang übermütig voraus. Mr. Hero ließ sich gern von ihm ins Schlepptau nehmen, denn es war ihm ziemlich gleichgültig, welche Richtung er einschlug. Hauptsache, er kam von Paradine Hall, dessen Bewohnern, Rätseln und manchmal dilettantischen, dann wieder raffinierten Erscheinungen weg.

Der Setter wedelte unternehmungslustig mit dem kupferfarbenen Schwanz und führte Hero durch eine offene Tür in der Parkmauer und dann nach Süden, am Flußufer entlang zur Stoke Bridge, der alten römischen Brücke, die all die Jahrhunderte überdauert hatte. Während der Hund am Ufer herumschnüffelte, blickte Hero ins Wasser hinunter, wo drei Rotaugen am steinigen Grund des Flusses mit den Flossen fächelten. Nach einer Weile drängte der Hund weiter, und Hero zündete seine Pfeife an und folgte ihm zufrieden. Er atmete tief die würzige Salzluft ein, die der Wind vom Meer hereintrug und die sich mit den erdigen Gerüchen der Paradine-Gehöfte im Osten vermischte.

Eines der Probleme, die ihn beschäftigten, war der Mangel an geisterhafter Atmosphäre in Paradine Hall. Gespenstische Erscheinungen hatte es genügend gegeben, und zwar ganz, wie es sich gehörte, bei Nacht.

Doch bis jetzt hatte sich noch kein Mensch über ein Gefühl von etwas Bedrohlichem und Bösem beklagt. Auch er selbst konnte beim besten Willen nichts Derartiges feststellen. Hero hatte einmal die Nacht in einem Gespensterzimmer verbracht, wo die Gegenwart von etwas Unheimlichem und Bösem sich ganz eindeutig feststellen ließ und ihm den Schweiß aus den Poren trieb. Es war ihm nie gelungen, eine befriedigende Erklärung dafür zu finden. Erscheinungen irgendwelcher Art waren damals nicht vorgekommen; er hatte nur den Eindruck gehabt, an einem unheimlichen Ort zu sein, der ihm schreckliche Gedanken und Gefühle einflößte. Davon war bis jetzt im Schloß nichts festzustellen, und er fragte sich, woran das lag. Keine verängstigten Tiere, keine Vorahnungen der Menschen. Die Leute waren wohl während und nach dem Geschehen beunruhigt, erstaunt, zornig oder ängstlich, je nach Temperament, doch nie vorher. Er fragte sich, ob es ihm wohl gelingen werde, den Fall Paradine zu klären.

Hero versuchte, an anderes zu denken. Erde und Wasser dufteten so gut. In der Ferne drehte eine Windmühle langsam ihre Arme. Der Himmel war von Delfter-Blau; man erwartete, jeden Augenblick auf ein Tulpenfeld oder ein blitzblankes Dorf mit Häusern aus rotem Backstein und Schieferdächern zu stoßen, wie sie jenseits des Kanals anzutreffen waren. Wie sehr sich Norfolk und Holland doch glichen, abgesehen von den Menschen mit ihren Sitten und Bräuchen.

Der Hund begann plötzlich freudig zu bellen und rannte in langen Sätzen davon. Hero sah ihn an einem kleinen Jungen hinaufspringen, der mit einer Angelrute am Ufer stand. Der Junge schob ihn von sich und rief: «Nein, nein, Prinz! Geh nach Haus! Laß mich los! *Tais-toi, méchant!*»

Er war ein hübscher kleiner Junge von neun Jahren mit hellem gelockten Haar und leuchtend blauen Augen. Die Nase war noch ganz kindlich, aber er hatte einen energischen Mund und ein festes Kinn.

«Guten Tag!» sagte Hero. «Wer bist du?» Nun hatte es der Hund auf jemand abgesehen, der sich hinter einem großen Baum jenseits der Flußbiegung befinden mußte, und gab seiner Freude laut Ausdruck.

«Ich bin Julian Lockerie. Wer sind Sie? Wohnen Sie im Schloß? Sonst würden Sie ja nicht mit Prinz spazierengehen. Ich bin eben aus der Schule zurück. Ich habe Ferien. Daddy hat mir eine neue Angelrute geschenkt.»

«Alexander Hero, zu Diensten», antwortete Hero. Er deutete mit der Pfeife auf die Stelle im Fluß, wo der Kork plötzlich verschwunden war. «Ich glaube, du hast einen gefangen, junger Mann.»

Die Spitze der Rute begann zu zittern und zu tanzen. «Tante Beth, Tante Beth», rief der Junge. «Komm schnell! Komm schnell, ich habe einen gefangen. *Venez, venez, je vous prie!*»

Beth kam hinter dem Baum hervor, wo sie mit einem Buch gesessen hatte, das sie noch in der Hand hielt. Doch als sie Mr. Hero gewahrte, zögerte sie, denn sie hatte nicht erwartet, ihm zu begegnen. Am liebsten hätte sie sich wieder versteckt, denn ihre Augen waren rot und ihr Gesicht verschwollen vom Weinen. In der anderen Hand hielt sie ein tränenfeuchtes Taschentuch. Der Hund rannte eifrig zwischen dem Kind und dem Mädchen hin und her. Die Angelrute tanzte. Hero beschloß, so zu tun, als hätte er nichts gemerkt. Für Beth war es zu spät, sich zurückzuziehen.

«Ich scheine Ihren Hund gestohlen zu haben», sagte Hero. «Oder er hat vielmehr mich gestohlen. Sie kommen gerade zurecht, um den Höhepunkt des Angeldramas mitzuerleben.»

Beth lächelte und kam näher. *«Ah, bien fait, Julian»*, sagte sie.

Der Junge hüpfte von einem Bein aufs andere vor Aufregung. «Ich habe ihn – aber was muß ich jetzt tun? Was muß ich tun?»

Es war offenbar sein erster Erfolg, und er überrumpelte ihn.

«Heb ihn vorsichtig aus dem Wasser und leg ihn aufs Gras», riet Hero. «So wird es gewöhnlich gemacht.»

Der Junge hob die Rute, und eine ansehnliche Schleie kam aus dem Fluß auf sie zugesegelt und landete in ihrer Mitte, wo sie um sich schlug, bis Hero den Fuß auf sie stellte, die Angel löste und sie mit einem wohlgezielten Stockhieb tötete. «Bravo!» sagte er. «Dein Vater wird stolz auf dich sein.»

Der Junge blickte seinen Fang entzückt an. «Ich schenke sie Daddy zum Abendessen, wenn er heimkommt, Tante Beth», sagte er. Dann fuhr er, zu Hero gewandt, fort: «Daddy ist mit seiner neuen Freundin segeln gegangen, aber zum Tee wird er wieder zurück sein, nicht wahr, Tante Beth?»

Beth sagte: «Ja, bestimmt.»

«Daddys neue Freundin heißt Susan. Ich mag sie gut leiden», klärte Julian Hero auf. «Aber am liebsten habe ich Tante Beth.» Er rannte auf sie zu und schlang die Arme zärtlich um ihren Hals, und sie erwiderte die Umarmung ebenso innig. Er sagte: «Ich schenke den Fisch nicht Daddy, sondern dir. Er gehört dir.»

Beth sagte: «Liebling, er ist so groß, daß er für uns alle reichen wird. Einen prächtigen Fang hast du da gemacht.»

Wie sein Vater, war auch Julian sehr ehrlich, und er sagte: *«Mais c'était ce monsieur-là qui m'a aidé.»*

«Das hat nichts zu bedeuten», wehrte Hero bescheiden ab. «Du hast ihn gefangen. Wirklich, dein Vater kann stolz auf dich sein.»

«Kennen Sie meinen Vater?» fragte der Junge.

«Ja.»

«Wird er Susan heiraten?»

«Mais, Julian», mischte sich Beth ein, *«on ne dit pas des choses comme ça.»*

«Ich weiß nicht», erwiderte Hero zurückhaltend, «er hat nichts davon gesagt.»

Julian sagte zu Beth: «Warum kannst nicht du meine Mutter sein?» Dann blickte er auf den Fisch und fügte hinzu: «Ist er nicht prächtig?»

Beth murmelte: «Es tut mir leid. Wir...»

Hero sagte: «Es macht nichts. Es ist eines der Privilegien der Kinder, zu sagen, was sie denken. Wie lange noch, dann ist es damit vorbei. Gestatten Sie, daß ich mir Ihren Hund noch ein Weilchen borge?»

«Ja, gern», sagte Beth und schien erleichtert, daß er ging.

«Du mußt aber dableiben, Tante Beth», sagte Julian. «Ich möchte noch einen Fisch fangen.» Er knetete ein Brotkügelchen an die Angel und warf Schnur und Kork ins Wasser.

Um die beiden nicht noch einmal zu stören, ging Hero denselben Weg zurück, den er gekommen war. Als er einen letzten Blick auf sie warf, sah er sie eng umschlungen am Ufer sitzen. Dies rückte die Dinge in ein ganz neues Licht: Beth Paradine liebte also Sir Richard, während dieser – blind für ihre Gefühle – in ihre beste Freundin verliebt war. Es lohnte sich vielleicht, da einmal genauer aufzupassen. Er konnte es fast nicht erwarten, bis Meg endlich kam, und eilte voll Ungeduld ins Schloß zurück.

Es ging schon auf Mittag zu, und sie war immer noch nicht da. Hero setzte sich in einen bequemen Sessel im Wintergarten, von dem aus er die Zufahrt und den Schloßeingang gut überblicken konnte. Die große Glasscheibe war noch nicht eingesetzt, sondern lehnte schräg vor der Fensteröffnung, was bei dem blendenden Sonnenlicht zur Folge hatte, daß Hero zwar leicht hinaus-, doch niemand ohne weiteres hereinsehen konnte. Unmittelbar vor dem Fenster und parallel damit lief der Graben, in dem Kanalisationsarbeiten ausgeführt wurden, und manchmal streckte ein Mann Kopf oder Hacke über den Rand empor.

Er sah Noreen bäuchlings auf der Böschung oberhalb des Ziergartens liegen und sich mit Mr. Jellicot unterhalten. Major Wilson näherte sich von den Stallungen her, wurde offenbar durch eine Bewegung Heros abgelenkt, hielt inne und blickte durch die schräg stehende Scheibe in den Wintergarten hinein. Sein Mund stand halb offen, und er machte ein mürrisches Gesicht. Hero dachte: ‹So müssen die Menschen den Tieren im Zoo erscheinen, wenn sie in ihre Käfige starren.› Er konnte nicht erkennen, ob Major Wilson ihn sah oder nicht, aber das war ja nicht wichtig. Wilson lachte lautlos und selbstzufrieden, wechselte ein paar Worte mit einem der Arbeiter im Graben und ging weiter. Ein paar Minuten später kehrte er in Begleitung seiner Frau zurück, und Mr. Hero verspürte beim Anblick ihrer schlanken, eleganten Figur die altbekannte Unruhe.

Da vernahm er das Geräusch eines Autos; ein mit dem Familienwappen versehener, von einem uniformierten Chauffeur gesteuerter Rolls-Royce ‹Silver Cloud› hielt vor dem Eingang. Heros Herz machte einen Satz vor Freude. Er klemmte die Pfeife fester zwischen die Zähne, zündete sie wieder an und lehnte sich glücklich lächelnd in seinem Sessel zurück. Megs Ankunft vollzog sich in ganz großem Stil.

Lady Margaret Callandar war ein einfaches, praktisch veranlagtes Mädchen, das gewöhnlich mit der Bahn reiste, in London den Bus benutzte und zur Not mit einem einzigen Handkoffer auskam. Doch diesmal hatte sie es vorgezogen, standesgemäß aufzutreten, und entstieg dem blitzenden Wagen in einem Kleid von Balmain, einem Hut von Yves und hatte neun lilafarbene Gepäckstücke bei sich.

Noreen setzte sich auf und gaffte mit offenem Mund, die Gärtner unterbrachen ihre Arbeit, und Mrs. Wilson betrachtete Lady Margarets Toilette mit offensichtlicher Bewunderung. Mr. Hero zweifelte nicht, daß hinter den Fenstern im oberen Stock viele Leute dem Schauspiel beiwohnten. Er war höchst zufrieden mit seiner Stiefschwester.

Lord und Lady Paradine und Isobel eilten herbei, um sie zu begrüßen. Durch das angelehnte Fenster drangen Stimmen und Gesprächsfetzen zu Hero herein, der sich in seinem Lehnstuhl verborgen hielt.

«Es freut uns, Sie bei uns zu sehen», sagte Lord Paradine.

«Es war sehr freundlich von Ihnen, mich einzuladen», sagte Meg.

«Sie und Isobel sind ja alte Freundinnen», sagte Lady Paradine.

«Meine Liebe, ich kann es fast nicht glauben», murmelte Isobel. «Das letzte Mal ...»

«Erinnern Sie mich bitte nicht daran», wehrte Meg lachend ab. «Ich trug Zöpfe, hatte ständig einen Kaugummi im Mund und war schrecklich linkisch. Aber *Sie* haben sich gar nicht verändert, außer daß Sie noch schöner geworden sind.»

Huggins erschien und nahm sich des Gepäcks an. Die Wilsons waren so lange wie irgend möglich stehengeblieben und gingen jetzt widerstrebend weiter. Noreen kam herüber und starrte Meg mit über dem Bauch gefalteten Händen neugierig an. Auch Mr. Jellicot konnte die Augen nicht von ihr lassen. Hero hatte das Gefühl, Meg wisse, daß er sie von irgendwoher beobachte, und habe ihren Spaß daran. Sie zupfte an ihren Handschuhen, während die elegante Handtasche an ihrem Arm hin und her baumelte, und trug graziös einen kleinen pastellfarbenen Schirm in der Hand. Dann verschwand sie mit Isobel und den Paradines unter lebhaftem Geplauder durch das Portal von Paradine Hall. Der Butler und der Chauffeur folgten mit dem lila Gepäck.

Mr. Hero lächelte vergnügt und dachte: ‹Wenn ihr wüßtet, was meine liebe Schwester in diesen Koffern mitgebracht hat!›

Nach einer Weile wanderte Hero durch die kleine Tür, die vom Wintergarten hinausführte, und überquerte die Bretter, die über den Graben gelegt waren. Er näherte sich dem schimmernden Fahrzeug, wo Mr. Jellicot in nicht sehr würdiger Stellung das Wappen am Schlag studierte, während Noreen sich auf der anderen Seite die Nase an der Scheibe platt drückte und das Innere des Wagens eingehend musterte.

«Sehen Sie mal», sagte Noreen zu Hero, «der ist noch schöner als Ihrer.»

«Ja, aber mehr für weiblichen Geschmack», gab Hero zu.

«War sie nicht wunderbar?» fragte Noreen und meinte damit die Dame, die dem Rolls-Royce entstiegen war. «Ob sie eine Prinzessin ist?»

«Nicht ganz», antwortete Hero.

Mr. Jellicot richtete sich auf und verkündete wichtig: «Fast eine Prinzessin! Die Tochter eines Grafen.» Er deutete auf das Wappen am Schlag. «Ob ich wohl Gelegenheit finden werde, sie kennenzulernen?»

‹An dieser Gelegenheit wird es nicht fehlen›, dachte Hero, ‹aber du wirst es vielleicht bald bereuen, mein Freund – und mancher andere ebenso.›

Hero wollte Meg Zeit lassen, zur Ruhe zu kommen, bevor er sie aufsuchte, und erinnerte sich, daß er schon längst beabsichtigt hatte, die Gezeitentabelle zu studieren. Dazu betrat er nun die Telefonzelle im Vorraum. Da bemerkte er, daß Noreen sich an seine Fersen geheftet hatte. Sie fragte: «Wollen Sie jemand anrufen?»

Hero erwiderte: «Nein.»

«Was tun Sie dann in der Zelle?»

«Ich sagte es doch schon – Gespenster.»

«Da drin gibt es aber keine», erklärte Noreen bestimmt.

«Wirklich? Woher weißt du das?»

«Weil ich es weiß. Ich kann Ihnen genau sagen, wo es Gespenster gibt und wo nicht.»

Hero betrachtete das Kind amüsiert und meinte: «Nun, das ist ja ausgezeichnet. Ich werde dich gelegentlich bitten, mir zu zeigen, wo es welche gibt. Sei so lieb und laß mich jetzt allein.»

Die Gezeitentabelle hing an einer Schnur an der Wand, wo sie jedermann zugänglich war. Er prüfte sie, und seine Augenbrauen hoben sich erstaunt, während er schnell etwas ausrechnete. «Donnerwetter noch mal!» murmelte er. «Was für ein Datum haben wir denn heute?»

«Heute ist Mittwoch, der 13. Juli», sagte Noreen, die nicht von seiner Seite gewichen war.

Hero sagte: «Ich weiß, Kleine. Genau das habe ich befürchtet.» Und zu sich selber: ‹Heute nacht also. Meg ist gerade noch rechtzeitig eingetroffen. Je eher ich mit ihre rede, desto besser.› Doch zuerst wollte er noch einen Blick ins Musikzimmer werfen. Noreen trottete hinter ihm her.

Das Kind sagte: «Mr. Hero . . .»

«Ja, Kleines?»

«Würden Sie einmal mit mir spazierengehen?»

Hero, der an anderes gedacht hatte, sagte: «Wie? Ja, gern, wenn du willst.»

«Ich meine, nur wir zwei allein – keine Erwachsenen oder sonst jemand dabei.»

Hero fühlte sich geschmeichelt, daß sie ihn nicht zu den Erwachsenen zählte. «Einverstanden – nur wir zwei allein.»

«Versprechen Sie es auf Ehrenwort?»

«Ja, auf Ehrenwort.»

Sie traten über die Schwelle des Musikzimmers. «Gibt es hier Gespenster?» fragte Hero Noreen.

Das Kind überlegte, einen zweifelnden Ausdruck in dem häßlichen kleinen Gesicht. «Ich bin mir nicht sicher. Hätten Sie gern eins?»

«Ja, sehr gern sogar», antwortete Mr. Hero. Er blickte sich in dem Zimmer um. Nichts hatte sich verändert; alles war wie zuvor. Offenbar wurde hier täglich sauber gemacht, denn nirgends lag Staub, und die Vorhänge waren halb zugezogen. Die große goldene Harfe stand an ihrem Ort in der Ecke beim Fenster, daneben der Stuhl und der Notenständer; der Flügel war geschlossen, die Notenblätter lagen unberührt da; kein Bild und keine Skulptur waren von der Stelle gerückt worden.

Und doch hatte Hero das ungehagliche Gefühl, etwas sei anders, konnte aber nicht entdecken, ob etwas weggenommen, verändert, verschoben oder gar hinzugefügt worden war. Er wanderte im Zimmer umher und überprüfte es mit den Augen und seinem Spürsinn, während Noreen ihm ernsthaft und liebevoll zuschaute. Er ließ versuchsweise einen Fingernagel über die Saiten der Harfe gleiten und zupfte nachdenklich an die Unterlippe. Hatte es einen Sinn, das Zimmer zu versiegeln und eine jener komplizierten Fallen zu stellen, wie es die Parapsychologen ein Jahrzehnt früher zun tun pflegten? Siegel, gesiebtes Mehl, elektronische Augen, Glocken, Drahtschlingen. Einen Augenblick lang dachte er sogar daran, die Harfe aus dem Zimmer zu entfernen, gab den Plan aber wieder auf. Hier war die Harfe erklungen, und hier wünschte er sie unter denselben Umständen zu beobachten, mit einem kleinen Unterschied vielleicht, den er mit Meg besprechen würde und der nur eine unbedeutende Vorsichtsmaßnahme darstellte. Er war ohnehin überzeugt, daß alle Fallen nichts nützen würden. Was, zum Teufel, war denn anders in dem Zimmer? Der Ärger stand deutlich in seinem Gesicht zu lesen.

«Warum kommen Sie nicht mal und sehen sich unser Gespenst an?» fragte Noreen.

Sie brachte ihn in die Wirklichkeit zurück. «Wie? Was meinst du damit? Welches ist euer Gespenst?»

«Das, das Mutter ganz krank macht vor Angst. Aber ich fürchte mich nicht vor ihm. Die beiden anderen Herren haben es gesehen.»

«Mr. Jellicot und Dr. Paulson?»

«Ja. Es hat ihnen sehr gefallen.»

Hero schaute Noreen nachdenklich, doch ohne jede Spur von Skepsis oder Belustigung an und fragte: «Um welche Zeit? Hält es einen Stundenplan ein?»

«Es erscheint manchmal nachmittags, wenn Mutter da ist», sagte Noreen. «Es haßt Mutter, aber mich liebt es.»

«Wirst du auch anwesend sein?» fragte Hero.

Noreen dachte einen Augenblick nach und antwortete: «Vielleicht – wenn ich genau weiß, daß Sie kommen. Ich habe Sie sehr gern.» Dann rief sie: «Denken Sie an Ihr Versprechen», und lief aus dem Zimmer und durch den Korridor davon.

14

Lassen sich Gespenster in eine Falle locken?

Als Hero kurz darauf Megs Zimmer betrat, blickte sie leicht besorgt und schuldbewußt von ihrem halb ausgepackten Koffern auf.

«Oh, Sandro», sagte sie, «habe ich zu dick aufgetragen? Aber ich dachte, es könnte nicht schaden, einigen Eindruck zu machen.»

«Meine liebe Lady Margaret», sagte Hero und küßte sie auf die Wange, «du warst großartig, besser als die gute Fee in der Pantomime. Vollkommener hätte es nur sein können, wenn man dich an den Drähten heruntergelassen hätte.»

Er warf einen anerkennenden Blick auf die elegante braune Handtasche auf dem Toilettentisch. «Aha, unser ‹kleiner Spion›», sagte er. Sie enthielt eine japanisch-deutsche Icoflex Mini-Kamera mit einem hochempfindlichen Film, die von einem kleinen, fast geräuschlosen Uhrwerk angetrieben wurde. Den Einbau hatten sie selbst besorgt. Die Linse war in der Falte der Tasche angebracht und fast unsichtbar.

«Wir werden ihn gut brauchen können», fuhr Hero fort. «Ich bin eingeladen worden, heute nachmittag einen Poltergeist zu besichtigen.»

«Oh, von wem?» fragte Meg.

«Von einer persönlichen Freundin des Geistes», sagte Hero. «Einem kleinen Mädchen mit unsympathischen Eltern. Der Poltergeist mag sie nicht.»

«Aha!» sagte Meg.

«Genau», echote Hero. «Aha!» Und dann erzählte er ihr von den Spendley-Carters und den Erscheinungen, die in ihrer Anwesenheit stattfanden, und schloß: «Ich möchte den da zuerst erledigen.»

«Den da?» Meg hob fragend die Augenbrauen.

Hero sagte bekümmert: «Ach, das weißt du ja noch gar nicht. Dieses Schloß wimmelt nur so von Gespenstern. Ich kann ihnen das Handwerk aber erst legen, wenn ich sie alle kenne.» Er berichtete ihr von den weiteren Versuchen, Susan Marshall von Paradine Hall zu vertreiben, und auch von dem Säureflecken vor ihrer Tür.

Als er geendet hatte, erkundigte sich Meg mit herrlichem Mangel an Logik: «Wer war die auffallend attraktive Frau, die mir zuschaute, als ich aus dem Wagen stieg?»

«Das war Mrs. Wilson, ein Gast des Country Clubs. Ihr Mann ist Major.»

«Sie machte einen gefährlichen Eindruck.»

Hero schnaubte verächtlich. «Die hat mit dem Spuk bestimmt nichts zu tun.»

«Ach nein», sagte Meg, «ich meine, gefährlich für dich. Hat sie dir schon schöne Augen gemacht? Sie sieht genauso aus.»

«Gott, ich habe auch ohne sie genug Sorgen», sagte Hero.

«Ist Susan Marshall sehr hübsch?»

Hero sagte ärgerlich: «Ja, das ist sie, aber was hat das mit meinen Problemen zu tun?» Er fühlte sich gereizt wie alle Männer, wenn Frauen scheinbar im dunkeln tappen und dennoch ins Schwarze treffen.

Meg war plötzlich zerknirscht. «Ich weiß, ich sollte dich nicht necken, Sandro. Aber vielleicht erinnerst du dich, daß du mich einmal gebeten hast, ein Auge auf dich zu haben.»

Hero erinnerte sich nur zu gut daran und hatte es seither schwer bereut. Denn von jenem Tag an beanspruchte sie das Recht, sein Tun und Lassen zu überwachen. Er sagte: «Nun, wenn es Liebesaffären sind, die dich interessieren, dann bist du hier am richtigen Ort. Dieses Schloß beherbergt Liebesnöte aller Schattierungen. Ich frage mich immer wieder, wie hier überhaupt etwas Übersinnliches Fuß fassen konnte. Aber es ist unzweifelhaft da, und zwar in einer bösartigen und gefährlichen Form. Wir müssen ihm einen Riegel vorschieben, bevor jemand ernsthaft zu Schaden kommt.»

Meg wurde sogleich ernst. «Verzeih», sagte sie und, als umfasse das Wort alles Elend der Welt: «Also Liebe!»

«Und Haß», sagte Hero. «Was die Liebe angeht: kannst du dich noch an Schnitzlers ‹Reigen› erinnern?»

Seine Stiefschwester schnitt eine Grimasse, und er fuhr fort: «Sir Richard Lockerie liebt die Amerikanerin Susan Marshall. Beth Paradine, ihre beste Freundin, ist in Sir Richard verliebt, den sie Onkel nennt.»

«Und wer noch?»

«Mark Paradine liebt Susan ebenfalls.»

«Und Susan?»

«Verhält sich bis jetzt neutral.»

«Wen liebt denn Isobel?»

Hero stutzte einen Moment über diese Frage seiner Schwester, antwortete dann aber: «Offenbar Paradine Hall. Mittlerweile findet Beth Trost darin, Sir Richards Sohn Julian zu hüten, der die Schulferien hier verbringt. Lady Paradine ist nicht begeistert von der Aussicht, Susan zur Schwiegertochter zu erhalten; vermutlich ist sie empört darüber, daß Susan ihrem Sohn den Kopf verdreht, ohne über ein entsprechendes Vermögen zu verfügen. Lady Paradine haßt auch Isobel. Vetter Freddie haßt jedermann und wird von jedermann wiedergehaßt. Und jemand oder etwas haßt Susan Marshall leidenschaftlich genug, um ihre Schönheit mit Säure zerstören zu wollen.»

Meg schauderte und sagte: «Wer?»

Hero antwortete: «Ich weiß es nicht; es mag ein bloßer Zufall sein, daß all dies mit dem Wiedererscheinen der Nonne zusammentrifft.»

«Nun, vielleicht können wir da einhaken», meinte Meg sachlich. «Gespenster, die in Nonnenkleidern herumwandern, Türgriffe betätigen und mit Säure arbeiten, müßte man doch auf einem Film festhalten können.»

Hero sagte: «Hoffen wir es. Doch die Harfe, die in einem verschlossenen Zimmer ohne menschliches Zutun erklingt, ist ein anderes Problem.»

Meg sagte: «Immerhin...»

Hero unterbrach sie: «Ich weiß, du meinst, wir sollten dennoch eine Kamera installieren, um sicherzugehen, daß kein menschliches Wesen beteiligt ist. Aber das Ergebnis wird negativ sein.»

Meg blickte ihren Stiefbruder aufmerksam an. «Die Sache geht dir sehr nahe, nicht wahr?»

Er entgegnete: «Ja. Es könnte doch sein, daß dies ein Durchbruch in die jenseitige Welt ist; daß ein übersinnliches Wesen und nicht ein Mensch Harfe spielt; daß inmitten von all der Bosheit und dem Hokospokus etwas Übersinnliches die Schranke durchbrochen hat und uns ein Zeichen gibt. Wenn es so wäre, sind möglicherweise auch andere Vorgänge in diesem Hause echt. Aber wie, zum Teufel, soll man sie von den unechten unterscheiden? Mit der Wahrheit nimmt es hier nämlich niemand sehr genau. Jeder, ohne Ausnahme jeder, hat mir bis jetzt mindestens eine Lüge aufgetischt.»

Meg fragte: «Hast du die Harfe selber gesehen und gehört?»

«Bis jetzt noch nicht, ich hoffe aber, daß es heute nacht möglich sein wird. Lord Paradines Beschreibung nach...» Auf Megs fragenden Blick erklärte er: «Oh, Paradine ist eine ehrliche Haut, nicht gerade liebenswert, aber ehrlich und rechtschaffen. Er wachte gegen drei Uhr morgens auf und hörte die Harfe im Musikzimmer Greves ‹My Bonnie Dear› spielen. Er rannte hinunter, fand die Tür verschlossen und rief seiner Frau zu, sie solle den Schlüssel bringen. Lady Paradine hat genau wie Isobel ein Schlüsselbund, das sie nominell als Hausherrin bestätigt, obgleich natürlich Isobel im Haus regiert. Sie kam damit an, als die letzten Klänge des Liedes aus dem Innern des Zimmers zu vernehmen waren. Als Paradine die Tür öffnete und das Licht anzündete, war niemand darin, und er schwört, es sei nichts an ihm vorbeigekommen. Er ging auf die Harfe zu, deren Saiten immer noch vibrierten.»

«Besteht die Möglichkeit, daß er es sich eingebildet hat?»

«Lord Paradine hat nicht viel Phantasie. Einige Augenblicke später kam Isobel herein. Sie hatte die Melodie ebenfalls gehört. Sie durchsuchten das Zimmer und die angrenzenden Räume, konnten aber niemand entdecken. Lady Paradine meinte, es könne der Wind gewesen sein.»

«Wäre das eine Erklärung dafür?»

«Susan Marshall hörte es auch. Es war in der Nacht, da sie von der Nonne angegriffen wurde. Das sind drei Zeugen.»

«Lieber Himmel!» sagte Meg kopfschüttelnd.

Hero schlug sich mit der Hand an die Stirn. «Aber ich kann nichts Ungewöhnliches an der Harfe finden. Ich habe mir schon den Kopf zerbrochen, ob es irgendeine Möglichkeit gibt, dieses Instrument zum Spielen zu bringen, ohne daß es von Menschenhand berührt wird. Doch es fällt mir nichts ein. Und als ich eben im Musikzimmer war, hatte ich das Gefühl, irgend etwas darin sei verändert. Aber ich weiß nicht was, und das macht mich ganz nervös.» Er blickte Meg grimmig an und sagte: «Und selbst wenn ich herausbekäme, daß eine Harfe erklingen kann, ohne daß jemand sie spielt, gälte es immer noch, zu erfahren, warum das geschieht, bevor das Schloß von seinen Gespenstern befreit werden kann.»

Meg, praktisch wie immer, meinte: «Versuchen wir also zunächst, zu erfahren, wie es gemacht wird.» Sie öffnete einen Koffer, nahm eine Lage seidene Unterwäsche heraus und legte ein Nest von Ausrüstungsgegenständen frei.

Da waren ein halbes Dutzend kleine X-100-Kameras mit Weitwinkelobjektiv, jede nicht größer als ein Stück Seife, die mit Saugnäpfen an Wand oder Decke befestigt werden konnten und dank dem infraroten Film, verbunden mit infrarotem Blitzlicht, das von winzigen, aber sehr starken Quecksilberbatterien betätigt wurde, im Dunkeln Aufnahmen machten. Blitzlicht und Kamera wurden von einem unsichtbaren schwarzen Seidenfaden ausgelöst, der ungefähr in Knöchelhöhe angebracht werden konnte. Wer in die Falle ging, mochte vielleicht ein momentanes schwaches Aufglühen bemerken, doch wahrscheinlich nicht einmal das, da die ganze Blitzlichteinrichtung von der Größe einer Streichholzschachtel über Augenhöhe befestigt war. Da fand sich auch Megs und Heros umgebauter 8-mm-Filmapparat für Infrarot-Aufnahmen und ein Fotoapparat, dessen Verschluß von einer fotoelektrischen Zelle ausgelöst wurde. Meg hatte wirklich an alles gedacht.

«Großartig», murmelte Hero und betrachtete die Ausrüstung liebevoll. «Heute nacht versuchen wir es mit den X-100. Fünf davon sollten für den Anfang genügen. Wenn du mitkommst, zeige ich dir, wo ich sie haben möchte. Falls noch mehr von diesem verdammten nächtlichen Spuk hier vor sich geht . . .»

Meg blickte ihren Stiefbruder an und murmelte: «Daran würde ich nicht zweifeln», und zwar in einem Ton, der ihn hätte warnen müssen, wäre er in Gedanken nicht schon längst woanders gewesen.

Nach dem Mittagessen gelang es Hero, Sir Richard Lockerie unbemerkt in die Bibliothek zu entführen, wo er zehn Minuten ernsthaft auf ihn einredete, ihm von seinen Befürchtungen erzählte und versuchte, seine Mithilfe zu gewinnen. «Ich werde kaum eine andere Gelegenheit finden, unter vier Augen mit Ihnen zu sprechen. Ich weiß nicht, was heute nacht gespielt werden soll, doch irgend etwas wird passieren. Ich benötige dringend noch einen Menschen, der auf unserer Seite Wache hält.»

Sir Richard sagte: «Gewiß, gewiß, Sie können auf mich zählen»; doch er war nicht mehr so fest überzeugt, ob er dem jungen Mann, den er hergebracht hatte, um Paradine Hall von Gespenstern zu befreien, nicht allzu große Fähigkeiten zugetraut hatte.

«Ausgezeichnet», sagte Hero. «Wenn Sie etwas sehen oder hören, verfolgen oder berühren Sie es unter keinen Umständen. Überlassen Sie das bitte mir. Eine Grundregel für die Geisterjagd lautet: ‹Nichts anfassen!›»

«Aha», sagte Sir Richard, «Sie beabsichtigen also, dem Gespenst eine Falle zu stellen?»

Hero blickte ihn ironisch an und sagte: «Dem Gespenst eine Falle zu stellen? Schließlich lassen sich Gespenster weder von Fallen noch von verschlossenen Türen abhalten. Das ist ihr Vorteil.»

Sir Richard fragte: «Wenn ich aber der Nonne begegnen sollte?» Hero entgegnete: «Versuchen Sie sie auf keinen Fall zu greifen, Sie könnten es Ihr Leben lang bereuen. Ich möchte Sie lieber in Freiheit wissen. Halten Sie Augen und Ohren offen und beobachten Sie scharf.»

Sir Richard sah beunruhigt und erschüttert aus. «Bei Gott, Hero, Sie glauben also, daß jemand hier im Hause – jemand von uns – ein solch gemeines und gefährliches Spiel mit uns treibt?»

«Das möchte ich nicht mit Sicherheit behaupten», erwiderte Hero. «Die Untersuchung von okkulten Erscheinungen und übernatürlichen Manifestationen hat sich in den letzten zehn Jahren stark gewandelt. Früher pflegte man das Gespenst, seine Geschichte, seinen Charakter und seine Verhaltensweise zu studieren. Heutzutage konzentriert man sich mehr auf die Personen, die es gesehen haben oder behaupten, es gesehen zu haben.»

Lockerie sagte: «Soll das heißen, daß wir alle im Verdacht stehen?»

«Ja.»

Lockerie lachte grimmig: «Das ist ja toll. Wer wird denn mich beobachten?»

Hero sagte gelassen: «Ich.»

Sir Richard brummte: «Gehen Sie da nicht etwas zu radikal vor, Hero? Was halten Sie von den Aussagen solch zuverlässiger und maßgebender Zeugen wie Lord Paradine, Pfarrer Harry Witherspoon, Dr. Paulson und mir selbst, die wir uns alle nicht so leicht täuschen lassen? Das Wort eines Geistlichen und eines Wissenschaftlers sollte schließlich ...»

Nun war Hero an der Reihe, zu lachen. «Unsinn! Wenn ich energisch vorgehe, dann deshalb, weil Sie der einzige Mann im Hause sind, den ich mit einer solchen Aufgabe betrauen kann. Ihre Geistlichen, Doktoren und Wissenschaftler sind die größten Narren der Welt und finden sich regelmäßig oben auf der Liste der Leichtgläubigen und Düpierten. Sie brauchen nur bis zum Beginn des zwanzigsten Jahrhunderts zurückzugehen, um von den abstoßenden Scharlatanerien zu lesen, die berühmte Ärzte und Wissenschaftler unterstützt haben. Irgendein übler spiritistischer Quacksalber und Betrüger braucht nur ein ekelhaftes Stück Baumwollgaze aus einer Körperöffnung herauszupraktizieren – womöglich in einem verdunkelten Raum –, und alles methodische Denken und wissenschaftliche Suchen nach beweisbaren Tatsachen ist vergessen. Sie glauben es wie kleine Kinder.»

«Und die Geistlichen», sagte Sir Richard mit einiger Schärfe, «rechnen Sie die auch dazu? Wenn man nicht einmal ihnen trauen kann ...»

Hero sagte: «Verzeihen Sie, aber für einen aufrichtigen Geistlichen gehört das in den Bereich des Glaubens. Mir scheint, daß nichts einen Priester glücklicher machen könnte, als Zeuge eines Wunders zu sein, und sei es auch eines schwarzen. Der Pfarrer war außer sich vor Freude, als er glaubte, den Leibhaftigen unter diesem Dach erwischt zu haben.»

«Augenblick mal», widersprach Sir Richard, «und was sagen Sie zu den Erscheinungen, die wir damals beim Dinner miterlebten – die ganze Tischrunde von neunzehn Personen. Selbst Ihnen wäre das Zweifeln vergangen.»

Hero sagte: «Sir Richard, ich bin jünger als Sie und sollte daher nicht mit Ihnen streiten. Aber ich habe die letzten zehn Jahre damit verbracht, Erscheinungen zu studieren wie jene, die damals im Speisesaal vorgekommen sind. Es besteht ein Unterschied zwischen sehen und wissen, was Sie sehen. Sie erwiesen mir die Ehre, mich zu meinem Erfolg in dem Fall des Dr. Bingham zu beglückwünschen. Vielleicht erinnern Sie sich noch, daß wir damals alle – ich selbst eingeschlossen – nur das sahen, was jemand uns einredete. Glücklicherweise jedoch konnte, bevor es zu spät war...»

Sir Richard taute plötzlich auf. Er trat näher und legte Hero eine Hand auf den Arm. «Verzeihen Sie, Hero. Ich hatte es vergessen. Sie haben recht, dies ist ein Gebiet, von dem ich nichts verstehe. Sie kommandieren hier, und ich will mein Bestes tun, Ihnen zu helfen. Wann, glauben Sie, daß es anfangen wird...?»

Hero antwortete: «Ungefähr um drei Uhr morgens wird ein höllischer Spektakel losbrechen, und zwar in der Nähe von Isobels Zimmer, dort, wo die Erscheinungen ihren Anfang nahmen. Ich vermute, daß die Unruhe sich auch auf andere Teile des Schlosses ausdehnen wird, den Ostflügel eingeschlossen. Die Nonne wird sich zeigen, das Licht wird ausgehen, die Harfe wird erklingen – so hoffe ich wenigstens.»

Sir Richard sagte: «Beim Zeus! Sie erwarten ja ein ganzes Unterhaltungsprogramm. Wie muß ich mich verhalten?»

Hero sagte: «Löschen Sie das Licht und öffnen Sie Ihre Tür. Stellen Sie sich in der Türöffnung auf, doch treten Sie nicht in den Korridor, es sei denn...»

«Ja», sagte Lockerie gespannt, «es sei denn...?»

Hero suchte nach den geeigneten Worten. Schließlich sagte er: «Es ist jemand da – einen Namen brauche ich nicht zu nennen –, der Ihnen sehr viel bedeutet. Ich möchte, daß Sie sie beschützen. Sollte sie erscheinen, folgen Sie ihr und sorgen Sie dafür, daß ihr nichts geschieht.»

Sir Richard blickte hastig auf, und das Blut stieg ihm in den Kopf. «Sie wissen es also?»

«Ja», antwortete Hero, «ich weiß es.» Dies war der erste und einzige ernsthafte Irrtum, dem er während der ganzen Untersuchung anheimfiel.

Im Lauf des Nachmittags stieg Hero in Megs Zimmer hinauf. Sie trug jetzt ein braunes Kleid und ging mit ihrer braunen Handtasche unter dem Arm auf und ab. Dann und wann hielt sie inne, drehte sich um und ging weiter. Nicht einmal Heros scharfe Ohren vermochten das Surren des kleinen Motors in der Tasche zu hören, noch konnte er die in der Falte des Leders verborgene Linse entdecken. Meg sagte: «Generalprobe. Ich bin beim Üben. Bleib bitte einen Augenblick stehen, wo du bist.» Sie entfernte sich einige Schritte von ihm und drehte ihm den Rücken zu. Nach einer Weile sagte sie: «Ausgezeichnet.»

«Wieso weißt du das?» fragte Hero.

«Weil ich es genau einstudiert habe. Ich kann schließlich nicht in den Sucher blicken, das wäre zu auffällig.»

«Was hast du erreicht, meine Liebe?» fragte Hero.

«Ich habe Spendley-Carter eine Einladung entlockt, ihren Poltergeist zu besichtigen. Dein Mr. Jellicot wird auch dasein. Ich fand ihn übrigens sehr nett.»

Hero sagte: «Wirklich? Ich habe da meine Zweifel. Was hältst du von den übrigen?»

«Einige sind nicht gerade sympathisch, finde ich», sagte Meg. «Dein Major Wilson macht mich schaudern. Ich kenne diese Art von Militärs. Berufsmäßige Mörder. Es macht ihnen Spaß. Deine Freundin Mrs. Taylor ist nicht übel. Du darfst mit ihr flirten, soviel du willst. Sie könnte dir vermutlich einiges beibringen, was du nicht weißt.»

«Und Isobel?»

«Ist noch genauso, wie ich sie in Erinnerung hatte.»

«Und die beiden Mädchen – Susan und Beth?»

«Da behalte ich mir ein Urteil noch vor.»

Hero drang nicht weiter in sie. Er blickte auf die Uhr. «Es ist Zeit, daß wir gehen», sagte er.

Meg nickte. «Gut. Zuerst muß ich unsern ‹kleinen Spion› füttern, er hat Hunger.» Sie öffnete die Tasche und entnahm ihr eine kleine japanische Kamera, ein Präzisionsinstrument, so gut gearbeitet und konstruiert wie eine Uhr. Das Objektiv stammte aus Deutschland, und der Film in der winzigen Stahlkassette, die Meg hineinschob, war der empfindlichste Superpanchromatic, der im Licht einer einzigen elektrischen Birne ein scharfes Bild zu liefern vermochte. Hero und seine Stiefschwester hatten lange und eifrig an dem raffinierten Apparat gebastelt. Mit einem Uhrwerk verbunden, das Meg mittels einer kleinen Feder in Bewegung setzen konnte, fotografierte der ‹kleine Spion› alles, was hinter ihrem Rücken vorging, und zwar alle drei Sekunden. Der Film in der Kassette reichte für über hundert Aufnahmen.

Hero betrachtete das schimmernde Haar und das ernste Gesicht seiner Schwester, als sie sich über den Apparat beugte. Er bewunderte die leichten, geschickten Bewegungen ihrer Hände und fühlte eine große Erleichterung und Zuversicht in ihrer Nähe. Brave Meg, immer war sie bereit zu helfen, wenn man sie brauchte, und er konnte sich darauf verlassen, daß ihre verschiedenen Kameras alles, was vor das Objektiv kam, einfangen würden. Wenn Hero geahnt hätte, wie es im Herzen seiner geschäftigen Stiefschwester sang und jubelte vor Freude und Glück, ihm helfen zu können, wäre er sicher überrascht gewesen. Sie schloß die Tasche, blickte auf und sagte: «So, jetzt kann es losgehen.»

«Auf!» sagte Hero. Arm in Arm gingen sie den Korridor entlang zum Zimmer der Spendley-Carters.

15

Man soll nicht auf Gespenster schießen

Der Besuch im Zimmer der Spendley-Carters war nicht gerade ein gesellschaftlicher Erfolg. Sylvia Spendley-Carter war nervös, unruhig und befangen. Ihr Mann zeigte sich wenig begeistert über Heros Anwesenheit, und der kleine Mr. Jellicot war so aufgeregt wie ein Vater, dessen Kind bei der jährlichen Theateraufführung in der Schule mitwirken darf. Es lag ihm sehr viel daran, daß sein Poltergeist vor Hero und der Tochter eines Grafen gute Figur machte.

Spendley-Carter sagte: «Ich habe Sie nicht erwartet, Hero. Aber es ist natürlich Ihr gutes Recht, die Dinge in Augenschein zu nehmen, obwohl ich wenig Hoffnung habe, daß jetzt etwas geschehen wird.»

Hero murmelte: «Ich weiß, es ist wie im Wartezimmer des Zahnarztes, wo die Zahnschmerzen plötzlich verschwinden. Ich habe leider die Erfahrung gemacht, daß Gespenster in meiner Anwesenheit sehr zurückhaltend werden.»

Meg unterdrückte ein Lächeln und wandte sich mit überschwenglicher Liebenswürdigkeit an Mr. und Mrs. Spendley-Carter. «Wie nett von Ihnen, mich einzuladen. Im Schloß Heth haben wir nämlich auch ein Gespenst. Mein Vater behauptet, es als Junge einmal gesehen zu haben. Ich bewundere Ihren Mut, Mrs. Spendley-Carter.»

Sylvia Spendley-Carter hatte sich zögernd von der Couch erhoben und streckte Lady Margaret nun ihre schlaffe Hand hin. «Ich bin nicht tapfer», sagte sie mit zitternder Stimme. «Ich habe schreckliche Angst. Wenn Horace mich nur von diesem unheimlichen Ort wegbringen würde.»

«Aber Sylvia, es ist doch alles halb so schlimm», rief Spendley-Carter, der von Lady Margaret tief beeindruckt war. «Es ist ein harmloses Gespenst, das niemandem etwas zuleide tut. Du hörst doch, Lady Margaret hat eben gesagt, sie hätte zu Haus auch eins.»

«Poltergeister sind im allgemeinen nicht gefährlich», erklärte Mr. Jellicot. «Sie sind nur mutwillig. Ihr Mann wird sich in der wissenschaftlichen Welt einen Namen machen, wenn er den Fall veröffentlicht.»

Spendley-Carter blickte seine Frau an, als ob sie ihm die Wurst vom Brot nähme. «Na bitte», sagte er. «Wenn Noreen und ich es ertragen können, wirst du es wohl auch ertragen.»

Das Zimmer befand sich am Ende des Gebäudes im Ostflügel und war hübsch und wohnlich eingerichtet. An das geräumige Elternzimmer grenzte ein kleiner Alkoven, der im östlichen Turm lag und durch einen Vorhang abgetrennt werden konnte. Dort wohnte Noreen, und die Nische enthielt ihr Bett, eine Kommode mit einem Spiegel darüber und einen kleinen Tisch. Das Fenster öffnete sich auf den Park und die östliche Pergola. Nach Art der Kinder, die in ihr Spiel vertieft sind und dem Geschwätz der Erwachsenen keine Beachtung schenken, saß Noreen am Tisch und malte mit Wasserfarben.

Hero trat neben sie und blickte ihr über die Schulter. Sie hatte eine ganz leidliche Skizze von der häßlichen weißen Pergola, den Bäumen, dem Fluß und dem zerfallenen Kloster im Hintergrund gemacht und war nun damit beschäftigt, die Farben aufzutragen.

Hero sagte: «Nicht übel, Kleines. Wenn du dieses Grün mit etwas Schwarz mischst, bekommst du die Schatten unter den Bäumen besser heraus.»

Noreen schaute zu ihm auf und flüsterte: «Ich bin so froh, daß Sie gekommen sind.»

Hero betrachtete ihre Zeichnung noch einen Augenblick und ging dann wieder zu den Erwachsenen zurück, wobei er darauf achtete, nicht neben seine Stiefschwester zu treten. «Vielleicht spielt Ihnen Ihre Phantasie einen Streich, Mrs. Spendley-Carter», sagte er. «Verzeihen Sie, wenn ich Zweifel zu äußern wage; doch in solchen Fällen . . .»

Spendley-Carter erklärte mit dröhnender Stimme: «Verdammt noch mal, ich habe doch Augen im Kopf, Sir. Sie würden es schon glauben, wenn Sie es einmal erlebt hätten. Ich hoffe, Sie werden heute dazu Gelegenheit finden.»

«Das wünschte ich auch», erwiderte Hero ruhig.

Sylvia Spendley-Carter stöhnte auf und kreischte vor Entsetzen, als ein Gegenstand durch die Luft gesaust kam und mit dem Geräusch zerbrechenden Porzellans zu ihren Füßen niederfiel.

«Ha!» rief Spendley-Carter. «Da haben Sie den Beweis. Sind Sie jetzt überzeugt?»

Der Gegenstand war eine kleine blaue Vase von geringem Wert. Eine zweite, genau gleiche, stand am anderen Ende des Kaminsimses. Sie schien sich aus eigener Kraft in die Luft erhoben zu haben und zu Boden gestürzt zu sein.

Dann folgte ein Sausen, und ein Apfel und eine Orange fielen mit dumpfem Aufschlag von der Decke und rollten in eine Ecke des Zimmers. Im nächsten Augenblick folgten eine Anzahl runde, dunkle Kieselsteine.

Mrs. Spendley-Carter begann zu zittern, verbarg ihr Gesicht in den Händen und quietschte angsterfüllt wie ein Ferkel. Spendley-Carter triumphierte. Noreen malte ruhig weiter, kicherte schrill und mischte Schwarz mit Grün, wie Hero ihr geraten hatte.

«Sehen Sie, ein echter Apport!» rief Mr. Jellicot und machte Anstalten, einen Kieselstein vom Boden aufzuheben, doch Hero gebot mit scharfer Stimme Einhalt.

«Rühren Sie ihn nicht an!» rief er, kniete nieder und zog ein kleines schwarzes Instrument aus der Tasche, das auf der einen Seite eine Skala und Zeiger, auf der anderen ein Drahtgitter aufwies. Rasch hielt er das Meßgerät dicht an das angebliche Beweisstück eines Apports – den Kieselstein am Boden. Die Nadel zitterte, schlug aus und fiel zurück.

«Was ist denn das für ein Instrument?» erkundigte sich Spendley-Carter.

Hero antwortete: «Eine kleine Erfindung von mir, reagiert auf kleinste Wärmeunterschiede.»

Mr. Jellicot riß begeistert die Augen auf. «Aha! Verbrennt man sich die Finger daran? Dann ist es bestimmt der Feuergeist!»

Hero antwortete leicht gereizt: «Man verbrennt sich nicht die Finger daran; der Stein ist einfach noch warm. Könnten Sie nicht endlich aufhören, immer von Ihrem Feuergeist zu reden! Vermutlich hätte dieses Gerät damals bei jenem denkwürdigen Dinner genauso auf das tote Kaninchen reagiert.»

In einer Zimmerecke stand ein hoher, schlanker Blumenständer aus Mahagoniholz und darauf ein Messinggefäß mit einem Strauß Rosen. Der Blumenständer neigte sich plötzlich ohne allen Grund zur Seite, und Gefäß, Wasser und Blumen rutschten zu Boden. Mrs. Spendley-Carter verbarg das Gesicht in den Händen und stöhnte. Während alle andern wie gebannt auf die Bescherung blickten, segelte ein gerupftes Hähnchen, das bereits für die Pfanne zurechtgemacht war, von irgendwoher durch die Luft. Ihm folgte ein neuer Hagel von Steinen.

Hero hob den umgekippten Blumenständer auf und stellte die Rosen wieder hin.

Spendley-Carter blickte ihn mit seinen feuchten Augen triumphierend an und sagte: «Nun, sind Sie jetzt zufrieden?»

«Das Hähnchen kam durch das Fenster herein», stellte Mr. Jellicot fest. «Ich habe es deutlich gesehen.» Er ging hin und schaute in den Garten hinunter. «Es ist niemand unten; weit und breit keine Menschenseele.» Da das Fenster geschlossen war, erschien diese Feststellung reichlich überflüssig.

Meg murmelte: «Wenn ich es nicht mit eigenen Augen gesehen hätte, würde ich es nicht glauben.»

Noreen kam mit ihrem Gemälde zu Hero. «Ist es jetzt richtig mit dem Schwarz und Grün?» fragte sie.

Hero betrachtete das Bild. «Ja, aber gerade Linien sind besser als krumme.»

Das Kind nickte und erhob sich dann plötzlich auf die Zehenspitzen, um ihm etwas ins Ohr zu flüstern. «Wie gefällt Ihnen unser Gespenst?» erkundigte sie sich. «Ist es nicht lustig?»

«Nein», antwortete Hero, «durchaus nicht.»

Sie kehrte an ihren Tisch zurück und nahm den Pinsel wieder zur

Hand. Hero beobachtete sie und entdeckte, daß sie ihn im Spiegel anschaute und ihm freundlich, unsicher und ein wenig schief zulächelte.

Mr. Jellicot hob das Hähnchen auf und betrachtete es liebevoll. «Ich wette, der Poltergeist hat es in der Küche gestohlen», sagte er. Dann hob er den Kopf, richtete den Blick zur Decke und fragte: «Hast du das in der Küche geklaut?» Als Antwort ließ sich ein deutliches zweimaliges Klopfen vernehmen. Mr. Jellicot wandte sich entzückt an Hero. «In der Geisterwelt bedeutet ein zweimaliges Klopfen ja», erklärte er.

«In diesem Fall», bemerkte Hero trocken, «hätte die Köchin den Vogel sicher gern wieder zurück. Wollen Sie ihn nicht hinbringen?» Dann fügte er hinzu: «Kümmert sich denn niemand um Mrs. Spendley-Carter?»

Sie lag auf der Couch und schien einem Nervenzusammenbruch nahe. Hero kniete neben ihr nieder, legte eine Hand auf ihre Stirn und berührte mit der anderen ganz sanft ihre Schulter. Das schien sie ein wenig zu beruhigen. Er sagte: «Sie müssen sich zusammennehmen. Glauben Sie mir, Sie haben nichts zu fürchten. Wenn Sie es fertigbringen, diese Vorfälle nicht zu beachten, werden sie von selbst aufhören. Poltergeister sind wie Kinder; sie lieben es, die Aufmerksamkeit auf sich zu lenken. Wenn man ihnen nicht nachgibt, verlieren sie das Interesse und gehen weg.» Er erhob sich und sagte zu Spendley-Carter: «Ich möchte Ihnen raten, Dr. Winters kommen zu lassen. Ihre Frau hat ein Beruhigungsmittel nötig.»

Spendley-Carter sagte: «Ich werde doch noch ohne fremde Ratschläge für meine Frau sorgen können.»

«Dann tun Sie es», entgegnete Hero kalt, «bevor es zu spät ist. Sie ist ernstlich krank.»

Mr. Jellicot stand bei der Tür und hielt das pfannenfertige Hähnchen in einer Hand. Hero sagte zu ihm: «Ich glaube, Sie können gehen, Sir. Die Vorstellung ist für heute zu Ende.» Er suchte Meg mit den Augen und fügte hinzu: «Vielen Dank, daß Sie uns an diesem ungewöhnlichen Schauspiel haben teilnehmen lassen.»

Lady Margaret erklärte: «Ja, es war sehr freundlich von Ihnen. Recht herzlichen Dank. Ich hoffe, Mrs. Spendley-Carter wird sich schnell erholen.» Dann gingen sie und Hero zusammen hinaus.

Bei der Rückkehr in Megs Zimmer sagte Hero: «Nun, meinst du, daß...?»

«Wunderbar», sagte Meg, öffnete ihre Tasche, löste den ‹kleinen Spion› von seinem Motörchen, nahm ihn heraus und warf einen Blick darauf. «Wir haben ungefähr vierzig Aufnahmen, unter denen wir wählen können. Das Licht war ausgezeichnet.»

Beim Abendessen waren alle Anwesenden etwas nervös, obgleich auf Heros Rat statt der stimmungsvollen Kerzen der große elektrische Kronleuchter die Tafel in blendendes Licht tauchte. Das Mahl verlief jedoch ohne Zwischenfall, und nachdem die Herren ihren Portwein getrunken und sich zu den Damen in die Bibliothek begeben hatten, gruppierte sich die Gesellschaft zum Bridge und Billard. Sir Richard setzte sich zu Beth, Susan und Mark an den Tisch. Mrs. Taylor, Spendley-Carter, Dr. Paulson und Dean Ellison taten sich zu einem Spiel zusammen. Mrs. Spendley-Carter war nicht zum Dinner erschienen, da Dr. Winters ihr ein Beruhigungsmittel verabreicht hatte. Major Wilson, Lord Paradine und Mr. Jellicot begaben sich an den Billardtisch. Isobel, Lady Paradine, Mrs. Wilson, Vetter Freddie, Meg und Hero blieben in der Bibliothek und machten Konversation.

Hero fragte sich, ob Mrs. Wilson es absichtlich so eingerichtet hatte, neben ihm zu sitzen. Er fühlte Vetter Freddies Schweinsäuglein auf sich ruhen und glaubte einmal einen scharfen Blick seiner Stiefschwester aufzufangen, als Mrs. Wilson ihm im Lauf des Gesprächs zu tief in die Augen schaute. Die Anwesenheit der sehr attraktiven Lady Margaret Callandar – deren wirkliche Beziehung zu Hero bis jetzt selbst Vetter Freddie entgangen war – veranlaßte Mrs. Wilson, mit vermehrter Eile auf ihr Ziel zuzusteuern.

Um halb elf Uhr schützte Meg, wie sie vorher mit Hero verabredet hatte, Müdigkeit vor und sagte, sie wolle gern zu Bett gehen, wenn es nicht störe. Mrs. Wilsons Miene heiterte sich merklich auf, und Isobel sagte: «Aber selbstverständlich, Margaret, Sie müssen von der Reise sehr müde sein. Ich komme mit und sehe nach, ob alles in Ordnung ist.»

Sie gingen, und als Isobel nicht zurückkehrte, unterdrückte Lady Paradine ein Gähnen und sagte: «Wahrscheinlich sitzen sie jetzt oben und schwatzen bis in die Nacht hinein. Isobel stürzt sich auf jeden Menschen, der ihren Vater gekannt hat. Es tut mir leid, aber ich kann die Augen kaum noch offenhalten.» Sie erhob sich und zog sich zurück.

Hero hoffte, daß Isobel nicht allzu lange bei Meg bleiben werde, zählte aber auf Megs Fähigkeit, eine Ausrede zu finden, um allein zu sein. Sie hatte noch eine wichtige Arbeit vor, ehe die anderen heraufkamen: sie mußte die Kameras an den bestimmten strategischen Punkten anbringen. Die unsichtbaren Seidenschnüre, die als Auslöser dienten, waren dann schnell befestigt, wenn alles zu Bett gegangen war.

Vetter Freddie richtete seinen frechen Blick auf Hero und Mrs. Wilson und sagte: «Ich bin hier offensichtlich im Wege. Was geben Sie mir, wenn ich gehe?»

Mrs. Wilson sagte zu Mr. Hero: «Geben Sie ihm einen halben Shilling. Das ist doch der Preis für unverschämte kleine Jungen?»

«Ein ganzer Shilling – es ist alles teurer geworden», erwiderte Freddie. «Sie warten doch nur darauf, allein zu sein. Viel Vergnügen! Ich gehe die Bridgepartien stören. Vergessen Sie nicht, mir dafür dankbar zu sein.» Damit schlenderte er aus dem Zimmer.

Mrs. Wilson sagte: «Ich bin schrecklich unruhig, Alex. Ich habe Angst.»

Hero fragte: «Wovor denn, Vivyan? Ich habe Ihnen doch gesagt, daß Sie nichts zu fürchten brauchen.»

«Ich weiß nicht. Ich habe das Gefühl, es werde etwas geschehen.»

Hero fragte sich, ob sie etwas Genaueres wüßte. Ahnte sie, was sich für diese Nacht und die frühen Morgenstunden zusammenballte? War sie gar irgendwie beteiligt an dem Unheil, das wie eine dunkle Wolke über den Köpfen so vieler Leute im Schloß heraufzog? Er fragte: «Etwas Angenehmes oder Unangenehmes?»

Sie warf ihm einen schnellen Blick zu, um festzustellen, wie er es meine, aber sein Gesicht war so ausdruckslos, daß sie nicht klug daraus wurde. Sie wußte nur, daß sie sich sehnte, in seinen Armen zu liegen, seine Wange an der ihren zu fühlen und sich in ihm zu verlieren. Sie wiederholte: «Ich weiß nicht. Ich bin schrecklich nervös. Mir ist zumute wie einem Kind, das getröstet werden möchte.

Hero setzte sich auf die Armlehne ihres Sessels und nahm ihre Hand in die seine. Sie lehnte den Kopf an seinen Arm. Ihr Haar war seidig und duftete vor Sauberkeit und Frische. Der Druck ihres Kopfes an seinem Arm mußte unweigerlich zu Schwierigkeiten führen. Er war sich dessen bewußt, doch es kümmerte ihn nicht. Sein Verlangen begegnete dem ihren. Ihre geschmeidige, katzenhafte Weiblichkeit hatte etwas wunderbar Erregendes. – «Besser so?» erkundigte er sich.

«Ja, viel besser», sagte sie, machte aber keine Anstalten, ihm noch näher zu rücken. Hero fand das merkwürdig und verhielt sich abwartend.

«Alexander?»

«Ja, Vivyan.»

«Was ist das für eine Frau, die heute angekommen ist?»

«Lady Margaret Callandar? Die Tochter des Grafen von Heth, von Beruf Fotografin und Mitinhaberin des Ateliers von Mark Barbizon.»

«Ja, das weiß ich selber. Aber wie sie Sie angesehen hat – ich mag das nicht.»

Hero sagte: «Das ist mir gar nicht aufgefallen.»

«Nein», murmelte Mrs. Wilson, «Männer merken so etwas nie.» Und dann mit leidenschaftlicher Heftigkeit: «Aber wie ich Sie angesehen habe, das haben Sie gemerkt!»

«Ja, das habe ich.»

«Was sind Sie für ein Mann, Alex? Warum habe ich mich in Sie verliebt? Wie kommt es, daß sich die Frauen nach Ihnen verzehren? Sie sind jung – viel zu jung, um so selbstsicher zu sein –, und dennoch fürchten alle Sie ein bißchen.»

Hero überlegte und erwiderte sachlich: «Sie fürchten mich, weil sie wissen, daß ich die Wahrheit suche. Es gibt nichts Erschreckenderes als die Wahrheit.»

«Ich fürchte Sie auch ein wenig, Alex. Wollen Sie mir auch die Wahrheit vor Augen halten – daß ich nicht mehr jung bin, zu mager, zu ungeliebt, zu hungrig, zu albern?»

Hero legte seine Wange auf ihr weiches Haar und berührte mit den Lippen eine duftende Strähne. «Schscht», flüsterte er. «So etwas dürfen

Sie nicht sagen.» In seinem Innern jedoch vernahm er die Stimme des Mannes, der er wirklich war. ‹Du verdammter Idiot!› Aber er verschloß seine Ohren vor der warnenden Stimme.

Schritte näherten sich. Hero hatte eben noch Zeit, sich einige Schritte von Mrs. Wilson zu entfernen, bevor Isobel den Kopf durch die Tür steckte. «Ach», sagte sie, «sind schon alle zu Bett gegangen? Ich glaube fast, die Bridgespieler brechen auch auf.»

Eben kamen Susan, Beth, Mark und Sir Richard aus dem Salon herein. Die anderen vier waren schon früher gegangen. Auch die Billardspieler erschienen.

Wilson sagte zu seiner Frau: «Kommst du, Vivyan?»

«Ja, Liebling.» Sie erhob sich gehorsam. Hero vermied es, sie anzuschauen.

Vetter Freddie sagte sehr laut: «Hier schuldet mir jemand einen Shilling.»

Alles blickte ihn verständnislos an, und niemand erwiderte ein Wort. Schließlich fischte Hero eine halbe Krone aus der Tasche, warf sie Freddie zu und sagte: «Da sind zweieinhalb Shilling. Sie sind ein Musterknabe.»

Lord Paradine sagte: «Gute Nacht, meine Damen und Herren! Hoffen wir, daß wir eine ungestörte Nacht verbringen können. Wenn aber etwas passieren sollte, erwarte ich, daß Sie sich darum kümmern, Mr. Hero.»

Hero überlegte, ob er ihn warnen sollte, hielt es aber für besser, zu schweigen. Die Voraussetzungen würden sich dadurch ändern, und er wollte den Dingen ihren Lauf lassen.

Major Wilson öffnete seinen Haifischmund zu einem lautlosen Lachen und erklärte: «Das Gespenst soll sich hüten; ich habe meine Dienstpistole bei mir.»

Hero, der bereits unter der Tür stand, drehte sich um und sagte: «Ich würde sie wegschließen, Major Wilson. Auf Gespenster soll man nicht schießen.»

«Weshalb nicht, junger Mann?»

Hero zögerte und sagte dann mit einer Stimme, die klang, als versuche er, einem Kind ein verwickeltes Problem zu erklären: «Die Sache ist eben die, Major Wilson: wenn es sich um ein echtes Gespenst handelt, nützt es nichts, weil die Kugel einfach hindurchgeht und die Wand dahinter beschädigt.»

Der Major öffnete und schloß den Mund und fragte dann hinterhältig: «Und wenn das Gespenst nicht echt ist?»

«Nun, in diesem Falle», erwiderte Hero sanft, «besteht die Gefahr, daß Sie einen von uns erschießen.» Damit ging er nach oben und hoffte, Meg habe Zeit gefunden, ihre kleinen Apparate anzubringen. Wie lange würde es wohl dauern, bis sich alle zur Ruhe begeben hatten und sie die schwarzseidenen Auslöser befestigen konnte?

16

Alexander Hero bedauert . . .

Mr. Hero zog sich nicht aus, sondern verhüllte nur die Leselampe, so daß unter der Tür kein Licht durchschimmerte, setzte sich in den Lehnstuhl und gab sich seinen Gedanken hin. Er dachte, wenn sich nur eine einzige übersinnliche Manifestation oder gespenstische Erscheinung als echt und von menschlicher Bosheit und seelischer Verirrung unabhängig erweisen würde, wie eine solche wissenschaftlich bewiesene Entdeckung die Welt verändern könnte.

Seine Betrachtungen wanderten zurück zu den Spannungen und verborgenen Strömungen während des Dinners. Warum hatte Beth Paradine sich ihrem Onkel Richard gegenüber so merkwürdig, ja geradezu ungezogen verhalten? Liebte sie Lockerie wirklich, oder bildete er sich das bloß ein? Und was war die Ursache für Susan Marshalls fiebrige Lustigkeit und Mark Paradines mürrische Miene? Er erinnerte sich an das endlose Geschwätz von Mr. Jellicot und Dr. Paulson über okkulte Dinge, das in schroffem Gegensatz zu dem beharrlichen Schweigen des Ingenieurs Dean Ellison stand. Er dachte an Lord Paradines wachsende Nervosität, an die unruhig umherschweifenden Augen seiner Frau, die immer wieder zu ihrem Sohn zurückkehrten; an die burschikose Fröhlichkeit von Mrs. Geraldine Taylor, die abstoßende Boshaftigkeit von Vetter Freddie und die neugierigen Blicke, die die herausgeputzte kleine Noreen ihm von Zeit zu Zeit zuwarf. Das Gespenstische an diesem Schloß waren die Menschen darin.

Er dachte auch an die Rolle, die Isobel spielte. Wenn wirklich ein Vulkan unter der Oberfläche brodelte, dann hielt sie ihn unter Kontrolle. Sie war die perfekte Hausherrin, lauschte den Albernheiten Spendley-Carters mit größter Aufmerksamkeit, besänftigte ihren Bruder, der an allem herumnörgelte, hörte sich mit scheinbarem Interesse die Soldatenanekdoten Major Wilsons an, plauderte unbeschwert und sorgte dafür, daß alles wie am Schnürchen lief. Isobel hatte heute abend nichts von einer Norne an sich gehabt.

Seine Gedanken kehrten zu den Erscheinungen im Schloß zurück. Es fiel ihm auf, daß alles Okkulte uralten, überlieferten Vorbildern folgte, so als wären Gespenster streng an das gebunden, was über sie geschrieben wurde. Wenn es eine unsichtbare Welt gab, wenn Wesen existierten, die auf einer anderen Ebene wirkten, so litten sie an einem erschreckenden Mangel an Originalität. Das zwanzigste Jahrhundert hatte nichts ans Licht gebracht, was nicht schon zwei bis viertausend Jahre früher bekannt gewesen wäre.

Die einzige Ausnahme bildete möglicherweise die Konzertharfe, die angeblich ohne menschliches Zutun erklungen war, und gerade in diesem Fall befand er sich in einem Dilemma. Da er erst später am Ort des Geschehens eingetroffen war, mußte er entweder den Behauptungen

Glauben schenken, daß ein echtes okkultes Ereignis stattgefunden habe, oder aber er bezweifelte die Zeugenaussagen und schrieb sie Sinnestäuschungen, neurotischer Einbildung, absichtlicher Wahrheitsverdrehung oder einem mechanischen Trick zu. Die Untersuchung der Harfe hatte nichts zutage gefördert, was auf irgendwelche Machenschaften hingedeutet hätte – keine eingebaute Spieldose, keinen Mechanismus, der den Anschluß an ein Grammophon oder ein Tonbandgerät ermöglichte. Außerdem hatten die Saiten, wie Lord Paradine behauptete, tatsächlich vibriert. Somit blieb nur Paradine selbst als Verdächtiger übrig. Durfte man ihm Glauben schenken? War er getäuscht worden, oder hatte er gelogen? Logen vielleicht überhaupt alle? Und wenn ja, warum – zu welchem Zweck?

Aber Susan Marshall hatte die Harfenklänge ebenfalls vernommen, und Susan kam ihm nicht so vor, als gäbe sie sich Sinnestäuschungen hin. Wie aber konnte er wissen, ob Susan die Wahrheit sprach? Etwa weil die das Opfer einer Reihe anscheinend sinnloser Angriffe auf ihre Person geworden war? Im Unterschied zu anderen Gebieten gehörte in der Gespensterforschung das Opfer mit zu den Verdächtigen. In Kriminalfällen kam das Opfer als Täter von vornherein nicht in Frage. Nicht jedoch, wenn es um Okkultes ging. Was konnte Susan Marshall dabei gewinnen, wenn sie den Anschein erweckte, sie sei in Paradine Hall nicht gern gesehen?

Hero geriet auf der Suche nach einem Motiv immer wieder in eine Sackgasse. Die Möglichkeit, daß Susan Marshall das Chaos in ihrem Zimmer selber angerichtet, die Bedrohung durch die Nonne erfunden und das tote Kaninchen auf ihren Teller praktiziert hatte, war nicht von der Hand zu weisen. Er wußte aus Erfahrung, daß sie trotz ihrer Selbstbeherrschung und kühlen Überlegenheit alles andere als gefühlskalt war. Sie wurde von mindestens zwei Männern im Schloß geliebt. Waren diese Geistererscheinungen ein Ausdruck ihrer eigenen Unentschlossenheit, oder hatten sie die Bedeutung eines Zeichens für den einen oder anderen Mann?

Die Ungereimtheit der ganzen Sache machte ihn ratlos, da nach allem, was er davon wußte, die übernatürlichen Dinge nie einer gewissen Logik entbehrten. Und selbst wenn es auf den ersten Blick so schien, fanden oder erfanden die Menschen doch für gewöhnlich eine angemessene Erklärung für die Vorkommnisse. Bei dem Spuk in Paradine Hall jedoch fehlte diese Logik, und deshalb wirkte alles vollkommen sinnlos. Es war kaum wahrscheinlich, daß jemand von der Familie das Gespenst spielte und damit das Schloß in Verruf brachte. Das konnte nur die Gäste des Country Clubs vertreiben und die Paradines um ihre Existenz bringen. Wenn auch nur etwas Wahres an der Sage von der Nonne war, die der Familie Paradine als Warnung vor drohendem Unheil zu erscheinen pflegte, warum hatte sie ihre Aufmerksamkeit dann auf eine Fremde konzentriert, eine Amerikanerin, die nicht zur Familie gehörte?

Hero blickte auf die Uhr; es war zehn Minuten vor drei. Im Schloß war alles still. Er löschte das Licht, denn seine Augen sollten sich an die Dunkelheit gewöhnen. Der abnehmende Mond war spät aufgegangen, und sein Halbrund spiegelte sich im Fluß, der hinter dem Haus vorbeifloß.

Als seine Augen sich so weit an die Dunkelheit gewöhnt hatten, daß er Gegenstände im Zimmer zu erkennen vermochte, ging er zur Tür und lauschte. Nach einiger Zeit vernahm er ein Geräusch – schleichende, ganz ungespenstische Schritte, die immer wieder innehielten, als wolle die betreffende Person sich vergewissern, daß sie nicht beobachtet wurde. Es waren leichte Schritte, die er hörte. Von seinem Standort hinter der Tür war es Hero nicht möglich, festzustellen, aus welcher Richtung sie kamen, doch eines wußte er mit Sicherheit – es war eine Frau.

Das Knarren einer Diele verriet ihm, daß sie sich ganz in der Nähe befinden mußte. Er wartete einen Moment und öffnete dann leise die Tür. Ein Streifen Mondlicht fiel in den stockdunklen Korridor; eilige Schritte, ein köstliches Parfum, ein Seufzer – und er hielt eine Frau in den Armen.

Sie trug ein Nachthemd und Negligé und war so kühl, duftend, weich und appetitlich, wie er es in Erinnerung hatte. Ohne ein Wort suchten ihre Lippen die seinen, und er erwiderte ihren Kuß und umarmte sie leidenschaftlich. So war wohl in mittelalterlichen Träumen der Held mit der Hexe in verzückte Vergessenheit gesunken. Ob sie wohl auch zum Spuk von Paradine Hall gehörte? Nein, ganz gewiß nicht. Das war festes Fleisch; dies waren lebendige, hungrige, suchende Lippen, ein Körper, der vor Leidenschaft bebte. Es war Mrs. Wilson, deren Versprechungen er völlig vergessen hatte.

Irgendwie gelang es ihm, seine Selbstbeherrschung zurückzugewinnen und die Lippen von den ihren zu lösen.

«Alexander – liebster Alexander», flüsterte sie. Sie legte den Kopf an seine Brust und klammerte sich zitternd an ihn.

Hero sagte: «Vivyan – was ist?»

Sie hob den Kopf, und das Mondlicht ließ erkennen, wie blaß sie war, als sie ihn mit weit aufgerissenen Augen ansah. Sie schien verwirrt, weil er sie nicht in sein Zimmer zog. Sie sagte leise: «Alexander, ich mußte kommen, ich hatte Angst. Ich habe die Nonne gesehen.»

Er wußte sogleich, daß sie log. «Wo?» fragte er.

«Vor meinem Zimmer, glaube ich.»

«Ach?»

«Ja, ich hörte ein Geräusch, öffnete die Tür und sah die verhüllte Gestalt. Dann verschwand sie. Ich war starr vor Entsetzen.»

«Und Ihr Mann?»

«Er schläft. Wenn er seine Pille genommen hat und eingeschlafen ist, kriegt man ihn so leicht nicht wieder wach.» Dann suchte sie wieder nach seinem Mund und flüsterte: «Alexander – was kümmert es uns? Rasch, rasch!»

Sie versuchte, ihn mitzuziehen. Aber er empfand plötzlich Widerwillen und Abneigung. Warum? War es Megs Anwesenheit im Schloß, die ihm das Geschenk dieser Frau nicht mehr so verlockend erscheinen ließ? Das war ja lächerlich. Meg war Meg, seine Stiefschwester, die seine Schwäche für hübsche Frauen kannte und darüber lachte. Weshalb mußte sie ihm ausgerechnet jetzt in den Sinn kommen? Woran lag es, daß er unvermittelt ihre belustigten Augen und ihr spöttisches Lächeln vor sich sah? Er verdrängte Meg energisch aus seinen Gedanken; doch Mrs. Wilsons Augenblick war vorbei. Er fand jetzt auch, daß ihre Verführungsversuche etwas zu gekonnt, zu einstudiert und routiniert waren, und ein lächerlicher Satz ging ihm durch den Kopf: ‹Mr. Alexander Hero bedauert, die freundliche Einladung von Mrs. Vivyan Wilson nicht annehmen zu können ...›

Irgendwo im Schloß ertönte plötzlich ein entsetzliches Krachen, als wäre ein schweres Möbelstück umgestürzt. Darauf folgte ein unterirdisches Ächzen und dumpfes Rollen.

Mrs. Wilsons Augen weiteten sich vor echter Angst, als sie flüsterte: «Alexander, was war das?»

Er sagte: «Still!», blickte auf die Uhr und murmelte: «Auf die Minute pünktlich.» Nun war es Zeit für die Nonne, umzugehen. Nun war der Augenblick gekommen, da Megs kleine Apparate in Funktion treten konnten. Aus der Gegend des Ostflügels drang ein Lärm herüber, als hätte jemand einen Kaminbock samt allen Feuerhaken die Treppe hinuntergeworfen, und sofort folgte der durchdringende Schrei einer Frauenstimme. Mr. Hero unterdrückte ein Lächeln, denn es war ihm eben der Gedanke gekommen: ‹Wenn der Major heute nacht durchschläft, ist es allerhand.›

Doch der Major schlief nicht mehr. Er tauchte plötzlich in Morgenrock und Pantoffeln im Gang auf. Seine Augen waren rot, sein Haar wirr, in der einen Hand hielt er eine Stablampe, in der anderen seine Webley-Dienstpistole. Er war verschlafen, verwirrt und zornig. Hero und Mrs. Wilson hatten sich beim ersten Geräusch voneinander getrennt, lange bevor er erschien; doch der Major preßte böse die Lippen unter seinem buschigen grauen Schnurrbart zusammen. Er fragte: «Was machst du hier, Vivyan? Was, zum Teufel, haben Sie mit meiner Frau vor, Hero?»

Hero sandte ein kleines Dankgebet zum Himmel und dachte bei sich: ‹Das soll dir eine Lehre sein, mein Junge.› Laut sagte er: «Mrs. Wilson hörte ein Geräusch vor ihrer Tür, sah nach und erblickte die Nonne. Sie kam sofort zu mir, um mich zu warnen.»

«Eine fadenscheinige Erklärung», sagte der Major. «Sie haben meiner Frau Augen gemacht, seit Sie hier sind. Glauben Sie denn, ich sei blind und blöd?»

Mrs. Wilson unterbrach ihn scharf: «Howard, benimm dich nicht so lächerlich. Ich sah die Nonne und wollte nachschauen, ob Mr. Hero noch auf war.»

Der Major wurde unsicher. Er wußte nicht genau, ob er sie bei etwas

Ungehörigem überrascht hatte oder nicht. Hero war ganz offensichtlich angezogen; ob aber seine Frau gerade erst gekommen war oder bereits wieder gehen wollte, konnte er nicht entscheiden. Er wußte nicht, wie lange er geschlafen hatte und wie lange sie schon abwesend war. Er konnte sich darüber keine Klarheit verschaffen und fürchtete, sich lächerlich zu machen. Er war wütend, eifersüchtig und gefährlich. «Geh in dein Zimmer zurück, Vivyan», sagte er barsch. «Mit dir rede ich später. Was Sie betrifft, Sir ...»

Hero unterbrach ihn kühl: «Ich rate Ihnen dringend, ebenfalls in Ihr Zimmer zurückzukehren und die Pistole wegzulegen. Es geht etwas vor im Schloß, und ich habe Sie schon einmal gewarnt, nicht auf Gespenster zu schießen. Wenn ein Unglück passiert, haben Sie es sich selber zuzuschreiben. Ich wünsche, daß dieser Korridor geräumt wird. Gehen Sie in ihr Zimmer.»

Die Bestimmtheit, mit der Hero sprach, hatte Erfolg. Der Major drehte die Pistole um, faßte sie am Lauf, betrachtete sie und sagte zu Hero: «Wenn ich wüßte ...»

Damit schlurfte er hinter seiner Frau her.

Eine Tür schlug zu, und Hero vernahm die Stimmen Lord Paradines, der brüllte: «Was, zum Teufel, ist mit dem Licht los?»

Hero erschauerte und fuhr sich mit der Hand über die Stirn. Mrs. Wilsons Parfum hing immer noch in der Luft, aber jetzt wurde ihm fast übel davon. Der Schreck über das knappe Entrinnen saß ihm noch in den Gliedern, und er war plötzlich nicht mehr so überzeugt, die richtigen Vorkehrungen getroffen zu haben. Er hatte den nächtlichen Aufruhr erwartet, aber nicht vorgehabt, der Ursache nachzugehen; denn es lag ihm sehr daran, Megs kleinen Kameras nicht in die Quere zu kommen. Er überlegte: Susans Zimmertür war verriegelt, sie befand sich also in Sicherheit. Außerdem war ja auch noch Sir Richard da, der auf sie acht gab. Und dennoch fühlte sich Hero plötzlich beunruhigt, besonders als er eilige Schritte in Richtung auf die Zimmer der Familie und Gäste vernahm. Eine Frauenstimme schrie auf – wenn nur Susan nichts zugestoßen war ...

Er nahm kurzentschlossen eine Stablampe zur Hand und schlich den Korridor entlang. Das erste Zimmer, an dem er vorbeikam, gehörte Beth. Die Tür stand offen, und er leuchtete hinein. Niemand lag in dem zerwühlten Bett – das Zimmer war leer. Eine innere Unruhe trieb ihn zur Eile. Sir Richards Zimmer befand sich auf dem gleichen Korridor; es war ebenfalls leer.

Er rannte weiter, bog um die Ecke und seufzte erleichtert, denn Susans Tür war zu. Er rief leise: «Susan – Susan, ist alles in Ordnung?» Da er keine Antwort erhielt, drückte Hero sachte den Griff herunter. Zu seinem Schrecken öffnete sich die Tür, die fest verriegelt hätte sein sollen. Angsterfüllt und auf das Schlimmste gefaßt, trat er ein und leuchtete mit der Lampe in alle Winkel. Das Bett war benutzt, doch Susan nirgends zu finden. Er fühlte sich fast erleichtert, daß sie nicht da war. Er richtete den Lichtstrahl seiner Lampe auf die Tür, und die Erleichterung war dahin. Der Riegel war nicht mehr da – nur die Löcher, in denen die Schrauben gesessen hatten, gähnten ihn an.

17

Die Harfe, die von selber spielte

Sir Richard Lockerie tastete sich in höchster Unruhe durch die stockfinsteren Korridore des Schlosses und suchte, wie Alexander Hero sich ausgedrückt hatte, ‹das Mädchen, das ihm sehr viel bedeutete›. Nach dem ersten lauten Krachen, das die Rückkehr des Poltergeistes ankündigte, und dem Versagen des elektrischen Lichtes hatte er sich anfänglich beherrscht und war Heros Anweisungen gefolgt. Eine elektrische Stablampe in der Hand, hatte er sich in der Türöffnung aufgestellt und sich fest vorgenommen, sie nur im äußersten Notfall anzuknipsen.

Er rührte sich nicht, als, von einem eisigen Wind angekündigt, etwas durch den Korridor sauste, gefolgt von eiligen, leichten Schritten, und er ein Schluchzen zu vernehmen glaubte, das ihm bekannt vorkam und ihn vor Angst erstarren ließ. Doch als er aus dem Ostflügel einen Schrei vernahm und Lord Paradine wegen des Lichtes aufbegehren hörte, hielt es ihn nicht länger. Er ging sie suchen und fand ihre Zimmertür offen. Er leuchtete mit der Lampe hinein; sie war nicht da. In diesem Augenblick versagte seine Taschenlampe, und er konnte sie nicht wieder in Gang bringen.

Lockerie war normalerweise ein kaltblütiger und mutiger Mann, aber die Finsternis, der Lärm und die Sorge um das heimlich geliebte Mädchen brachten ihn aus der Fassung. Er hatte Hero – und auch sich selber – versprochen, sie zu beschützen, und schon in den ersten Minuten der Heimsuchung kläglich versagt. Er tastete verwirrt in der Dunkelheit umher und suchte sie.

Beinahe wäre er die steile Treppe hinuntergestürzt, die in den unteren Stock führte, fing sich aber rechtzeitig wieder und blieb unten schwer atmend stehen.

Unschlüssig, wohin er sich wenden solle, blickte er sich um und sah ein wenig Helligkeit aus einer halb offenen Tür dringen. Er rannte darauf zu, trat ein und fand sich in der Bibliothek, wo silbernes Mondlicht durch die hohen Fenster einfiel, deren Vorhänge nicht ganz zugezogen waren. Davor gewahrte er die schlanke Gestalt und das blasse, angsterfüllte Gesicht des geliebten Mädchens; überglücklich öffnete er die Arme und rief: «Beth – Beth! Fürchte dich nicht – ich bin's, Richard.»

Sie schien zu schwanken, und er fürchtete, sie könne fallen, bevor er sie erreichte. Doch sie streckte ihre Arme ebenso sehnsüchtig nach ihm aus wie er nach ihr, und im nächsten Augenblick lag sie an seiner Brust.

«Beth! Beth, Geliebte!»

«Richard! Liebster Richard!»

«Beth – ich liebe dich schon so lange.»

«Ich dich auch, Richard – solange ich mich erinnern kann.»

Dann stand kein Altersunterschied, keine Fremdheit und Schüchternheit mehr zwischen ihnen. Der Pseudo-Onkel und die kleine Nichte waren ganz einfach ein Mann und eine Frau, zwei glückliche Menschen, die sich gefunden hatten.

Ein Teil der Bibliothek, in den das Mondlicht nicht drang, lag in tiefem Schatten. Dort lauerte eine dunkle Gestalt in Ordenskleid und Kapuze – die Nonne. Die Liebenden merkten es nicht. Sie waren zu sehr mit sich und ihren Zärtlichkeiten beschäftigt. Sie verspürten das Bedürfnis, die Mißverständnisse, die ihrem Glück so lange im Wege gestanden hatten, so rasch wie möglich zu klären. Sie lachten über die Schranke, die sie getrennt hatte – den Altersunterschied.

In seinen Armen geborgen, flüsterte Beth: «Ich dachte, du liebtest Susan, Richard. Ich war überzeugt, daß Susan dir mehr bedeute als ich. Das machte mich tief unglücklich, weil ich dich und Julian so sehr liebe. Ich werde versuchen, ihm eine gute Mutter zu sein, Richard.»

«Ich wollte zu dir gehen, als es begann», sagte Lockerie. «Ich war außer mir vor Angst, als ich dich nicht in deinem Zimmer fand.»

«Ich glaubte, ich hätte die Nonne gesehen», sagte Beth. «Ich wollte dem abscheulichen Tun ein Ende setzen und folgte ihr.»

Sir Richard sagte: «Du bist so tapfer, Beth», und drückte sie fester an sich.

«Nein», widersprach das Mädchen. «Ich bin gar nicht tapfer. Plötzlich fand ich mich allein im Dunkeln und fürchtete mich wie früher als Kind. Ich rannte hier hinein, aber es war niemand da.»

Lockerie legte seine Wange an ihr Haar und murmelte: «Beth, meine geliebte Beth. Julian und ich brauchen dich. Du wirst nie mehr allein sein.» Und dann fanden sich ihre Lippen, und sie flüsterten sich Zärtlichkeiten zu und liebkosten sich.

Lautlos schlüpfte die Gestalt der Nonne zur Tür, hielt dort einen Augenblick inne, als wolle sie zum letztenmal dem liebestrunkenen Geflüster der beiden am Fenster lauschen, und verschwand.

Alexander Hero riß sich zusammen und überlegte rasch, was zu tun sei. Die Sache nahm nicht den Verlauf, den er erwartet hatte. Seine erste Sorge galt Susan Marshall. Er zweifelte nicht, daß das Wesen, das sie mit seinem Haß verfolgte, es diesmal nicht bei einer Warnung bewenden lassen, sondern ihr ein Leid zufügen werde.

Da vernahm er eine Stimme in der Dunkelheit: «Nein! Nein! Laß mich los!» Das war Susan. Er rannte in der Richtung, aus der die Stimme kam, schaltete die Stablampe ein und sah, daß sie sich energisch gegen jemand zur Wehr setzte. Dann brannte plötzlich das elektrische Licht wieder und drang durch die offenen Türen in den Korridor. Es war Mark Paradine, der Susan festhielt.

«Du rabiates Frauenzimmer», sagte er, «hast du vergessen, daß du auf Heros ausdrückliche Anordnung in deinem Zimmer bleiben und die Tür verriegeln solltest? Hast du Lust, umgebracht zu werden, du eigensinnige Närrin?»

«Hör endlich mit deinem männlichen Getue auf und laß mich los! Ich habe von deinen und Heros guten Ratschlägen genug. Ich lasse mich nicht länger herumkommandieren.»

Hero fühlte sich so erleichtert wie nie zuvor in seinem Leben. «Entschuldigen Sie, wenn ich störe. Aber dies scheint mir nicht der gegebene Ort und Zeitpunkt für eine Auseinandersetzung», sagte er. «Susan, warum haben Sie mir nicht unverzüglich mitgeteilt, daß der Riegel von Ihrer Tür entfernt worden ist?»

Sie wandte sich zornig um und erwiderte: «Weil ich die Anordnungen und die ganze Geheimnistuerei gründlich satt habe. Ich merkte erst, als ich zu Bett gehen und den Riegel vorschieben wollte, daß er nicht mehr da war. Das machte mich so wütend, daß ich, als dieser verrückte Spuk anfing, beschloß, selbst herauszufinden, wer oder was dahintersteckte.»

Mark betrachtete einen Kratzer an seinem Handgelenk und sagte: «Ja, und ich ahnte nichts Gutes und ging nachsehen. Wir sind im Dunkeln aufeinandergeprallt. Bei Gott, sie hat keine schlechten Krallen!»

«Oh!» rief Susan heftig. «Ich hasse euch Männer – ihr seid alle dumme, eingebildete Burschen!»

In diesem Augenblick begann die Harfe zu spielen.

Alle fuhren vor Schreck zusammen, besonders aber Alexander Hero, der unter den herrschenden Umständen nicht mehr erwartet hatte, sie zu hören.

Er lauschte wie erstarrt der alten Weise, die aus dem Musikzimmer zu ihnen heraufdrang, und verfolgte in Gedanken den Text:

My bonnie dear, thy face so dear to me –
So fair art thou that none shall dearer be ...

Susan Marshalls Zorn verflog so rasch, wie er gekommen war. «Alex», sagte sie erstaunt, als sie seine Blässe und seinen Gesichtsausdruck gewahrte, «sie fürchten sich ja.»

Hero antwortete: «Natürlich fürchte ich mich, und ich wäre froh, Sie hätten auch etwas mehr Angst. Glauben Sie, ich sei keiner menschlichen Gefühle fähig, weil ich auf diesem Gebiete einige Fachkenntnisse besitze?»

Damit rannte er auf die kleine Treppe zu, die in die Zimmer des Erdgeschosses hinunterführte. Mark und Susan folgten ihm. Die Harfenklänge waren selbst über dem Lärm ihrer Schritte und ihres keuchenden

Geister und Gespenster . . .

Atems zu hören. Unten stießen sie auf Lord Paradine. Er schrie: «Kommen Sie, Hero! Diesmal kann er uns nicht entwischen!»

Hero sah, daß Lady Paradine auch da war. Beth und Sir Richard standen in Morgenröcken nebeneinander und wirkten seltsam befangen. Der dicke Mr. Jellicot war ebenfalls bereits erschienen und trug eine Hose über dem Pyjama und Pantoffeln an den Füßen. Hero fragte sich, wie er in so kurzer Zeit aus seinem Zimmer am entfernten Ende des Ostflügels hatte herbeikommen können und wie er bei dem Lärm, der dort drüben herrschte, die Harfe überhaupt gehört hatte.

Die metallen klingende Musik erfüllte den Korridor. Lord Paradine stürzte sich mit drohender Miene auf die Tür des Musikzimmers.

Hero sagte: «Gestatten Sie, daß ich zuerst hineingehe. Man weiß nie...»

Susan Marshall hauchte: «Seien Sie vorsichtig, Alex.»

Hero drückte die Klinke hinunter, doch die Tür öffnete sich nicht. «Sie ist verschlossen!» rief er. «Ich habe doch ausdrücklich gesagt, daß die Tür offen bleiben sollte.»

«Was? Verschlossen?» brüllte Lord Paradine.

«Wo ist Isobel?» fragte Lady Paradine.

«Wahrscheinlich holt sie den Schlüssel», erwiderte Paradine. «Geh deinen auch holen.»

Hero kontrollierte, wer da war. Dr. Paulson, Dean Ellison und Mrs. Geraldine Taylor waren nun auch erschienen; es fehlten noch Vetter Freddie, die Spendley-Carters und die Wilsons.

My bonnie dear, bright are the summer days.
Sweet are the nights;
And thou, my...

Hier brach die Musik jäh ab. «Wir wollen nicht länger warten», sagte Hero und stemmte sich mit der Schulter gegen die Tür. Sein Zorn verlieh ihm doppelte Kräfte, und das Schloß gab nach. Mit raschem Griff schaltete er das Licht ein. Das Zimmer war leer; es gab auch keinen Ort, wo sich jemand hätte verbergen können. Hero eilte zur Harfe hinüber, gefolgt von Paradine und seltsamerweise auch von dem stillen, unscheinbaren Ingenieur Dean Ellison. – Die Harfe stand an ihrem Platz, und die Saiten vibrierten noch.

18

Die Anti-Nonne von Paradine Hall

Frühstück und Mittagessen wurden gewöhnlich in dem kleinen Speisezimmer des Country Clubs serviert, während die Paradines und ihre Gäste im Westflügel des Schlosses aßen. Doch am anderen Morgen trafen sich auf Heros Wunsch alle im großen Speisesaal zum Frühstück, und er sah sich einer Runde ängstlicher, übermüdeter und nervöser Menschen gegenüber.

Mit Ausnahme von Mr. Ellison und Mrs. Taylor hatte sich noch niemand von den Strapazen der vergangenen Nacht erholt. Sogar Isobel wirkte zum erstenmal reizbar und nervös und hatte dunkle Ringe unter den Augen. Sylvia Spendley-Carter fehlte, denn Dr. Winters hatte ihr wieder ein Schlafmittel verabreicht und strenge Bettruhe verordnet. Lady Margaret Callandar war ebenfalls nicht erschienen.

Mit den übertriebenen Gebärden eines professionellen Zauberkünstlers schob Hero Ärmel und Manschetten zurück, nahm das gekochte Ei aus dem Becher auf seinem Teller und ließ es verschwinden.

Noreen wurde zuerst auf sein Tun aufmerksam und riß erstaunt die Augen auf. «Oh», rief sie entzückt. «Machen Sie das noch mal!» Dabei klatschte sie in die Hände. Nichts hätte die Aufmerksamkeit der übrigen Anwesenden besser auf Hero lenken können, und alle Augen wandten sich ihm neugierig zu.

Das Ei erschien wieder in seinen langen, schmalen Händen, wurde in die Luft geworfen und verschwand aufs neue. Dafür hielt er nun eine brennende Zigarette zwischen den Fingern und in der anderen Hand einen Fächer Spielkarten; Zigarette und Karten wurden plötzlich zerknüllt und verwandelten sich in vielfarbige Taschentücher, aus denen wiederum ein Strauß Papierblumen entstand, den Hero der kleinen Noreen mit einer Verbeugung überreichte. Das Kind brach in helles Entzücken aus, während die Erwachsenen alles andere als erfreut schienen.

Major Wilson meinte verächtlich: «Taschenspielerkünste.»

Lord Paradine rief wütend: «Wollen Sie uns den Sinn dieser stupiden und unpassenden Vorstellung erklären, Sir? Wir sind nach dieser anstrengenden Nacht nicht zum Scherzen aufgelegt.»

Hero antwortete gelassen: «Anschauungsunterricht für alle, mich selber mitgerechnet.» Er streckte die Hand aus; sie war leer. Eine blitzschnelle Bewegung, und er wies das Ei vor; eine zweite, und die Hand war wieder leer. «Mr. Wilson», sagte er und blickte über den Tisch zu dem gereizten Major hinüber, «Sie glauben also nicht, daß das Ei wirklich verschwunden, ich meine entmaterialisiert ist?»

«Ganz gewiß nicht!» antwortete der Major bissig. «Ich sagte ja bereits, was ich davon halte: Taschenspielerkünste.»

Hero lächelte vergnügt. «Ausgezeichnet! Sie haben es schon das erste Mal erraten.» Mrs. Wilson lachte, und Major Wilson warf zuerst ihr und dann Hero einen giftigen Blick zu.

Hero wandte sich an die anderen. «Niemand unter Ihnen glaubt, was er sah, und das mit Recht. Solche Tricks haben Sie vielleicht schon im Varieté gesehen, ohne aber dem Zauberkünstler übernatürliche Kräfte zuzuschreiben. Diese kleine Vorstellung hatte nur den Zweck, Ihre Aufmerksamkeit auf die Tatsache zu lenken, daß die Dinge nicht als das zu erscheinen brauchen, was sie wirklich sind.»

Paradine rief: «Ich verstehe nicht, was Sie damit sagen wollen.»

«Er macht sich bloß wichtig», warf der Major ein.

Hero fuhr unbeirrt weiter: «Vielleicht. Ich möchte nur erklären, daß zwar niemand von Ihnen glaubt, der Taschenspieler zaubere wirklich ein Kaninchen aus dem leeren Hut. Sie sind aber durchaus bereit zu glauben, daß ein Kaninchen aus dem Nichts auf einem leeren Teller erscheinen oder eine moderne Konzertharfe ohne menschliches Zutun in einem verschlossenen Zimmer eine alte elisabethanische Volksweise spielen kann.»

Ein Seufzer der Erleichterung entrang sich einem halben Dutzend Kehlen. Beth und Sir Richard wechselten Blicke; Susan schaute Hero mit unverhüllter Bewunderung an, ein Gefühl, das Mark zum erstenmal zu teilen schien. Nicht so Lord Paradine. «Ha!» rief er. «Es war also ein Trick! Warum haben Sie das nicht gleich gesagt, Hero, statt uns diesen Hokuspokus vorzumachen?»

«Der große Detektiv wollte sich in Szene setzen», spottete Vetter Freddie.

Hero entgegnete: «Dies schien mir eine anschaulichere Methode, um darzustellen, daß wir den Dingen mit ein wenig mehr Mißtrauen begegnen sollten.»

Dr. Paulsons Stimme ließ sich vernehmen: «Sie halten die Erscheinungen der vergangenen Nacht also nicht für übernatürlich?»

«Aber ja», antwortete Hero, «sie waren ohne Zweifel übernatürlich.»

Mark fragte: «Was verstehen Sie unter übernatürlich?»

Hero lachte und sagte: «Übernatürlich ist alles, was ich nicht verstehe. Sobald ich es erklären, verstehen oder wiederholen kann, ist es ein natürlicher Vorgang. Das Harfenspiel mag eine echte okkulte Manifestation sein, da es keine Erklärung dafür zu geben scheint, und es ist schon längst mein Wunsch, eine solche zu erleben. Wenn wir andererseits das Problem so kritisch angehen wie meine Taschenspielerkünste von vorhin, ist da immerhin ein Punkt, der untersucht zu werden verdient.»

Dr. Paulson fragte: «Könnten Sie sich nicht genauer ausdrücken, Sir? Ich möchte betonen, daß ich persönlich absolut überzeugt bin, einer Äußerung der Geisterwelt beigewohnt zu haben.»

Mr. Jellicot sagte: «Hört, hört!»

«Warum war die Tür verschlossen?» fragte Hero unbeirrt. «Ich wiederhole, weshalb ist die Tür des Musikzimmers immer verschlossen, wenn die Harfe spielt?»

Lord Paradine bekam einen roten Kopf. «Was wollen Sie damit sagen?» schnaubte er. «Soll das heißen, daß Sie jemand von meiner Familie verdächtigen? Meine Frau besitzt ein Schlüsselbund, meine Schwester ein zweites. Wenn ...»

«Durchaus nicht», erwiderte Hero gelassen. «Jedermann kann sich den Schlüssel zu einer Tür verschaffen. Außerdem kann jede Tür auch ohne Schlüssel geschlossen und wieder geöffnet werden.»

«Gespenster können Türen verschließen», erklärte Jellicot. «Gespenster können alles.»

Hero betrachtete den kleinen Mann aus zusammengekniffenen Augen. «Glauben Sie das wirklich?» fragte er. «Halten Sie ein Gespenst für gottähnlich? Wollen Sie damit sagen, daß wir nach dem Tode allmächtig werden? Wäre das eine Welt!» Mrs. Wilson lachte abermals und erntete einen bösen Blick ihres Mannes. Hero fuhr in milderem Ton fort: «Ich frage nicht ‹wer›, sondern nur ‹warum›. Warum sich die Mühe nehmen, die Tür vor, während oder nach dem Konzert zu schließen. Ich habe es lieber, wenn Gespenster ihr Ziel auf direktere und einfachere Art erreichen.»

Vetter Freddie meinte höhnisch: «Gut, ich stelle die Preisfrage: Warum?»

Hero schaute ihn freundlich an. «Wenn die Harfe von einem Gespenst, Schatten oder Phantom zum Klingen gebracht wurde, kann ich die Frage nicht beantworten. Wenn es dagegen eine lebende Person war, könnte man annehmen, daß sie uns daran hindern wollte, das Zimmer zu betreten, solange die Harfe spielte.»

Diese Erklärung wurde von den Anwesenden mit Schweigen aufgenommen. Hero bemerkte, daß Dean Ellison ihn mit einem merkwürdigen Gesichtsausdruck musterte. Und dann verwandelte sich Isobel wieder in eine Norne. Hochaufgerichtet, den Blick starr in die Ferne gerichtet, sprach sie: «Das Spiel der Harfe und das Erscheinen der Nonne künden kommendes Unheil. Es liegt ein Fluch auf Paradine Hall.»

Hero sagte sehr ernst: «Ja, vielleicht haben Sie recht. Dann muß Paradine Hall davon befreit werden, sonst ist es aus mit dem Country Club. Die Leute mögen fluchbeladene Häuser nicht.» Dann fuhr er in freundlicherem Ton fort: «Warum müssen Gespenster eigentlich immer Unheil verkünden, Miss Paradine?» Die Schloßherrin von Paradine Hall blickte ihn überrascht an, antwortete aber nicht. Er fuhr fort: «Warum sollte es nicht auch fröhliche Geister geben, die einem verraten könnten, wie man am nächsten Pferderennen fünfzigtausend Pfund gewinnt? Oder daß man in Kürze als Alleinerbe eines großen Vermögens eingesetzt worden ist? Warum müssen es immer nur schlechte Nachrichten sein?»

«Das sollten Sie am besten wissen, Meister», sagte Freddie.

«Der Grund liegt im angeborenen Pessimismus der Menschheit», erwiderte Hero. «Doch erklärt das nicht alles. Ebenso unverständlich ist es, daß Gespenster immer die Seelen der gewaltsam umgebrachten Menschen sein sollen. Wenn dem so wäre, müßten ja alle die Millionen von Soldaten, die im Laufe der Jahrhunderte im Krieg gefallen sind, die Geisterwelt bevölkern.»

«Quatsch», brummte Major Wilson.

Horace Spendley-Carter fragte herausfordernd: «Was sagen Sie zu dem Klopfen und Pochen in unserm Zimmer heute morgen? Es klang, als würden Nägel in einen Sarg gehämmert.»

Hero wandte sich dem Politiker zu und bemühte sich, nicht zu zeigen, wie sehr der Mann ihn ärgerte. «Ein typisches Beispiel», erwiderte er. «Wieso klang es, ‹als würden Nägel in einen Sarg gehämmert›? Da haben wir wieder die altüberlieferten Vorstellungen von Ächzen und Stöhnen und Kettengerassel. Warum konnte es nicht ebensogut jemand sein, der einen Nagel in die Wand schlug, um ein Bild daran aufzuhängen? Oder die Köchin, die ein Wiener Schnitzel mürbe klopfte? Haben Sie schon einmal gehört, wie es klingt, wenn Nägel in einen Sarg gehämmert werden, Sir? Nicht eine Spur anders, als wenn ein Zimmermann einen Fensterrahmen zusammennagelt.»

Susan Marshall kicherte, und Spendley-Carter lief rot an. Mr. Jellicot schob verstimmt die Lippen vor und wollte Spendley-Carter verteidigen: «Aber, Sir...»

Mr. Hero unterbrach ihn und sagte ernst: «Ich finde, wir müssen uns im Leben mit so viel Unerklärlichem auseinandersetzen, daß wir uns nicht noch mehr schaffen sollten. Eine Art von übernatürlichen Erscheinungen, die hier vorgekommen sind, möchte ich Ihnen jetzt gleich erklären, eine zweite – den Poltergeist – sehr bald. Was sich in Miss Isobel Paradines Zimmer zutrug, war auf eine natürliche Ursache zurückzuführen, auf die zwei ungewöhnlich hohen Fluten nämlich, von denen Sie vielleicht in der Zeitung gelesen haben. Ich habe das hydrographische und geodätische Institut in Yarmouth aufgesucht. In dieser Gegend fließt ein unterirdischer Strom. Einer seiner Zuflüsse geht nahe an den Fundamenten unterhalb von Miss Paradines Schlafzimmer vorbei, das früher von ihrem Vater, Lord Thomas Paradine, bewohnt wurde. Die hohe Flut an der Küste bewirkt, daß auch der unterirdische Strom ansteigt; das Wasser drückt gegen die Fundamente, und gewisse Mauern des Schlosses erzittern.» Er zog ein kleines Buch aus der Tasche, blätterte darin und sagte: «Die höchste Flut seit achtzehn Jahren, verbunden mit einem Sturm, fiel auf den 29. Juni, die Nacht, in der die ersten Erscheinungen in Miss Paradines Schlafzimmer vorkamen. Die Flut der vergangenen Nacht war nur um wenige Zoll niedriger. Das nächste Mal, daß die Möbel in jenem Zimmer umkippen und das Porträt von Lord Paradine von der Wand fallen werden, ist nicht vor dem Jahr 1976 zu erwarten.»

«Wie erklären Sie die Nonne?» rief Mr. Jellicot.

«Was ist mit der Harfe?» fragte Dr. Paulson.

«Und der Poltergeist?» wollte Spendley-Carter wissen.

«Ja, natürlich», sagte Mr. Hero. «Dem Poltergeist werden wir bald das Handwerk legen. Was die Nonne, die Harfe und, nicht zu vergessen, das Kaninchen sowie das ausgeräumte Zimmer betrifft – ein Gespenst nach dem anderen, meine Damen und Herren.» Er erhob sich und verließ den Speisesaal, um seine Stiefschwester Meg aufzusuchen.

Meg rief: «Komm herein, Sandro, ich bin schrecklich schmutzig.» Sie kam aus dem Badezimmer, wo sie den Entwicklertank und den Kopierapparat aufgestellt hatte. Sie trug Hosen und eine Sportbluse; das Haar hing ihr ins Gesicht; sie war nicht geschminkt und sah aus, als hätte sie in der letzten Nacht nicht viel geschlafen.

Hero fragte: «Hast du etwas entdeckt, Schwesterchen?»

Meg wischte sich eine Haarsträhne aus der Stirn und antwortete: «Eine ganze Menge.» Er folgte ihr ins Badezimmer, wo drei der gekachelten Wände mit trocknenden Kopien bedeckt waren, Vergrößerungen der Mikro-Negative. Sie reichte ihm ein starkes Vergrößerungsglas und führte ihn an den Wänden entlang wie in einer Kunstgalerie.

«Zu deiner Rechten findest du alles, was unser ‹kleiner Spion› gesammelt hat», sagte sie. «Du hattest recht, Noreen zu verdächtigen, mein Lieber. Hier ist sie. Drei Bilder sind ganz erstklassig. Die übrigen Personen sind nicht beteiligt. Du dachtest, es könne Mrs. Spendley-Carter selber sein, nicht wahr?»

«Mein Verdacht richtete sich in erster Linie auf das Kind», sagte Hero, «aber es hätte auch die neurotische alternde Frau sein können. Als ich aber vernahm, daß Noreen ein Adoptivkind ist ...» Er studierte mit großer Befriedigung die vielleicht einzigen Fotografien eines Poltergeist-Kindes in Aktion. Es waren Aufnahmen von Mr. Jellicot, Mrs. Spendley-Carter, ihrem Mann und sogar von ihm selber. Keine deutete auf irgendein ungewöhnliches Vorhaben hin. Noreen dagegen hatte alle Hände voll zu tun.

«Na, wunderbar!» sagte er. «Noch ein paar Monate, und sie wäre so geschickt geworden, daß wir sie nicht einmal mit der Kamera erwischt hätten. Das wird uns ermöglichen, der Sache ein Ende zu machen, bevor es zu spät ist. Liebste Meg – du bist ganz großartig. Was würde ich ohne dich tun?»

Meg meinte trocken: «Dich an jemand anders wenden vermutlich.» Doch er achtete nicht auf ihre Worte und den ironischen Ton ihrer Stimme. Sie wandten sich einer anderen Gruppe von Fotografien zu. «Dies ist deine Nonne», sagte Meg. «Nicht gut und nicht schlecht. Schade!»

«Immerhin besser als nichts», erwiderte Hero. Er betrachtete die Aufnahme durch das Vergrößerungsglas. Die nahe an der Decke befestigte Infrarot-Lampe hatte ihr Licht steil nach unten gesandt, und die Kamera hatte die Gestalt von der Seite aufgenommen. Obwohl das Bild scharf war, verriet es Mr. Hero wenig, da das Gesicht von der Haube verdeckt war. Selbst die Hände waren in den Falten des Kleides verborgen.

Dazu kam noch, daß vom Hintergrund überhaupt nichts zu sehen war, was einen Vergleich in bezug auf die Größe der Erscheinung zugelassen hätte. Es ließ sich nicht erkennen, ob die Gestalt in dem weiten Gewand dick oder dünn, groß oder klein war. Es war ganz einfach die Silhouette einer Nonne. Eines stand, wie Meg erklärte, eindeutig fest: es handelte sich bei der Erscheinung nicht um ein Gespenst, sondern um eine lebendige Person.

«Wo befand sich diese Kamera?» fragte Hero.

Meg hielt das Vergrößerungsglas in die Höhe und kontrollierte das

Zeichen in einer Ecke der Aufnahme. «Das ist Nummer vier», sagte sie. «Diese Kamera war am Fuße der Treppe angebracht, die von den Privaträumen der Paradines hinunterführt, also auf unserer Seite des Hauses.»

«Aber sie könnte auch aus jeder anderen Richtung gekommen sein», sagte Hero.

«Das schon», gab Meg zu. «Aber in diesem Fall berührte sie den Faden, der den Auslöser betätigt, als sie ostwärts, auf die Bibliothek zu ging.»

«Oder auf das Musikzimmer zu», überlegte Hero.

«Oder auf das Musikzimmer zu», bestätigte Meg.

Er betrachtete die Fotografie nochmals ganz genau und schüttelte den Kopf. «Nichts zu wollen», sagte er. «Wie steht es mit den Bildern in der Bibliothek? Da war die Kamera doch so angebracht, daß sie alles von vorn aufnahm.»

Meg nickte und antwortete: «Ja, aber leider kam jemand der Nonne zuvor. Sieh dir das an!» Und sie deutete auf eine andere Vergrößerung an der Wand.

Hero stieß einen Ruf des Erstaunens aus. «Oho!» Er betrachtete interessiert eine Fotografie von Mr. Jellicot, der eine dunkle Hose mit hängenden Hosenträgern und eine Pyjamajacke trug. Er beugte sich über den Schreibtisch und schien ein Papier an sich zu nehmen.

«Was führt der wohl im Schilde?» fragte Hero.

«Es sieht aus, als wollte er etwas stehlen», entgegnete Meg, «etwas, was er bei Tag nicht zu holen wagte.»

Hero pfiff vor sich hin und sagte: «Dich haben wir erwischt, mein Freund. Ich ahnte doch, daß du mehr weißt, als gut ist. Mit dir werde ich noch ein Wörtchen reden.» Dann wandte er sich an Meg, schüttelte den Kopf und sagte: «Aber warum wohl? Was steckt da wieder dahinter?»

Sie kamen zu einer Fotografie, die an die Stoßzeit in der Untergrundbahn erinnerte. «Großer Gott», fragte Hero, «was ist denn das?» Er blickte genauer hin. «Das ist ja ...»

Meg sagte: «Ja, ich weiß. Ihr seid alle gleichzeitig über den Faden gestolpert. Das ist die Kamera, die ich im Musikzimmer aufgepflanzt hatte.»

Hero sagte nachdenklich: «Dann hat also von dem Augenblick an, da du deine kleinen Apparate anbrachtest, niemand mehr das Musikzimmer betreten. Die Tür war offenbar nicht verschlossen, sonst wärest du nicht hineingekommen.»

Meg nickte. «Richtig, aber es hätte jemand vor mir drin gewesen sein und die Tür erst nachher, als ich weg war, abschließen können.»

«Hast du auch Aufnahmen von Isobel und dem widerwärtigen Freddie?» fragte Hero.

Meg deutete auf ein Bild. «Hier ist Isobel.» Hero betrachtete es. Sie sah genauso aus, wie er sie im Musikzimmer angetroffen hatte: weißseidener Morgenrock mit einer weißen Kordel zusammengehalten, das Schlüsselbund in der Hand. Der Gesichtsausdruck der Leute war auf allen Bildern ganz anders als normalerweise auf Fotografien.

Hero sagte: «Das stimmt wahrscheinlich. Lord Paradine erklärte, sie sei ihr Schlüsselbund holen gegangen.» Er betrachtete die Aufnahme nochmals und beklopfte sie mit dem Fingernagel. «Warum mag diese auffallend schöne, charmante und tüchtige Frau wohl nie geheiratet haben?» fragte er.

«Das ist etwas, worüber nur sie dir Auskunft geben könnte», erwiderte Meg.

«Sind das alle Bilder?» fragte Hero.

«Aber nein», antwortete Meg. «Hier drüben ist noch eins, das ich bis zuletzt aufgespart habe.» Sie zeigte auf die gegenüberliegende Wand des Badezimmers, an der nur eine einzige Aufnahme hing. «Mit der könnte ich in einem Wettbewerb für die echteste Momentaufnahme den ersten Preis gewinnen, findest du nicht?»

Mr. Hero benötigte kein Vergrößerungsglas, um festzustellen, wer darauf zu sehen war. Kamera Nummer fünf hatte ihn höchst persönlich vor der Tür seines Zimmers geschnappt. In seinen Armen lag die biegsame und willige Mrs. Wilson, den Mund nahe an dem seinen. Ihr hübscher Knöchel hatte den schwarzen Faden im richtigen Moment berührt. Meg sagte: «Ausgezeichnet, findest du nicht auch? Ich schlage vor, daß wir sie die ‹Anti-Nonne von Paradine Hall› nennen.»

«So eine Gemeinheit!» rief Hero. «Wozu mußtest du ausgerechnet vor meiner Tür einen deiner verfluchten Apparate verstecken?»

Sie sagte unschuldig: «Ich wollte gern wissen, wie Gespenster aussehen, die *dir* nachstellen.»

Sie blickten sich an und brachen plötzlich in schallendes Gelächter aus. Als Meg sich wieder beruhigt hatte, sagte sie: «Sandro, Sandro! Sie ist wohl sehr anziehend, nicht wahr?»

Hero antwortete: «So genau weiß ich das nicht. Ich versuchte gerade, sie loszuwerden, als ihr Mann mit einer Pistole auftauchte.»

Meg wurde sehr ernst: «Gab es Schwierigkeiten?»

«Das nicht – er war nicht hinter mir, sondern hinter dem Gespenst her. Im Ostflügel hatte die kleine Noreen eben einen Höllenspektakel gemacht. Immerhin schien er leicht verärgert, daß er uns da vor meiner Tür antraf, obwohl er von unserer Umarmung nichts gesehen haben kann. Mrs. Wilson sagte, sie sei der Nonne begegnet und wollte in ihrer Angst bei mir Hilfe suchen.»

«Eine unglaubwürdige Ausrede.»

«Nun, gar so ...»

«Ich weiß», fiel ihm Meg ins Wort. «Was kannst du schon dafür, daß du so hinreißend und interessant bist, daß die Frauen im Nachthemd an deine Zimmertür schleichen, um dir Gespenstergeschichten zu erzählen?»

Hero sagte: «Wir hängen das Bild ans Schwarze Brett im Country Club. Dann hört das alles schlagartig auf.»

Meg antwortete: «Dummkopf!» Doch ihre Miene heiterte sich sichtlich auf.

«Übrigens begann dann die Harfe zu spielen.»

«Ich habe sie auch gehört. Hast du was herausgefunden?» fragte Meg gespannt.

«Die Tür war verschlossen. Als ich sie mit der Schulter aufstemmte, war niemand im Zimmer, aber die Saiten vibrierten noch. Ich sah es deutlich und spürte es in den Fingerspitzen. Jemand muß auf dieser verfluchten Harfe gespielt haben.» Er schüttelte den Kopf. «Das war aber nicht möglich, es sei denn . . .»

«Aber, die verschlossene Tür . . .» begann Meg.

«Natürlich», sagte Hero, «du hast recht; ich bin auch der Meinung. Warum sollte sich ein *unsichtbares* Wesen, das auf der Harfe spielen will, die Mühe machen, die Tür zu verschließen?»

Meg fragte: «Aber wie kann jemand ein verschlossenes Zimmer verlassen, wenn auf der anderen Seite der Tür soundso viele Leute stehen?»

«Das ist es ja gerade», sagte Hero. «Es ist unmöglich.»

«Hm, dann bleibt nur . . .»

«Lord Paradines Mutter», schloß Hero. «Die Harfe gehörte ursprünglich ihr. Man erzählt, sie sei sehr musikalisch gewesen. Angenommen . . .» Er hielt inne.

Meg betrachtete ihren Bruder ernst. «Glaubst du wirklich daran, Sandro?»

Er antwortete niedergeschlagen: «Ich weiß nicht, was ich glauben soll, meine Hexe.»

«Könntest du das Phänomen selbst hervorbringen, wenn du es versuchtest?» fragte Meg.

Hero schüttelte düster den Kopf. «Bestimmt nicht unter solchen Bedingungen, nicht unter jedermanns Nase und nicht in einem verschlossenen und leeren Zimmer mit soundso vielen Leuten, die eindringen und die Saiten noch vibrieren sehen. Um das fertigzubringen, müßte man Musiker, geschickter Mechaniker und Fachmann der Akustik und weiß ich, was noch in einer Person sein und außerdem mit Lichteffekten und raffinierten Drahtkombinationen arbeiten. An dieser Harfe ist aber nicht herummanipuliert worden. Ich habe sie genau untersucht.»

Meg überlegte: «Spielt jemand in diesem Haus ein Instrument, Sandro?»

Hero schnaubte verächtlich: «So ziemlich alles, was hier wohnt. Die Dame des Hauses spielt Klavier, was nichts anderes als eine Harfe in einer Holzkiste ist. Vetter Freddie zupft die Gitarre. Isobel spielte in ihrer Jugend Cello. Mr. Jellicot sitzt in seiner Kirche an der Orgel.»

«Und ich bezweifle nicht, daß Mrs. Wilson eine gewisse Fertigkeit auf der Panflöte besitzt.»

«Dann haben wir noch Beth», sagte Hero, ohne auf ihre spitze Bemerkung zu reagieren.

«Beth!» rief Meg.

«Als sie ein kleines Mädchen war, brachte die Großmutter ihr eine Melodie auf der Harfe bei.»

«Was du nicht sagst!» rief Meg, die erriet, um welche es sich handelte.

«Ja», bestätigte Hero. «Die Melodie ‹My Bonnie Dear›.»

«Sandro . . .»

«Ja, Meg?»

«Ich traue diesem Major Wilson nicht. Ich habe das Gefühl, daß er gefährlich ist. Sei vorsichtig!»

Hero antwortete nicht, doch sein Gewissen sagte ihm, daß seine Stiefschwester vermutlich recht habe.

19

Abschied von einem Poltergeist

Als Hero in sein Zimmer zurückkehrte, fand er einen Brief auf dem Tisch. Er war auf Country Club-Papier geschrieben und versiegelt. Hero öffnete ihn und las: «Erwarten Sie mich bitte in der alten Klosterruine. Ich werde um zwölf Uhr dort sein. Kommen Sie, Alexander, es ist sehr wichtig.» Unterzeichnet war das Schreiben mit «Vivyan Wilson». Hero sagte zu sich selber: ‹O Gott, soll ich, oder soll ich nicht? Warum ausgerechnet in der Klosterruine, wo sich ein Dutzend Leute verborgen halten können? Warum schreiben Frauen von diesem Typ gern solche Briefe? Was meint sie mit ‚wichtig' – wichtig für wen? Verflucht! Ich werde wohl hingehen müssen. Ich habe ja schließlich mit ihr geflirtet. Was mag sie nur wollen?› Er blickte auf die Uhr. Es war Viertel nach zwölf. Der Lunch wurde um eins serviert. Sie wartete wohl bereits auf ihn und trug bestimmt ein farbiges Kleid, das eine Meile weit leuchtete. Wie Meg ihn auslachen würde! Warum mußte er sich in solch peinliche Situationen bringen?

Er ging hinunter, setzte sich in den Wagen, fuhr durchs Parktor und dann noch eine Meile auf der Straße nach links, wo er parkte. Dann eilte er den Fluß entlang zur Ruine des St. Relinda-Klosters zurück.

Er hatte richtig vermutet; sie saß auf dem Stein unter dem Spitzbogen, der früher den Eingang zur Kapelle gebildet hatte, und trug einen weiten roten Rock, eine weiße Bluse und ein rotes Band im Haar. Nicht nur die Schuhe, sogar die Strümpfe waren rot. ‹Die passende Kleidung für ein Rendezvous auf dem Friedhof›, dachte Hero ärgerlich. Und dann entdeckte er zu seinem Schrecken, daß er sich freute, sie zu sehen, daß sie zierlich, hübsch, charmant und appetitlich aussah und in wenigen Augenblicken in seinen Armen liegen würde. Sie hatte ihn noch nicht entdeckt. Wenn er kehrtmachte und davonrannte, so schnell er konnte . . .

Doch er ging weiter, und es geschah ungefähr das, was er sich vorgestellt hatte, nur brach sie in Tränen aus und sagte: «Ich dachte schon,

Sie kämen nicht. Ich mußte Sie unbedingt sehen und warnen – ich habe Angst, Alexander.»

Ihre Worte klangen so ähnlich wie das letzte Mal, und er fühlte sich ein wenig ernüchtert. Er lächelte und sagte: «Doch nicht etwa noch ein Gespenst, Vivyan?»

Sie lächelte nicht, als sie erwiderte: «Mein Mann!»

«Und was ist mit ihm?»

«Er ist gefährlich, Alexander. Ich habe Angst. Ich habe Angst um Sie und um mich selbst. Ich weiß nicht, was er vorhat.»

«Ist es nicht reichlich spät, sich jetzt noch Sorgen zu machen? Wenn er irgend etwas hätte unternehmen wollen, so hätte er es längst getan – er hätte mich ja gestern erschießen können.»

Sie schüttelte den Kopf und sagte: «Sie kennen Howard nicht. Er ist anders, als man glaubt. Er ruht nicht eher, als bis er weiß, was er wissen will; und er verzeiht einem nie. Die Leute halten ihn für einen Dummkopf, aber da täuschen sie sich.» Dann fügte sie hinzu: «Er glaubt nicht, daß ich in Ihr Zimmer kam, weil ich die Nonne gesehen hatte.»

Hero dachte, das spreche wirklich mehr oder weniger für Vivyans Ansicht, daß ihr Mann kein Dummkopf war. Er sagte: «Was glaubt er denn?»

«Er glaubt, daß gestern – als er uns erwi ... – als er uns sah, daß ich da aus Ihrem Zimmer gekommen – daß ich bei Ihnen gewesen sei.» Sie klammerte sich an ihn, preßte ihren Kopf an seine Brust und rief leidenschaftlich: «Oh, ich wollte, er hätte recht! Ich wollte, es wäre so gewesen!» Dann hob sie langsam den Kopf und blickte ihn traurig an. «Aber Sie sind froh, daß es nicht dazu kam. Sie dachten, ein kleines Abenteuer könnte ganz nett und amüsant sein, aber mehr nicht. Nun, da kann man nichts machen.» Sie nahm seinen Kopf zwischen ihre Hände, küßte ihn und fuhr fort: «Sehen Sie, ich nehme es wirklich nicht tragisch. Aber eines müssen Sie mir versprechen.»

«Ja», sagte Hero. Er schämte sich und fürchtete, sie könnte ihm ansehen, wie erleichtert er sich fühlte. Mrs. Wilson war ihm plötzlich sehr viel sympathischer.

«Versprechen Sie mir, vorsichtig zu sein», sagte sie, «sehr vorsichtig. Passen Sie auf!»

«Woher sollte mir denn Gefahr drohen?»

Sie schüttelte den Kopf und sagte: «Ich weiß nicht. Von Howard vermutlich. Versprechen Sie es mir?»

Hero mußte an Megs Warnung denken. Er antwortete: «Ja, ich werde vorsichtig sein. Vielen Dank. Wird Ihnen nichts geschehen?»

«Nein», sagte sie leise, «wir Frauen wissen uns schon zu helfen.» Es war etwas Rührendes und Menschliches in der Art, wie sie das sagte und die Fehler und Schwächen von Geschöpfen ihrer Art zugab. Er küßte sie auf die Stirn und legte ihr die Hände auf die Schultern, worauf sie zusammenzuckte, als hätte er ihr weh getan. ‹Ob ihr Mann sie wohl geschlagen hat?› dachte Hero.

«Wir gehen am besten einzeln zurück», sagte er. Sie nickte, drehte sich ohne ein weiteres Wort um und lief weg. Er schaute ihr nach, bis ihr roter Rock hinter den Bäumen verschwand. Dann ging er nachdenklich zu seinem Wagen zurück. Als er ihn erreichte, sah er, daß der Major drin saß und auf ihn wartete.

«Ah, da sind Sie ja», sagte der Major überraschend freundlich. «Ich dachte mir, daß Sie bald kämen, als ich Ihren Wagen hier stehen sah. Haben Sie Gespenster gesucht?»

«Ja», antwortete Hero kurz. Seine Nerven waren zum Zerreißen gespannt, und er beobachtete den Major aufmerksam. Im Profil glich er mit seinem Schnurrbart und dem fliehenden Kinn mehr denn je einem Haifisch.

«Haben Sie welche gefunden?» fragte der Major.

«Nein», entgegnete Hero. Er hätte gern gewußt, wo Wilson gewesen war, wieviel er gesehen und gehört hatte, ob er seiner Frau gefolgt war und sich in den Ruinen verborgen gehalten oder ob er einen Spaziergang gemacht hatte und zufällig auf den Wagen gestoßen war.

«Dieser Ort würde sich gut für Gespenster eignen, wenn es welche gäbe», sagte der Major.

«Ja, da haben Sie recht.» Da der Major keine Anstalten machte, auszusteigen, setzte sich Hero ans Steuer seines Bentley.

«Bald Zeit zum Lunch», sagte der Major. «Darf ich mit Ihnen zurückfahren?»

«Aber gern», erwiderte Hero, drückte auf den Anlasser und erwartete, daß im nächsten Augenblick eine Bombe unter der Kühlerhaube explodieren und sie beide ins Jenseits befördern würde. Doch nichts dergleichen geschah, der Bentley sprang vornehm schnurrend an.

«Ein fabelhafter Wagen», sagte der Major.

‹Sandro, du bist nervös›, sagte Hero zu sich selber. ‹Du läßt dir von einer hysterischen Frau Angst einjagen. Reiß dich ein bißchen zusammen, mein Junge.› Doch das Gefühl von Bedrängnis und Unbehagen ließ sich nicht abschütteln.

«Sie sind sicher neugierig, weshalb ich auf Sie gewartet habe», sagte Wilson.

Hero antwortete: «Ich nehme an, Sie wollten gern mitfahren.»

Der Major lächelte unangenehm und glich dabei noch mehr einem Hundshai. «Nun, vor allem wollte ich mich bei Ihnen entschuldigen.»

Hero erschrak. «Oh, ich wüßte nicht wofür», sagte er.

«Ich habe gestern nacht den Kopf verloren», fuhr der Major fort. «Es war idiotisch von mir, mit einem geladenen Revolver herumzulaufen. Höchst gefährlich so was. Aber Sie wissen ja, wie das ist, wenn man aus dem Schlaf aufgeschreckt wird.»

«Ja, man ist dann oft etwas konfus», gab Hero zu.

«Richtig. Ich war nämlich ein paar Minuten früher aufgewacht, weil ich draußen im Korridor ein Geräusch vernahm. Dann hörte ich meine

Frau hinausgehen. Ich glaube zwar nicht an Gespenster, aber der Krach, der dann folgte, war mir doch zuviel. Ich beschloß nachzusehen, was los war. Es tut mir leid, daß ich grob wurde.»

«Schon gut», sagte Hero.

Sie bogen in die Allee ein und fuhren zum Schloß. «Sie sind ein komischer Kauz, Hero», sagte der Major. «Ich werde nicht klug aus Ihnen. Ein merkwürdiger Beruf für einen Mann. Was würden Sie tun, wenn Sie einem echten Gespenst begegneten?»

Hero antwortete: «Ich würde es, wenn irgend möglich, interviewen.»

Der Major lachte lautlos. «Ausgezeichnet! Würden Sie es auch erkennen?»

Hero sagte: «Ganz gewiß.»

«Wie?» fragte der Major und starrte ihn dabei neugierig an.

«Ein bestimmtes Gefühl in der Magengrube würde es mir verraten», entgegnete Hero. Der Major lachte lautlos, und Hero empfand es als angenehm, daß dieses Lachen von keinem Geräusch begleitet war. «Haben Sie noch nie Angst gehabt?» fragte er.

«Jedenfalls nicht vor etwas Unsichtbarem», antwortete der Major. «Ich bin Soldat. Um mich zu erschrecken, braucht es stärkerer Geschütze als ein in Laken gehülltes Wesen, das ‹Buh› macht.»

Hero sagte: «Mich erschrecken nur Dinge, die ich nicht verstehen kann.»

Der Major wollte etwas erwidern, besann sich dann aber eines Besseren, und Hero glaubte, ein eigenartiges Funkeln in seinen Augen zu gewahren; doch vielleicht bildete er sich das bloß ein. Er hielt den Wagen vor dem Eingang zum Country Club an und stieg aus. Der Major sagte: «Wie wäre es mit einem Aperitif vor dem Lunch? Ich habe einen vorzüglichen Sherry in meinem Zimmer oben. Trinken wir ein Glas zusammen als Zeichen der Versöhnung. Vivyan wird sich freuen, Sie zu sehen. Sie hält große Stücke auf Sie. Frauen lassen sich ja gern von Hokuspokus beeindrucken. Nun, was meinen Sie?»

«Vielen Dank, ich bin einverstanden», sagte Hero. «Es ist sehr freundlich von Ihnen.» Er war ziemlich neugierig. Die Entschuldigung hatte aufrichtig geklungen, aber er wollte doch gern Vivyan Wilsons Reaktion beobachten.

Der Major stellte eine ungeöffnete, noch mit der Metallkapsel verschlossene Flasche auf den Tisch. Hero dachte: ‹Offenbar keine Blausäure, aber vergiß nicht, mein Junge, daß die Hand schneller ist als das Auge.› Der Major konnte den Korkenzieher nicht gleich finden, und als die Gläser endlich auf dem Tisch standen und die Flasche geöffnet war, kam Mrs. Wilson herein. Hero blickte sie prüfend an, aber sie hatte alle Spuren ihrer Begegnung sorgfältig getilgt und ihr Make-up erneuert.

«Da bist du ja, Liebste! Ich habe Mr. Hero getroffen und ihm zum Aperitif eingeladen. Du kommst gerade zurecht.» Hero schaute genau hin, wie er die drei Gläser füllte, konnte aber nichts Verdächtiges entdecken und schalt sich einen mißtrauischen Narren. Er kam auf sein ursprüngliches Urteil zurück und dachte, der Major sei genau das, was er zu sein schien, nämlich ein dickköpfiger Esel.

«Trinken wir», sagte der Major. «Wir freuen uns, daß Sie uns Gesellschaft leisten.» Er hob sein Glas und blickte über den Rand hinweg zuerst seine Frau und dann Hero an. «Zum Wohl!»

«Prost», sagte Hero. Sie tranken. Es war guter Sherry. Hero warf Mrs. Wilson einen verstohlenen Blick zu. Sie lächelte und gab sich ganz unbefangen, doch in ihren Augen standen Angst und eine dringende Warnung.

«Oh, kommen Sie! Kommen Sie schnell!» bat Noreen Mr. Hero und zerrte ihn an der Hand mit sich fort. Nun, da sie ihn endlich ganz für sich allein hatte, um mit ihm spazierenzugehen, wollte sie keine Minute länger warten. Es konnten so viele Dinge geschehen und ihn davon abhalten, sein Versprechen einzulösen. Sie wollte mit ihm außer Sicht sein, bevor ihre Eltern auftauchten oder etwas anderes seine Aufmerksamkeit erweckte.

Sie trug einen karierten Faltenrock, einen blauen Pullover mit einer Jacke darüber und schwarze halbhohe Gummistiefel, wie Kinder sie für Spaziergänge auf dem Lande zu tragen pflegen.

Hero ließ sich lächelnd mitzerren und lief neben ihr her, bis sie das Schloß hinter sich hatten, durch einen der Ausgänge in der Backsteinmauer, die den Park umgab, geschlüpft und am schilfreichen Ufer des Stoke-Flusses angelangt waren.

Nun, da sie die Schminke abgewaschen hatte und das strähnige Haar unter der kleinen blauen Mütze hervorsah, fiel es Hero erneut auf, wie häßlich sie war. Doch während er noch ihre so wenig harmonischen Züge prüfte – die dunklen Augen, groß, aber leicht schielend, die zu lange Nase und den zu breiten Mund –, dachte er, daß sie als erwachsene Frau vielleicht einmal recht charaktervoll, offen und angenehm wirken könne. Die Stirn war wohlgeformt, das Kinn fest, die Sommersprossen würden allmählich verschwinden und die fahle Haut einen wärmeren Ton annehmen. Ja selbst die abstehenden Ohren könnten unter einer kleidsamen Frisur versteckt werden. Und das Haar würde sicher noch weicher und glänzender werden. Diese adoptierte Tochter unbekannter Eltern hatte von der Natur zwar keine Schönheit mitbekommen, aber in ihrem Innern steckte viel guter Wille, Energie und menschliche Wärme.

Als sie so weit vom Schloß entfernt waren, daß sie niemand mehr sahen, ließ Noreen Heros Hand los und schritt zufrieden, anscheinend in ihre Gedanken versunken, neben ihm her. Am Flußufer angelangt, wo es zu entscheiden galt, ob sie nach links oder rechts gehen sollten, blickte sie plötzlich zu ihm auf und erklärte atemlos: «Ich liebe Sie.»

«Ich danke dir, Noreen», antwortete Hero ernst. «Ich liebe dich auch.»

Das häßliche kleine Gesicht strahlte. «Oh», rief sie, «wirklich? Wollen Sie mir einen Kuß geben?»

Hero nickte, beugte sich zu ihr nieder, legte den Arm um ihre mageren Schultern und küßte sie liebevoll auf die Wange. Darauf warf sie sich ihm an die Brust, klammerte sich an ihn und begann bitterlich zu weinen. Hero ließ sie gewähren, hielt sie in den Armen, und als ihre Mütze herunterfiel, streichelte er ihr Haar.

Allmählich ließ ihr Schluchzen nach. Hero reichte ihr sein Taschentuch, und nachdem sie ihre Tränen getrocknet und sich gehörig geschneuzt hatte, fragte sie: «Wollen Sie auf mich warten, bis ich erwachsen bin, und mich heiraten?»

«Vielleicht», antwortete Hero, «aber ich denke, du willst Krankenschwester werden?»

Sofort ging eine Veränderung in ihr vor. Ihre kindliche Verliebtheit war nur oberflächlich, das andere aber reichte tiefer. Wieder traten ihr Tränen in die Augen. «Sie wollen es mir nicht erlauben», flüsterte sie. «Oh, wie ich sie hasse! Daddy sagt, ich darf nicht Krankenschwester werden, ich muß eine Dame werden. Und Mummy heult bloß immer.»

Hero fragte: «Was hieltest du davon, wenn ich dir helfen würde, Noreen?»

Das Kind starrte ihn ungläubig an und ließ sich plötzlich am Flußufer nieder. «Könnten Sie das?» rief sie. «Würden Sie das tun?»

Hero holte seine alte Pfeife aus der Tasche und setzte sich neben sie. «Ich könnte es versuchen», sagte er.

Sie hockte kniend vor ihm, die Hände im Schoß gefaltet, und schaute ihn bittend an. «Versprechen Sie es mir? Aber richtig, nicht so, wie Erwachsene es oft tun, sondern so, daß es für immer gilt?»

«Wenn ich dir ein solches Versprechen gebe», sagte Hero, «werde ich es halten – aber ich erwarte von dir auch eins. Wir werden uns gegenseitig etwas versprechen, Noreen, denn in dieser Welt kriegt man nichts geschenkt.»

Das schien ihr einzuleuchten, und sie fragte: «Was soll ich versprechen?»

Mr. Hero blickte ihr voll ins Gesicht und sagte leise: «Das mit dem Kaninchen war nicht schön von dir.»

Sie lächelte verschmitzt; doch dann kam ein Ausdruck der Verehrung und Hingabe in ihre Augen. «Oh», sagte sie, «das Kaninchen war für Mummy bestimmt. Es geriet bloß auf den falschen Teller, weil es so finster war. Warum gingen die Kerzen aus?»

Hero erwiderte: «Die Kerzen gingen aus, weil irgendwer Interesse daran hatte, daß es finster wurde.» Er mußte gegen seinen Willen lachen. «Ich werde dir aber nicht verraten, wie es gemacht wird, sonst wendest du diesen Trick auch noch an.»

Noreens Stimme nahm einen vertraulichen Ton an, als tausche sie ein Berufsgeheimnis mit einem Fachmann aus. «Ich habe auch gemacht, daß sich der Sessel bewegt. Ich wollte Mummy Angst einjagen, weil sie so feige ist. Ich hasse sie. Statt dessen ist er auf Lord Paradine gefallen.»

Hero sog an seiner Pfeife und nickte. «Ja, ich weiß. Du hast den Trick nämlich nicht erfunden, wie du vielleicht glaubst. Man zieht den Sessel mit einer Schnur, die man um den Steg geschlungen hat, auf sich zu, indem man beide Enden mit einer Hand unter dem Tisch festhält. Dann läßt man ein Ende los, rollt die Schnur auf und versteckt sie.»

Das Kind schaute ihn ehrfürchtig und respektvoll an.

«Ich weiß noch mehr», fuhr Hero fort, «so zum Beispiel von Steinen, die durch das Fenster geflogen kommen oder von der Decke fallen, von Vasen, die scheinbar vom Kaminsims stürzen, in Wirklichkeit aber von einem naseweisen kleinen Mädchen hinter einem Vorhang hervorgeschmissen werden, von Blumenständern, die ohne jeden Grund umkippen, während ein kleiner Fuß, an dem mit einem Gummiband ein langes Lineal befestigt ist, ihn umgestoßen hat.»

«Woher wissen Sie das?» fragte Noreen.

«Ich weiß so manches», antwortete Hero darauf geheimnisvoll.

«Aber Sie haben mir doch die ganze Zeit den Rücken zugekehrt», sagte Noreen. «Ich habe Sie im Spiegel beobachtet.» Sie merkte, daß sie sich verraten hatte, hielt beide Hände vor den Mund, brach in Kichern aus und fragte: «Können Sie zaubern?»

«Klar», sagte Hero. Dann fügte er hinzu: «Noreen, weißt du, was ein Poltergeist ist?»

«Nein», entgegnete sie, holte tief Atem und fuhr fort: «Oh, entschuldigen Sie, ich habe gelogen. Ja, ich weiß es. Ich hörte Mr. Jellicot von Poltergeistern reden. Er sagte, einer sei in Miss Isobels Zimmer eingedrungen und habe sie erschreckt; deshalb beschloß ich, in Mummys Zimmer Poltergeist zu spielen. Es ist kinderleicht und so lustig, zu sehen, wie furchtsam die Leute sind.»

«So lustig, daß man gar nicht mehr damit aufhören kann», sagte Hero. «Hör mal, Noreen, hast du in Susans Zimmer das Durcheinander angerichtet und alle ihre Kleider und Sachen aus den Schränken gerissen?»

«O nein! Ich habe Susan sehr gern. Es tat mir schon so leid wegen des Kaninchens. Ehrenwort!»

Hero nickte. «Ich glaube dir. Was die andere Sache anbelangt – hast du eine Ahnung, ob jemand was davon weiß?»

Das Kind dachte nach. «Vetter Freddie vielleicht. Er hat mir einmal zugeblinzelt.»

«Hm», murmelte Hero, «er hatte bestimmt seine Freude daran. Sonst noch jemand?»

«Miss Paradine.»

«Welche?»

«Beide – aber ich weiß es nicht ganz genau.»

«Und unser Freund Mr. Jellicot, hat er dich nie dabei erwischt?»

Noreen schnaubte verächtlich und sagte: «Pff, der nicht. Der ist der Leichtgläubigste von allen – außer Dr. Paulson. Die zwei Trottel! Aber ich wollte Ihnen meine Tricks vormachen, weil Sie so gern ein Gespenst sehen wollten. Und dann waren Sie bloß zornig.»

Hero tat, als überhöre er es, und sagte: «Damit ist nun endgültig Schluß, nicht wahr, Noreen?»

«Darf ich es nie mehr tun?»

Hero streckte die Beine aus, rollte sich auf den Bauch neben das Kind und stützte sich auf die Ellbogen. «Hör mal, Noreen, ich weiß, solche Spiele machen Spaß, weil die Menschen, besonders die Erwachsenen, dumm genug sind, darauf hereinzufallen. Ein Kind würde sich nicht so leicht ins Bockshorn jagen lassen. Kinder fürchten sich zwar im Dunkeln, aber Erwachsene haben Tag und Nacht vor soundso vielen Dingen Angst, und es ist leicht, sie zu erschrecken. Aber manchmal führt ein heftiger Schreck zu einem Unglück oder gar zum Tod.»

«Manchmal», flüsterte Noreen, «könnte ich Mummy umbringen, weil sie sich alles von Daddy gefallen läßt. Und Daddy erst recht.»

Hero ignorierte das und fuhr fort: «Erwachsene, die an solch einfältige Dinge glauben und sie gar fürchten, sind in gewissem Sinne krank. Man sollte sie gesund pflegen und nicht noch kränker machen. Du möchtest doch Krankenschwester werden, Noreen. Weißt du, welcher Aufgabe eine Krankenschwester sich mit Herz und Seele widmet?»

Das Kind wandte sich ab und schlug die Augen nieder.

«Ja», sagte Hero, «der Aufgabe, kranke Menschen gesund zu pflegen.»

Noreens Stimme klang sehr kleinmütig und leise, als sie sagte: «Gut, ich verspreche es.»

«Ich verspreche auch.»

«Auf Ehrenwort? Wollen Sie Ihr Versprechen mit einem Kuß besiegeln – einem richtigen, meine ich, nicht bloß auf die Backe?»

«Gut, mit einem richtigen.» Sie erhoben sich und reichten sich die Hand. Dann beugte er sich nieder und küßte sie zärtlich auf die Lippen. Ihr junger, unschuldiger Mund hing an dem seinen – ein unvergeßlicher Augenblick für die heranwachsende Noreen. Dann, als zwei weiße Reiher aus dem Schilf aufstiegen und den Fluß hinuntersegelten, setzten die beiden ihren Spaziergang fort und gingen am Ufer entlang bis zur alten Brücke.

20

Mister Jellicot weint

Um drei Uhr nachmittags hatte Hero zwei nicht gerade angenehme Unterredungen: eine mit Horace Spendley-Carter und die andere mit Mr. Jellicot; die erste verschaffte ihm doch immerhin eine gewisse Befriedigung.

Spendley-Carter forderte ihn geradezu heraus, indem er Hero in seinem Zimmer aufsuchte und sagte: «Ich möchte ein Wort mit Ihnen reden, wenn Sie gestatten», und dann die Gründe anführte, die ihn dazu veranlaßten. «Ich wollte Sie wissen lassen, daß ich nach den Ereignissen der vergangenen Nacht beschlossen habe, der Presse Mitteilung zu machen. Ich erachte das als meine Pflicht. Da ich in der Öffentlichkeit einiges Ansehen genieße, würde ein persönlicher Bericht über das, was sich in Paradine Hall zuträgt, von größtem Wert sein. Immerhin wollte ich Sie mit Rücksicht auf Lord Paradines und Ihre eigene Stellung davon in Kenntnis setzen, bevor ich die nötigen Schritte unternehme. Ich besitze Freunde sowohl bei der ‹Daily Mail› als auch beim ‹Express›. Sie werden nichts dagegen einzuwenden haben, nehme ich an.»

Hero, der an seinem Schreibtisch saß und den Stoß Notizen studierte, die er sich über den Fall gemacht hatte, drehte sich um und blickte interessiert, aber nicht freundlich zu dem großen, selbstgefälligen Mann auf. Er forderte ihn nicht auf, Platz zu nehmen, sondern sagte: «Ja, ich verstehe. Ich kann Sie nicht daran hindern, zu tun, was Sie für richtig halten. Offen gestanden bin ich eben damit beschäftigt, Material für einen eigenen Artikel zusammenzustellen.»

«Was?» brüllte Spendley-Carter. «Darauf wollen Sie also hinaus! Ich soll den Mund halten, damit Sie einen Artikel veröffentlichen und den Erfolg für sich allein verbuchen können. Und dabei habe ich angeboten, Ihren Namen in dem meinigen zu erwähnen. Nun, das werden wir Ihnen versalzen.» Er zitterte vor aufrichtiger Entrüstung.

Den Verstand vom Zorn verdunkelt, würde er nur um so leichter in die Falle gehen, dachte Hero und erwiderte gelassen: «Sie verdächtigen mich zu Unrecht. Ich plane einen wissenschaftlichen Aufsatz über die psychologischen Umstände, denen man bei der Erforschung von Poltergeistern begegnet, und werde ihn in der Monatszeitschrift der Gesellschaft für Parapsychologie veröffentlichen. Ich bin auch ständiger Mitarbeiter der ‹Sunday Times› und schreibe Artikel über die Ergebnisse meiner Untersuchungen. Meistens sind sie sehr trocken und langweilig, doch dieser wird eine Ausnahme bilden, da er sich auf Sie und Ihre Familie stützt und infolgedessen ein breiteres Publikum interessieren dürfte ...»

Spendley-Carter trompetete wie ein verwundeter Elefantenbulle. «Was? So eine verdammte Unverfrorenheit! Wenn Sie ein einziges Wort über mich oder meine Familie schreiben, verklage ich Sie wegen Verleumdung. Das soll Sie teuer zu stehen kommen.»

«Daran zweifle ich nicht», entgegnete Hero. «Aber wenn man den Beweis erbringen kann, daß jemand anderen Menschen gefährliche Streiche spielt und damit deren Gesundheit und Seelenruhe gefährdet, bietet auch eine Verleumdungsklage keinen Schutz.» Heros Stimme klang besänftigend und mitfühlend, als er fortfuhr: «Es tut mir aufrichtig leid, Sir, aber wie Sie von Lord Paradine sagten, sind das die Risiken, denen man sich in gehobener Stellung aussetzt.»

Spendley-Carter war nun ernsthaft beunruhigt. «Was, zum Teufel, wollen Sie damit sagen?» schrie er. «Heraus mit der Sprache!»

«Es ist ein geradezu klassischer Fall», erklärte Hero gleichgültig. «Bei jedem Auftreten von Poltergeistern sucht man zuerst nach einem halbwüchsigen Kind, gewöhnlich einem ungeliebten oder kurz vor der Reife stehenden Mädchen; es kann aber auch ein rachsüchtiges Dienstmädchen oder eine neurotische, hysterische Frau sein.» Er hielt inne und betrachtete Spendley-Carter ernst. «In Ihrer Familie waren gleich zwei Verdächtige. Neben dem im Entwicklungsalter stehenden Kind kommt auch sehr häufig eine neurotische und enttäuschte Frau als Urheberin solchen Spuks in Frage. Es entschädigt sie irgendwie für erlittene Demütigungen.»

Spendley-Carter schien wie ein Ballon anzuschwellen. Er wurde dunkelrot, und seine Stimme überschlug sich fast. «Bei Gott! Sind Sie sich eigentlich bewußt, daß Sie von meiner Familie sprechen? Ich könnte Ihnen jeden Knochen im Leibe ...»

«Ja», antwortete Hero. «Ich bin leider dazu gezwungen. Sie kennen ohne Zweifel die Rolle, welche die moderne Psychiatrie in der neuesten Poltergeist-Forschung spielt. Wie diese kleinen Kunststücke vollbracht werden, ist uns längst bekannt, was uns heute interessiert, ist nur noch, warum sie ausgeführt werden. Nehmen wir zum Beispiel die kleine Noreen – ich habe mehrere lange Gespräche mit ihr geführt ...»

«Sie haben mit ihr gesprochen?» kreischte Spendley-Carter. «Eine unerhörte Frechheit! Wenn ich noch ein Wort davon ...»

«Sie sind selbstverständlich der Hauptschuldige an dieser Situation, und ich werde das in meinem Artikel gebührend würdigen», fuhr Hero ungerührt fort. «Aber der Umstand, daß Noreen ein adoptiertes Kind ist, spielt auch eine Rolle. Es eröffnen sich da recht interessante psychologische Aspekte: der Vater ein Tyrann und eitler Schwätzer, der seine Frau einschüchtert und sein Adoptivkind, das sich zu einem häßlichen kleinen Entlein entwickelt hat, schlecht behandelt. Die Tochter, in ihrer für dieses Alter typischen Haßliebe zum Vater, wendet sich gegen die Mutter, weil sie dem herrschsüchtigen Mann keinen Widerstand leistet. Mit dem ersten Erscheinen des angeblichen Poltergeistes im Westflügel, der ihre Mutter so sehr erschreckt, beschließt sie, selber ein wenig Gespenst zu spielen. Nachdem sie einmal angefangen hat, lernt sie rasch dazu. Noreen ist ein aufgewecktes, kluges Kind. Das sind alle Poltergeist-Kinder.»

«Verflucht und zugenäht!» quietschte Spendley-Carter. «Ich werde ...» Doch er hielt mitten in seiner Drohung inne, da ihm dämmerte, daß Hero von der Angelegenheit redete, als handele es sich um eine feststehende Tatsache. Er senkte seine Stimme, aber seine feuchten Augen waren von Feindseligkeit, Wut und Argwohn erfüllt. «Welche Beweise haben Sie außer den Behauptungen eines verlogenen Kindes? Sie täuschen sich, wenn Sie meinen, es werde ihr jemand Glauben schenken. Kinder behaupten oft merkwürdige Dinge. Sie können ihr nichts nachweisen.»

«Darauf wollte ich eben zu sprechen kommen», entgegnete Hero.

«Sehen Sie hier.» Er öffnete eine Schublade, nahm drei Fotografien heraus und warf sie auf den Schreibtisch. «Es soll nämlich ein illustrierter Aufsatz werden. Ein unglaubliches Glück, finden Sie nicht?»

Spendley-Carter starrte die Bilder anfänglich verständnislos an; als er aber erfaßte, was sie darstellten, wurde er so blaß, wie er vorher rot gewesen war. «Was, zum Teufel, soll denn das sein?» stotterte er.

«Ein Poltergeist-Kind am Werk», erklärte Hero. «Wahrscheinlich die ersten und einzigen Aufnahmen dieser Art. Sehr schwierig zu fotografieren, denn wenn Kinder sich erst dem Poltergeist-Spiel zuwenden, sind sie geschickt wie die Affen dabei. Sie wissen ganz genau, wann sie werfen müssen. Bitte beachten Sie, wie Noreen vor dem Spiegel sitzt, in dem sie uns beobachteten kann. Sie wartet, bis niemand auf sie achtet, und schwupp – schon saust das Huhn durch die Luft.»

Spendley-Carter starrte wie gebannt auf die belastenden Fotografien. Schweißtropfen traten ihm auf die Stirn.

Hero sagte: «Sie hielt die Sachen hinter dem Vorhang verborgen. Auf diesem Bild können Sie sehen, wie sie eben nach der Vase greift und sie über die Schulter wirft. Jedermann glaubte, sie sei vom Kaminsims gefallen, weil die zweite noch oben stand. Ich hatte jedoch beim Hereinkommen schon entdeckt, daß sich nur eine Vase auf dem Kaminsims befand. Das mit dem Blumenständer war raffinierter. Noreen befestigte mit einem Gummiband ein Lineal am Fuß und stieß, wie Sie auf dem Bild sehen, den Ständer mit lautem Krach um. Dann zog sie ungesehen den Fuß hinter den Vorhang zurück.»

Spendley-Carter betrachtete die Aufnahmen mit steigendem Entsetzen. «Zum Teufel! Wie haben Sie diese Bilder gemacht?»

«Mit dem ‹kleinen Spion› – einer Kamera, die Lady Margaret manchmal in der Tasche trägt», erklärte Hero. «Sie nimmt hinter dem Rücken meiner Schwester auf, was uns interessant erscheint. In einem Poltergeist-Fall nützen alle Verdächtigungen nichts, solange man keine Beweise hat. Hier sind sie.»

Spendley-Carters Zorn war verraucht. Er blickte Hero kläglich an und sagte: «Wenn Sie diese Fotografien veröffentlichen, bin ich erledigt – vollkommen erledigt.»

«Ja», sagte Hero, legte die drei Bilder vor sich auf den Tisch und betrachtete sie: das erste, auf dem Noreen den Blumenständer umwarf, das zweite, auf dem sie dicht neben dem Vorhang die Vase in der Hand hielt, und das dritte, auf dem sie die Hand über die Schulter streckte und das weggeschleuderte Huhn durch die Luft flog. «Ja», wiederholte er, «das habe ich mir gedacht. Um so leichter wird es sein, Sie damit zu erpressen.»

Spendley-Carter schöpfte Hoffnung. «Wieviel wollen Sie haben? Ich bin gern bereit ...»

Hero erhob sich und schaute seinen Widersacher voller Verachtung an. «Dafür sollte ich Sie übers Knie legen. Es würde mir nicht schwerfallen, trotz Ihres Geschreis und Ihrer Drohungen. Sie sind nämlich ein

Schwächling und ein Fettsack. Mein Preis ist das Glück der kleinen Noreen. Ist das klar?»

Spendley-Carter blickte ihn verständnislos an. Hero fuhr fort: «Wenn Sie nicht darauf eingehen, veröffentliche ich die ganze Geschichte samt den Bildern. Sie ruinieren ein Leben, Sir. Ich kann es zwar nicht ganz verhindern, da mir die Möglichkeit fehlt, Sie oder Ihre Frau zu ändern, aber etwas kann ich tun. Der größte Wunsch des Mädchens ist es, Krankenschwester zu werden. Ich verlange, daß sie von nun an Ihre Unterstützung erhält, Bücher über ihren künftigen Beruf lesen darf und in jeder Hinsicht gefördert wird. Solange Noreen ihr Ziel ungehindert verfolgen darf, werde ich davon absehen, den Artikel zu veröffentlichen, und der Poltergeist wird sich nicht mehr bemerkbar machen. Was haben Sie dazu zu sagen?»

Erleichterung zeigte sich auf Spendley-Carters Gesicht. «Was kann ich schon einwenden?»

«Dann sind Sie also einverstanden?»

«Ja.»

Hero sammelte die Schnappschüsse und legte sie zurück in die Schublade. «Selbstverständlich müssen Sie sich verpflichten, der Presse keine Mitteilung zu machen. Sie halten Ihr Versprechen und ich meines, dann haben Sie nichts zu fürchten.»

Spendley-Carter wischte sich mit dem Taschentuch die feuchte Stirn und lachte verlegen. «Sie sind eigentlich kein übler Bursche, Hero», sagte er.

«Da irren Sie sich gewaltig. Wenn es darauf ankommt, ist mit mir nicht zu spaßen. Guten Tag, Sir!»

Das Gespräch mit dem kleinen Mr. Jellicot war eher noch peinlicher. Es fand in Megs Zimmer statt, wohin Hero ihn zu kommen gebeten hatte.

‹Wie gemein von uns›, dachte Meg, als Mr. Jellicot unternehmungslustig und wichtigtuerisch herbeigeeilt kam. Seine Jacke spannte sich über dem Bauch, aber er war ein solch fröhlicher, begeisterungsfähiger alter Mann, daß er ihr schon im voraus leid tat, weil Hero ihn einem Verhör unterziehen wollte. Sie teilte die Ansicht ihres Stiefbruders nicht, daß der ehemalige Weißwarenhändler an dem unheimlichen Geschehen im Schloß mitschuldig war, sah aber die Notwendigkeit durchaus ein, ihn auszufragen. Es galt, über die belastende Fotografie Auskunft zu erhalten.

Sie tröstete sich mit dem Gedanken, daß es immer wieder Leute gab, die für angeblich übernatürliche Erscheinungen gefälschte Beweise herstellten. Wenn Mr. Jellicot zu dieser Sorte von Betrügern gehörte, verdiente er, entlarvt zu werden. Und trotzdem tat er ihr leid.

Er sagte eifrig: «Sie möchten mit mir reden, wie ich höre. Mit dem größten Vergnügen. Ich stehe Ihnen gern mit Rat und Tat zur Seite ...»

Hero nickte. «Ja. Ich werde vielleicht über beides froh sein. Meine Stiefschwester, Lady Margaret Callandar, kennen Sie ja ...»

«Selbstverständlich. ja. Ich wußte nur nicht, daß Lady Margaret Ihre Stiefschwester ist. Obwohl ... Ich bemühe mich sonst natürlich, in diesen Dingen auf der Höhe zu sein.»

Meg versuchte ihm zu helfen. «Gewiß», sagte sie, «aber Sandro wollte unsere verwandtschaftlichen Beziehungen geheimhalten.»

Hero erklärte: «Lady Margaret unterstützt mich manchmal, wenn es sich um einen besonders schwierigen Fall handelt.»

Mr. Jellicot blickte freundlich von ihm zu ihr hinüber. «Ach so, ich verstehe. Wie interessant! Darf man fragen, in welcher Eigenschaft?»

«Meine Schwester», sagte Hero, «ist Fotografin – und eine ungewöhnlich gute dazu.»

Jellicot nickte, als ginge ihm ein Licht auf, und antwortete: «Ach ja, natürlich. Wie dumm von mir! Ein reizvoller Beruf. Seit den Tagen von Eusapia Palladino und Conan Doyle hat die Gespenster-Fotografie ganz gewaltige Fortschritte gemacht. Es gibt Negative, die zeigen ...»

«Was immer der Fotograf zu zeigen wünscht», schloß Hero kurz und bündig. «Ich wäre Ihnen dankbar, wenn Sie meiner Schwester und mir ein paar Fragen beantworten wollten.»

Jellicot wäre über Heros kühlen Ton beunruhigt gewesen, hätte ihm nicht Megs Anwesenheit Vertrauen eingeflößt. Meg spürte das und fühlte sich noch unbehaglicher.

«Fragen?» wiederholte der dicke, kleine Mann erstaunt. «Selbstverständlich, wenn Sie ...» Dann erkundigte er sich plötzlich: «Was für Fragen?»

Hero sagte: «Ich nehme an, Sie wissen, warum ich hier bin. Ich bin Parapsychologe und wurde von Lord Paradine beauftragt, gewisse unangenehme und scheinbar okkulte Erscheinungen aufzuklären, die nicht nur einen Gast seiner Tochter, sondern die Existenz des Paradine Country Clubs bedrohen. Ich verfüge jedoch über keinerlei polizeiliche Gewalt.» Bei dem Wort ‹Polizei› schreckte Mr. Jellicot zusammen. «Ich habe kein Recht, Sie zu verhören, und Sie, Sir, sind nicht verpflichtet, mir zu antworten.»

Mr. Jellicot sagte: «Nein, nein, das verstehe ich sehr gut. Ich bin trotzdem gern bereit, Ihnen Auskunft zu geben, wenn Sie es wünschen.»

«Gut, Mr. Jellicot, wollen Sie so freundlich sein und uns genau beschreiben, was Sie gestern nacht getan haben, nachdem Sie zu Bett gingen?»

Es war traurig, mit anzusehen, wie Mr. Jellicot in sich zusammenfiel und aschfahl wurde. Sein kleiner Mund bebte, und Schweißtropfen traten ihm auf Stirn und Oberlippe.

«Was ich getan habe?» stammelte er. «N-nichts. Das heißt, ich ging zu Bett, und als ich die H-harfe vernahm, da – stand ich natürlich auf und ging nachsehen wie alle anderen auch.»

Meg hatte plötzlich das Gefühl, ihr Bruder sollte aufhören, den alten Mann zu quälen, sonst könnte er es noch bereuen.

Hero fragte: «Sind Sie nicht irgendwann in der Nacht in der Bibliothek gewesen – der Privatbibliothek der Familie, die als Schreibzimmer benutzt wird?»

Mr. Jellicot verlor den letzten Rest seiner Fassung. «Die Bibliothek ... Im Westflügel ... N-nein, bestimmt nicht.»

Hero steckte die Hand in die Rocktasche, und Meg rief: «Nein, nein, Sandro, laß es bleiben, ich bitte dich!» Die Vorstellung, den armen Mr. Jellicot als Lügner entlarvt zu sehen, war ihr unerträglich. Außerdem hatte es ja keinen Sinn mehr. Sein Verhalten verriet schon genug.

Hero sagte: «Es tut mir leid, Meg, aber wir müssen dieser Sache auf den Grund gehen.» Er zog die Fotografie aus der Tasche und legte sie vor Mr. Jellicot auf den Tisch.

Der kleine Mann riß die Augen auf, und ein Schweißtropfen fiel auf das Bild hinunter. «Ach Gott, bin ich das?» rief er und schaute Hero angstvoll an.

«Ja», erwiderte Hero, «unbestreitbar. Diese Aufnahme wurde im Dunkeln mit infrarotem Licht gemacht, und zwar von einer Kamera, die meine Schwester vorher im Zimmer angebracht hatte.»

Mr. Jellicot warf Meg einen Blick zu, der ihr durch und durch ging. Es war der Blick eines Kindes, das sich verraten fühlt.

«Würden Sie uns vielleicht sagen, was Sie dort zu suchen hatten?» fragte Hero.

Jellicot machte ein klägliches Gesicht und murmelte: «Ach Gott, wie schrecklich! Welche Demütigung!» Er schüttelte den Kopf. «Welche Demütigung!»

Meg platzte heraus: «Dann sagen Sie es nicht – bitte, reden Sie nicht!»

Aber der kleine Mann hatte seine Hemmungen überwunden und erklärte: «Ich reise in den nächsten Tagen nach Hause ... Ich sammle – will sagen, ich habe große Freude an harmlosen, kleinen Andenken, die ich in einem Buch aufbewahre und die mich an schöne Tage erinnern ... Ich wollte mir einen Bogen des privaten Schreibpapiers mit dem Paradine-Wappen holen. Ich habe gelogen, ich wurde nicht vom Lärm geweckt. Ich war schon vorher aufgestanden und hinuntergegangen. Ich dachte, ich könnte das Blatt Schreibpapier nehmen und in mein Zimmer zurück ...» Er hielt inne und rief verzweifelt: «Ach Gott! Ich komme mir so lächerlich vor!» Und er begann zu weinen.

Das war zuviel für Meg. Sie trat zu ihm und legte ihm den Arm um die Schultern. «Lieber Mr. Jellicot, weinen Sie nicht», flüsterte sie. «Sie brauchen sich nicht zu schämen. Viele Leute haben Freude an Souvenirs. Das ist doch nichts Böses.» Aber es gelang ihr nicht, ihn zu trösten und die Tränen zum Versiegen zu bringen. Da wandte sie sich zornig gegen ihren Stiefbruder: «Bist du nun zufrieden, Alexander?»

Hero fühlte sich kaum weniger elend als Jellicot. Solche peinlichen Situationen gehörten zu den Nachteilen seines eigenartigen Berufes. Er sagte: «Es tut mir sehr leid, Meg. Kümmere dich um den armen Mann.» Damit ging er hinaus.

21

Mrs. Taylor lüftet den Schleier

Alexander Hero war mißmutig und niedergeschlagen. Er war noch nicht abgeklärt genug, um es ruhig hinzunehmen, daß er sich lächerlich gemacht hatte, vor allem in den Augen seiner Stiefschwester, obwohl sie ihn gewarnt und gebeten hatte, von dem Verhör abzusehen. Warum war es ihm so wichtig gewesen, sie dabei zu haben, wenn er von ihrer Klugheit und ihrem Taktgefühl doch keinen Gebrauch machte? Auch Mr. Jellicot tat ihm aufrichtig leid, und er machte sich Vorwürfe, daß er nicht gemerkt hatte, wie harmlos der kleine Mann, abgesehen von seiner Geschwätzigkeit, im Grunde war.

Er trat aus dem Schloß und schlenderte zu den Stallungen hinüber, um an der frischen Luft seine Gedanken zu sammeln. Er war sehr unzufrieden mit sich selber. Was hatte er bis jetzt erreicht? Ein paar Poltergeist-Erscheinungen aufgedeckt, die jeder unerfahrene Dilettant ebensogut hätte ans Licht bringen können. Was das übrige anbelangte, so war es ihm noch nicht gelungen, die Gefahr zu beseitigen, die Susan Marshall drohte, oder herauszufinden, wer wirklich hinter dem Spuk im Paradine Hall steckte. Er setzte sich auf einen Stein, zündete seine Pfeife an und gab sich der schwärzesten Selbstkritik hin.

Pferdegetrappel näherte sich, und Mrs. Geraldine Taylor kam in leichtem Galopp in die Einfriedigung geritten. Sie saß fest im Sattel; ihr Haar unter dem kecken Dreispitz mochte zwar grau sein, aber sie ritt aufrecht und elastisch wie ein junges Mädchen. Als sie an Hero vorbeikam, grüßte sie ihn mit der Gerte und warf diese dann dem Stallknecht zu, der herbeigeeilt war, um die Zügel zu nehmen. Sie übersah die Hand, die er ihr zum Absitzen reichte, sprang mit jugendlichem Schwung vom Pferd, fütterte es mit einem Stück Zucker, tätschelte ihm den schweißnassen Hals und wechselte ein paar Worte mit dem Knecht.

Hero beobachtete sie und dachte: ‹Und du, meine sportliche alte Dame, wie steht es mit dir? Wo läßt du dich in dieses Puzzlespiel einfügen? Denn du bist auch nicht ganz die, die du zu sein vorgibst.›

Mrs. Taylor näherte sich ihm und klopfte mit der Gerte an ihre gewichsten Stiefel. Als sie ihn erreichte, sagte sie: «Guten Tag, junger Mann! Haben Sie Sorgen?»

Hero antwortete: «Ja, aber woher wissen Sie das?»

«Dazu braucht man kein Hellseher zu sein. Ich sah Ihr Gesicht, als ich vorbeiritt.»

Hero lachte. «Trage ich meine Gefühle so offen zur Schau?»

Mrs. Taylor sagte: «Wenn Sie Lust haben, kommen Sie mit und schütten Sie mir Ihr Herz aus. Ich habe einen verdammt tüchtigen Ritt hinter mir; mein Kopf ist klar, und jetzt möchte ich etwas trinken. Das einzig Unangenehme an diesem Country Club ist, daß es keinen Alkohol gibt. Aber ich habe eine Flasche in meinem Zimmer. Sie sehen aus, als könnten Sie auch eine Stärkung vertragen.»

Mrs. Taylors Zimmer war eines der größeren im östlichen Flügel. Es lag im ersten Stock und gewährte Aussicht auf den Park und die Auffahrt. Geräumig und sonnig, herrschte darin eine gemütliche Unordnung. Sie sagte: «Setzen Sie sich, junger Mann», und wies auf einen Sessel am Fenster. Hinter einem Wandschirm holte sie eine Flasche schottischen Whisky hervor, goß davon etwas in zwei Gläser und füllte Wasser nach. Dann reichte sie Hero ein Glas, stieß mit ihm an, sagte: «Auf Ihr ganz besonderes Wohl! Ich bin die schwer trinkende, reitende und fluchende Geraldine.» Und sie trank ihr Glas mit einem Schluck halb aus.

«Und ich der Hohlkopf Alexander», gab Hero zurück, hob sein Glas und trank ihr zu.

«Sie haben also einen Teil von dem Unfug aufgeklärt, wissen aber immer noch nicht, wer oder was dahintersteckt», sagte Mrs. Taylor und setzte sich ihm gegenüber auf die Couch.

«Genau», antwortete Hero. «Es ist irgend jemand am Werk, der Übles im Schilde führt.»

«Könnte es nicht doch sein, daß eine bestimmte Person von einem bösen Geist besessen ist?» fragte sie und blickte ihn aufmerksam an. «Glauben Sie an Besessenheit?»

Hero entgegnete: «Daran habe ich auch schon gedacht. Gibt es eine böse Macht – eine unsichtbare und abstrakte Macht im mittelalterlichen Sinn –, die sich verkörperlichen und dreidimensional werden kann? Offen gestanden, weiß ich im Augenblick selbst keine Antwort darauf.»

Mrs. Taylor trank genießerisch einen Schluck Whisky und fragte: «Haben Sie Ihre gescheite Schwester schon um Rat gefragt?»

«Sie sind also im Bild?» sagte Hero.

«Mein lieber junger Mann», erklärte Mrs. Taylor, «Sie vergessen, daß ich eine wenn auch etwas wacklige Stütze der Gesellschaft bin. Ich erfahre allerhand.»

«Und dennoch haben Sie geschwiegen?» rief er verwundert.

Sie warf ihm einen neugierigen Blick zu und sagte: «Nun, Sie benahmen sich beide so zurückhaltend, daß ich glauben mußte, Sie wünschten es nicht publik zu machen. Obgleich ich Lady Margaret einige Male dabei überraschte, als sie Sie in nicht gerade schwesterlicher Weise anschaute. Sie ist Ihre Stiefschwester, nicht wahr?»

Hero antwortete: «Ja», und fragte sich, worauf sie wohl anspiele.

Aber Mrs. Taylor ging nicht näher auf das Thema ein, sondern fragte unvermittelt: «Soll ich Ihnen die Karten legen?»

Mr. Hero zögerte einen Augenblick und antwortete: «Ja, gern.»

Mrs. Taylor erhob sich, ging zum Schreibtisch und entnahm ihm das Spiel Tarockkarten. Hero schaute ihr zu, wie sie mit ihren kurzen, geübten Fingern die Karten mischte. Es waren die Hände einer willensstarken, aber phantasielosen Frau. Ein kleiner Teetisch stand in der Nähe, von dem sie Zeitungen, Zeitschriften und andere Dinge abräumte. Sie setzte sich, bereit, zu beginnen.

Er fragte: «Wer hat Ihnen Tarock beigebracht?»

Mrs. Taylor mischte die Karten nochmals und erwiderte: «Als ich in der Schweiz im Internat weilte, hatte ich eine rumänische Freundin. Ihr Vater war Zigeunerkönig oder so was Ähnliches. Er war sehr reich – es war eine teure Schule –, aber sie blieb trotz der guten Erziehung eine Zigeunerin. Sie glaubte unbedingt daran. Im Grunde ist es ein Glaube an die Prädestination, nicht wahr? Ich habe später viel darüber gelesen. Es gibt in der Natur keine Zufälle, alles Geschehen in der Welt ist gesetzmäßig und vorbestimmt.»

Mr. Hero hob eine Augenbraue und zitierte aus einem alten Buch: «Aufs Geratewohl gemischte Karten ergeben keine zufälligen Resultate, sondern eine Folge von Zahlen, die auf geheimnisvolle Weise an den Wahrsager und den Fragenden gebunden sind.»

Mrs. Taylor meinte erstaunt: «Sie scheinen ja auf diesem Gebiet nicht unbewandert zu sein, junger Mann.»

Hero antwortete: «Meine Bescheidenheit verbietet mir...» Dann aber erkundigte er sich: «Glauben Sie daran?»

Mrs. Taylor erwiderte leicht irritiert: «Ich habe Ihnen bereits gesagt, wie es mit meinen Überzeugungen aussieht. Sie stehen alle auf schwachen Füßen.»

«Glauben Sie an Hellsehen oder was die Wissenschaftler Hyperästhesie nennen?»

«Ich bitte Sie, Mr. Hero», erwiderte Mrs. Taylor ironisch. «Ich bin eine einfache Frau vom Lande und kann mit solch gelehrten Wörtern nichts anfangen.»

«Haben Sie je versucht, die Zukunft aus der Kristallkugel zu deuten?»

«Wollen Sie sich über mich lustig machen?» fragte Mrs. Taylor erbost und hielt die Karten in die Höhe. «Soll ich beginnen?»

«Ja, bitte.»

Sie legte die Karten aufgedeckt in Form eines am unteren Ende offenen Vierecks auf den Tisch. In das Viereck kam ein Kreis und in dessen Mitte die Hauptkarte. Im ganzen verwendete sie für dieses ‹Große Spiel› sechsundsechzig Blätter des Groß-Tarocks, während sie die restlichen elf verdeckt auf die Seite legte.

Während Mrs. Taylor sich konzentrierte, bemerkte Hero, daß von den einundzwanzig Trümpfen des Spiels achtzehn in der Figur erhalten waren. Da fanden sich der Tod, das Gericht und der Teufel, da waren die Liebenden, die Enthaltsamkeit und das zerstörte Haus. Und schließlich auch der angebliche Träger des menschlichen Schicksals, der Gaukler.

«Sie waren als Kind nicht immer glücklich», begann Mrs. Taylor. «Von Ihrem siebenten bis zum elften Lebensjahr sehe ich Schwierigkeiten. Diese scheinen etwas mit einem dunkelhaarigen Mann – der nicht mit Ihnen verwandt ist – und einer älteren Frau zu tun zu haben. Ich sehe in Ihrer Jugend eine schwere Krankheit. Ursprünglich wollten Sie Medizin studieren, gaben diesen Plan aber unter dem Einfluß der älteren Frau auf. In der Schule schlossen Sie Freundschaft mit einem gleichaltrigen Jungen. Diese Freundschaft war für Ihr späteres Leben von großer Bedeutung. Ich sehe ein blondes Mädchen ...» Mrs. Taylor leierte ihre Sprüche von Reisen, falschen Freunden, blonden und dunklen Fremden, die seinen Weg gekreuzt hatten, herunter und hielt schließlich inne, um Atem zu schöpfen.

«Meine liebe Mrs. Taylor», murmelte Hero, «es tut mir leid, wenn ich Sie kritisieren muß, aber Sie erzählen mir da einen Haufen Unsinn. Bis jetzt war kaum ein wahres Wort daran. Meine Kindheit war sehr glücklich. Ich hätte mehr von Ihnen erwartet.»

Er fühlte sich enttäuscht, denn er wußte, daß die Deuter des Tarocks oft erstaunlich genaue Angaben über ein menschliches Schicksal zu machen vermochten. Doch bis jetzt waren Mrs. Taylors Enthüllungen nicht mehr als das aufs Geratewohl aufgetischte Geschwätz einer Wahrsagerin. Das einzige, was etwa der Wahrheit entsprach, war die Erwähnung des Jungen in Eton, mit dem er enge Freundschaft geschlossen hatte. Doch das war nicht schwierig zu erraten, denn die meisten Jungen schließen in diesem Alter Freundschaften. Er dachte an Alan Hunter, den hochaufgeschossenen, dunklen, intelligenten Freund, der dafür verantwortlich war, daß er seinen jetzigen Beruf gewählt hatte. Er erlebte den Augenblick wieder, als er ihn zum letztenmal sah – tot. Alan war bei dem Versuch ertrunken, einen Schulkameraden vor dem Ertrinken zu retten. Die Erinnerung an seinen auf so tragische Weise ums Leben gekommenen Freund stimmte ihn traurig.

«Niemand hat größere Liebe», sagte Mrs. Taylor.

«Was?» stieß Hero heftig hervor.

Die Frau blickte erschreckt auf. «Habe ich etwas gesagt?» fragte sie. «Ich war in Gedanken. Ihre Bilder sind schlecht verteilt. Sie werden einen finanziellen Verlust erleiden und eine neue Beziehung anknüpfen ...»

In dieser Weise schwatzte Mrs. Taylor weiter drauf los; doch Mr. Hero hatte plötzlich das Gefühl, als erbebe der Boden unter seinen Füßen. Da saß er mitten im zwanzigsten Jahrhundert mit einer recht derben Frau in einem modernen Zimmer und spielte ein kindisches Kartenspiel – und dennoch hatte sich eben das Unerhörte ereignet, daß sie, ohne sich dessen bewußt zu sein, seine Gedanken lesen konnte. Ein Blick in eine andere Dimension tat sich auf. Er war im Innersten erschüttert und aufgewühlt. Würde es sich wohl wiederholen?

Mrs. Taylor plapperte ihre nichtssagenden Prophezeiungen herunter. Gutes und Schlechtes, Gesundheit und Krankheit hielten sich, wie Hero feststellte, hübsch die Waage, ganz im Gegensatz zu den Tarock-Weissagungen früherer Zeiten, die stets von Unheil und Verderben, einem gewaltsamen Tod am Galgen oder durch Mörderhand kündeten. Da senkte sich Mrs. Taylors Stimme plötzlich, wurde unsicher und brach ab.

Sie fuhr sich mit der Hand über die Stirn und sagte in ganz verändertem Ton: «Ich habe ein schlechtes Gefühl, ein sehr schlechtes Gefühl.» Dann keuchte sie: «Ich sehe Gefahr! Eine große Gefahr!»

Etwas Unheimliches schien den Raum zu erfüllen. Zum erstenmal, seit Hero in Paradine Hall weilte, packte ihn ein namenloses Grauen. Sein Magen drehte sich um, es flimmerte ihm vor Augen, es wurde ihm sterbensübel.

«Das ist sündhaft», murmelte Mrs. Taylor und wiederholte das Wort ‹sündhaft›, als antworte sie einem Gesprächspartner.

Hero kämpfte gegen die Übelkeit an und fragte: «Was ist sündhaft? Wer ist in Gefahr?»

«Sie ist in Gefahr», sagte Mrs. Taylor. Dann fuhr sie überrascht fort: «Und Sie selbst auch. Das wußte ich nicht. Aber weshalb sollte jemand...?» Der Ausdruck des Erstaunens verwandelte sich in Entsetzen. «Oh», rief sie, «das andere ist ja noch viel schlimmer! Die Seele soll ihr genommen werden. Nichts wird ihr erspart. Wie entsetzlich! Wie grausam!»

Hero fragte atemlos: «Wer ist es? Wer ist bedroht?»

«Es ist ein junges Mädchen in diesem Haus.» Mrs. Taylors Stimme klang, als könne sie nicht fassen, was sie sah oder hörte. Sie starrte wie gebannt auf die farbigen Karten – die Könige, Damen, Buben und Ritter, die roten und schwarzen Augen. Sie blickte auf die lächerlichen Holzschnitte mit Engeln, Teufeln, Skeletten, Hofnarren, Fabeltieren, symbolischen Flammen, mit Mond und Sternen und all dem kindischen Mischmasch des Gauklers. Und doch hatte eine merkwürdige, beunruhigende Veränderung stattgefunden, als hätte im Kosmos ein Zahnrad nicht eingehakt, als wäre der Schleier der Zeit gelüftet worden oder als hätte sich Mrs. Taylor – so, wie sie eben seine Gedanken gelesen hatte – nun in Geist und Seele eines anderen Menschen hineinversetzt.

«Was beschwört diese Gefahr herauf?» flüsterte Hero, der kaum zu sprechen wagte.

«Eifersucht und Haß», erwiderte jene andere Stimme Mrs. Geraldine Taylors. «Teuflischer Haß und Tod – und der Untergang im Feuer – Flammen an jedem Fenster, die zum Untergang von Paradine Hall aufleuchten!» Und dann, als wäre noch jemand anders da, zu dem sie spreche, schüttelte sie den Kopf und sagte: «Aber das ist sündhaft – unsagbar sündhaft! Du darfst es niemals tun – du wirst deine Seele verlieren –, du wirst verdammt sein in alle Ewigkeit. Verstehst du nicht, daß du das nicht tun darfst?»

Es kam Hero vor, als sei er Zeuge eines fürchterlichen Meeressturmes, wo die turmhohen Wogen dennoch nur ein schwaches Abbild der ungeheuren Gewalt der aufgepeitschten, wütenden Elemente darstellten. Was für unbekannte Furien sprachen da aus Mrs. Taylors Worten? ‹Was darfst du nicht?› und ‹Wer ist damit gemeint?› fühlte sich Hero gedrängt zu fragen.

«Wie bitte?» sagte sie. Und dann begannen ihre Finger mechanisch die Karten vom Tisch aufzunehmen. Sie hielt einen Augenblick inne, als bemerke sie erst jetzt, was sie tat, und fuhr fort, die Karten zusammenzuschieben. Jeder Rapport, der etwa vorhanden gewesen sein mochte, war unterbrochen.

«Ich möchte lieber aufhören, wenn es Ihnen nichts ausmacht», sagte sie, und zwar mit wieder ganz normaler Stimme. «Sie glauben ja doch nicht so recht daran, wie mir scheint? Leider ist nicht viel dabei herausgekommen. Vielleicht ein andermal... Möchten Sie noch etwas trinken?»

Mit einem geradezu spürbaren Ruck fiel der Kosmos in seine gewohnte Bahn zurück, und der Schleier senkte sich. Hero hörte sich murmeln: «Nein, nein – es war sehr interessant. Nein, danke, ich möchte keinen Whisky mehr. Ich habe Sie lange genug aufgehalten. Ich danke Ihnen für Ihre Mühe.»

Er erhob sich und ging zur Tür. Dort zögerte er einen Moment. Mrs. Taylor stand neben dem Tisch, die Karten in der Hand, und betrachtete ihn grüblerisch, so, als wolle sie sich etwas in Erinnerung führen. Sie sagte: «Seien Sie vorsichtig, junger Mann.»

Er ging hinaus und begab sich in sein Zimmer. Er hatte das Bedürfnis, allein zu sein und nachzudenken. Alles schien irgendwie verwandelt – die Dielen und Teppiche, über die er schritt, die Bilder an den Wänden, er selbst; er war von einer elementaren Angst erfüllt. Etwas hatte sich verändert, irgend etwas, was auf einer anderen Ebene lag; Kräfte waren frei geworden, eine Krise stand bevor. Er hatte eine Warnung erhalten, wenn er sie doch nur zu deuten wüßte! Er fühlte sich der neuen und noch größeren Gefahr nicht gewachsen, die Susan Marshall und allen anderen drohte.

22

«Meine Liebe, das ist eine Familienangelegenheit»

Der Nachmittagstee mit den Paradines kam Mr. Hero vor wie ein makabres Possenspiel, in dem die geheimen Spannungen von banaler Höflichkeit überdeckt wurden. ‹Oder bilde ich mir das bloß ein, weil Mrs. Taylor mich gewarnt hat?› dachte er. ‹Bin ich der einzige, der hinter dieser friedlichen englischen Zeremonie Tod und Verderben lauern sieht?›

«Sie nehmen doch Zucker?» fragte Isobel Paradine seine Schwester Meg. Ein schwarz-silbernes Nachmittagskleid brachte Isobels aristokratische Züge und ihr platinblondes Haar besonders gut zur Geltung.

Lady Paradine trug ein malvenfarbenes Gartenkleid, das eigentlich nicht zu ihrem kupferroten Haar paßte und dennoch eine harmonische Gesamtwirkung ergab. Sie biß mit ihren kleinen Zähnen in eine Scheibe gebutterten Toast und schien sich für nichts anderes zu interessieren.

Hero hätte gern gewußt, was hinter dieser Maske von Trägheit und Langeweile steckte. Bestand überhaupt eine Möglichkeit, daß dieses welke, aber immer noch schöne Äußere einen geheimen Vulkan barg, der für alles verantwortlich war, was sich bis jetzt in Paradine Hall zugetragen hatte und sich vielleicht noch zutragen würde? Konnte eine Frau, nur weil sie nicht Herrin im eigenen Hause war, danach trachten, es zu zerstören? Und wie stand es mit den Angriffen auf Susan Marshall? Hero zerbrach sich den Kopf, wie er sie besser beschützen könnte. Er mußte verhindern, daß sie ihre Seele verlor.

Hero blickte zu Susan und Mark hinüber, die miteinander plauderten. Der junge Paradine war unbezweifelbar verliebt, und seine Mutter wußte es. Susan Marshall aber schien sich immer noch nicht entschlossen zu haben. Susan war kühl, beherrscht, zurückhaltend. Susan war eine unbeliebte Amerikanerin, die mit den Gefühlen des Sohnes und Erben spielte. Die meisten jungen Amerikanerinnen waren angeblich auf der Jagd nach einem Adelstitel. Hatte dies Lady Paradine veranlaßt, sie zuerst zu erschrecken und dann buchstäblich und symbolisch aus ihrem Zimmer und Paradine Hall zu vertreiben? Was bedeuteten Opfer und Tod, die Mrs. Taylor in ihrer Vision so klar gesehen hatte? War diese schöne und gelangweilte Frau etwa auch eine Mörderin?

Und was war mit Sir Richard Lockerie geschehen? Er hatte seine kühle Selbstbeherrschung ganz verloren und machte einen nervösen, unsicheren und geradezu schuldbewußten Eindruck. Er stand beim Fenster und plauderte mit Meg, aber Hero erkannte an seiner Stimme, daß er mit den Gedanken woanders war. Was hatte sich ereignet? Hatte Susan Marshall ihm einen Korb gegeben? Wenn ja, hatte das irgendwelchen Einfluß auf das Gesamtproblem?

Beth saß neben Vetter Freddie, nippte an ihrer Teetasse und schien ebenfalls nervös zu sein. Hero fiel es auf, wie blaß sie war. Im nächsten Augenblick errötete sie tief und warf Sir Richard und seiner Stiefschwester einen verstohlenen Blick zu. ‹Ach du lieber Himmel›, sagte er zu sich selber, ‹sie verzehrt sich ja geradezu nach ihrem Onkel Richard.›

Er versuchte sich an etwas zu erinnern, was Meg ihm damals in der ‹Antilope› erzählt hatte. Wie war das doch? ‹Isobel sollte in Sir Richard verliebt gewesen sein, oder er in sie, aber dann ging er in den Krieg und heiratete eine Französin, und alles war aus.›

Hero betrachtete die drei mit neuen Augen. War das möglich? Es lag immerhin eine halbe Generation dazwischen. Liebten zwei Frauen aus der Familie der Paradine, Tante und Nichte, denselben Mann, jenen Mann dort drüben am Fenster, der immer noch eine männliche und stattliche Erscheinung war und sein Herz an eine Dritte verloren hatte? War das der Grund, weshalb Susan Marshall im Mittelpunkt der Schrecken, der Gefahr und des ganzen Spuks von Paradine Hall stand? War dieses schöne Mädchen der Schlüssel zu dem unlösbaren Rätsel? Würde ihre Abreise von Paradine Hall den Gespenstern ein für allemal das Handwerk legen – und wem würde sie das Herz brechen?

Sir Richard sagte eben zu Meg: «Großartig, daß Ihr Bruder auf die Erklärung mit den Gezeiten kam.» Dann wandte er sich an Hero und fügte hinzu: «Wahrscheinlich ist so etwas die Ursache für die meisten Spukgeschichten?»

Hero antwortete: «Bestimmt für einen großen Teil davon. Die Hälfte aller Gespenstererscheinungen in Gebäuden beruht auf dem Wasserlauf unterirdischer Ströme. Auch eine Veränderung in tieferen Gesteinsschichten kann ähnliche Auswirkungen haben. Ja selbst ein schwerer Lastwagen, der in einer Entfernung von vier oder fünf Meilen vorbeifährt, kann Spiegelglas zerspringen oder ein Bild von der Wand fallen lassen.»

Lord Paradine, der schweigend vor sich hingestarrt hatte, blickte auf. «Natürlich», sagte er. «Es gibt für alles eine Erklärung. Ich habe nie an diese Gespenstergeschichten geglaubt.»

«Was du nicht sagst, Onkel!» spottete Freddie. «Du hast genau solche Angst gehabt wie wir andern auch.» Der unsympathische junge Mann wandte sich an Hero und fügte hinzu: «Für mich ist es gar nicht so günstig, daß Sie hier herumschnüffeln. Wenn man dem Schicksal seinen Lauf ließe – ich bin nämlich der nächste Titelerbe, verstehen Sie?» Er lachte schallend: «Susan, altes Mädchen, dann mußt du *mich* heiraten, wenn du Lady Paradine werden willst.»

Einen Augenblick waren alle sprachlos über so viel Taktlosigkeit, bis Susan das Schweigen brach und spöttisch sagte: «O Freddie, wahrhaftig? Ich wußte gar nicht, daß du etwas für mich übrig hast.»

Isobel ließ ihre sanfte, weiche Stimme vernehmen. «Ich hätte die größte Lust, Freddie, dir den Tee in den Nacken zu gießen und nicht in die Tasse.»

«Liebe Tante», entgegnete Freddie, «ich kann verstehen, daß du keinen Mann abbekommen hast.»

Paradine sagte: «Nun, ich gestehe, daß mir die Geschichte nicht ganz geheuer war. Aber nun ist ja dank Mr. Hero alles vorbei ...»

«Haha», höhnte Vetter Freddie, «was soll vorbei sein? Wie steht es mit der Nonne und der Harfe und so weiter?»

«Vielleicht könntest du uns darüber Auskunft geben, Freddie.» Lady Paradine sprach so wenig und interessierte sich so selten für das, was um sie her vorging, daß jetzt alle aufhorchten.

«Was soll das heißen – ich könnte Auskunft geben?» Hero glaubte zum erstenmal eine gewisse Unruhe an dem dicken, abstoßenden Mann wahrzunehmen.

Lady Paradine ließ ihre schönen Augen auf dem Neffen ihres Mannes ruhen. «Nun, du hast doch selbst gesagt, wenn etwas passierte, wärest du der nächste Titelerbe. Vielleicht schleichst du nachts als Nonne verkleidet im Schloß herum und spielst Harfe, um uns alle zu Tode zu erschrecken? Zuzutrauen wäre dir so etwas jedenfalls.»

‹Tüchtig, tüchtig, kleine Enid!› sagte Hero zu sich selbst. ‹An diese Möglichkeit habe ich noch gar nicht gedacht.›

Vetter Freddie war sprachlos. Doch da wurde ihm ganz unverhofft Hilfe zuteil, und zwar von dort, woher niemand sie erwartet hätte.

«Oh, Lady Paradine», protestierte Susan Marshall, «ich bin überzeugt, daß Freddie niemals ...»

Was sie noch hatte hinzufügen wollen, wurde durch Lady Paradines Handbewegung unterbrochen. Eine meisterliche Bewegung, fand Meg, so sanft, so bestimmt, so liebenswürdig.

«Meine Liebe», sagte Lady Paradine freundlich, «das ist eine Familienangelegenheit.»

Zum erstenmal, seit er sie kannte, sah Mr. Hero, daß die junge Amerikanerin die Fassung verlor. Sie wurde dunkelrot, biß sich auf die Lippen und wandte den Kopf ab. Dann erhob sie sich ohne ein Wort und verließ das Zimmer. Mark stand ebenfalls auf und folgte ihr.

«Mark», rief seine Mutter, «bleib sitzen!»

Aber er beachtete es nicht.

Hero versuchte, die Anwesenden abzulenken, indem er sagte: «Freddie hat ganz recht; ich habe meine Arbeit noch längst nicht beendet. Es gibt viele Probleme, die geklärt werden müssen.»

Er fühlte sich wieder bedrückt. Es bestand kein Zweifel, etwas schwebte zwischen ihnen, was sie alle beeinflußte und sie veranlaßte, merkwürdige Dinge zu tun und zu sagen. So rief Beth nun halb schluchzend aus: «Muß man denn wirklich alles wissen?»

Isobel sagte: «Manchmal kann man auch zuviel wissen, finde ich.»

Freddie lachte unverschämt. «Für mich gilt das nicht, Tante; wenigstens nicht, solange ich verdächtigt werde.»

Lord Paradine ergriff das Wort. «Es scheint mir, Sie haben alles erklärt, Hero. Es kommt von den unterirdischen Wasserläufen, wie Sie sagen. Gut, wir sind zufrieden, und ich sehe nicht ein, welchen Sinn weitere Untersuchungen ...»

Lady Paradine blickte ihren Mann zustimmend an und sagte: «Ich bin der gleichen Meinung.»

Hero spürte, wie die Familie Paradine zusammenrückte. Was immer die einzelnen wissen, vermuten und empfinden mochten, sie hatten genug. Sie bildeten plötzlich eine gemeinsame Front gegen Außenstehende. Als erste war Susan Marshall hinausgedrängt worden. Sein Blick traf den seiner Stiefschwester, und er sah, wie sie den Kopf fast unmerklich hin und her bewegte. Er mußte innerlich lachen. ‹Brave Meg!› die Hero-Callandar-Familie konnte auch zusammenhalten, wenn es nötig war. Megs Kopfbewegung bedeutete ihm, nicht nachzugeben.

«Verzeihen Sie, aber ich bin nicht dieser Meinung», erklärte Hero. «Die zahlreichen Gespenster, die in Paradine Hall ihr Unwesen treiben, sind noch lange nicht alle entlarvt. Ich möchte Sie an die Bedingung erinnern, unter der ich diesen Fall übernommen habe: daß ich nämlich meine Arbeit hier nicht eher aufgeben werde, als bis alle Erscheinungen aufgeklärt sind, und daß ich den Zeitpunkt bestimme, wenn der Fall abgeschlossen ist.»

«Susan», rief Mark und lief über den von Dornbüschen eingesäumten Weg hinter ihr her, der in den Blumengarten führte. Sie blieb stehen und blickte ihn weinend an: «Laß nur, Mark! Man hat mir klar und deutlich zu verstehen gegeben, wie störend meine Anwesenheit ist.»

Er sagte: «Zum Kuckuck mit Mutter! Sie betrachtet es wohl auch als Familienangelegenheit, daß du seit deiner Ankunft erschreckt und bedroht worden bist.»

«Warum hast du ihr das nicht gesagt?» rief Susan aus; doch es tat ihr sogleich leid, und sie legte ihre Hand auf seinen Arm. «Verzeih, Mark, das war unfair.»

In einer Rabatte, dicht mit kleinen roten und blauen Blumen bepflanzt, die ein hübsches altmodisches Muster bildeten, stand eine Marmorbank. Sie setzten sich, und Susan fuhr niedergeschlagen mit der Fußspitze durch den Kies. Sie sagte: «Es tut mir leid, Mark, aber irgendwo stimmt etwas nicht. Nicht einmal Alexander – Mr. Hero ist es gelungen, herauszufinden, was es wirklich ist. Ich möchte lieber nicht hier bleiben. Ich glaube zwar nicht an Gespenster und Geister und solche Dinge, aber ich glaube an das Böse, und es ist mir von ganzer Seele zuwider.»

Mark Paradine stöhnte: «Wenn du mir nur erlauben wolltest, auf dich achtzugeben, Susan ...»

Susan fragte: «Kann man einen Menschen vor Haß schützen? Siehst du denn nicht, daß ich deiner Mutter ein Dorn im Auge bin?»

Mark erwiderte grimmig: «Du sollst ja auch nicht meine Mutter heiraten, sondern mich.»

Susan blickte überrascht zu ihm auf. Diese Engländer waren seltsam mit ihren Schwächen und ihrer großen Charakterfestigkeit! Sie verstand plötzlich, welchen Sinn die Tradition des Witwenhauses hatte, in das die Mutter übersiedelte, wenn der Sohn Familienoberhaupt wurde. In der englischen Familie war der Mann der Herr im Haus. Nach einer Weile sagte sie mit wehmütiger Stimme, die ihr etwas beinahe Kindliches verlieh: «Es hätte solch ein herrlicher Sommer sein können. Warum mußte nur alles so kommen?»

Mark fragte: «Susan, liebst du Sir Richard Lockerie?»

«Richard? Aber nein!» Ihre Antwort erfolgte so offen und schnell, daß es Susan selbst überraschte. Sie hatte nicht gewußt, daß das so eindeutig feststand.

«Ist es vielleicht Alexander Hero?» forschte Mark weiter.

«N-nein, ich glaube nicht. Er ist sehr attraktiv, findest du nicht?»

«Ja, leider.»

«Ich glaube, ich könnte einen solchen Mann nie wirklich lieben», sagte Susan nachdenklich, als versuche sie laut ihre Gedanken zu ordnen. «Er glaubt an überhaupt nichts – jedenfalls hat er nie an mich geglaubt. Er war aufgebracht, weil seine Zuneigung zu mir sein logisches Denken beeinträchtigte. Er hatte nämlich den Verdacht, ich hätte mein Gespenst selbst erfunden. Außerdem traute er meiner Tugend nicht ganz.»

«Was!» rief Mark.

Susan sagte: «In jener Nacht, als Alex die Gespensterszene in meinem Zimmer wiederholte, drückte jemand von außen die Klinke herunter. Jemand versuchte hereinzukommen. Wenn Hero sofort auf den Korridor gelaufen wäre, hätte er feststellen können, wer oder was es war.»

«Warum in aller Welt tat er es nicht?» fragte Mark.

Susan mußte lächeln, als sie an jene Nacht zurückdachte. Sie antwortete: «Er behauptete – aus Ritterlichkeit, weil er mich nicht kompromittieren wollte. Aber in Wirklichkeit fürchtete er, die Tür zu öffnen, weil er nicht wußte, wer draußen sei.»

Der junge Mann blickte sie verständnislos an. «Aber warum?» fragte er. «Ich verstehe nicht...»

Susan empfand plötzlich eine große Zärtlichkeit für ihn und seine Unschuld. Ganz unbewußt hatte Mark Paradine die Frage beantwortet, welche Eigenschaften der Mann aufweisen mußte, den sie lieben konnte.

Dann sagte er: «Ich liebe dich, Susan. Ich habe dich schon einmal gebeten, meine Frau zu werden. Damals war es vielleicht noch zu früh, oder ich wählte den falschen Augenblick, oder wir kannten uns noch nicht genug, aber die Zeit ist vergangen und ist nun ganz plötzlich knapp geworden. Ich habe das Gefühl, als drohe dir eine schreckliche Gefahr, die ich abwenden könnte, wenn wir zusammengehörten – wenn du dich entschließen könntest, ja zu sagen.»

Das Mädchen schaute ihn traurig an, denn sie wußte jetzt, daß sie ihn liebte und gerne seine Frau geworden wäre. Doch all die Ablehnung und der Haß, auf die sie seit ihrer Ankunft in Paradine Hall gestoßen war, standen zwischen ihnen, und der Abgrund hatte sich durch die Art, wie Lady Paradine ihr soeben zu verstehen gegeben hatte, daß sie eine Außenseiterin sei, noch erheblich vertieft. Sie zeichnete mit der Fußspitze ein Muster in den Kies und sagte: «Oh, Mark, ich wollte, du wärest kein Paradine.»

«Warum?» fragte er heftig. «Warum stört es dich, daß ich ein Paradine bin?»

«Ach!» erwiderte Susan erschreckt. «Ich wollte dich nicht kritisieren – nur halten wir in meiner Heimat nicht viel von erblichen Titeln.»

Mark fragte: «Glaubst du an die Familie?»

«Sogar sehr», antwortete Susan. «Ich liebe meine Familie.»

«Ich meine an die Bedeutung der Familie. In meinem Land ist die Familie sehr wichtig, in deinem nicht.»

Susan blickte den jungen Mann erstaunt an und sagte: «Mark, ich glaube, du bist richtig zornig.»

«Ja, das bin ich», erwiderte er.

Sie atmete tief und sagte reumütig: «Mark, es tut mir leid.»

Er antwortete: «Es braucht dir nicht leid zu tun. Ich bin weder stolz auf meine Familie, noch schäme ich mich ihrer – es hat Zeiten gegeben, da beides der Fall war –, aber wir sind nun einmal die Familie Paradine.

Wir leben in England, besitzen ein kleines Stück Grund und Boden und haben seit vielen Jahrhunderten die englische Geschichte mitbestimmt. Als Familie haben wir Bedeutung und Bestand, so gut oder schlecht die einzelnen Mitglieder auch sein mögen.»

Susan fehlten die Worte, so bestürzt war sie. «Mark, oh, ich wollte nicht...»

Der junge Mann fuhr fort: «Laß mich das klarstellen, Susan. Ich liebe dich, seit ich dich zum erstenmal sah, aber ich gehöre gern zur Familie Paradine. Ich hoffe, ein würdiger Vertreter meines Geschlechts zu werden. Es ist fast so wie bei einem Stafettenlauf, wo man die Fackel an den nächsten weitergibt – nur läuft man nicht allein, sondern paarweise. Ich habe dich gebeten, meine Gefährtin zu sein und mit mir zusammen die Flamme weiterzureichen, wenn unsere Zeit um ist. Ich wünschte mir, dich an meiner Seite zu haben. Das ist alles, was ich zu sagen habe.» Damit stand er auf und entfernte sich. Susan blickte ihm nach; es war ihr zumute, als hätte er ihr die Tür vor der Nase zugeschlagen und sie ihres Glücks beraubt.

Er war noch nicht außer Sicht, da stand sie auf und rief: «Mark – ach, Mark!»

Er hielt inne und drehte sich um. Wie sie so verloren dastand, war nichts mehr von der kühlen Überlegenheit und Selbstsicherheit zu entdecken, die sie sonst zur Schau trug. Susan Marshall war nur noch ein verängstigtes und verlassenes junges Mädchen.

Er schritt langsam und zögernd auf sie zu. Es war nicht leicht für ihn, den Weg zu ihr zurück zu finden. Noch schwerer war es für sie, ihn zurückzurufen, aber sie waren beide jung und verliebt.

«Mark», sagte sie mit einer Wehmut, die ganz neu war an ihr, «ich bin soeben wieder zurechtgewiesen worden.» Dann fügte sie leise hinzu: «Diesmal hatte ich es nicht ungern.»

Er kam näher, bis nur noch wenige Meter sie trennten. Sie blickten sich über den Abgrund hinweg an, der noch Augenblicke zuvor unüberbrückbar erschienen war.

«Mark», flüsterte Susan, «ich bin froh, daß du ein Paradine bist. Darf ich bitte auch eine werden?»

Da trennte sie nichts mehr; ihre Herzen flogen sich zu, und sie umarmten sich selig vor Glück.

23

Unter Mitwirkung von Johann Sebastian Bach

Alexander Hero nahm Mrs. Taylors Warnung ernst. Ganz abgesehen von der veränderten Atmosphäre im Schloß, deutete das Gefühl einer bevorstehenden Entscheidung, das ihn seit seinem Gespräch mit der

Witwe erfüllte, darauf hin, daß als nächstes, falls den Ereignissen eine gewisse Logik zugrunde lag, eine Brandstiftung zu erwarten war. Mr. Jellicot hatte diese Möglichkeit bei Tisch in aller Öffentlichkeit diskutiert und sie als letzten Schritt der Poltergeist-Manifestationen bezeichnet. Noreen würde bestimmt kein Feuer legen, und der Poltergeist im westlichen Flügel war ebenfalls unschädlich gemacht. Doch wie stand es mit dem dritten Gespenst, das Paradine Hall immer noch heimsuchte?

Hero bat Lady Paradine um ihr Schlüsselbund und ging daran, das alte Schloß vom Dach bis zum Keller gründlich zu untersuchen, wobei er den unteren Regionen seine besondere Aufmerksamkeit schenkte.

Er inspizierte die Vorratsräume, Wäscherei, Heizung, Holz- und Kohlenkeller, die durch ein Labyrinth dunkler Gänge miteinander verbunden waren. Es war nicht ganz leicht, sich zu orientieren und immer genau festzustellen, wo man sich befand – jetzt unter der großen Halle, dann unter dem Gesellschaftszimmer, der Bibliothek oder dem Musikzimmer. Ein Kellerraum war als Schreinerei eingerichtet und enthielt eine Drehbank und elektrische Bohrer. ‹Hier also ging Isobel ihrer Liebhaberei nach und führte allerlei Reparaturen aus›, dachte Hero. Er konnte nichts Ungewöhnliches in der Werkstatt entdecken. Sie war sauber aufgeräumt; es gab darin Tannen- und Kirschholzbretter verschiedener Größe und Dicke, einige lange Fichtenstangen, Schachteln mit Nägeln, Schrauben, Krampen und eine stattliche Auswahl von Werkzeugen. Im Raum nebenan schienen ausschließlich Ölgemälde aufbewahrt zu sein, Porträts und eine Menge wertloser Bilder. Hero stattete auch den Gewölben, wo Wein, Kartoffeln und Gemüse eingekellert wurden, einen Besuch ab.

Als er sich seiner Berechnung nach unter dem Musikzimmer befand, sah er sich einer verschlossenen Tür gegenüber, fand aber ohne Mühe den passenden Schlüssel und trat ein. Der Raum war ziemlich groß und wurde von einer einzigen Lampe erhellt, die von der Decke herunterhing. Der Schalter befand sich gleich neben der Tür. Die Mitte des Raumes war leer, nur an drei Wänden standen alte Möbel, die für die Wohnräume nicht mehr taugten – Schränke, Tische, Kommoden und einige wackelige Stühle waren übereinander gestapelt.

Hero untersuchte die Rumpelkammer sorgfältig, konnte aber nichts Beunruhigendes oder Interessantes darin entdecken und ging weiter.

Als er seinen Rundgang beendet hatte, fühlte er sich erleichtert, nirgends auf Spuren einer geplanten Brandstiftung gestoßen zu sein. Isobel Paradine war nicht nur eine tüchtige, sondern auch eine vorsichtige Hausherrin, die jede Feuersgefahr nach Möglichkeit ausschaltete, denn er hatte nirgends Haufen von alten Zeitungen und Zeitschriften, Lumpen und sonstigem Abfall entdecken können. War Mrs. Taylor vielleicht doch nur eine geschwätzige Frau mit überhitzter Phantasie, die ihn hatte beeindrucken wollen? Er dachte an die Episode in ihrem Zimmer, an ihre Stimme, das Entsetzen, das sich in ihrem Gesicht spiegelte, und das Gefühl von Übelkeit, das ihn übermannt hatte.

Mr. Hero wußte über die Gespenster, die dieses alte Familienschloß heimgesucht hatte, schon ziemlich gut Bescheid – übernatürliche Erscheinungen, kalte Luftzüge und Kerzen, die von selbst ausgingen –, aber so sehr er sich auch anstrengte, es wollte ihm nicht gelingen, einen Sinn darin zu entdecken. Und dann war da auch noch diese verfluchte Harfe, für deren Ertönen er beim besten Willen keine Erklärung finden konnte. War es möglich, daß bei all diesem Hokuspokus doch etwas Echtes mit im Spiel war, wie es sich in Mrs. Taylors Vision geäußert hatte? Konnte es sein, daß das Böse in der Person, welche okkulte Erscheinungen hervorrief, um andere Leute in Schrecken zu versetzen, ein Echo im Jenseits gefunden hatte? Er hätte das gern angenommen, doch sein Verstand wehrte sich dagegen. Er beschloß, Meg in ihrem Zimmer aufzusuchen, um die Lage mit ihr zu besprechen.

Er traf sie mit der Fotografie der Nonne, die sie durch ein Vergrößerungsglas betrachtete. Er trat neben sie, blickte auf das Bild und fragte: «Wie steht's?»

Meg legte das Vergrößerungsglas ärgerlich weg und sagte: «Wenn ich doch nur irgend etwas, eine winzige Kleinigkeit entdecken könnte, die uns einen Anhaltspunkt geben würde! Aber da ist nichts zu wollen.»

Hero schaute die Fotografie nachdenklich an; es war wirklich Pech, daß der einzige Schnappschuß von der Nonne ein Bild zeigte, das gar nichts verriet, abgesehen davon, daß die Nonne kein echtes Gespenst war. Er sagte: «Hast du eine Ahnung, wer in diesem Ordenskleid stekken mag?»

«Das schon.»

«Wer?»

«Ich möchte es lieber nicht sagen.»

Hero achtete die Zurückhaltung seiner Stiefschwester. Sie verfiel in nachdenkliches Schweigen, und er fragte schließlich: «Woran denkst du, Meg?»

«Daß dieses Schloß erfüllt ist von Eifersucht, Spannungen, heimlicher und eingestandener Liebe, Rachsucht, Enttäuschung und Begierde und daß einige ganz abscheuliche Leute darin wohnen.»

Hero nickte ernst. «Ja, es ist eine verzwickte Situation – die arme Beth hoffnungslos in Sir Richard verliebt, während Sir Richard in Susan ...»

«Aber nein», fiel ihm Meg entschieden ins Wort, «Sir Richard liebt Beth doch.»

Hero blickte seine Stiefschwester überrascht an. «Beth, sagst du?» rief er. «Aber weshalb macht er dann Susan den Hof?»

Meg sagte: «Ach, mein guter Sandro, du magst überaus tüchtig darin sein, unechte okkulte Erscheinungen aufzudecken, aber wenn es um die Liebe geht ...»

«Ich sehe nicht ein, was das damit zu tun hat.»

Sie legte ihm liebevoll die Hand unter das Kinn und sagte belustigt: «Du Unschuldsengel, wenn du zweiundvierzig Jahre alt und in ein blutjunges Ding verliebt wärest, das sich ‹Onkel Alexander› nennt und wie einen älteren Herrn behandelt, und du hättest ein anderes hübsches Mädchen bei der Hand, was würdest du tun, um deine Vitalität zu beweisen?»

Hero grinste und küßte ihre Fingerspitzen. «Ins Schwarze getroffen. Aber was nützt uns die Erkenntnis?»

Meg blickte ihn beunruhigt an. «Wenn nun Beth wirklich eingeschnappt wäre und Susan aus Eifersucht aus dem Wege schaffen möchte?»

Hero stieß einen Pfiff aus und sagte: «Mein Gott! Beth, dieses sanfte Geschöpf?»

Meg erklärte bestimmt: «Eine verliebte Frau ist nie sanft.»

Der Ton, in dem sie dies sagte, ließ Hero erstaunt aufblicken, aber sie schien in das Bild der Nonne vertieft. Da sagte Hero leicht verstimmt: «Aber würde sie denn auch ihr eigenes Haus zerstören? Welchen Verdächtigen du auch betrachtest – Freddie, Isobel, Lady Paradine, Beth –, sie kommen alle aus demselben Grund nicht als Täter in Betracht. Es gibt zwei verschiedene und sehr deutliche Motive für den Spuk in Paradine Hall. Das eine ist, Susan Marshall zu vertreiben, das andere, den Paradine Country Club zu ruinieren, von dem sie alle leben.» Dann fügte er hinzu: «Wie denkst du über unsere junge amerikanische Freundin?»

«Daß sie sehr schön ist, sehr liebenswürdig, sehr intelligent, doch von jener amerikanischen Selbstsicherheit, die an Arroganz grenzt – und daß du selber eine Kostprobe davon genommen hast.»

Hero stöhnte. «Lieber Himmel, Meg, du durchschaust aber auch alles. Du hast Glück, daß du im zwanzigsten Jahrhundert lebst – fünfhundert Jahre früher wärest du als Hexe verbrannt worden.»

Meg betrachtete ihn ironisch. «Da gibt es nicht viel zu durchschauen, Sandro, wenn zwei gesunde, normale, schöne Menschen unter einem Dach wohnen, naschen sie eben, nicht wahr?»

Hero warf Meg einen neugierigen Blick zu. «Naschst du auch manchmal, Meg?»

«Gelegentlich.»

Er erwiderte nichts darauf, sondern schien in Gedanken versunken. Meg betrachtete ihn forschend; er war von ihrer Antwort offensichtlich nicht erfreut, was sie sehr befriedigte.

Hero rief aus: «Diese verfluchte Harfe – an der scheitert immer alles! Sie stellt das einzige Problem dar, das ich nicht logisch lösen kann.»

Meg blickte ihn besorgt an. «Ich habe das Gefühl, daß es dir noch gelingen wird, Sandro.»

«Dann glaubst du also nicht, daß die Erscheinung echt ist?» fragte er gespannt.

Meg hätte ihm gern die Antwort gegeben, die er sich wünschte, beschloß aber, aufrichtig zu sein. Sie sagte: «Ich weiß nicht. Aber ich bin überzeugt, daß du bald herausfinden wirst, was mit der Harfe los ist.» Sie runzelte die Stirn und fuhr fort: «Sandro ...»

«Ja, Liebes?»

«Ich bin so beunruhigt.» Sie spielte nervös mit einer Haarsträhne und begann im Zimmer auf und ab zu gehen, um ihre Gefühle in Gedanken und Worte zu fassen. Sie sagte: «Als ich herkam, hatte ich keine Angst. Aber jetzt. Sandro, spürst du nicht auch, daß etwas in der Luft liegt? Etwas Fürchterliches! Dieses Schloß ist für mich plötzlich mit Grauen erfüllt.»

«Du also auch?» sagte er und blickte ihr liebevoll in die Augen. «Ich fragte mich schon, ob es nur mir allein so ginge. Ich bin nämlich gewarnt worden.»

«Ach! Von wem?»

«Von Mrs. Taylor.»

Meg fragte überrascht: «Was? Von Mrs. Taylor, von dieser netten, alten Frau, die auf der Suche nach einem Mann ist. Ich war der Meinung, sie habe nichts im Kopf als Männer! An die hätte ich zu allerletzt gedacht.»

«Sie hat mir aus dem Tarock wahrgesagt», erklärte Hero und berichtete, was er damals in Mrs. Taylors Zimmer erlebt hatte.

Meg rief ungläubig: «*Du* läßt dir Karten legen, Sandro?»

«Nicht eigentlich Karten legen; es handelte sich eher um eine Art Selbsthypnose, wobei die Karten dazu dienten, das Unterbewußtsein zu erschließen. Mrs. Taylor schwatzte zunächst den üblichen Unsinn über meine Vergangenheit, Gegenwart und Zukunft – und plötzlich wurde sie zur Seherin. Ich möchte darauf schwören.»

«Was sah sie denn?» fragte Meg.

«Wie soll ich das wissen?» erwiderte Hero heftig. «Vielleicht las sie in ihrer eigenen Seele. Wir sind ja alle übervoll von Erfahrungen, Vorstellungen, Verdrängungen, Hoffnungen, Ängsten, Schrecken und Erinnerungen an Schrecken, die wir irgendwann einmal erlebt, von denen wir gehört oder die wir selber verursacht haben. Der Unterschied besteht einzig darin, daß Leute wie Mrs. Taylor etwas davon ans Tageslicht bringen können, indem sie auf ihre dummen Karten starren, oder ...»

«Ja», sagte Meg gespannt, «oder?»

«Oder daß die Karten eine andere Wirkung haben», schloß er. «Daß sie Mrs. Taylor ausschalten und ein anderes Wesen einschalten.»

Meg blickte ihren Stiefbruder mit weit geöffneten Augen an. «Sandro», flüsterte sie, «ich habe Angst um dich. Sie hat doch gesagt, du seiest in Gefahr.»

«Um mich brauchst du dir keine Sorgen zu machen», erklärte Hero. «Ich werde schon aufpassen. Aber etwas wird geschehen, wenn ich es nicht verhindern kann. Jemand trachtet Susan Marshall nach dem Leben, und ich weiß nicht wer, oder wann und wie es geplant ist. Ich komme mir so hilflos vor.»

Meg schob ihren Arm unter den seinen. «Laß dich nicht entmutigen,

Sandro. Du darfst nicht nachgeben. Du bist der einzige, der hier etwas ausrichten kann. Selbst ich weiß nicht mehr, wie ich dir helfen könnte.»

Hero streichelte ihre Schultern und sagte: «Ich danke dir, Hexe.» Er küßte sie leicht auf die Stirn und wandte sich zur Tür.

«Wohin gehst du?» fragte sie.

«Zurück in das verdammte Musikzimmer», entgegnete er und ging hinaus.

Das Musikzimmer führte Alexander Hero seine ganze Ohnmacht vor Augen. Jedesmal, wenn er es aufsuchte, mußte er es ohne Ergebnis wieder verlassen, und doch glaubte er fest, daß dort irgendwo der Schlüssel zu dem Geheimnis verborgen lag, das ihn so sehr beunruhigte. Innerhalb dieser vier Wände mußte die Antwort zu finden sein, ob es sich nun um eine echte übersinnliche Erscheinung oder einen grausamen Betrug handelte, denn in diesem Zimmer befand sich die Harfe, und hier hatte sich das Unmögliche ereignet.

Er konzentrierte sich auf die Gegenstände und ihre Anordnung im Zimmer und versuchte sich zu erinnern, was ihn bei einem früheren Besuch gestört hatte – war das eine leichte Veränderung gewesen, etwas, was er inzwischen vergessen hatte? Doch es wollte ihm nicht ins Bewußtsein heraufsteigen. Aber es störte ihn diesmal nichts Ungewöhnliches, als er vom Flügel zu den Notengestellen und der goldenen Harfe wanderte, die auf ihrem gewohnten Platz am Fenster stand. Er kippte sie vorsichtig auf die Seite und untersuchte sie mit einem Vergrößerungsglas und klopfte sie mit einem kleinen Stahlstab nach verborgenen Höhlungen ab, konnte jedoch keine finden. Auf der Unterseite des Resonanzbodens bemerkte er eine leichte Verfärbung und einige Kratzer, aber die Stelle war nicht größer als eine Shillingmünze und deutete auf nichts Verdächtiges hin. Ganz besondere Aufmerksamkeit schenkte er den Pedalen. Er suchte nach Spuren, die ein Spieler darauf zurückgelassen haben müßte. Doch auch die waren nicht vorhanden. Das Instrument war offenbar nach dem Tode von Lord Paradines Mutter aufpoliert worden. Fingerabdrücke fand er zwar, aber am falschen Ort. Offenbar schoben die Zimmermädchen die Harfe beim Saubermachen zur Seite.

Das mittlerweile wohlbekannte Gefühl von Enttäuschung überkam ihn wieder, und eine innere Stimme raunte ihm zu: ‹Gib es auf, Hero. Wer oder was diese Harfe auch spielen mag, tut es, ohne sie zu berühren.› Dann erinnerte er sich jener Nacht, da er ins Musikzimmer gestürzt war und mit eigenen Augen gesehen hatte, wie die Saiten vibrierten. Verzweifelte Wut stieg in ihm hoch. Er hatte die größte Lust, das Instrument zu nehmen und am Boden zu zerschmettern und dann ins leere Zimmer zu schreien: ‹Verdammt noch mal, nun zeigt, wie ihr darauf noch spielen könnt!› Doch er sah ein, wie kindisch dieser Wunsch war.

Um seine Nerven zu beruhigen, öffnete er den Flügel, setzte sich und begann die ersten Akkorde von Bachs Tokkata und Fuge in d-Moll zu spielen. Er war ein guter Pianist und vergaß bald alles um sich her:

Paradine Hall, die Gefahren und die quälenden Sorgen. Die Fuge schwoll an und brauste mächtig, wurde leiser und steigerte sich wieder in einem wundervollen Crescendo zu den prächtigen, donnernden Schlußakkorden, in denen Bach ihm Befriedigung schenkte.

Hero saß mit geschlossenen Augen am Flügel, und die letzten Töne verklangen. Da weckte etwas seine Aufmerksamkeit, was ihn veranlaßte, die Augen sehr rasch zu öffnen. Er fuhr auf dem Klavierschemel herum und betrachtete die Harfe lange und genau. Er erhob sich, trat näher und schaute sie so fasziniert an, als hätte sich ein Wunder ereignet. Ohne sie zu berühren, flüsterte er: «Ich Narr! Ich verfluchter Esel! Daß ich Idiot nicht auf die Idee gekommen bin!» Er drehte sich um, rannte aus dem Zimmer, den Korridor entlang, durch die große Halle in den Anrichteraum und die Kellertreppe hinunter, bis er die Gerümpelkammer unter dem Musikzimmer erreichte.

Er durchsuchte den Raum nochmals, richtete sein Augenmerk aber auf andere Dinge und Orte. Als er fertig war, hatte er eine ziemlich gute Vorstellung davon, wie der Trick bewerkstelligt werden *könnte.*

‹Doch wo ist es?› fragte er sich. ‹Wo kann es nur sein? Wo wird es aufbewahrt und von wem? Irgendwo muß es doch sein!›

Dann begann er die Kellerräume nochmals peinlich genau zu untersuchen. Er vergaß nichts, keinen Behälter und Schrank, und dehnte seine Suche bis auf den Dachboden aus. Da der Gegenstand, nach dem er Ausschau hielt, groß und unhandlich war und nicht leicht versteckt werden konnte, bestand große Hoffnung, daß er ihn finden würde.

Als er seine Arbeit in den Kellern, Dachzimmern und Gesellschaftsräumen beendet hatte, ertönte der Gong, der die Familie und Gäste zum Abendessen rief. Hero wartete eine gute halbe Stunde, bis er sicher war, daß alle Leute ihre Zimmer verlassen hatten, und durchkämmte dann mit schamloser Gründlichkeit die Privaträume der Familie Paradine, sowohl bewohnte als auch unbewohnte, zu denen ihm Lady Paradines großes Schlüsselbund Einlaß gewährte. Hätte ihn jemand dabei überrascht, wie er unter Betten, in Schränken, Truhen und Kommoden schaute und selbst in Besenkämmerchen und Badezimmern herumspionierte, hätte er an seinem Verstand gezweifelt.

Damit noch nicht zufrieden, durchstöberte er in großer Eile auch noch die Gästezimmer im Ostflügel und – zur Entrüstung des Butlers, der Köche und des übrigen Personals – selbst die Speisekammern und Küchenschränke. Hero zweifelte nicht, daß Huggins Isobel oder gar Lord Paradine von seinem Tun Mitteilung machen würde, aber es war ihm gleichgültig.

Er begnügte sich nicht mit der Durchsuchung des Schlosses, sondern dehnte seine Nachforschungen auch auf die Nebengebäude, Stallungen und Scheunen aus. Als er damit fertig war, fühlte er sich erschöpft, entmutigt und deprimiert. Der Gegenstand, nach dem er so sorgfältig geforscht hatte, konnte ihm unmöglich entgangen sein. Das hieß also, daß er überhaupt nicht existierte und daß infolgedessen auch die Theorie nicht stimmte, auf die er im ersten Augenblick so große Hoffnungen gesetzt hatte. Er war wieder genau dort, wo er begonnen hatte.

Hero begab sich in sein Zimmer und warf sich aufs Bett. Nachdem er eine Weile regungslos dagelegen hatte, erinnerte er sich an die Cognacflasche in seinem Koffer, schenkte sich ein Gläschen ein und trank es in einem Zug aus. Das tat ihm gut, und er fühlte sich wesentlich besser, wenn auch immer noch niedergeschlagen und verärgert. Er stellte fest, daß es inzwischen spät geworden war, und dachte daran, daß die Schloßbewohner nachts in größerer Gefahr schwebten als tagsüber. Es war höchste Zeit, daß er sich zu ihnen gesellte.

Als er sich umgezogen hatte, war es dunkel. Er ging hinunter, durchquerte den Wintergarten, wo im Hintergrund eine einzige kleine Lampe brannte und die große Glasscheibe immer noch in der Fensteröffnung lehnte, und begab sich auf den Rasen hinaus. Dort saßen die Familie und die Gäste in der milden Sommernacht beim Schein der Laternen, die die Arbeiter ans Schutzgeländer des Kanalisationsgrabens gehängt hatten, und tranken Kaffee. Hero setzte sich zu Meg und Mrs. Taylor an den Tisch.

Kurz nachher erschien den erschreckten Zuschauern auf dem Rasen die zweite Gespenstererscheinung, und Mr. Hero verlor dabei fast das Leben.

24

Für sechzehn Kaffee, für einen die Pistole

Während er seinen knurrenden Magen mit einer Tasse Kaffee zu beschwichtigen versuchte, bemerkte Hero wieder die einzelne Lampe im Wintergarten, die ein schwaches Licht verbreitete und den Raum wie eine dämmrige Theaterbühne erhellte. Er fragte sich flüchtig, warum sie wohl brennen mochte, vergaß es aber gleich wieder.

Der Mond war noch nicht aufgegangen, doch die Milchstraße am Sternenhimmel, die Laternen und das Licht, das aus den Fenstern fiel, genügten, um das Dunkel zu durchdringen. Aus dem Blumengarten trug ein lauer, sanfter Wind Düfte herbei, die sich mit dem frischen Salzgeruch der nahen Sümpfe mischten, die bei Flut vom Meer überspült wurden. Alles machte den Anschein eines schönen und friedlichen Sommerabends auf dem Lande; man sah nackte Arme, Juwelen und weiße Smokinghemden im nächtlichen Dunkel schimmern, brennende Zigarren wie Leuchtkäfer aufglühen und vernahm leises Geplauder – und doch lag Mord in der Luft.

Lord und Lady Paradine saßen mit Sir Richard und Isobel zusammen. Die jungen Leute, Beth, Susan, Mark und Freddie bildeten eine Gruppe. Die Wilsons saßen allein und völlig abseits. Dr. Paulson, Mr. Jellicot und Dean Ellison waren an einem Männertisch beisammen. Hero, der sich zu seiner Stiefschwester und Mrs. Geraldine Taylor gesellt hatte, stellte fest, daß nur die Spendley-Carters fehlten.

Es schien ihm, als wäre der Druck, der seit kurzem auf allen Bewohnern von Paradine Hall lastete, auch hier draußen spürbar, und Hero hatte den Eindruck, daß jedermann froh sei, den Kaffee draußen und nicht im Schloß einzunehmen.

Mrs. Taylor fröstelte plötzlich und sagte: «Merkwürdig, obwohl es warm ist, friere ich.»

Hero fragte zuvorkommend: «Darf ich Ihnen einen Schal holen?»

«Wollen Sie das wirklich tun?» antwortete Mrs. Taylor. «Sie sind ein Engel. Sie wissen ja, wo mein Zimmer ist. Über einer Stuhllehne hängt ein weißer Schal. Ich habe ihn ganz vergessen.»

«Ich bin gleich wieder da», erwiderte Hero und erhob sich. In diesem Augenblick traten der Butler und seine Frau mit dem Kaffee aus der Tür, gefolgt von Spendley-Carter. Sie überquerten den Graben auf der behelfsmäßigen Brücke, und Hero beschloß, den anderen Weg zu nehmen. Er ging um die Sitzenden herum in die Dunkelheit und betrat den Ostflügel durch den eigenen Eingang, außer Sicht- und Hörweite der auf dem Rasen versammelten Gesellschaft.

Mrs. Taylor wandte sich plötzlich an Meg und sagte: «Warum ist er gegangen. Er hätte nicht gehen sollen.»

Ohne zu verstehen, was Mrs. Taylor damit sagen wollte, antwortete Meg: «Er will nur Ihren Schal holen.»

Mrs. Taylor flüsterte: «Wir hätten ihn nicht gehen lassen dürfen.» Sie erhob sich halb vom Tisch, als wolle sie Hero zurückrufen, doch als sie sah, daß er bereits verschwunden war, setzte sie sich wieder.

Meg war es unheimlich zumute. «Warum? Was ist geschehen? Ist etwas nicht in Ordnung?»

Der gespannte Ausdruck verschwand von Mrs. Taylors Gesicht, und sie sagte: «Wie? Ein smypathischer junger Mann. Zu dumm von mir, meinen Schal zu vergessen. Ja, ich nehme gern Kaffee – mit Sahne bitte.»

Niemand konnte sich nachher genau erinnern, wann es begann, wann es zuerst gesehen wurde und was nachher geschah; manche saßen mit dem Rücken zum Gebäude oder waren in ein Gespräch vertieft, aber das Zeichen wurde von Mrs. Wilson gegeben, die plötzlich einen durchdringenden Schrei ausstieß und rief: «Oh, mein Gott! Da!» Dann schrie sie ein zweites Mal und stöhnte: «Alexander!» Ein Tisch wurde umgeworfen, und Porzellan und Silber klirrten.

Einen Augenblick lang herrschte völliges Durcheinander. Niemand wußte, was geschah. Die Leute sprangen von den Stühlen auf und entdeckten endlich, daß die blonde, schlanke Frau, schreckensblaß und die Augen vor Entsetzen weit geöffnet, auf den Wintergarten zeigte, wo Alexander Hero in den Klauen eines schuppigen Ungeheuers gefangen schien, das sich aus dem Graben erhoben hatte.

Die Erscheinung konnte unmöglich auf Einbildung oder einer Sinnestäuschung beruhen, denn alle sahen es genau: ein unförmiger Kopf mit zwei kalten, vorstehenden Augen, einem gefurchten Rüssel und einem langen, glitzernden, totenbleichen Schlangenkörper.

Schreckensschreie folgten. Meg rief verzweifelt: «Sandro! Sandro!» Sie war aufgestanden und wollte auf ihn zu eilen, war aber von dem, was sie sah, derart gelähmt, daß sie sich nicht rühren konnte. Das Ungeheuer hielt ihren Stiefbruder in seinen Fängen, wand den schuppigen Leib um seinen Arm und glotzte ihn aus bösen Augen an. In das Geschrei der Frauen und die Rufe der Männer mischte sich das Geklapper des Silbers und der Tassen, als noch ein Tisch umgeworfen wurde.

Die lähmende Starre wurde gebrochen, als Major Wilson einen dunklen Gegenstand aus der Innentasche seines Smokings zog, die Hand hob und auf die Gestalten im Wintergarten zielte. Meg rief angstvoll: «Sandro! Sandro! Paß auf!» Sie rannte über den Rasen auf den Major zu, kam aber zu spät. Ein ohrenbetäubender Knall zerriß die Luft, als der Schuß sich löste, Glas zersplitterte klirrend in tausend Stücke, und Alexander Hero lag, das Gesicht nach unten, am Boden.

Hero fand Mrs. Taylors Schal ohne Mühe, denn er hing über der Lehne eines Stuhles in ihrem Zimmer. Es war eine lange weiße, mit dicken Silberfäden durchwirkte Stola aus italienischer Seide. Er nahm sie über den Arm und machte sich auf den Rückweg, diesmal durch die Gesellschaftsräume im Ostflügel, wobei er in den Wintergarten gelangte. Er hatte ihn bereits zur Hälfte durchquert, als der Schreckensschrei einer weiblichen Stimme ihn aufhielt. Er blickte verwundert durch die angelehnte Fensterscheibe auf den Rasen hinaus, wo sich ihm ein unheimlicher Anblick bot. Es erweckte ganz den Anschein, als wären die normalen, vernünftigen Leute, die er noch wenige Minuten zuvor plaudern, rauchen und Kaffee trinken gesehen hatte, plötzlich verrückt geworden.

Hero hatte das peinliche Gefühl, die Ursache ihres seltsamen Gebarens zu sein, denn alles starrte ihn mit offenem Mund und entsetztem Gesicht an und deutete mit den Fingern auf ihn.

Tische und Stühle waren umgeworfen, und die Leute standen wie versteinert da. Er konnte nicht verstehen, was sie so daran erschreckte, daß er mit Mrs. Taylors Stola über dem Arm durch den Wintergarten ging.

Mrs. Wilson und ihr Mann hatten sich erhoben; die schöne Blondine hielt die Hände an die Wangen und schrie hysterisch. Die drei Männer – Paulson, Ellison und Jellicot – waren in wunderlichen Stellungen erstarrt und erinnerten an Gestalten in einem Film, den man mitten in einer Bewegung unterbrochen hat. Lady Paradine hielt ihren Mann umschlungen und preßte den Kopf an seine Brust; Lord Paradines vorstehende Augen sahen aus, als würden sie ihm im nächsten Moment aus dem Kopf fallen. Seine Lippen bewegten sich, aber Hero konnte kein Wort verstehen. Mark Paradine hatte den Arm um Susans Schultern gelegt, und ihr sonst so ruhiges und beherrschtes Gesicht drückte unbeschreibliche Angst aus. Beth und Sir Richard streckten die Arme nacheinander aus, doch ihre Glieder schienen den Dienst zu versagen. Nur

Isobel war sitzen geblieben, als hätte sie nicht mehr die Kraft, sich zu erheben.

Hero dachte zuerst: ‹Der Kaffee ist vergiftet – sie haben alle den Verstand verloren.› Doch er wußte, daß das nicht möglich war, und fragte sich, ob vielleicht *er* nicht ganz bei Sinnen sei.

Er suchte und fand Meg, die sich bestimmt nicht so leicht ins Bockshorn jagen ließ. Zu seinem Schrecken schien sie am meisten Angst von allen zu haben. Die dicke Mrs. Taylor neben ihr zitterte und zeigte mit dem Finger auf ihn. Doch Meg schien noch weiteres Unheil zu erwarten, denn ihre Lippen formten Worte, und sie machte Anstrengungen, ihn zu erreichen.

Um den bösen Zauber zu brechen, der alle gefangenzuhalten schien, und festzustellen, was sie an ihm so erschrecken mochte, drehte Hero sich rasch um, konnte aber nichts Ungewöhnliches entdecken. Außer den Pflanzen in den Töpfen und dem hängenden Efeu befand sich kein Lebewesen im Wintergarten. Dicht an der Wand brannte die einzelne Lampe und beleuchtete ihn und seine Umgebung. Er war ganz allein, das stand fest.

Die Situation war aber vielleicht ganz anders aufzufassen. Man konnte den Wintergarten als eine Art Bühne betrachten, auf der er ein Ein-Mann-Schauspiel aufführte. Eine verglaste Bühne, deren Rampenlichter die Laternen am Schutzgeländer des Grabens bildeten, während der Graben selber die Orchesterversenkung darstellte. Dahinter befand sich das Publikum, das den Auftritt eines einzelnen Mannes, der ein leeres Zimmer durchquerte, als etwas Grausiges und Unheimliches empfand.

Dann löste sich die Starre, und es kam Leben in die Gesellschaft. Hero sah etwas in der Hand des Majors aufblitzen und hörte Meg ausrufen: «Sandro! Paß auf!» Gleichzeitig stürzte sie auf den Major zu. Hero hatte eben noch Zeit, sich bäuchlings auf den Boden zu werfen, bevor der Pistolenschuß Megs Warnung folgte. Das Geschoß zerschmetterte die schräg stehende Wand.

Hero wartete einige Sekunden, erhob sich dann und klopfte den Glasstaub von seinem Anzug. Alles war mit Glassplittern übersät, und die Scheibe trennte ihn nicht mehr von den Zuschauern. Diese hatten sich auch verwandelt, denn sie starrten ihn zwar immer noch an, aber jetzt war die Angst von ihren Gesichtern verschwunden.

Hero trat durch die Fensteröffnung ins Freie und kam sich dabei vor wie ein Schauspieler, der an die Rampe tritt, um den Applaus entgegenzunehmen. Eine Frau sprang über den Graben und warf sich an seine Brust, indem sie sich schluchzend an ihm festklammerte und rief: «Sandro, Sandro – du lebst!» Es war Meg.

Da Meg sonst nicht zu derart dramatischen und theatralischen Auftritten neigte, wußte Hero nicht, was er tun sollte. Er stand gewissermaßen im Mittelpunkt der Bühne – heil und gesund, nachdem ein guter Schütze mit einer Webley-Dienstpistole auf ihn geschossen hatte, und hielt ein weinendes Mädchen in den Armen, das seine Stiefschwester war. Ihre Hände streichelten sein Gesicht und Haar, betasteten seine Kleider, während sie immerfort fragte: «Sandro, bist du nicht verletzt? Hat er dich nicht getroffen?»

«Beruhige dich, Liebes. Mir fehlt nichts. Er hat danebengeschossen», sagte er.

Meg zitterte am ganzen Körper und konnte nur mit Mühe sprechen. «Aber das Ungeheuer, Sandro. Wir sahen alle, wie es dich an der Kehle packte...» Sie begann wieder hysterisch zu weinen und hielt sich an Hero fest, als wolle sie ihn nie mehr loslassen.

Er beugte sich zu ihr und flüsterte ihr ins Ohr: «Nimm dich zusammen, Hexe.» Das beruhigte sie und half ihr, das Gleichgewicht wiederzufinden. Sie holte tief Atem und wischte sich die Tränen vom Gesicht. Aber sie ließ seinen Arm nicht los, als sie den Graben überquerten und sich zu den anderen begaben.

Sir Richard und Lord Paradine eilten ihnen entgegen. «Mein Gott, Hero, ist alles in Ordnung?» rief Sir Richard. «Das grausige Gespenst – wir haben es deutlich gesehen!» Lord Paradine fügte hinzu: «Wir hatten schon alle Hoffnung aufgegeben, Hero.» Inzwischen hatte sich die ganze Gesellschaft um ihn versammelt und redete lärmend durcheinander. Doch Hero hörte nicht hin, sondern ging auf Major Wilson zu, der unbeweglich dastand, die schwere Dienstpistole in der herabhängenden Hand. Vivyan Wilson neben ihm preßte die Fäuste an die Schläfen, starrte auf die Pistole und dann auf Hero und flüsterte: «Alexander – oh, Alexander!»

Hero trat mit Meg vor den Major hin, blickte ihn an und sagte kein Wort. Major Wilson verzog den Mund zu einem Haifischlächeln und sagte: «Tut mir leid, wenn ich Sie erschreckt habe. Das erste Mal, daß ich ein richtiges Gespenst gesehen habe. Hat mich ganz aus der Fassung gebracht. Ein richtiges Ungeheuer mit glasigen Augen und einem Elefantenrüssel. War gar nicht darauf gefaßt.»

Hero blickte ihn nur schweigend an.

Es blieb dem Major nichts anderes übrig, als weiterzureden. «Sah aus, als hätte es Sie an der Kehle gepackt. Ich glaube zwar nicht an Gespenster, aber beim Zeus, da gab es nichts mehr zu zweifeln. Ich dachte, Ihr letztes Stündlein habe geschlagen – und unseres auch.» Er hielt inne.

Hero sagte: «Ich habe Sie doch davor gewarnt, auf Gespenster zu schießen. Geben Sie her.» Er streckte die Hand aus.

Ohne ein Wort reichte ihm der Major die Waffe. Hero nahm das Magazin heraus, schüttete die vier scharfen Patronen und die leere Hülse in die offene Hand und betrachtete sie mit Abscheu. Er fragte: «Verwenden Sie immer Sprengmunition?» Jetzt war ihm klar, warum die Glasscheibe, ganz abgesehen von der Neigung, in tausend Stücke gesprungen war. Er konnte sich auch gut vorstellen, was aus ihm geworden wäre, wenn er sich nicht rechtzeitig auf den Boden geworfen hätte.

Major Wilson antwortete: «Natürlich», aber seine Stimme klang unsicher. «In Afrika, wo ich herkomme, braucht man eine wirksame Waffe, um sich gegen Angreifer zu schützen.»

Hero erwiderte nichts darauf. Er schob die Patronen in die Seitentasche seines Smokings und steckte die Pistole in den Hosenbund. Dann drehte er dem Major den Rücken und sagte: «Und nun möchte ich gern hören, was Sie im Wintergarten zu sehen glaubten.»

Paradine protestierte: «Nicht glaubten – wir *sahen* es. Ich kann einen Eid darauf ablegen.»

«Daran ist nicht zu zweifeln», sagte Sir Richard.

«Gut, aber was?» sagte Hero. «Susan, was war es? Sie behalten doch bei allem einen klaren Kopf.»

Die junge Amerikanerin war kreideweiß und flüsterte: «Ich habe Angst. Ich kann nicht. Ich habe Angst, ich – ich hab noch nie solche Angst gehabt.» Und dann tonlos: «Ich habe nie geglaubt, daß ich ...»

Dr. Paulson fiel ein: «Ich habe den Kopf nicht verloren, obgleich ich gestehen muß, daß mir die Sache schwer zugesetzt hat. Aber ich bin ja auf Grund meines Berufes gewöhnt, genau zu beobachten.»

Hero sagte: «Gut, Dr. Paulson. Ich wäre Ihnen sehr verbunden.»

Dr. Paulson schilderte, was sich von dem Augenblick an zugetragen hatte, als Mrs. Wilson den ersten Schrei ausstieß. Sein Bericht wurde von den anderen unterstützt und ergänzt, wobei Lord Paradine darauf beharrte, daß das Gespenst nicht nur einen Rüssel, sondern auch Hörner gehabt habe.

Paulson widerspach: «Ich sah keine Hörner, aber der Kopf saß auf einem langen weißen Körper, der wie ein Schlangenleib glänzte.»

«Bewegte es sich?» fragte Hero.

«Der Körper wallte auf Sie zu, es erweckte wenigstens diesen Anschein. Er schien Sie zu umschlingen.»

Meg sagte: «Ich werde es nie vergessen, solange ich lebe. Hast du nicht gehört, daß ich dich rief, Sandro?»

Hero antwortete: «Ich habe es gehört. Ich habe Sie auch alle gesehen. Was ich feststellen möchte, ist, was *Sie* sahen.»

Sir Richard sagte: «Es war genauso, wie Dr. Paulson es beschrieben hat, nur schien es mir eher so etwas wie ein Tintenfisch zu sein, der Sie in seinen Greifarmen hielt. Sie standen da, als wären Sie gelähmt, so wie ein Skorpion oder eine Spinne sein Opfer lähmt. Und das Merkwürdige war, daß auch wir alle uns nicht rühren konnten.»

Hero nickte. «Ich weiß», sagte er. «Ein Schock hat manchmal diese Wirkung. Was geschah weiter?»

Dr. Paulson fuhr mit seinem Bericht fort. «Nun, dann vernahmen wir den Schuß, und der Bann war gebrochen. Ich sah nicht, wie der Major die Waffe auf Sie richtete, ich hörte nur den Knall und wie die Scheibe in Stücke ging.»

«Und dann?»

«Dann verschwand das Ungeheuer wie ...» Er zögerte und suchte nach dem richtigen Wort dafür. «... wie durch Zauber. Eben war es noch da, und im nächsten Augenblick war es verschwunden, und Sie lagen am Boden. Zuerst dachte ich, Sie seien getroffen worden, aber als Sie unversehrt aufstanden, erkannten wir, daß der Major rechtzeitig eingegriffen und Sie vor dem Schlimmsten bewahrt hatte.»

«Sie würden also sagen, daß der Major mir das Leben gerettet hat, indem er rasch handelte und schoß?» fragte Hero.

«Ich zweifle nicht im geringsten daran», bestätigte Dr. Paulson, «und würde es jederzeit eidlich bezeugen. Jedermann wird bestätigen, daß das Gespenst im gleichen Moment verschwand, da der Schuß abgefeuert wurde.»

Ein zustimmendes Gemurmel ließ sich vernehmen. Major Wilson sagte in einem unerwarteten Anfall von Liebenswürdigkeit: «Ich bin froh, daß es genützt hat. Ich schoß auf das Ding, und ich verfehle mein Ziel nur selten.»

Meg öffnete die Lippen, als wollte sie etwas sagen, aber Hero warf ihr einen heimlichen Blick zu und bedeutete ihr, zu schweigen. Meg machte ein erstauntes Gesicht, fügte sich aber. Hero sagte ernst: «Ich danke Ihnen allen für Ihre Hilfe und Teilnahme. Bei einer übersinnlichen Erscheinung, wie Sie sie eben beobachtet haben, ist es von größter Wichtigkeit, daß die Eindrücke so bald wie möglich schriftlich festgehalten werden. Ich möchte Sie daher bitten, unverzüglich Ihre Zimmer aufzusuchen und genau aufzuschreiben, was Sie gesehen und gehört haben.»

Zur allgemeinen Überraschung ließ sich Isobel vernehmen: «Glauben Sie jetzt, daß ein Fluch auf diesem Schloß lastet? Die Heimsuchungen sind noch nicht zu Ende.»

Vetter Freddie sagte: «Seht euch bloß das Loch in der Wand an! Ein Glück, daß Sie der Kugel nicht im Weg standen, Hero!»

Zum erstenmal tat der Ingenieur Dean Ellison den Mund auf und sagte: «Es würde mich interessieren, Ihren Bericht zu lesen, Mr. Hero. Sie standen ja im Mittelpunkt der Ereignisse.»

Dean Ellison schaute nicht Mr. Hero, sondern den Schal an, den der Parapsychologe immer noch über dem Arm trug. Dieser übergab die Stola Mrs. Taylor und sagte: «Entschuldigen Sie bitte. Ich habe sie ganz vergessen.»

Die Witwe flüsterte noch halb benommen: «Durch meine Schuld sind Sie fast ums Leben gekommen.»

«Unsinn», erwiderte Hero. «Wollen Sie nun so freundlich sein und oben in Ihren Zimmern Ihre Berichte niederschreiben?»

Major Wilson erklärte: «Meiner kann warten. Ich bleibe hier und helfe Ihnen, wenn es Ihnen recht ist. So etwas ist mir in meinem Leben noch nicht vorgekommen. Ich möchte der Sache gern auf den Grund gehen.»

Hero entgegnete: «Sie helfen am besten, indem Sie Ihren Bericht abfassen, Major Wilson, und ich bestehe darauf, daß Sie es unverzüglich tun. Haben Sie mich verstanden?»

Der Major versuchte, etwas zu erwidern, gab es aber auf und sagte: «Komm, Vivyan – vielleicht hat er recht.»

Die Familie und ihre Gäste begaben sich langsam ins Haus, und am Schluß war nur noch Meg da. «Ich möchte bei dir bleiben, Sandro», sagte sie leise.

Hero trat zu ihr, nahm liebevoll ihre Hand und antwortete: «Die Gefahr ist vorüber, Hexe. Du mußt dir keine Sorgen um mich machen. Geh jetzt ins Bett; ich komme später noch einmal zu dir, wenn ich ein bißchen herumspioniert habe.»

Sie zögerte immer noch. «Weißt du das genau, Sandro?»

«Ziemlich genau», antwortete er lächelnd. «Den Bericht schenke ich dir. Ich brauchte bloß einen Vorwand, um sie alle loszuwerden. Nimm die Sache nicht so tragisch. Die anderen haben es ja auch nur als harmlosen Streich aufgefaßt, in dessen Verlauf mir so zum Spaß eine Kugel durch den Leib gejagt worden wäre, wenn du nicht Lärm geschlagen hättest wie der Hund von Baskerville. Sie haben keine Hemmungen, diese Leute. Aber nun ist's genug.» Er nahm sie sanft bei den Schultern, drehte sie auf das Haus zu und schaute ihr nach, bis sie verschwunden war.

Dann wandte er seine Aufmerksamkeit dem Wintergarten zu. Er stopfte seine Pfeife, zündete sie an und trat an den Graben, in dessen Tiefe er genau jene Gegenstände entdeckte, die er zu finden erwartet hatte. Um sie besser betrachten zu können, setzt er sich auf den Grabenrand, ließ die Beine hinunterbaumeln und rauchte gemütlich seine Pfeife.

«Oh, du heiliger Bimbam!» sagte er. «Daran hätte der alte Dr. Pepper seine helle Freude gehabt.»

25

Mit gütiger Erlaubnis von Doktor John Henry Pepper

Eine Stunde später betrat Alexander Hero mit einem Paket unter dem Arm das Zimmer seiner Schwester. Meg erhob sich von der Couch am Fenster, wo sie in die Nacht hinausgestarrt und an das grauenvolle Erlebnis gedacht hatte. Sie sah blaß und angegriffen aus und machte ein halb besorgtes und halb zerknirschtes Gesicht. ‹Wie ein erschrecktes Kind›, dachte Hero und empfand eine große Zärtlichkeit für seine tüchtige Stiefschwester, die ihre gewohnte Selbstsicherheit und Fröhlichkeit verloren und sich in ein unglückliches, schutzbedürftiges junges Mädchen verwandelt hatte.

Meg sagte leise und beinahe schüchtern: «Sandro, kannst du mir verzeihen? Ich schäme mich schrecklich, daß ich mich dir in aller Öffentlichkeit an den Hals geworfen habe.» Sie versuchte zu lächeln, was ihr aber nicht recht gelingen wollte, und flüsterte: «Es war das erste Mal –

weißt du, ich habe noch nie ein Gespenst gesehen.» Er bemerkte, daß sie immer noch zitterte.

Da nahm er sie in die Arme und streichelte sie. Es freute ihn, zu spüren, wie seine Nähe sie beruhigte und sie zu zittern aufhörte, und er war überrascht, wie glücklich ihn das machte. Er hatte bisher noch gar keine Zeit gefunden, sich zu fürchten, aber jetzt, da es vorbei war, tat es gut, zu fühlen, daß jemand so treu zu ihm hielt.

Er ließ sie los, und sie blickte dankbar zu ihm auf. Er sagte: «Nun ist alles gut, meine kleine Hexe. Es ist vorbei – und du hast immer noch kein Gespenst gesehen.» Er öffnete das Paket, das er auf den Tisch geworfen hatte, und hielt einen Gegenstand in die Höhe. «Da hast du dein Phantom!»

Meg starrte das Ding verwundert an – die glotzenden Augen, den langen, gefurchten Rüssel – und brach in helles Gelächter aus.

«Du lieber Himmel, Sandro», rief sie aus. «Natürlich! Eine Gasmaske! Daß ich das nicht erkannt habe! Dabei habe ich sie im Krieg zu Hunderten gesehen!»

«Das liegt daran, daß du unter diesen Umständen einfach nicht darauf gefaßt warst», erklärte Hero.

«Wo hast du sie gefunden?» fragte Meg.

«Im Graben, unten», antwortete Hero, «wo jemand sie versteckte, aber nicht rechtzeitig wieder herausholen konnte – jemand, der mich für einen größeren Narren hielt, als ich bin.»

«Im Graben!» rief Meg aus. «Ich verstehe nicht – wie kam sie von dort in den Wintergarten?»

«Durch Bühnenillusion», sagte Hero, «die auf einem uralten Trick beruht. Wurde von einem italienischen Philosophen des sechzehnten Jahrhunderts namens Giovanni della Porta erfunden und im Jahre 1863 von einem gescheiten Professor für Chemie am ‹Londoner Polytechnikum› weiterentwickelt. Er hieß John Henry Pepper, und daher war dieser Trick lange als ‹Peppers Gespenst› bekannt, bis er dann in Vergessenheit geriet, als die Zaubervorführungen aus der Mode kamen.»

Meg schaute ihn verständnislos an.

«Bist du jemals mit einer brennenden Kerze in der Hand in ein dunkles Zimmer getreten und hast dein Bild im Fenster projiziert gesehen, als käme es auf dich zu, aber *hinter* der Scheibe? Das ist die Illusion, auf der Peppers Gespenst beruht. Auf der Bühne pflegt man eine dem Publikum nicht sichtbare Glasscheibe in einem bestimmten Winkel dicht hinter dem Rampenlicht anzubringen. In der Orchesterversenkung befindet sich das Gespenst – gewöhnlich ein Skelett –, das von schwarzverhüllten Männern betätigt wird, die mit Hilfe von starkem Licht die gewünschte Illusion erzeugen. Das Publikum kann die Gehilfen in der Orchesterversenkung nicht sehen. Das Skelett aber spiegelt sich in der schrägen Glasfläche und erweckt den Eindruck, als bewege es sich hinter der Scheibe auf der Bühne oder sei gar in einem Kampf mit einem lebendigen Schauspieler verwickelt. Jemand muß entdeckt haben, daß der Neigungswinkel des neuen Fensters im Wintergarten und der Kanalisationsgraben davor geradezu ideale Voraussetzungen für diesen Trick boten. Die Gasmaske wurde samt einer Laterne im Graben versteckt und mit einem Stück Segeltuch, an dem eine Schnur befestigt war, zugedeckt. Jemand, der in der Nähe des Grabens saß, brauchte bloß an der Schnur zu ziehen und das Segeltuch zu entfernen, und schon beleuchtete die Laterne die Gasmaske und warf ihr Spiegelbild dank der geneigten Glasscheibe scheinbar ins Innere des Zimmers. Ich durchquerte es mit Mrs. Taylors Schal über dem Arm und lieferte der Maske zuvorkommenderweise einen schönen Schlangenkörper, der mich, wie ihr glaubtet, umfangen hielt. *Quod erat demonstrandum.*»

Meg blickte das Ding auf dem Tisch nachdenklich an. «Wer mag das gewesen sein?» fragte sie.

Hero antwortete: «Der Major, vermute ich. Der Strick, der am Segeltuch befestigt war, wurde von dem Platz, wo er saß, in den Graben geworfen.»

Das Entsetzen kehrte in Megs Augen zurück. «Er hat versucht, dich zu töten», sagte sie.

«Diesen Verdacht habe ich auch», gab Hero zu. «Es kann aber auch sein, daß er mich ursprünglich bloß lächerlich machen wollte, indem er das Gespenst schuf und hoffte, ich würde darauf hereinfallen. Er konnte nicht wissen, daß ich Mrs. Taylors Schal holen wollte. Vielleicht hoffte er, ich würde die Erscheinung vom Rasen her entdecken und in den Wintergarten eilen, wo er mich unter Feuer nehmen konnte. Als ich dann aber so unerwartet in die Falle ging und seine Frau ein solches Geschrei erhob, nahm er die günstige Gelegenheit wahr. Er hatte ein halbes Dutzend Zeugen, die – wie er annehmen durfte – bestätigen würden (meine kleine Schwester eingeschlossen), daß ein Ungeheuer mich bedrohte; und er schoß, um mich zu befreien. Es wäre jedenfalls der Gipfel der Ironie gewesen.»

Meg schauderte und sagte: «Er wird es wieder versuchen.»

«Das glaube ich nicht. Der Bursche hat keine Lust, seinen Kopf zu riskieren.»

Meg erwiderte nichts darauf. Sie berührte die Gasmaske auf dem Tisch vorsichtig mit dem Zeigefinger und fragte: «Wem gehört sie?»

«Isobel», antwortete Hero.

«Nein!» rief Meg aus. «Woher weißt du das?»

«Ich zeigte sie ihr und fragte sie rundheraus. Ich wußte zufällig, daß sie während des Krieges Luftschutzwart war. Sie sagte, sie hätte die Maske seit Jahren nicht mehr gesehen; sie müsse irgendwo in einem Schrank gelegen haben. Ich nehme an, der Major hat sie dort entdeckt und das brachte ihn auf den Gedanken.»

«Und hast du ihr geschildert, was du mir soeben erklärt hast – wie die Maske verwendet wurde?» wollte Meg wissen.

Hero sagte nachdenklich: «Ja, ich wollte sehen, wie sie darauf reagierte. Sie ist eine ungewöhnliche Frau. Sie blickte mir fest in die Augen und sagte: ‹Alle Achtung, daß Sie den Trick durchschaut haben, Mr. Hero. Doch der Fluch, der auf Paradine Hall liegt, kann dadurch nicht abgewendet werden.› Damit drehte sie mir den Rücken und ließ mich stehen.»

Meg dachte nach und spielte mit einer Haarsträhne. «Demnach bist du also keinen Schritt weiter?»

Hero zuckte die Achseln. «Immer, wenn ich glaube, kurz vor dem Ziel zu sein, fällt alles wieder in sich zusammen. Denk nur an den Fall des todbringenden Zauberkünstlers, den Fall der fotogenen Nonne, den Fall des nichtvorhandenen Harfenisten oder den Fall der verdammt unbehaglich vielen Gespenster. Wir haben sie jetzt fast alle gehabt – außer dem Kerl mit der Halskrause, der seinen Kopf unter dem Arm trägt, und es würde mich nicht wundern, wenn er jeden Augenblick auftauchen sollte. Übrigens muß ich noch den Beweis erbringen, daß Major Wilson wußte, wie Peppers Gespenst funktioniert.» Dann fügte er deprimiert hinzu: «Bis jetzt hat Mrs. Taylor zu fünfzig Prozent recht gehabt. Wenn sie es auf hundert Prozent bringt, dann wird Susan Marshall das nächste Opfer sein.»

«Sandro», begann Meg zögernd, «darf ich etwas vorschlagen?»

«Ja, Liebling. Du glaubst doch nicht, daß ich dich bloß bei mir haben wollte, damit du einen kleinen, dicken Mann im Pyjama fotografierst, der Briefpapier mit Familienwappen für sein Erinnerungsalbum stiehlt?»

Meg lächelte wehmütig und sagte: «Es ist mir wegen des heutigen Abends noch etwas in den Sinn gekommen. Ist dir nicht auch aufgefallen, daß Dean Ellison zum erstenmal den Mund aufgetan hat und sich sehr für Mrs. Taylors Schal über deinem Arm zu interessieren schien?»

Hero antwortete: «Ja, ich erinnere mich.»

«Warum sprichst du nicht einmal mit ihm? Er weiß bestimmt etwas. Ich hatte den Eindruck, daß er dir heimlich zu verstehen geben wollte, du möchtest zu ihm kommen.»

«Ellison? Was sollte der denn wissen?»

«Ich weiß, ich reagiere typisch weiblich und unlogisch, aber ist es nicht merkwürdig, daß er nie etwas sagt und nie seine Meinung zu dieser ganzen Angelegenheit geändert hat? Paulson ist ein eingebildeter Narr, Jellicot ein armer, verblendeter, kleiner Mann, Horace Spendley-Carter ein Esel und Mrs. Spendley-Carter die Frau eines solchen. Der Major ist ein eifersüchtiger Ehemann und Vetter Freddie eine Viper – doch was wissen wir von Mr. Ellison? Kann ein Mensch so uninteressiert an seiner Umgebung sein? Er sitzt da wie ein Buddha, während um ihn herum die Hölle los ist, und sagt kein Wort. Dahinter steckt doch etwas. Er ist doch Ingenieur, oder nicht? Neulich sagtest du, man müßte Ingenieur für Raumakustik sein, um den Betrug mit der Harfe zustande zu bringen. Vielleicht ist Ellison der Mann, den du suchst?»

Hero trat zu seiner Stiefschwester, nahm ihr Gesicht in beide Hände und küßte sie zärtlich auf ein Auge. «Gott sei Dank hat jemand von der Familie ein wenig Verstand.» Er nahm die Gasmaske, wickelte sie in das Papier und ging zur Tür.

«Ich will dem Ingenieur Ellison mal rasch mein kleines Spielzeug zeigen.»

Mittlerweile war es beinahe Mitternacht geworden. Das Haus war dunkel und still, aber unter Ellisons Tür drang Licht in den Korridor. Als Hero klopfte, öffnete der Ingenieur in Morgenrock und Pantoffeln. Auf dem Tisch standen eine Flasche, zwei Gläser und ein schwarzer lackierter Kasten. «Treten Sie ein, treten Sie ein», forderte er Hero auf. «Ich habe Sie erwartet. Offen gestanden war ich neugierig, wie lange es dauern würde, bis Sie auf die Idee kämen, mich aufzusuchen.»

Der untersetzte Mann schloß die Tür, deutete auf die Flasche und sagte: «Schnaps?» Während Hero seiner Aufforderung Folge leistete, öffnete er den Lackkasten, der eine Kiste Havannazigarren enthielt, und bot sie seinem Gast an. «Zigarre?»

«Vielen Dank», sagte Hero, und die beiden Männer schnitten feierlich das Ende ihrer Zigarren ab, zündeten sie an und gaben sich dem Genuß des ersten und besten Zuges hin.

Die Papierhülle der Gasmaske hatte sich gelöst und verriet, was sie enthielt. Ellison deutete mit seiner Zigarre darauf und sagte: «Wie ich sehe, haben Sie sie gefunden.»

Ellison wußte also davon! Hero war überrascht, daß Megs Vermutung sich so bald schon als richtig erwies. Er erwiderte knapp: «Ja.»

Ellison fuhr fort: «Ich dachte mir, daß Sie darauf kommen würden. Jeder, der zum Kreis der Magier gehört, mußte ja auf den ersten Blick erkennen, daß es sich um Peppers Gespenst handelte.»

Hero fragte scharf: «Was wissen *Sie* denn von Peppers Gespenst?»

Ellison lachte. «Ich gehörte früher selber einmal zum Kreis der Magier. Obgleich ich schon vor vielen Jahren ausgetreten bin, erhalte ich immer noch das Mitteilungsblatt. Daher weiß ich, daß Sie Mitglied sind. Erstaunt Sie das?»

Hero antwortete: «Aufrichtig gesagt, ja, obschon ich von verschiedenen Seiten gehört habe, daß Sie nicht immer Ingenieur waren.»

Ellison lächelte und tat einen genießerischen Schluck aus seinem Glas. «Sie haben sicherlich schon von dem orientalischen Magier Rajah Rham Singh gehört?»

«Joe Bernard!» rief Hero verblüfft aus. Rajah Rham Singh war einer der letzten großen Zauberer, an Können und effektvoller Attraktionskunst den großen Magiern wie Maskelyne, Houdine, Goldin, Chung Ling Soo und Will Goldsten ebenbürtig. Sein richtiger Name lautete Joe Bernard, und er stammte aus Eastchapel in London. Das orientalische Drum und Dran diente nur dazu, seine Herkunft zu verschleiern. Dean Ellison ein ehemaliger Zauberkünstler! Hero überlegte fieberhaft, wie sich diese Neuigkeit mit den Tatsachen und Theorien vereinbaren ließ, und stutzte plötzlich. «Das ist doch unmöglich», sagte er. «Joe Bernard starb vor zehn Jahren und war damals dreiundachtzig. Ich kann mich gut an den Nachruf in der Zeitung erinnern.»

«Ich war sein Mechaniker», erklärte Ellison ruhig.

«Sie waren sein Assistent!» wiederholte Hero eifrig, denn er witterte in dieser Enthüllung ganz neue Möglichkeiten. Er dachte an die Voraussetzungen, unter denen ein Mensch die Harfe zum Klingen bringen konnte, ohne sie zu berühren. Solche Fähigkeiten und Kenntnisse konnte sowohl ein Raumakustiker als auch der Gehilfe eines Zauberkünstlers besitzen.

Ellison erzählte: «Vor einigen vierzig Jahren, als ich eben mein Diplom gemacht hatte, war ich eine Zeitlang arbeitslos. Ich antwortete auf ein Inserat, in dem ein Mann mit technischer Begabung und Ausbildung gesucht wurde. Der Inserent war Joe Bernard. Wir verstanden uns von Anfang an ausgezeichnet. Während der nächsten fünf Jahre erfand und verbesserte ich die meisten seiner Nummern.»

Hero blies nachdenklich den ganzen Rauch seiner Havannazigarre in die Luft. Würden die Vorgänge in Paradine Hall dank Megs ungewöhnlicher Intuition endlich eine Erklärung finden, und zwar von ganz unerwarteter Seite? Er sagte: «Joe Bernard gehörte einer früheren Generation an. Ich bedaure, ihn nie auf der Bühne gesehen zu haben. Da Sie aber so offen zu mir gesprochen haben, wird es Ihnen vielleicht nichts ausmachen, mir auch noch zu verraten, warum Sie Paradine Hall als Gespenst heimgesucht und hier einige der Tricks des verstorbenen Rajah Rham Singh zum besten gegeben haben?»

«Ich?» erwiderte Mr. Ellison erstaunt. «Meinen Sie das ernst, Mr. Hero? Der einzige Ort, den ich heimgesucht habe, ist das verfluchte Sandloch beim sechsten Hole auf dem Golfplatz.»

Nun war Mr. Hero an der Reihe, erstaunt zu sein. «Soll das heißen, daß Sie nichts mit den Manifestationen hier im Schloß zu tun haben?»

«Das ist doch klar», erwiderte Ellison. «Denken Sie ein bißchen nach, Mann! Was könnten mir schon solch dumme Streiche nützen?»

«Aber Sie wußten davon?»

«Allerdings.»

«Wollen Sie mir erklären, warum Sie nie ein Wort darüber verloren, wenn Sie doch wußten, was hier vorging?»

Dean Ellison betrachtete Mr. Hero über den gähnenden Abgrund hinweg, der einen älteren, erfahrenen Mann von einem jüngeren trennt. Er entnahm seiner Brieftasche schweigend eine Visitenkarte und reichte sie ihm. Sie wies eine ganze Reihe von Titeln und Auszeichnungen auf, unter anderem auch das militärische Ehrenkreuz und den Verdienstorden des britischen Weltreichs.

«Ich mische mich nicht gern in anderer Leute Angelegenheiten», erklärte Ellison. «Außerdem wäre es mir unangenehm, wenn es sich herumspräche, daß ich – eine Stütze der Wasserkraftwerke von Großbritannien – früher mit einem Londoner Vorstadtzauberer herumgezogen sei und ihm geholfen hätte, die Leute hereinzulegen. Übrigens machten Sie mir den Eindruck eines tüchtigen jungen Mannes, der meiner Hilfe nicht bedurfte, bis dieser widerwärtige Major dann auf Sie schoß. Ich nehme an, Sie werden ihn jetzt ein wenig genauer unter die Lupe nehmen. Ich mag es nicht, wenn einer so mir nichts dir nichts von der Waffe Gebrauch macht, daher beschloß ich, ein Wort mit Ihnen zu reden. Ich dachte, Sie wären über den Hokuspokus im Bilde, der hier vor sich geht. Für einen Teil davon war das Kind verantwortlich. Was macht Ihnen denn noch zu schaffen?»

Hero erwiderte trübsinnig: «Die verfluchte Harfe.» Er kam sich lächerlich vor, Ellison überhaupt verdächtigt zu haben, und fragte sich, ob sein Verstand und Urteilsvermögen unter der drückenden Atmosphäre im Schloß gelitten hatten oder ob er von Mrs. Taylor und ihrer Vision zu sehr beeindruckt gewesen war. «Ich weiß, wie es bewerkstelligt werden könnte, nur fehlt der bewußte Gegenstand.»

Ellison betrachtete ihn aufmerksam und rauchte schweigend.

«Hören Sie», sagte Hero, «als Sie mit Joe Bernard zusammen arbeiteten, waren Sie bereits Diplomingenieur. Wäre es Ihrer Ansicht nach möglich, daß ein Amateur ganz selbständig eine Illusion erzeugen und zum selben Ergebnis kommen könnte wie ein Fachmann?»

Der Ingenieur schnaubte verächtlich: «Selbstverständlich. Das sollten Sie selber am besten wissen. Alle großen Sinnestäuschungen beruhen auf einem ganz einfachen Prinzip. Wenn sie nicht aufgezeichnet und weitergegeben würden, käme bestimmt alle paar Generationen jemand und erfände sie neu. Jeder mit ein wenig technischer Begabung könnte drauf kommen. Es ist immer ein Trick dabei; was sie zur effektvollen Wirkung bringt, ist die künstlerische Aufmachung.»

‹Ellison hat recht›, dachte Hero. Die kleine Noreen war der beste Beweis dafür, denn hatte sie nicht ganz selbständig herausgefunden, wie man in einem halbdunklen Zimmer einen Sessel bewegen konnte, als werde er von unsichtbaren Händen gestoßen? Damit hatte sie einen der ältesten Tricks wiederentdeckt, der von falschen Medien bei ihren ekelhaften Séancen angewendet wurde.

Ellison fragte: «Haben Sie nachgeforscht, ob jemand im Schloß besonders gut mit Werkzeug umzugehen versteht?»

Hero blickte den alten Mann sinnend an. War es möglich, daß er ohne Umwege zum selben Schluß gelangt war, der ihn, Hero, so lange, mühselige und umständliche Kleinarbeit gekostet hatte? Er sagte: «Die Sache hat aber einen Haken, Sir. Ich habe das verdammte Schloß vom Dach bis zum Keller durchsucht, aber keine zweite Harfe finden können. Eine Konzertharfe läßt sich nicht ohne weiteres verbergen oder gar in den Fluß werfen. Es sind schon zwei Mann nötig, um sie nur in die Höhe zu heben.»

Ellison fragte: «Welche andere Harfe?»

«Die, mit der die Harfe im Musikzimmer zum Klingen gebracht wird.»

Ellison grinste. «Robert-Houdin benutzte vor hundert Jahren für den Trick noch zwei Harfen. Der große Rajah Rham Singh aber produzierte das Kunststück ohne Harfenisten und zweite Harfe. Es wäre zu kostspielig gewesen, gleich zwei Harfen im Gepäck mitzuführen. Wir hatten einen Bühnengehilfen, der nicht übel Geige spielte – die tat es auch.»

Hero schoß wie elektrisiert in die Höhe. «O Gott!»
«Ist Ihnen etwas eingefallen?» fragte Ellison.
«Allerdings.» Hero wußte plötzlich, was er im Musikzimmer vermißt hatte. Es war das Cello, das er bei seinem ersten Besuch in der Ecke hatten stehen sehen.

26

«Leb wohl, my bonnie dear!»

Der grauhaarige, untersetzte Ingenieur betrachtete mißtrauisch seine Zigarre und schnupperte daran. Er zog den Rauch ein, bis das Ende glühte, und schnupperte erneut. Dann schüttelte er den Kopf und sagte: «Diese Havanna zu zehn Shilling das Stück ist es nicht – aber was, zum Teufel, ist es dann?»
Hero roch es auch. Ein abscheulicher Gestank schien das Zimmer plötzlich zu erfüllen – ein widerwärtiger, giftiger Hauch. Der Parapsychologe riß die Tür auf und rannte hinaus, gefolgt von Ellison. Im Korridor war der Geruch noch ausgeprägter und unerträglicher. Aus dem Westflügel drang eine verzweifelte Stimme: «Hero! Hero! Wo sind Sie?»
Obgleich die Angst und Verzweiflung die Tonlage veränderte, erkannte Hero sofort, daß es Sir Richard Lockerie war, der nach ihm rief. Er antwortete: «Hier, Sir Richard – ich komme», und eilte ihm entgegen. Er traf ihn auf halbem Wege und erschrak über sein Aussehen.
Sir Richard trug Morgenrock und Pantoffeln, war totenbleich und zerzaust, und die Augen sprangen ihm fast aus den Höhlen.
«Um Gottes willen, Hero», rief er, «kommen Sie schnell; es ist etwas Schreckliches passiert!»
Heros Herz krampfte sich zusammen. «Susan?»
«Nein, nein – Beth.»
Andere Stimmen ließen sich vernehmen. Lord Paradine schrie: «Wo, zum Teufel, kommt dieser Gestank her?»
Dann hörte man den Schreckensschrei einer Frau. Türen öffneten sich. Susan erschien im rasch übergeworfenen Morgenrock, dann Meg und Vetter Freddie. Sie eilten alle hinter Sir Richard her in Beths Zimmer und drängten sich durch die Tür.
Auf dem Bett ausgestreckt, lag bewegungslos eine Nonne im schwarzen Gewand und schwarzer Haube, die mit weißer, gestärkter Leinwand gefüttert war. Es bestand kein Zweifel, die blasse, schmale Gestalt in der Nonnentracht war Beth Paradine. Sie lag still wie im Schlaf, in Bewußtlosigkeit oder im Tod. Auf dem Nachttisch stand ein Glas mit einem Rest Milch darin, daneben ein Fläschchen mit Schlaftabletten.
Sir Richard lag auf den Knien neben dem Bett und hielt sie angstvoll umfangen, schüttelte sie und rief: «Beth, Beth – oh, warum hast du das getan? Ist sie tot, Hero? Jemand muß sofort den Arzt holen!»

Lady Paradine kniete ebenfalls am Bett ihrer Tochter und stöhnte: «Mein Kind! Mein Kind!» Dann rief sie: «Beth war ganz aufgeregt von den heutigen Ereignissen und sagte, sie werde eine Schlaftablette nehmen. Isobel brachte ihr heiße Milch – mein Kind hat sich umgebracht – warum, oh, warum nur?» Mark stand bekümmert neben seiner Mutter.

Vetter Freddie, das fette Gesicht ganz rot vor Erregung und dicke Schweißperlen auf Stirn und Oberlippe, sagte: «Mein Gott, Beth war also die Nonne!»

Der Sinn seiner Worte war allen klar, und es folgte ein betretenes Schweigen. Nur Sir Richard, der aussah, als habe er den Verstand verloren, rief heiser: «Großer Gott! Meine Beth – die Nonne?»

Die Anwesenden blickten entsetzt auf das Mädchen, das durch sein Schweigen und die Tracht, die es trug, seine Schuld einzugestehen schien. Eltern und Freundin, Bruder und Geliebter starrten sie fassungslos an.

Hero, dessen Gedanken und Gefühle ganz verwirrt waren von den Dingen, die er jetzt wußte, trat an ihr Bett. Er roch an dem Glas, kostete die Milch, kniete nieder und legte das Ohr an Beths Brust; er hörte ihr Herz ganz schwach und unruhig schlagen, roch an ihrem Atem, zog die Lider auseinander und blickte in die leeren Augen. Dann befahl er knapp: «Mark, rufen Sie sofort Dr. Winters an! Meg, sorg für heißen Kaffee!»

Sir Richards Kopf bewegte sich hin und her, während er sagte: «Meine Beth die Nonne? Wie kann das möglich sein, wo wir in jener Nacht doch beisammen waren?»

Hero ging zu ihm, packte ihn bei den Schultern, schüttelte ihn und befahl: «Fassen Sie sich. In welcher Nacht war das? Wann? Wo?

«Das letzte Mal, als die Nonne umging und die Harfe spielte. Ich fand Beth allein in der Bibliothek. Sie zitterte vor Angst. Ich nahm sie in die Arme – sie hatte der Nonne folgen wollen. An jenem Abend fanden wir uns. Wir waren noch beisammen, als die Harfe zu spielen begann.»

Als hätte der schwärzeste Abgrund sich zu seinen Füßen aufgetan, erkannte Hero seinen Irrtum und die Folgen, die sich daraus ergeben hatten, und er stöhnte laut auf: «Was für ein Narr bin ich doch gewesen! Wie konnte ich das übersehen? Ich hätte es wissen müssen!»

Denn von dem Augenblick an, da Beth in Sir Richard Lockeries Armen lag, hatte für Susan Marshall keine Gefahr mehr bestanden. Der Haß, den Mrs. Taylor so deutlich gespürt hatte, war auf Beth Paradine übertragen worden.

Die Nonnentracht lag in einem zerknitterten Haufen am Boden. Beth, in Pantoffeln und Morgenrock, wurde, von Dr. Winters und Mark Paradine gestützt, im Zimmer auf und ab geführt. Ihre Augen blickten immer noch starr ins Leere, und ihr Mund war ausdruckslos, aber die Bewegungsfähigkeit hatte sie einigermaßen zurückgewonnen. Sie konnte die Glieder wieder gebrauchen. Hero und Meg beobachteten sie aufmerksam.

Meg fragte ihren Stiefbruder: «Sandro, weißt du, wer... was geschehen ist?»

Hero antwortete grimmig: «Ich glaube, ja. Sie hat eine zu große Dosis Schlaftabletten bekommen», und deutete auf das zu zwei Dritteln geleerte Glas und das Fläschchen auf dem Nachttisch.

Sir Richard hatte seine Selbstbeherrschung wiedergefunden, wenn er auch immer noch tief bestürzt war. «Weshalb hat sie das getan?» stöhnte er. «Wir waren so glücklich. Wir hatten uns gefunden. Wäre ich nicht nachschauen gegangen, ob bei ihr alles in Ordnung ist, hätte man sie nicht mehr retten können.»

Hero antwortete: «Sie sollten etwas mehr Vertrauen haben. Sie hat es nicht getan. Schauen Sie sich das Fläschchen an – es ist fast voll. Sie hat nicht mehr als eine, höchstens zwei Tabletten genommen und dann die Milch getrunken. Die Überdosis befand sich bereits in der Milch. Und das Nonnengewand wurde ihr angezogen, als sie schon bewußtlos war.»

Alle blickten mit Abscheu auf die schwarze Tracht am Boden, und Lord Paradine rief: «Soll das heißen, daß jemand meine Tochter hat ermorden wollen?» Und Lady Paradine klagte: «Warum – warum nur? Wer hat meinem Kind das antun können?»

«Ich kann Ihnen zwei Erklärungen dafür geben, und eine davon ist wahrscheinlich symbolisch», erklärte Hero. «Ein zwangsläufiges Ausscheiden aus der Welt der Liebe und der des Lebens. Dieser Fall ist von Anfang an von Symbolik gekennzeichnet gewesen. Oder haben Sie etwa vergessen, in welchem Zustand Susans Zimmer vorgefunden wurde? Und die eisige Hand an ihrer Kehle?»

Sir Richard fragte: «Sie glauben also nicht, daß Beth die Nonne gespielt hat, Hero?»

«Ich halte es für ganz ausgeschlossen», erklärte Hero bestimmt. «Beth war ja in Ihren Armen, als die Harfe ertönte. Wenn mir das früher zu Ohren gekommen wäre, hätte ich das Folgende vielleicht verhindern können. Harfe und Nonne haben von jeher untrennbar zusammengehört.»

Vetter Freddie hob plötzlich den Kopf und schnupperte aufmerksam. «Was geht eigentlich hier im Hause vor? Der Gestank wird ja immer unerträglicher!«

Nun, da Beth die Krise überstanden hatte und man wußte, daß sie sich erholen würde, bemerkten alle wieder, wie verpestet die Luft war.

Susan Marshall verlor die Nerven. Sie setzte sich mit kalkweißem Gesicht auf einen Stuhl und fragte: «Spukt es hier wirklich, Alexander?» Bei diesen Worten schien das alte Entsetzen von den Anwesenden Besitz zu ergreifen.

«Nein!» entgegnete Hero mit ungewöhnlicher Schärfe, um der drohenden Hysterie Einhalt zu gebieten. «Reden Sie keinen Unsinn! Haben wir nicht genug von diesem verdammten Schwindel? Das ist der einfachste Trick von allen. Weshalb sollte ein Gespenst stinken?»

Auch Dr. Winters, der seine Patientin nun außer Gefahr wußte, nahm den Geruch wahr und fragte: «Was, in aller Welt, verbrennen Sie in Ihrer Heizung?»

«Dr. Winters», erkundigte sich Hero, «haben Sie kürzlich jemand im Schloß Baldriantinktur verschrieben?»

Dr. Winters blickte Hero mit gerunzelter Stirn an und antwortete dann: «Jetzt kommt es mir in den Sinn – ich habe Mrs. Spendley-Carter vor einigen Tagen eine Flasche gebracht. Ich verschreibe Baldriantinktur gern als Beruhigungsmittel.» Sein Gesicht hellte sich auf, und er rief: «Beim Zeus, das ist es! Es war mir doch gleich, als müsse ich den Geruch kennen. Warum, zum Teufel, riecht aber das ganze Haus danach?»

Lord Paradine sagte: «Was? Mrs. Spendley-Carter? Wollen Sie damit andeuten, daß sie hinter der Sache steckt?»

Nun war Mr. Hero an der Reihe, zu erbleichen und in Angstschweiß auszubrechen, denn er erinnerte sich plötzlich an den letzten Teil von Mrs. Taylors Warnung. Er sagte: «Wenn es bedeutet, was ich glaube...» In diesem Augenblick begann die Harfe von Paradine Hall die Melodie ‹My Bonnie Dear› zu spielen.

«Lieber Gott, mach, daß ich diesmal nicht zu spät komme», betete Hero und rannte aus dem Zimmer.

Er lief in langen Sätzen den Korridor entlang und die schmale Treppe hinunter. Er hielt nicht einmal vor dem Musikzimmer inne, aus dem die geisterhaften Töne drangen, denn er wußte im voraus, daß die Tür verschlossen war, niemand sich darin aufhielt und die Saiten vibrierten, als würden sie von Menschenhand gezupft. Er versuchte festzustellen, wieviel von dem Lied schon gespielt worden war und wie viele Takte noch übrigblieben bis zu den letzten Zeilen:

And now thou'rt cold and laid upon thy bier –
Good-by, my bonnie, good-by, my bonnie dear.

Der Schluß des Liedes würde auch das Ende von Paradine Hall und wer weiß wie vielen seiner Bewohner bedeuten.

Hätte er nicht zuerst die Leute vor der drohenden Gefahr warnen und sie in Sicherheit bringen sollen? Jetzt war es zu spät. Er hatte alles auf diesen einen Versuch gesetzt, das Unglück abzuwenden.

Er stürmte durch die Tür zum Anrichteraum und dann die Kellertreppe hinunter, dankbar, daß diesmal das elektrische Licht nicht ausgeschaltet worden war, und versuchte, sich in dem Labyrinth von Gängen zurechtzufinden, das die unterirdischen Gewölbe durchzog.

War es die Angst um die Menschen, die er oben zurückgelassen hatte, oder die Atemlosigkeit als Folge seines Wettlaufs mit der Zeit, jedenfalls versagte im entscheidenden Moment Heros Orientierungssinn. Da ertönten aus einem der dunklen Gänge die Schlußakkorde:

And now thou'rt cold and laid upon thy bier –
Good-by, my bonnie, good-by, my bonnie dear.

Dann wurde es still.

«Großer Gott», rief er laut, «ich komme zu spät!» Er stürzte durch den finsteren Korridor und bereute es, unterwegs keinen Feuerlöscher oder Eimer voll Sand mitgenommen zu haben.

Er drückte die Klinke der Gerümpelkammer nicht herunter, denn er wußte, daß sie verschlossen war; seine einzige Hoffnung bestand darin, daß die Tür seiner Kraft nicht standhalten würde. Er stemmte sich mit aller Macht dagegen und fluchte in ohnmächtiger Wut, als sie nicht nachgeben wollte. Beim zweiten Versuch gelang es ihm, sie aufzubrechen, und er stürzte in den großen, schwach beleuchteten Raum, wo ihm Benzindünste entgegenschlugen; ein riesiger Haufen Papier, alte Lumpen und Kienspäne lagen am Boden, völlig mit Benzin durchtränkt.

Daneben stand eine brennende Paraffinlampe. Es war geradezu ein Wunder, daß die Dämpfe sich noch nicht entzündet hatten.

In einer Ecke, an dem Punkt, der sich genau unterhalb der goldenen Konzertharfe im Musikzimmer befand, saß Isobel Paradine.

An ihrem Knie lehnte ein Cello mit einer seltsamen Konstruktion daran. Ein dünner Fichtenstab, am Resonanzboden befestigt, ragte bis zur Decke hinauf. Der Cellobogen lag zu ihren Füßen. Sie saß unbeweglich wie eine Statue da, die Finger der linken Hand am Hals des Instruments, den rechten Zeigefinger nahe am Steg über einer Saite gekrümmt.

Als Hero die Tür aufbrach, versuchte Isobel, die heiße, brennende Laterne umzuwerfen. Aber in dieser Sekunde, da die Zeit stillzustehen schien, sah Hero, daß ihre Augen glasig und ihre Bewegungen langsam waren, als hätte sie ein Rauschgift genommen. Wenn es ihr gelang, genügte das Benzin, mit dem das Brennmaterial durchtränkt war, um eine gewaltige Explosion zu erzeugen und das jahrhundertealte Schloß in Flammen aufgehen zu lassen.

Kaum mehr bei Bewußtsein, streckte Isobel die Hände nach der Laterne aus; doch Hero kam ihr zuvor, er ergriff die Laterne, eilte damit aus der Gerümpelkammer und löschte sie aus. Als er zurückkehrte und die elektrische Lampe anknipste, war Isobel, von den Benzindünsten betäubt, zu Boden geglitten und lag mit dem Kopf neben dem Brennmaterial; ihr silberblondes Haar glich einer Flamme, die zum Scheiterhaufen züngelte in einem letzten verzweifelten Versuch, das Zerstörungswerk zu vollenden.

27

Drei Abreisen

Mehrere Personen reisten am nächsten Tag von Paradine Hall ab – eine davon so früh am Morgen, daß niemand ihr Weggehen bemerkte. Kurz nach Sonnenaufgang schritt eine hochgewachsene weißblonde Frau, in jeder Hand einen Koffer, vom Schloß zu den Garagen, wo sie das Gepäck in einem kleinen Wagen verstaute. Sie setzte den Motor in Gang und fuhr die breite Allee entlang und durch das Parktor hinaus, ohne einen einzigen Blick zurückzuwerfen. Auto und Frau verschwanden in der Richtung auf die Sonne zu, die golden am Himmel emporstieg. Als die anderen abreisten, war Alexander Hero zugegen, da er noch gewisse Dinge erledigen mußte. Er trug mehrere Pakete bei sich.

Das Ehepaar Wilson fuhr im eigenen Wagen; die Spendley-Carters wurden im Auto des Country Clubs zur Bahn gebracht. Der Major saß am Lenker und wartete auf seine Frau, die sich im Schloß verabschiedete. Hero öffnete den Schlag und setzte sich neben den Major, der ihn halb erstaunt und halb amüsiert betrachtete und sagte: «Ihre Kaltblütigkeit ist bewundernswert, Hero. Das soll wohl eine Gegenvisite sein? Ich beobachtete Sie damals in der Ruine, als Sie meine Frau umarmten, verstehen Sie?»

Hero antwortete: «Das tut mir leid. Ich nehme an, Sie wissen, was hier drin ist.» Damit händigte er dem Major eines der Pakete aus. «Es ist Ihre Pistole.»

Der Major nickte und sagte: «Ich habe mich schon gefragt, wann Sie mir mein Eigentum zurückgeben würden.»

Hero fuhr fort: «Und vielleicht möchten Sie dies als Erinnerung behalten.»

Das Papier öffnete sich, als er ihm das zweite Paket in die Hand drückte. Der Major starrte die Gasmaske an und verzog dann den Mund zu seinem lautlosen Haifischlachen. «Sie haben meinen Scherz durchschaut, wie ich sehe.»

Hero erwiderte: «Sie haben doch nicht etwa erwartet, daß ich darauf hereinfallen würde? Zuerst fand ich es gescheit, daß Sie im Wintergarten die physikalischen Elemente für Peppers Gespenst entdeckten, bis ich heute früh nach London telefonierte und erfuhr, daß Sie früher als Hauptmann unter Major Maskelyne Dienst taten, dem Zauberkünstler, der in Ägypten und Lybien als Tarnfachmann eingesetzt wurde.»

Der Major war keineswegs verlegen. «Oh, Sie haben Nachforschungen angestellt! Ich habe vom alten Maskelyne einen Haufen Tricks gelernt. Pflegte der Truppe und den Einheimischen Vorstellungen zu geben. Wollte herausbekommen, wieviel Sie von Gespenstern verstehen. Sie benahmen sich so verteufelt selbstsicher. Es war nicht bös gemeint.»

Hero deutete auf das Paket, das die Pistole des Majors enthielt, und fragte: «War das auch ein harmloser Scherz?»

Der Major warf den Kopf zurück, öffnete seinen Haifischmund und lachte lautlos. Er war ein hartgesottener Bursche. Schließlich sagte er: «Es hat nur wenig gefehlt! Wenn Sie sich nicht so schnell zu Boden hätten fallen lassen, wären Sie nicht mehr am Leben. Ich bin ein guter Schütze – auf zehn Meter Entfernung und mit beleuchtetem Hintergrund boten Sie ein ideales Ziel. Es sollte Ihnen eine Lehre sein.»

Hero nickte. «Wir haben beide Glück gehabt. Hätte ich nicht so rasch reagiert, wären Sie an den Galgen gekommen.»

Der Major starrte Hero an. «Da täuschen Sie sich, mein Lieber! Ich bin doch kein Dummkopf. Da waren doch mehr als ein halbes Dutzend Zeugen, die geschworen hätten, daß ich entweder den Kopf verlor oder schoß, um Sie zu retten. Ich muß gestehen, daß ich es bereue, Sie nicht getroffen zu haben.»

«Das würde ich an Ihrer Stelle nicht tun», sagte Hero. «Einer Ihrer Zeugen weiß nämlich über Peppers Gespenst sehr gut Bescheid. Denn Ellison war in seiner Jugend Mechaniker und Erfinder neuer Bühnentricks bei einem berühmten Magier. Er erkannte selbstverständlich – genau wie ich –, daß alle Elemente für diese Sinnestäuschung vorhanden waren. Mich hätten Sie niederknallen können, aber der Ingenieur Ellison hätte Ihnen einiges zu schaffen gemacht. Er riet mir übrigens, Ihre militärische Laufbahn nachzuprüfen.»

Der Major blickte starr vor sich hin. Er war aschfahl geworden, und Hero stellte mit Befriedigung fest, daß auf seiner Stirn Schweißperlen standen.

«Der Galgen wäre Ihnen nicht erspart geblieben, Major», sagte er vergnügt. «Wenn Sie wieder einmal jemand einen solchen Streich spielen, sollten Sie sich besser informieren. Nun, das wäre alles, was ich Ihnen zu sagen habe. Übrigens würde ich Ihnen raten, keine falschen Schlüsse zu ziehen – Mrs. Wilson hat in jener Nacht die Wahrheit gesagt.»

Er öffnete die Autotür.

Der Major blickte ihn an und fragte: «Es hat wohl keinen Sinn, daß wir uns die Hand reichen, Hero?»

Hero erwiderte: «Nicht den geringsten, Major», und stieg aus.

Mrs. Wilson kam aus dem Schloß. Sie trug ein graues Reisekostüm und einen kleinen Hut und sah sehr elegant aus. Hero hielt den Wagenschlag offen, und sie trat zu ihm, gab ihm die Hand und sagte: «Auf Wiedersehen, Alexander!» Dann legte sie die Hand auf seine Schulter, küßte ihn und setzte sich neben den Major. Hero schloß die Tür.

«Auf Wiedersehen!» sagte er.

Das Gesicht des Majors war dunkelrot vor Zorn. Er drückte den Gang hinein und trat aufs Gaspedal, daß die Reifen nur so quietschten und der Kies nach allen Seiten spritzte.

Hero trat einen Schritt zurück, dann einen zur Seite, und als der Major das Steuer herumriß, verfehlte ihn das Heck des Wagens nur um wenige Zentimeter.

‹Der gute, alte Major ist ein impulsiver Kerl›, murmelte er für sich und tastete nach den Patronen in der Tasche. ‹Gut, daß ich ihm seine Schwärmer nicht zurückgegeben habe.›

Eine Stimme hinter seinem Rücken sagte: «Weshalb war er so wütend, Mr. Hero?» Hero drehte sich um. Es war Noreen. Dann fügte sie hinzu: «Ich habe gesehen, daß sie Sie geküßt hat. Ist sie in Sie verliebt?»

Hero antwortete: «Alle sind in mich verliebt.»

Noreen sagte: «Am meisten ich. Vergessen Sie nicht, daß Sie mir versprochen haben, mich zu heiraten.»

«Ich denke, du wolltest Krankenschwester werden. Wie steht es übrigens damit?»

Noreen legte ihr unregelmäßiges Gesicht in ernsthafte Falten. «Ich werde Krankenschwester. Daddy und Mummy haben es mir erlaubt. Aber Sie könnten wenigstens mein Freund sein.»

Hero nickte. «Ja, das will ich.» Er packte sie bei den Schultern und sagte eindringlich: «Du mußt dir Mühe geben, eine gute Krankenschwester zu werden, hast du verstanden? Ich werde auf dich aufpassen.»

Das Auto fuhr vor, beladen mit dem Gepäck der Spendley-Carters. Noreen warf plötzlich die Arme um Heros Hals und flüsterte: «Ich verspreche Ihnen, eine gute Krankenschwester zu werden. Bitte, vergessen Sie mich nicht – ich werde immer an Sie denken. Sie haben ihr Versprechen gehalten. Niemand hat das vor Ihnen getan.»

«Und wie steht es mit deinem?» flüsterte Hero.

«Mit meinem?»

«Ja, nie wieder Poltergeist zu spielen?»

«Ach, das!» erwähnte Noreen verächtlich. «Klar verspreche ich das!» Hero bemerkte, daß sie es nicht etwa vergessen hatte, sondern daß diese Episode für sie schon der Vergangenheit angehörte.

Ihre Eltern traten zu ihnen. Mrs. Spendley-Carter sagte: «Noreen verehrt Sie. Ich danke Ihnen, daß Sie sich ihrer so angenommen haben.»

«Nichts zu danken», antwortete Hero.

Spendley-Carter rief jovial: «Kinder spüren, wer sie liebt – genau wie die Tiere!»

Hero erwiderte: «Ja, Kinder spüren das – denken Sie daran.»

Spendley-Carters feuchte Augen blickten in stillem Einverständnis in die seinen. «Nicht ein Wort, Hero», sagte er.

Hero unterdrückte ein Lächeln. «Nicht ein Wort.»

Sie stiegen in den Kombiwagen. Der Chauffeur schob die Mütze in den Nacken, legte den Gang hinein und fuhr an. Ein glatter, runder Kieselstein fiel scheinbar vom Himmel herunter vor Heros Füße. Er hob ihn lachend auf. Noreen winkte heftig. Es war ihr Abschied von ihm und auch von ihrer Tätigkeit als Poltergeist.

«Zum Teufel mit Ihrer Impertinenz, Sir!» brüllte Lord Paradine. «Wie konnten Sie es wagen, sie einfach gehen zu lassen?»

Sie waren auf Heros Verlangen alle in der Bibliothek des Westflügels versammelt. Da waren Lord und Lady Paradine, Mark und Susan Marshall, Sir Richard Lockerie und Beth, Vetter Freddie und Meg. Es war später Vormittag, und Meg trug bereits ihr Reisekostüm. Auch Hero hatte sich schon umgezogen. Meg stellte fest, daß er ebenso erschöpft aussah wie alle anderen, die verlegen herumsaßen wie Verwandte, die sich zur Testamentseröffnung zusammengefunden haben. Als Hero mit ruhiger Stimme berichtete, was er im Keller vorgefunden hatte – wie es ihm gelungen war, den Brand zu verhindern, und wie Isobel kurz darauf abgefahren war –, wurden ihre Gesichter immer betretener. Lord Paradine fühlte sich gedemütigt, verwirrt, betäubt und aufgebracht. Sein rundes Gesicht vor Zorn gerötet, die vorstehenden Augen weit aufgerissen, schrie er: «Wie wollen Sie Ihr Verhalten rechtfertigen?»

Hero antwortete beherrscht: «Denken Sie daran, daß sie Ihre Schwester ist, Sir.»

Aber Paradines Wut steigerte sich nur noch mehr. «Verflucht noch mal!» tobte er. «Nachdem sie beinahe meine Tochter ermordet und das Schloß angezündet hat! Sie werden sich dafür zu verantworten haben, Hero!»

«Zum Teufel!» donnerte nun auch Hero. «Sie war eine Frau – ein gequältes Menschenkind. Sie war nicht wie alle anderen.»

Sein Zornesausbruch erschreckte alle so, daß ein schockiertes Schweigen folgte. Hero bemerkte, wie die Familie sich wieder zusammenschloß und eine Abwehrfront gegen ihn bildete. Selbst Vetter Freddie schien näher an den entrüsteten Onkel heranzurücken.

Meg reagierte sofort und sehr deutlich darauf. Sie saß auf dem Sofa am anderen Ende des Zimmers und beobachtete Hero mit ihren ernsten, intelligenten Augen und einem ironischen Zug um die Mundwinkel. Nun erhob sie sich, schritt durch den Raum und setzte sich auf einen Stuhl neben ihren Stiefbruder.

Bevor die Anwesenden die Möglichkeit hatten, etwas auf seinen Ausbruch zu erwidern, fuhr Hero bereits fort: «Ich möchte Sie daran erinnern, Lord Paradine, daß ich weder Kriminalbeamter noch Richter bin. In meinem Beruf komme ich oft mit der schlechtesten Seite des Menschen in Berührung, während ich doch in gewissem Sinne das Beste suche, nämlich das, was vom menschlichen Geist erhalten bleibt. Aber daß die Leute manchmal böse, schwach und sündig sind, ist nicht meine Schuld. Sie haben mich hergerufen, weil Sie von dem angeblichen Spuk im Schloß beunruhigt waren. Mein Auftrag war, dem Spuk ein Ende zu bereiten. Das habe ich getan. In Paradine Hall werden keine Gespenster mehr ihr Unwesen treiben.»

Der scharfe, schneidende Ton, in dem er sprach, kühlte Lord Paradines Zorn. Er schämte sich nun über seinen Wutausbruch und sagte es auch. «Verzeihen Sie, Hero. Ich glaube, Sie haben recht.»

Vetter Freddie dagegen meinte höhnisch: «Tatsächlich? Aber wie steht es denn mit der fröhlichen alten Nonne? Ich meine mit dem überlieferten Gespenst?»

Hero hatte Vetter Freddies Unverschämtheiten endgültig satt.
«Was die Legende von der Nonne anbetrifft, so habe ich erwachsene Menschen noch nie so viel unverfälschten Blödsinn reden hören. Die Geschichte ist ein Gemisch aus Richard Löwenherz, Héloise und Abélard bis zu den Schauermärchen in der Boulevardpresse. Glauben Sie wirklich, daß ein englischer Edelmann sich damals so benehmen konnte? Wissen Sie nicht, daß es auch im Jahre 1564 schon Polizei, Gerichte, Prozesse und Strafgesetze gab? Glauben Sie, daß eine Nonne aus einem Kloster verschwinden konnte, ohne daß eine gründliche Untersuchung eingeleitet wurde? Diese Nonne hat es nie gegeben. Damit Sie es ganz genau wissen!»
Merkwürdigerweise war es ausgerechnet Lord Paradine, der am heftigsten widersprach. Er, der allen Erscheinungen im Schloß so skeptisch und kritisch gegenübergestanden hatte. Doch nun schien es ihm, als raube ihm Hero ein Familienerbstück, indem er die Existenz der Nonne leugnete.
«Was soll das heißen?» protestierte er. «Keine Nonne? Warum ist es dann schriftlich überliefert worden, Sir? Können Sie Ihre Behauptung beweisen?»
«Gewiß kann ich das», entgegnete Hero. «Meine ersten Nachforschungen, bevor ich herkam und kurz nachher galten der Legende. Der alte Küster drüben in East Walsham hat gründliche Untersuchungen angestellt und sie in einem Band gesammelt. Selbst die Ruinen von St. Relinda beweisen, daß die ganze Sache unsinnig ist. Die Tragödie der Nonne soll ungefähr im Jahre 1564 stattgefunden haben, als Königin Elizabeth regierte und Lord Philip Paradine dreißig Jahre alt war. Ihr Name soll Schwester Rose und der ihres Verlobten, dem der verruchte Lord Paradine sie abspenstig machte, Thomas Drew gewesen sein. Aber die alten Urkunden beweisen, daß das Kloster St. Relinda im Jahre 1539 niederbrannte und nicht wiederaufgebaut wurde.»
Susan Marshall rechnete im Kopf rasch nach, und ihre Augen leuchteten belustigt auf. «Dann war ...» begann sie.
«Genau», schloß Mr. Hero feierlich, «Lord Paradine verführte das Mädchen im reifen Alter von fünf Jahren.»
Vetter Freddie kicherte. «Tolle Kerls, die Paradines ...»
Mark Paradine sagte: «Und die Legende von der Harfe?»
«Ist ebenso unsinnig», antwortete Hero. «Niemand fand es merkwürdig, daß Schwester Rose so ohne Schwierigkeit von der zwölfsaitigen irischen Harfe des sechzehnten Jahrhunderts zur vierundsechzigsaitigen, sechseinhalb Oktaven umfassenden, modernen Doppelpedalharfe übergehen konnte! Aber der springende Punkt ist, daß sie überhaupt nicht Harfe hätte spielen können – Bauernmädchen erhielten im sechzehnten Jahrhundert keinen Musikunterricht.» Der Parapsychologe lachte plötzlich. «Die Geschichte pflegt in der Rückschau immer wilder und lockerer zu werden; Vorfahren werden zu ruchlosen Bösewichten, weil niemand anständige und tugendhafte Ahnen haben will. In unse-

rem Fall wurde ein ehrbarer Butler in einen Bauernjungen verwandelt, der vor den Mauern von Paradine Hall nach seiner verlorenen Rose schmachtete. Sein Name lautete tatsächlich Thomas Drew und der seiner Frau Rose. Sie heirateten 1569 und waren Dienstboten bei Philip und später noch ein halbes Leben lang bei seinem Sohn William, dem vierten Lord Paradine.»

Beth, die von ihrem kürzlichen Erlebnis immer noch angegriffen aussah, doch nun weniger schüchtern war und sich in ihrer neugefundenen Liebe sicherer fühlte, rief aus: «Aber wenn es nie eine Schwester Rose gab, dann ...»

«Zu diesem Schluß bin ich auch gekommen», sagte Hero. «Daß nämlich irgend jemand im Schloß ein übles Spiel spielte. Wenn jemand sich als Gespenst verkleiden will, eignet sich nichts so gut dazu wie eine Nonnentracht, die sich leicht von einem Kostümverleiher beschaffen oder aus einer Mönchskutte mit Kapuze herstellen läßt. In einem dunklen Korridor gleicht eine solche Gestalt ohne weiteres einem Gespenst, ob nun ein Mann, eine Frau oder ein Kind drin steckt. In diesem Fall war es eine Frau, Miss Isobel.»

Lord Paradine sagte: «Aber warum, um Himmels willen – warum hat sie es getan? Haben Sie eine Ahnung, welche Gründe sie hatte?»

Hero antwortete: «Ja. Miss Paradine hat sie mir verraten.»

Alle blickten Hero gespannt an.

«Sie lag bewußtlos am Boden, weil sie Benzindämpfe eingeatmet hatte», berichtete Hero. «Wäre es ihr gelungen, die Lampe umzuwerfen, wäre das Schloß in Flammen aufgegangen und Sie alle darin umgekommen. Ich schlug ein kleines Kellerfenster ein, um frische Luft hereinzulassen. Dann legte ich sie auf eine Couch in der Gerümpelkammer und wartete, bis sie zu sich kam. Ihre erste Frage war: ‹Habe ich es vollbracht? Ist es mir gelungen?› Und als ich ihr schilderte, was sich zugetragen hatte, schien sie weder froh noch traurig zu sein, sondern einfach apathisch. Sie wirkte ganz verändert, so als wäre sie über einen Berg gegangen und würde nie wieder zurückkehren. Ich möchte fast sagen, daß die Besessenheit von ihr gewichen war. Im Mittelalter hätte man gesagt, daß die Teufel, die sie in ihrer Gewalt hatten, geflohen waren. Und das ist gar nicht so falsch. Wir saßen lange zusammen und sprachen miteinander.» Er hielt inne.

Lord Pardine war wieder irritiert wie immer, wenn er etwas nicht verstand; die mittelalterliche Gedankenwelt sowie die Theorie der Besessenheit waren ihm absolut fremd. Er sagte: «Nun, fahren Sie fort. Was hat sie gesagt?»

Mr. Hero zog seine schwarze Pfeife aus der Tasche. «Darf ich vorschlagen, daß wir nicht weiter darüber reden? Die Gespenster von Paradine Hall sind vertrieben – der Fall ist abgeschlossen.»

28

Wie Gespenster entstehen

Die Familienmitglieder blickten sich an, um festzustellen, was die anderen von Heros Vorschlag hielten.

Lady Paradine erklärte schließlich entschieden: «Ich wünsche eine Erklärung. Ich will wissen, warum Isobel es getan hat.»

Hero, der immer noch mit seiner Pfeife beschäftigt war, fragte, ohne den Kopf zu heben: «Auch wenn die Wahrheit peinlich ist?»

Lord Paradine erwiderte schroff: «Wir sind unter uns. Es gehören alle zur Familie.»

Hero blickte auf und erkannte, wie recht er hatte; mehr noch, das Zusammenrücken der Familie schien sogar mit einer gewissen Feindseligkeit ihm gegenüber verbunden zu sein. Lady Paradine mochte keine besonders kluge Frau sein, aber sie war ihrem Mann von Herzen zugetan; Susan schaute mit Stolz und Liebe zu Mark auf und zeigte deutlich, welches Gefühl der Geborgenheit es ihr verlieh, nun zur Familie zu gehören. Nur wegen Sir Richard und seiner Liebe zu Beth hatte Hero Bedenken.

Doch dieser drängte gleichfalls auf eine Erklärung für Isobels Verhalten. «Wir möchten alle gerne Auskunft haben, Hero», sagte er. «Darin bin ich mit Lady Paradine einig.»

«Gut, wenn Sie darauf bestehen», erwiderte Hero, indem er sich direkt an Sir Richard wandte. Er hielt das brennende Streichholz an seine Pfeife und stemmte sich – halb sitzend, halb stehend – gegen die Kante des Schreibtisches. «Der Fall ist einfach und tragisch zugleich. Isobel Paradine hat Sie ihr ganzes Leben lang, seit sie ein kleines Mädchen war, geliebt. Eine Zeitlang hielt sie sich sogar für verlobt und glaubte fest, Sie würden sie heiraten, wenn Sie aus dem Krieg heimkehrten.»

«Was?» rief Sir Richard entrüstet aus. «Sie übertreiben, Hero! Das kann unmöglich stimmen. Was hat es für einen Sinn, die Vergangenheit heraufzubeschwören?»

Heros Schweigen war beredt genug. Doch Meg bestand darauf, daß er fortfuhr. «Erzähl weiter, Sandro – sie haben es ja ausdrücklich gewünscht.»

Hero sagte: «Ich zweifle nicht, daß Sie recht haben, Sir Richard. Aber Miss Paradine gab sich nun einmal der Täuschung hin. Als Sie an die Front gingen, haben Sie ihr beim Abschiedskuß nicht versprochen, daß Sie zurückkehren würden?»

Sir Richard errötete. «Ja, vielleicht habe ich so etwas Ähnliches gesagt. Man hofft ja immer, heil zurückzukehren, wenn man in den Krieg geht. Aber es hatte keine tiefere Bedeutung. Ich war nie in Isobel verliebt.»

«Das mag sein», antwortete Hero freundlich, «aber Isobel deutete Ihre Worte anders. Sie dachte, daß Sie zu ihr zurückkehren würden. Es war eine Selbsttäuschung. Die erste Ernüchterung folgte, als Sie mit einer französischen Frau aus dem Krieg heimkamen.»

Beth seufzte tief. «Arme Tante Isobel!» flüsterte sie.

Lord Paradine warf seiner Tochter einen neugierigen Blick zu, Sir Richard hielt den Kopf gesenkt.

Hero nickte. «Ja. Aber es kam noch schlimmer. In jüngster Zeit erfuhr Isobel dreifaches Leid: den Tod ihres geliebten Vaters, der ihr in gewissem Sinne Sir Richard ersetzte; die Umwandlung des alten Stammschlosses in ein – wenn auch als privater Club geführtes – Hotel; und schließlich die Demütigung, daß Sir Richard, nun ein Witwer mit einem neunjährigen Sohn, sich nicht ihr zuwandte, sondern sein Herz an eine junge Amerikanerin verlor, die in Paradine Hall zu Besuch weilte.»

Hero zog an seiner Pfeife und bemühte sich, seine Gedanken zu ordnen. «Welche Frau hätte solchen Schicksalsschlägen standzuhalten vermocht? Alle Leute, die mit Miss Paradine in Berührung kamen, verehrten sie. Sie war eine große Dame, stets liebenswürdig und hilfsbereit, und trotzdem, das wissen Sie alle, heftigster Reaktionen fähig. Von allen lebenden Paradines besaß sie den stärksten und ausgeprägtesten Sinn für Tradition. Wie sie auch wirken mochte, sie war nicht wie andere Frauen. Sie hätte mit ihrer Erbarmungslosigkeit das Zeug zu einer Königin gehabt. Und vielleicht hinderten sie gerade ihre Strenge und Sprödigkeit daran, das Kind einer anderen Frau zu lieben. Hätte sie dem kleinen Julian mütterliche Wärme entgegengebracht, wäre es ihr vielleicht gelungen, die Liebe des Vaters zu gewinnen und Sir Richard zu heiraten. Aber dazu war sie nicht fähig. Überdies haßte sie den Country Club vom ersten Tage seines Bestehens an, denn er lief allem zuwider, was ihrem Vater etwas galt. Die Gelegenheit fand sich, ihre Rivalin Susan Marshall loszuwerden und gleichzeitig den Club zu vernichten. Doch gerade das zweite Motiv machte mir bei meiner Untersuchung am meisten zu schaffen, denn es schien mir unfaßbar, daß jemand von der Familie Paradine vorsätzlich das zu zerstören beabsichtigte, was das Schloß zu erhalten ermöglichte. Ich verstand Miss Paradine nicht.»

Heros Zuhörer seufzten fast einstimmig, und Lady Paradine flüsterte: «Ich wußte es. Ich wußte es. Sie hat uns immer gehaßt.»

«Aber selbst Isobel täuschte sich in mancher Hinsicht», fuhr Hero weiter fort. «Einmal beurteilte sie Miss Marshall falsch und hielt sie für weniger mutig, als sie ist, und dann war sie der irrigen Meinung, Sir Richard habe sein Herz an Miss Marshall verloren. Dabei liebte er Isobels Nichte Elizabeth.»

Alles horchte erstaunt auf, und Lord Paradine schien plötzlich ein Licht aufzugehen. Sir Richard nickte schweigend und legte die Hand auf die von Beth, die auf seinem Arm ruhte.

«Der Spuk in Paradine Hall begann vor etwa drei Wochen mit den scheinbar übersinnlichen Manifestationen in Isobels Zimmer», sagte Hero. «Ich habe sie bereits früher als Auswirkung der abnorm hohen Flut auf die unterirdischen Wasserläufe erklärt. Ich bin überzeugt, daß

Isobel die Ursache der Erschütterung kannte; trotzdem betrachtete sie die Tatsache, daß das Bildnis ihres Vaters von der Wand fiel, als ein Vorzeichen und Ausweg. Sie erkannte, wie sie ihre beiden Ziele erreichen konnte – durch die Angst vor dem Übersinnlichen. Die legendäre Nonne sollte wieder in Paradine Hall umgehen.»

Susan Marshall holte tief Atem. «Aber diese entsetzliche Hand?» flüsterte sie.

«Ja», antwortete Hero. «Isobel benutzte einen mit Eis und Wasser gefüllten Gummihandschuh – ein uralter spiritistischer Trick, auf den man leicht kommt. Wir sahen den Gummihandschuh, als wir zusammen im Anrichteraum waren. Das Eis darin erklärt auch den plötzlichen Temperatursturz, der bei Séancen oft empfunden und von Wissenschaftlern wie Dr. Paulson genau aufgezeichnet und gemessen wird. Wie der Temperatursturz zustande kommt, kümmert sie dann allerdings weniger. Es tut mir leid, daß ich experimentieren mußte, Susan. Es war die einzige Möglichkeit, Gewißheit zu erlangen.»

«Oh», sagte Susan und schauderte. «Sie fürchteten, es könnte ein zweites Mal ...»

Hero schauderte ebenfalls, denn er mußte an den Säureflecken vor ihrer Tür denken. Er antwortete: «Ich fürchtete, daß der Inhalt des Gummihandschuhs das zweite Mal nicht so harmlos sein würde. Wissen Sie, Sie sind sehr schön, meine liebe Susan.»

Alle waren erschreckt über die Gefahr, der Susan ausgesetzt gewesen war. Lord Paradine rief aufgebracht: «Und dieses Ungeheuer haben Sie entwischen lassen! Wenn sie auch meine leibliche Schwester ist ...»

Hero blickte Paradine lange und ernsthaft an. «Sie hätten es mir nicht gedankt, wenn ich sie vor Gericht gebracht hätte, Sir. Sie war wahnsinnig, als sie Susan zu entstellen versuchte – wahnsinnig vor Eifersucht –, doch jetzt ist das vorbei.»

Lady Paradine rief empört: «Sie wollte mein Kind töten!»

Hero nickte ernst. «Vielleicht», sagte er, «obgleich wir nicht wissen, wie groß die Dosis war. Ihre Angriffe auf Susan Marshall hatten den Zweck, eine Rivalin aus dem Wege zu schaffen; aber als sie sich vor das *fait accompli* gestellt sah und erkannte, daß nicht Susan, sondern die eigene Nichte die Rivalin war und daß Beth und Sir Richard sich ihre Liebe gestanden hatten, verwandelte sich ihre Eifersucht in Wahnsinn. Es geschah in jener Nacht, da Sir Richard und Beth sich in der Bibliothek aussprachen. Isobel war Zeugin ihrer ersten Liebesworte.»

«Du lieber Himmel!» rief Sir Richard. «War sie im gleichen Zimmer?»

«Ja», antwortete Mr. Hero, «Isobel stand im Dunkeln, und zwar in der Nonnentracht, in der sie durch das Schloß zu geistern pflegte. Sie sah und hörte alles. Von dem Augenblick an veränderte sich die Situation und wurde tödlich.»

Nach dem betretenen Schweigen, das auf diese Erklärung folgte, sagte Mark Paradine: «Und alles übrige, Sir? Die Harfe, die Kerzen, die von selbst erloschen, das Kaninchen auf Susans Teller und die Nonne auf der Orchestergalerie? Das konnte nicht Tante Isobels Werk sein, denn sie saß bei uns bei Tisch.»

Hero antwortete: «Sie sahen die Nonne, weil Sie darauf vorbereitet waren. Wenn man seelisch auf etwas eingestellt ist, genügt ein über eine Stuhllehne geworfener Mantel, ein Schatten, ein wehender Vorhang, um die Vorstellung von einem Gespenst in uns zu wecken. Isobel hatte die Vorhangfalten auf der Musikgalerie vorher so geordnet, daß sie in der Dunkelheit die nur von ein, zwei Kerzen spärlich erhellt wurde, wie ein Ordenskleid mit Haube aussahen. Das war der Grund, weshalb alle anderen Kerzen ausgingen.»

«Aber wie gingen sie aus?» fragte Sir Richard.

«Das ist keine Kunst», sagte Hero. «Jedermann hätte mit ein bißchen Überlegung auf die Idee kommen können. Mich interessierte nicht das ‹Wie›, sondern das ‹Warum›. Man erhitzt einen dünnen Fleischspieß und sticht damit in die Mitte der Kerze. Dabei wird der Docht verletzt, und wenn die Flamme diese Stelle erreicht, geht sie von selber aus. Ich fand den Fleischspieß, den Isobel benutzte, mit Wachsresten daran.»

«Was brachte Sie denn überhaupt auf diese Spur, Sir?» fragte Mark.

Hero sagte: «Wenn Sie gestatten, beginne ich ganz am Anfang.»

«Ja, bitte, Alex», rief Susan eifrig.

«Da Sie schon so viel verraten haben, ist es das beste, wenn Sie uns über alles Auskunft geben», murmelte Lord Paradine.

Hero machte es sich ein wenig bequem und zündete seine Pfeife wieder an, die ausgegangen war; dann begann er: «Es war mir von Anfang an klar, daß wir es hier nicht nur mit einer Art von okkulten Manifestationen zu tun hatten, sondern mit mehreren. Ich sagte Ihnen ja, daß es zu viele Gespenster seien.»

Sir Richard unterbrach ihn: «Ich sehe nicht recht ein, wie Sie das feststellen konnten, Hero. Sind sich die Gespenster denn nicht alle ungefähr gleich?»

«Nein. Wenn Sie die Literatur über dieses Thema studieren, werden Sie nicht nur verschiedene Arten, sondern sogar Unterarten finden. Es gibt akustische Gespenster, die klopfen, pochen, mit Ketten rasseln, Schritte vortäuschen oder auch seufzen, stöhnen, schluchzen und sogar bekannte Melodien auf Musikinstrumenten vortragen. Dann gibt es sichtbare Gespenster, die aus unerfindlichen Gründen am liebsten in Kostümen des achtzehnten und neunzehnten Jahrhunderts einhergehen, und schließlich die Poltergeister, die immer unsichtbar bleiben, Allotria treiben, schwere Gegenstände herumwerfen und sogar Möbel umkippen. Diese Manifestationen überschneiden sich nur ganz ausnahmsweise. Ein klagendes, pochendes oder scharrendes Gespenst läßt sich nie blicken, während der Geist der verzweifelten Frau oder des ermordeten Geliebten ohne jedes Geräusch durch Räume, Türen und Fenster schwebt. Der Poltergeist kommt nie als sichtbares Wesen vor. – Hier gab es alle Kategorien.»

«Das stinkende Gespenst nicht zu vergessen, Sir!» warf Mark Paradine ein.

«In gewissem Sinn ja», sagte Hero, «obgleich mit Ausnahme der verschleierten Dame, die eine Duftwolke von Parfum zurückläßt, wenn sie durch dunkle Korridore huscht, und den Ertrunkenen, die angeblich nach Salzwasser und Tang riechen, Gespenster geruchlos sind. In unserem Fall wurde mit der Verpestung der Luft ein ganz bestimmter Zweck verfolgt, Isobel hatte Mrs. Spendley-Carters Baldriantinktur entwendet und die ganze Flasche in den Heißwasserboiler geschüttet, um den Benzingestank, der sich im Keller ausbreitete, zu überdecken.»

Alle warteten schweigend, daß er fortfahren würde. Doch Hero schaute grüblerisch zu Boden und erklärte dann: «Die Gespenster, die ich Ihnen aufgezählt habe, sind alle erfunden. Sie existieren nur in Legenden und in der Vorstellung leichtgläubiger und neurotischer Menschen. Man hat den Eindruck, die Geisterwelt richte sich ganz nach den Wünschen der Menschen und gebe sich die größte Mühe, sie nicht zu enttäuschen. Die Gespenster hier im Schloß erfüllten peinlich genau die Erwartungen, die an sie gestellt wurden – sie pochten, bumsten, löschten Lichter aus, spielten auf Musikinstrumenten und zeigten sich nächtlicherweise – doch hinter diesem harmlosen Unsinn verbarg sich eine echte Gefahr, und alles deutete darauf hin, daß mehr als ein Wesen beteiligt war.»

Vetter Freddie äußerte höhnisch: «Wo bleibt da die Logik, Meister? Einmal sagen Sie, es gebe keine Gespenster, und im nächsten Augenblick reden sie von ihnen, als existierten sie wirklich.»

Hero betrachtete Vetter Freddie ironisch und erwiderte: «Ihre Frage ist gescheiter, als ich von Ihnen erwartet hätte. Was ich sagen will, ist, daß ich hier nicht nur eine Vielfalt von Erscheinungen antraf, sondern daß sie auch ganz unterschiedliche Charaktermerkmale aufwiesen. Ich muß wieder auf das zurückkommen, was ich über Gespenster und Menschen gesagt habe: Wenn es Geister, Gespenster oder entkörperlichte Seelen gibt, müssen sie früher einmal lebendige Menschen mit ausgeprägter Persönlichkeit gewesen sein. Daraus folgt, daß auch Gespenster einen bestimmten Charakter haben.»

Vetter Freddie kicherte und sagte: «*Quod erat demonstrandum,* Herr Professor.»

Lady Paradine fragte: «Was heißt das, Freddie? Ich verstehe es nicht.»

Lord Paradine antwortete: «Macht nichts, meine Liebe. Fahren Sie fort, Hero.»

Hero sagte: «Es waren deutlich drei Gespenstererscheinungen mit ganz verschiedenen Eigenschaften. Die erste richtete in Isobels Zimmer sinnlos Schaden an. Die zweite, der Poltergeist, war mutwillig, schelmisch, eigenwillig und manchmal boshaft; die Kunststücke, die er zum besten gab, waren naiv und kindlich – er krümmte keinem Menschen ein Haar und konzentrierte seine Aufmerksamkeit vor allem auf Mrs. Spendley-Carter, eine hochgradig neurotische Frau. Außerdem legte er etwas Widerliches auf Susan Marshalls Teller. Ein drittes Gespenst von eindeutig bösartigem und gefährlichem Charakter richtete seine Angriffe auf Susan Marshall und den Paradine Country Club. Das vierte und letzte Gespenst, auf das ich noch zu sprechen kommen werde, hatte es auf mich abgesehen. Alle diese Mächte handelten anfänglich ganz selbständig, gerieten dann aber zwangsläufig in eine gewisse Abhängigkeit voneinander. Dazu ist zu bemerken, daß Gespenster im allgemeinen Einzelgänger sind und nicht zusammen arbeiten. In unserem Fall schienen alle Gesetze des Übernatürlichen aufgehoben zu sein, kurz gesagt, die Geister benahmen sich wie Menschen von Fleisch und Blut.»

Hero hielt inne und schaute seine Stiefschwester an. Er sagte: «Als ich zu dieser Feststellung gelangte, hielt ich den Zeitpunkt für gekommen, Margaret mit ihrer Sammlung von Fotoapparaten samt infrarotem Film und Blitzlicht für Nachtaufnahmen herzubitten. In der Nacht nach ihrer Ankunft erfolgte die Heimsuchung, in deren Verlauf es uns gelang, die Nonne zu fotografieren.»

Alle horchten auf. Hero zog eine Vergrößerung des Bildes aus der Tasche und hielt es in die Höhe. «Sie sehen hier deutlich, daß die Nonne stofflich ist. Es existiert meines Wissens keine echte Fotografie eines Gespenstes, denn dieses müßte ja für das Kameraauge durchsichtig sein. Mit anderen Worten, die Linse würde überhaupt nichts registrieren. Hier haben wir also die Nonne, die mit dem Fuß den Auslöser des infraroten Blitzlichts betätigte. Unglücklicherweise ließ sich nicht feststellen, wer in dem Ordenskleid steckte. Daher standen Sie einige Zeit alle unter Verdacht.»

Lord Paradine warf ihm einen entrüsteten Blick zu. Mark Paradine fragte: «Wie kam es, daß niemand von uns etwas von Tante Isobels Tun bemerkte?»

«In der Rückschau mag es unverständlich sein», antwortete Hero, «aber Miss Paradine kannte sich im Schloß aus wie niemand sonst. Wahrscheinlich gibt es hier geheime Gänge, die es ihr ermöglichten, nach Belieben zu erscheinen und zu verschwinden. Sie war technisch begabt und verstand mit Werkzeug umzugehen. Viele kleine Reparaturen im Haus besorgte sie ja selbst, und es war daher für sie leicht, Sicherungen ein- und auszudrehen, Türen zu schließen und zu öffnen, in den Wasserleitungen Geräusche hervorzurufen und Susans Zimmer auszuräumen, bevor die Geisterbeschwörung begann. Da die Manifestationen in Isobels Zimmer ihren Anfang nahmen und sie das erste Opfer war, kam niemand auf den Gedanken, sie zu verdächtigen. Was man nicht sucht, sieht man nicht.»

Susan Marshall dachte angestrengt nach. «Aber sie war ja nur ein Gespenst», sagte sie. «Wie steht es mit dem Sessel, der sich bewegte, und dem toten Kaninchen auf meinem Teller?»

«Oh», erwiderte Hero, «das war die kleine Noreen. Ich sagte Ihnen ja bereits, daß wir hier im Schloß eine ganze Reihe von Gespenstern beherbergten.»

«Noreen!» riefen alle erstaunt.

«Ja», bestätigte Hero. «Noreen war der Poltergeist im Ostflügel. Es ist gewöhnlich ein boshaftes oder rachsüchtiges Kind, ein hysterisches Dienstmädchen oder eine neurotische Frau. Während Isobel damit beschäftigt war, Susan Marshall und die Gäste des Country Clubs aus dem Schloß zu vertreiben, hatte Noreen nur das Ziel, ihre Mutter zu erschrecken. Sie ist ein adoptiertes Kind, und ihre Eltern sind nicht besonders nette Leute. Als die ursprüngliche sogenannte Heimsuchung in Isobels Zimmer ihre Mutter erschreckte, beschloß sie, sie noch häufiger in Angst zu versetzen. Eines Tages, als sie sich unbeobachtet fühlte, warf sie einen Gegenstand, um ihre Mutter nervös zu machen. Es gelang über Erwarten gut, und Noreen wurde zum Poltergeist.»

Sir Richard sagte ungläubig: «Wie kann ein Kind lernen, seine Umgebung so zu täuschen?»

«Die Poltergeist-Kinder haben eine rasche Auffassungsgabe», sagte Hero. «Außerdem sind die Leute erstaunlich leichtgläubig und blind. Wenn einmal ein Poltergeist-Kind in einem Haus sein Unwesen treibt, wird jedes normale Geräusch und jeder verlorene Gegenstand ihm zugeschrieben, ob nun eine Tür ins Schloß fällt, ein Balken kracht, ein Vorhang sich bewegt und Dinge wie Scheren, Brillen, Füllfederhalter, Bücher vermißt werden. Noreen war sehr gelehrig und brachte es bald zu erstaunlichen Leistungen. Sie bewegte damals während des Abendessens den Sessel...»

«Was?» unterbrach ihn Lord Paradine. «Den Sessel, mit dem ich mich abmühte und der mich über den Haufen warf? Unmöglich!»

«Ich muß Sie da leider enttäuschen», antwortete Hero. «Wie bei allen Zauberkunststücken ist auch hier die Erklärung ganz einfach. So einfach, daß sogar ein Kind darauf kommen konnte. Man schlingt eine starke Schnur um die Beine des Sessels, führt die Schnur unter dem Teppich durch und hält die beiden Enden unter dem Tisch fest. Wenn man zieht, bewegt sich der Sessel scheinbar von selbst, und derjenige, der die Lehne anfaßt, kann ihn nicht zum Stehen bringen, da der Zug auf die Stuhlbeine wirkt.

Läßt man ein Schnurende los, wird die Zugkraft aufgehoben, und wer in diesem Augenblick an der Lehne zerrt, fällt rücklings hin.»

«Plumps auf den Hintern», murmelte Freddie.

«Das Kaninchen hatte sie natürlich unter ihrem Kleid versteckt», schloß Hero.

«Was hatte sie denn gegen mich?» rief Susan erstaunt aus. «Ich war doch immer freundlich zu ihr und schoß ihr Tennisbälle zu, die sie nicht traf...»

«Nichts», erklärte Mr. Hero. «Sie bewunderte Sie sehr und bat mich ausdrücklich, Ihnen zu sagen, wie leid ihr die Sache mit dem Kaninchen tue. Es handelte sich um ein Mißverständnis. Da Isobels und ihre eigene Vorstellung auf die gleiche Zeit angesetzt waren, irrte sich Noreen und legte das Kaninchen in der Dunkelheit auf den falschen Teller. Sie hatte nicht gewußt, daß die Kerzen ausgehen würden. Für ihre eigenen Tricks wäre das nicht nötig gewesen, denn der Sessel stand an der Wand im Dunkeln. Ihr Plan war, das Kaninchen ihrer Mutter auf den Teller zu praktizieren, während alles gebannt auf den Sessel starrte. Aber Isobel, die für das Erscheinen der Nonne auf der Musikgalerie kein Licht brauchen konnte, kam dieses Ablenkungsmanöver höchst gelegen.»

«Soll das heißen, daß Isobel mit dem schrecklichen Kind gemeinsame Sache machte?» fragte Lady Paradine.

«Durchaus nicht», erwiderte Hero. «Sie gingen ganz selbständig vor, aber Isobel war im Bild. Sie hatte Noreen beobachtet und auf frischer Tat ertappt, ließ sie aber ruhig weitermachen, da es ihr ausgezeichnet in den Kram paßte. Was Isobel aber entging, war, daß es ganz verschiedene Kategorien von Gespenstern gibt. Während jenes denkwürdigen Abendessens ereigneten sich vier Dinge: der Sessel bewegte sich, die Kerzen verlöschten, die Nonne erschien auf der Orchestergalerie und ein totes Kaninchen lag auf Susans Teller. Jeder Kenner des Okkulten mußte auf den ersten Blick erkennen, daß die Kerzen und die Nonne sowie der Sessel und das Kaninchen zusammengehörten. Es handelte sich eindeutig um zwei verschiedene Gespenster.»

«Der Meisterdetektiv kann wohl auch erklären, wie eine Harfe in einem verschlossenen und leeren Zimmer ertönt», sagte Vetter Freddie. «Sie wollen doch nicht etwa behaupten, daß Sie von Anfang an Isobel verdächtigt haben?»

Hero antwortete nach kurzer Überlegung: «Nein. Ich stand genau wie Sie vor einem Rätsel, und es beunruhigte mich sehr. Ich glaubte zum erstenmal, auf eine echte übernatürliche Erscheinung gestoßen zu sein. Es ging tatsächlich etwas Übernatürliches im Schloß vor, aber ich war auf der falschen Fährte. Sie erinnern sich vielleicht noch meiner Definition des Übersinnlichen – etwas, was ich nicht verstehe oder selber nachmachen kann. Das Spiel der Harfe schien in diese Kategorie zu gehören, obwohl das verschlossene Zimmer dagegen sprach.»

Er richtete seine ernsten, intelligenten Augen auf Vetter Freddie und sagte ohne Groll: «Sie haben mir die zweifelhafte Ehre erwiesen, mich einen Detektiv zu nennen; was jeder Forscher aber benötigt, ist in erster Linie etwas Glück. Mir war das Glück hold. Als ich nicht mehr ein noch aus wußte, setzte ich mich eines Tages an den Flügel im Musikzimmer und spielte, um mein Gefühl der Unzulänglichkeit zu überwinden. Die donnernden Akkorde am Ende einer Fuge von Bach brachten mich auf die rechte Spur. Als die Melodie verklang, bemerkte ich, daß die Saiten der Harfe vibrierten. Da wußte ich, daß es bewerkstelligt werden konnte, aber noch nicht wie. Ich vergeudete einen ganzen Nachmittag damit, nach der zweiten Harfe zu suchen, bis Dean Ellison mich auf die richtige Fährte setzte.»

«Dean Ellison!»

«Ja, er war in jungen Jahren... äh... Forscher auf dem Gebiet der Bühnenmagie...»

Hero sah ein befriedigtes Lächeln Megs Lippen umspielen. «Ich verstehe selber ziemlich viel von Magie und Theatereffekten, aber dieser Trick war mir unbekannt. Mr. Ellison machte mich darauf aufmerksam, daß mit jedem anderen Saiteninstrument dieselbe Wirkung erzielt werden konnte. Nun war es mir auch klar, weshalb die Tür des Musikzimmers verschlossen war.»

Sir Richard sagte: «Das verstehe ich nicht.»

«Weil wir bald herausgefunden hätten, wie die Illusion erzeugt wurde, wenn wir alle rechtzeitig ins Zimmer eingedrungen wären. Die Sache ist ganz einfach, und jedermann mit ein wenig musikalischer Begabung, einigen Kenntnissen der Schallwellenlehre und einer gewissen handwerklichen Geschicklichkeit konnte darauf kommen. Miss Paradine dachte wohl, sie habe den Trick selber erfunden, aber er wurde schon vor hundert Jahren von dem Zauberkünstler Robert-Houdin produziert. Eine Harfe wurde auf der Bühne aufgestellt, eine zweite im darunterliegenden Raum. Die Resonanzböden der beiden Instrumente wurden durch einen dünnen Fichtenstab miteinander verbunden, der dem Publikum unsichtbar blieb. Wenn die untere Harfe gespielt wurde, ertönte auch die obere, und ihre Saiten vibrierten, als würden sie von Geisterhänden gezupft. Eine hübsche kleine Illusion. Ich dachte nicht daran, daß die Saiten eines Cellos sowohl gezupft als auch gestrichen werden können. Miss Paradine spielte im Keller unten die Melodie von ‹My Bonnie Dear›, und im verschlossenen Musikzimmer oben vibrierten die Saiten der Harfe, die durch einen dünnen Stab mit dem Cello verbunden war. Wir hörten und sahen die Schwingungen. Sobald sie fertig war, drehte sie den Stab ein wenig und zog ihn zurück. Und gerade das hätten wir beobachten können, wäre die Tür nicht verschlossen gewesen. Der dicke Teppich, der nur einen kleinen Schlitz für den Fichtenstab aufwies, verdeckte das Loch im Boden. Das ist das ganze Geheimnis. Inzwischen verdächtigte ich mit Ausnahme von Isobel jedermann im Hause, der ein Instrument beherrscht – Vetter Freddie, Beth und sogar Lady Paradine, die Klavier spielt, das ja nichts anderes ist als eine Harfe in einer Kiste.»

Lady Paradine blickte ihn mißbilligend an und sagte: «Mein lieber Mr. Hero, wie konnten Sie nur?»

Meg erwiderte: «Sie müssen ihm verzeihen, Lady Paradine. Er ist von Natur aus garstig und mißtrauisch. Stellen Sie sich vor, wie lächerlich – er glaubte zum Beispiel, daß Sie sich mit Händen und Füßen gegen Marks Heirat mit Susan sträuben würden.»

Es gelang Lady Paradine, ein unschuldiges und erstauntes Gesicht aufzusetzen und lächelnd auszurufen: «Wie absurd! Meine beiden Kinder haben mich sehr glücklich gemacht!»

29

«Nie mehr sprechen, es sei denn zum Beten»

Hero klopfte die Asche aus der erkalteten Pfeife in die hohle Hand und schüttete sie in einen Aschenbecher. Er sagte: «Damit wäre ich am Ende meines Berichts über die Gespenster von Paradine Hall angelangt. Es bleibt noch Major Wilsons Anschlag auf mich, doch ich will Sie nicht mit näheren Einzelheiten langweilen. Bei seinem Trick handelte es sich um eines der ältesten und bekanntesten Zauberkunststücke, und Wilson hatte ihn vermutlich im Mittleren Osten aufgeschnappt, wo er unter Major Maskelyne, einem ehemaligen Magier, in einer Tarneinheit Dienst tat.»

Susan Marshall schüttelte energisch den Kopf, daß ihr dunkler Haarschopf nur so flog. Sie sagte: «Sie langweilen uns nicht. Als ich ein kleines Mädchen war, lehrte mich mein Vater, daß es keine Gespenster gebe. Gestern abend dachte ich, er habe sich getäuscht. Ich fürchtete mich wie noch nie zuvor. Ich möchte gern, daß Sie mir die Sache erklären, Alex.»

Hero antwortete: «Sie waren seelisch darauf vorbereitet. Ihre Nerven waren durch eine Reihe von unangenehmen Erlebnissen strapaziert. Das gilt übrigens für alle Anwesenden. Darum hoffte Major Wilson, der Anschlag werde ihm gelingen. Gut, ich will Ihnen erklären, wie er vorging», und Hero gab eine genaue Schilderung von Peppers Gespenst, wie seine Stiefschwester sie schon früher vernommen hatte.

Als er damit zu Ende war, sagte Sir Richard mit einer ungeduldigen und angewiderten Gebärde: «Wie lächerlich, daß erwachsene Menschen auf solch kindischen Unsinn hereinfallen konnten!».

Lady Paradine sagte leise: «Das ist alles gut und recht, aber wie kam dieser widerliche Mann dazu, so etwas zu tun?»

Vetter Freddie grinste frech und unverschämt; Meg rutschte auf ihrem Stuhl hin und her, und etwas hing unausgesprochen in der Luft. Freddie öffnete den Mund, aber Hero blickte ihm fest in die Augen und zwang ihn, die seinen zu senken und zu schweigen. Hero erklärte kurz und bündig: «Er mochte mich nicht leiden.»

Um Megs Mundwinkel spielte wieder ein Lächeln. Der gefährliche Augenblick war vorübergegangen.

Als Vetter Freddie schließlich doch den Mund aufmachte, sagte er bloß: «Wenn man erst alles weiß, steckt eigentlich nicht viel hinter der Angelegenheit.»

Hero fühlte sich mit einemmal sehr müde und niedergeschlagen. Er spürte, daß alle mehr oder weniger das gleiche dachten wie Freddie. Irgendwie drückte sich darin die uralte Verachtung für den Zauberkünstler aus, der verraten hat, wie einfach der soeben gezeigte Trick im Grunde war. Er hatte seine Schuldigkeit getan und konnte gehen, während die Familie ihr Zusammengehörigkeitsgefühl demonstrierte. Jeder Hans hatte seine Grete, und sie waren seiner vermutlich ebenso müde, wie er von ihnen genug hatte. Er sah, wie Meg ihm einen liebevollen und ermunternden Blick zuwarf, und klammerte sich daran wie ein Ertrinkender.

Mark Paradine sagte: «Sie behaupteten vor einer Weile, Sie seien hier im Schloß auf eine echte übernatürliche Erscheinung gestoßen. Würden Sie uns darüber Auskunft geben?»

Hero antwortete nicht sogleich, denn er wußte nicht recht, ob er darauf eingehen solle. Doch dann dachte er, daß er Lord Paradine bald seine Rechnung zustellen würde und die Familie ein Recht hatte, alles zu erfahren. Er sagte: «Gut, wenn Sie es wünschen. Vor ein paar Tagen erreichten mich drei Warnungen vor kommenden Ereignissen: erstens, daß ich mich persönlich in Gefahr befände, zweitens, daß einem Angehörigen der Familie, einem jungen Mädchen, etwas Böses zustoßen, und drittens, daß der Versuch unternommen werde, Paradine Hall in Brand zu stecken.»

Sir Richard fragte: «Woher stammten diese Warnungen?»

«Von Mrs. Geraldine Taylor.»

«Was?» riefen alle im Chor.

Sir Richard sagte: «Aber wie, in aller Welt, konnte sie es wissen?»

Und Lady Paradine erklärte: «Das überrascht mich nicht. Es fiel mir von Anfang an auf, wie neugierig sie überall herumschnüffelte.»

Hero fuhrt fort: «Eines Nachmittags legte mir Mrs. Taylor die Karten. Sie benutzte dazu ein Spiel Tarockkarten, wie die Zigeuner in Zentraleuropa sie zum Wahrsagen verwenden. Sie erinnern sich vielleicht, daß ich die Karten kurz nach meiner Ankunft fand und beim Abendessen zeigte. Sie gehörten Mrs. Taylor. Die Karten werden in einer geometrischen Figur ausgelegt. Zu den üblichen zweiundfünfzig Blättern kommen noch weitere Zahlen, Symbole und Bilder, mit deren Hilfe es gelingt, eine innere Verbindung zwischen dem Wahrsager und dem Fragesteller herzustellen.»

«Ist das Ihr Ernst, Hero?» rief Lord Paradine.

«Ja, ich kann es nicht leugnen. Viel mehr gibt es da nicht zu erklären. Mitten in dem nichtssagenden Geplapper von bevorstehenden Reisen und dunklen Fremdlingen geschah etwas Merkwürdiges: Mrs. Taylor begann von anderen Dingen zu reden, als lausche sie in Menschen hinein, die nicht anwesend waren. Damals empfing ich die Warnungen. Ich irrte mich nur, als ich glaubte, Susan Marshall befinde sich in Gefahr. Dabei war es Beth.»

Das junge Mädchen schauderte und drängte sich näher an Sir Richard heran, der ganz unbefangen den Arm um sie legte, was ihm ein belustigtes Lächeln von Susan eintrug. Die anderen schwiegen betreten, bis Vetter Freddie kichernd fragte: «Dafür haben Sie wohl auch eine Erklärung?»

«Das ist es ja eben!» sagte Alexander Hero leise. «Ich habe keine Ahnung.»

Lord Paradine schnaubte verächtlich. «Meiner Meinung nach ist das alles Unsinn», sagte er und blickte triumphierend in die Runde. Er fand bei seiner Familie die gewünschte Unterstützung.

Hero seufzte und sagte: «Ich habe die Frage nicht gestellt, Sir, aber es würde mich interessieren, wie es kommt, daß die Leute bereit sind, die phantastischsten Lügenmärchen über Geister und Gespenster zu glauben, während sie sich weigern, die einzige echte übernatürliche Erscheinung anzuerkennen, die hier im Schloß stattgefunden hat. Das einzige Gebiet, wo ich auf Ihre Frage, wie es bewerkstelligt wurde, antworten muß, daß ich es nicht weiß – das Gebiet der Gedankenübertragung. Aber sie existiert. Das Böse ging in mancherlei Gestalt um. Mrs. Taylor hat auf unsichtbarem Wege Nachricht davon empfangen.»

Lord Paradine wurde rot. Er wußte nicht recht, ob das soeben ein Verweis gewesen war oder nicht; und weil er es nicht begriff, beschloß er, es nicht als Tadel anzusehen. «Nun», sagte er, «Sie haben unzweifelhaft Ihre Seite des Vertrages eingehalten. Ich werde Ihnen einen Scheck senden.»

Sir Richard meinte verlegen: «Sie haben gute Arbeit geleistet, Hero.» Er meinte es aufrichtig, und trotzdem klang es ein wenig herablassend.

Lord Paradine fuhr fort: «Aber trotzdem muß ich sagen, daß mir die anmaßende Art, mit der Sie meine Schwester einfach aus dem Schloß gehen ließen, nicht behagt.»

«Was das anbelangt», sagte Hero, den es eine ungeheure Anstrengung kostete, seine Müdigkeit zu bekämpfen und zu reden, «so kann ich Sie beruhigen. Sie geht nicht straflos aus. Sie wird in Frankreich in ein Kloster eintreten und ihre Tage als Nonne in strengster Abgeschiedenheit beschließen. Sie wird nie mehr sprechen, es sei denn zum Beten.»

Sie befanden sich auf dem Heimweg, Lady Margaret Callandar und Mr. Alexander Hero, und fuhren in seinem Bentley die breite Autostraße A. 12 entlang, die nach London führt. Nach langem Schweigen sagte Meg, die sich um ihren finster dreinblickenden Stiefbruder Sorgen machte: «Müde, Sandro?»

«Ja – sehr.»

Meg forschte vorsichtig und behutsam weiter: «Was bedrückt dich, Sandro? Du hast den Fall erfolgreich geklärt, und dennoch bist du enttäuscht.»

«Die Selbstgefälligkeit und Unduldsamkeit der Leute hat mir zugesetzt», gestand er. «Wie könnte ein Gespenst – wenn wir je einem begegnen sollten – anders als böse sein, da es doch zuerst ein Mensch war?» Dann sagte er plötzlich leidenschaftlich: «Lehn deinen Kopf an meine Schulter, Meg, Liebes.»

Meg seufzte leise, denn nichts war ihr lieber als das. Sie lehnte sich an ihn. «Warum?» fragte sie.

«Ich möchte spüren, daß du da bist. Es ist ein guter Kopf – sauber und anständig außen wie innen.»

Nach einer Weile blickte Meg zu ihm auf. «Fühlst du dich jetzt besser?»

«Ja, viel besser. Du kannst deinen Kopf zurückhaben, wenn du willst.»

«Ach, ich sitze sehr bequem so.» Und nach einer Weile: «Sandro – hat dir der Fall schwer zugesetzt?»

«So ganz ohne Schrammen geht es nie ab. Du weißt ja, was ich von Leuten halte, die Gespenster spielen.»

«Nein – ich meine seelisch. In welches der Frauenzimmer hast du dich verliebt?»

Hero antwortete grimmig: «Ganz bestimmt nicht in Vivyan Wilson, das schwöre ich dir.»

Meg unterdrückte ein Lächeln und sagte: «Weißt du, eigentlich war sie die Normalste von allen, unkompliziert und direkt. Ich verspürte fast so etwas wie Zuneigung zu ihr. Aber du hast natürlich recht. Man verschwendet keine Gefühle an Kaviar – man ißt und vergißt ihn. Und Isobel?»

Hero grinste. «So sehr ich zielstrebige Frauen bewundere, habe ich doch keine Lust, mich von ihnen auffressen zu lassen. Beim Zeus, sie hat sich eine ungewöhnliche Strafe ausgedacht!» Er schwieg nachdenklich und schloß: «Am besten gefiel mir Susan Marshall.»

«Und jetzt geht sie hin und heiratet Mark und wird eines Tages Lady Paradine sein. Was hältst du davon?»

Hero verlangsamte das Tempo, als sie einen Ort durchfuhren, und überlegte. «Ich finde, sie passen gut zusammen», sagte er. «Sie haben beide Charakter. Wenn sie einmal verheiratet ist, wird sie vermutlich noch traditionsbewußter sein als Isobel – das ist bei Amerikanerinnen, die in alte, adlige Familien einheiraten, immer so.»

Meg sagte: «Ich meine, was dich betrifft.»

Hero lächelte ihr zu und antwortete: «Ich habe es überwunden», und Meg erkannte an seinem Gesichtsausdruck, daß es tatsächlich so war. Er wandte seine Aufmerksamkeit wieder der Straße zu und sagte: «Wir fühlten uns vorübergehend zueinander hingezogen – oder wenigstens ich mich zu ihr. Lieber Himmel, sie ist aber auch ein ansehnliches Tier. Ich habe noch nie gesehen, daß jungfräuliche Reize so offen und schamlos zur Schau gestellt wurden. Aber das ist wohl typisch amerikanisch – die Mädchen haben Muskeln, um sich zur Not zur Wehr zu setzen.»

Meg erkundigte sich mißtrauisch: «Mußte sie sich zur Wehr setzen?»

«Eigentlich nicht», erwiderte Hero. «Im kritischen Augenblick drückte das Gespenst – oder vielmehr Tante Isobel – die Klinke herunter.»

Meg fragte gespannt: «Und dann? – Ich meine, was störte danach euer Verhältnis? Sie ist doch solch ein liebenswertes und prächtiges Mädchen.»

«Ich glaube, wir verstanden uns nicht so recht», erklärte Hero. «Kannst du das begreifen? Du kennst mich ja – ich bin garstig und mißtrauisch, besonders wenn es um berufliche Dinge geht. Ich habe damals die Zimmertür nicht geöffnet, weil ich zwar vermutete, unsere

Freundin, die Nonne, könne draußen stehen, aber immerhin auch an die Möglichkeit dachte, es könne Sir Richard oder Mark sein. Und ich fürchte, das hat sie gemerkt.»

«Wie abscheulich von dir!» sagte Meg vergnügt.

«Es war meine Pflicht, ihr nicht zu trauen, findest du nicht?»

«Aber natürlich, Sandro», erwiderte Meg. «Du hast ganz richtig gehandelt.» Der Ton, in dem sie das sagte, amüsierte ihn.

Hero sagte: «Ich verscherzte mir ihre Sympathie, weil ich ihr nicht traute, und fühlte mich ernüchtert, weil sie nicht einsehen wollte, daß mir nichts anderes übrigblieb.»

Meg seufzte nochmals und meinte ironisch: «Du wirst eines Tages ein Mustergatte werden, Sandro.»

«Gott bewahre mich davor», erwiderte er sanft. «Lehn deinen Kopf noch etwas fester an meine Schulter, Meg. Ich mag das so gern.»

Seine Stiefschwester stieß abermals einen Seufzer aus und schmiegte sich fester an ihn. Sie war ein vernünftiges, praktisches Mädchen, das sich keinen romantischen Träumen hingab. Eines Tages würden vielleicht die Schuppen von seinen zu gescheiten und auf andere Dinge gerichteten Augen fallen, und er würde erkennen, wie herzlich sie ihn liebte. Mittlerweile war es ihr wieder einmal gelungen, ihn einigermaßen heil durch einen Dschungel voll raubgieriger Weiblichkeit hindurchzulotsen. Sie war zufrieden mit sich selber und fühlte sich glücklicher als seit langem.

Weder Mr. Alexander Hero noch dem Autor ist jemals ein wirklicher Geist begegnet. Aber das bedeutet nicht, daß es keine Geister gibt – es bedeutet nur, daß ihre Existenz bis heute unbewiesen blieb.

Indessen sind alle Spuks, Geister, Phantome, Charaktere, Orte und Situationen dieses Spiels frei erfunden und keine lebenden oder toten Personen dargestellt.